重庆师范大学校级专著出版基金资助

20世纪
中国乡土的
浪漫书写

杨姿 著

中国社会科学出版社

图书在版编目(CIP)数据

20世纪中国乡土的浪漫书写/杨姿著．—北京：中国社会科学出版社，2016.1
ISBN 978-7-5161-6975-9

Ⅰ.①2… Ⅱ.①杨… Ⅲ.①乡土小说—小说研究—中国—20世纪 Ⅳ.①I207.42

中国版本图书馆CIP数据核字（2015）第251141号

出 版 人	赵剑英
责任编辑	郭晓鸿
特约编辑	席建海
责任校对	王 斐
责任印制	戴 宽

出　　版	中国社会科学出版社
社　　址	北京鼓楼西大街甲158号
邮　　编	100720
网　　址	http://www.csspw.cn
发 行 部	010-84083685
门 市 部	010-84029450
经　　销	新华书店及其他书店
印　　刷	北京君升印刷有限公司
装　　订	廊坊市广阳区广增装订厂
版　　次	2016年1月第1版
印　　次	2016年1月第1次印刷
开　　本	710×1000　1/16
印　　张	20
插　　页	2
字　　数	309千字
定　　价	78.00元

凡购买中国社会科学出版社图书，如有质量问题请与本社营销中心联系调换
电话：010-84083683
版权所有　侵权必究

序

乡土的浪漫书写与自由的精神追求

凌　宇

20世纪中国的乡土小说，是百年来文学批评史上一个延续不断的话题。这不仅是因为乡土题材本身在众多的文学题材和文学体裁中属于卓尔不群的一类，而且也是因为乡土题材寄寓着现代中国一代又一代农村青年浓浓的乡愁与青春的梦想。记得湘西作家蔡测海曾经说过，小时候住在大山里的他渴望看到山外的世界，有一天他下决心要实现这个愿望，于是离家出走，爬过了一座山，看到的还是山，再爬过一座山，看到的是更高的山，他绝望地坐在地上哭了。其实，这是一个很好的隐喻，暗示着现代乡土作家与乡土之间纠缠不清的精神关系，哪怕以后有一天他的身体走出了乡土，他的灵魂依然在乡土的高山的屏障中徘徊辗转，寻找着突围的途径与力量。走出乡土的梦想及走不出乡土的焦虑，使得20世纪中国的乡土小说或明显或潜隐地具有一种独特的诗意化的精神气质。笔者曾在一篇文章中谈到乡土小说的两种类型：一种是"执着于现时的乡土生存方式，没有关于乡土过去的梦，也没有关于乡土的将来的梦"，这是现代文学中直面乡土视景最早的，也在后来发展中形成主流的一脉；另一种类型则是"仍在做着关于过去乡土的美丽的梦"。这里所说的有梦无梦，是就乡土小说的描写内容而言，但就乡土小说作家内在的主体精神而言，无论写到梦还是没有写到梦,浓郁的乡愁和寻根的焦虑,都是百年来乡土小说精神气质上一个与生俱来、无法割去的胎记,一个自我烙印、无法抹去的徽章。

当然,从艺术审美的角度来看,这两种类型的乡土小说,后者留出的阐释空间相对广阔一些,引发的关注和评价也各个不一,研究者面对这类带有梦的品质的文本,在还原梦的多义性的同时也带来了言说的模糊性。杨姿的这本书同样面对着这样的问题。首先是如何命名的问题。过去对这一对象的研究,或从乡土小说角度,或从抒情小说角度,以"散文化""诗化""诗意化"等类似概念切入,虽然能够切题,但总觉得容易流于支离破碎,陷入概念的偏执之中。杨姿提出了"浪漫书写"的思路来代替那些从文体研究角度考察的方法,并且选择了 20 世纪 20 年代至 40 年代和 20 世纪 80 年代两个时段的中国乡土小说为代表性对象,以求覆盖整个 20 世纪中国乡土题材的小说创作,拓展已有研究的视域和格局。这种角度选择不仅推进了从理论上剖析和归纳梦的乡土的深刻性,而且也凸显了从感性上接近和理解梦的乡土的准确性,超越了客观描写与主观抒情的概念分别,在精神气质的层面上与百年来乡土小说的特有胎记和徽章紧紧地联系了起来。

把握作家对乡土进行浪漫书写的核心问题,是如何看待作家认识乡土的真实性。究竟是梦中的乡土更真实,还是现实的乡土更真实?事实上,这关涉到作家对理想乡土的构建。作家并非将自己的希望寄托于原始意义上的乡土,即那个静态的、固化的乡村世界,而是希冀乡土在保持既有生命活力,并能够因应外部世界改变且进行本土自新的原乡,即底子是稳固的,但也是包容、开放的文化结构。杨著指出,那种理想的指向形成了乡愁这个蕴藉浪漫书写的土壤,在这个心理机制中,作家把这种梦里梦外的真假关系转变成了"轻之沉重"与"沉重之轻"的辩证关系。乡土创作不仅仅是依循一种地理版图,而是瞩望于一种心灵家园的构筑,表现书写对象的主要手段则依靠记忆。杨著运用哲学和心理学的方法对记忆这种联系着潜意识与显意识的精神活动进行了深入的分析,指出在乡土小说中,记忆从表面上看是乡土的过去、现在和将来的关联,而本质上是个人记忆与文化记忆交织的结果。所以,尽管浪漫书写依托于回忆性叙述,但这种回忆和普通的时间转换是有差异的，并非线性的推移过程。杨著把这种记忆特质视为作家主体意识关于"精神围城"的投射，即突破城市/乡村、离家/回家、传统/现代等一系列预设的二元对立关系，这些观点，既具有细腻的文本阅读感悟，又富有绵密的哲思，在心理学与"现代性"知识视野的渗透与结合中，阐析了20世纪中国作家乡土审美经验的复杂性。

观照整个20世纪乡土浪漫书写的演进，单个作家的浪漫书写转折构成了20世纪浪漫书写的潜流方向，"类"的变化又影响着个体浪漫书写的转移。"五四"前后，中国小说完成了从传统形式到现代形式的转变，才有了郁达夫独创的以直抒胸臆为特征的小说形式，但中国现代抒情小说并没有沿着这条路走下去，包括郁达夫后期小说，也转向主观情感因素与客观现实因素融汇，从直露的抒情到情感借作品抒情形象而发。浪漫书写也是一样的逻辑，杨著对这种转型的外在条件和内在因素做了包括情绪感觉、理性哲思、神性想象等多个层次的对照分析，阐明了浪漫书写在国家、民族、官方等一系列主流叙事参照下独特的生存策略和应变方向。尤其值得指出的是，杨著认为20世纪中国乡土的浪漫书写，在形式上超越了形象的抒情性、隐含的诗意以及特殊意境的表现，在内容上也溢出情感美、道德美等单向度的人生或人性寻觅，整体地呈现了一种含魅的审美风格。这是一个颇具创意的学术见解。杨著对这一观点进行了多层面的深入分析。在认知范畴的层面来看，含魅意味着对全知全能的放弃，肯定了神秘性和神圣性的存在，这对于人类改造乡土的意欲和企图是一种思维方式的纠偏；在美学实践的层面来看，含魅重新建立了叙述人和叙述对象的关系，与那种主观抒情迥异，但也不是客观影射，而是提供了一种第三方的透视，以更本真的书写承担起写作意义；在伦理精神的层面来看，含魅虽然从表象上营造了两种样式：朴拙的和精巧的，守旧的和开化的，属己的和他者的。但本质上，含魅是淡化了这种分裂，并引导出另一种圆融之境。杨著无论是对沈从文湘西叙事的读解，还是就寻根文学中的边远叙事的解析，都细致而丰富地展示了含魅叙事的情感向度和理知思辨。毋庸置疑，现代文化语境中的启蒙思潮所拥有的主要武器是批判，其批判态度对科学化的方法论的张扬导致了现代文学思维含魅性的消隐与缺失，"五四"

以来的新文学主流上一直自觉和不自觉地在祛蔽和解魅。直到新时期文学到来，伴随对启蒙批判的再解读，含魅才突然空前膨胀，作家甚至不给予任何注解地编织传奇和魔幻世界。这是现代社会发展至后工业时代，对非理性重新认识的写照，也是乡土在城市化进程中对各种不确定未来的回应和表达。所以，杨著以一种年轻学者的学术勇气，肯定了含魅作为承载乡土浪漫样态的方式，作为浪漫乡土合法化的手段，从而在文学史的意义上为浪漫书写的含魅性做出了富有启示性的历史定位。

　　正如前面所言，乡土书写乃是百年来文学批评史上一个延续不断的学术话题，也是一个不断深化的学术话题。尤其是在城镇化发展趋势迅猛的今天，乡土正在一大片一大片地被都市的无止境的贪婪所吞噬，成为离乡背井者渐渐淡去的记忆。唤醒、复活、书写这个记忆，成了当代民族文学的神圣使命，这个话题也就越来越显出它的重要与迫切。这本二十多万字的书，当然不可能涉及这一话题的各个方面，但作者将文学的浪漫书写与对精神自由的追求联系起来所作的思索，也可以说为这一研究领域贡献了一个值得进一步探讨的学术话题。自由作为浪漫书写的原动力，却存在一个与浪漫书写本身相悖的现象。当现代作家以自由的姿态，彻底回归故土的时候，实质上却加剧了本体与故乡的疏离，损害了自由的实现；而寻根时期，自由抹平了激进的棱角，由单个的、孤立的自我向区域板块同质化倾斜，又使自由从内在宇宙返回周围的世界。这其中的错位和误读，怎能不引起我们对20世纪中国乡土文学的精神气质进行更为深入的反思呢？自由是浪漫书写的原动力，也是学术研究的原动力。杨姿的这本专著尽管有种种的不成熟，但里面洋溢着想要冲破樊篱的自由精神，却如生命的溪流，在字里行间汩汩流淌着，这是读者一定可以感受到的，也应该去感受的。

　　是为序。

2015 年 4 月 17 日

目　录

引子　他们为什么写作 …………………………………………（1）

导论　现代小说与寻根文学中的乡土浪漫书写比较研读 ………（1）

第一章　乡愁：乡土的指向 ………………………………………（49）
　　第一节　"乡关何处"的理想营造 ………………………………（49）
　　第二节　从《故乡》到《社戏》
　　　　　　——乡土乌托邦自我否定的否定 …………………（69）
　　第三节　转折：汪曾祺的"本土立场" …………………………（82）
　　第四节　传奇不奇："爷爷"的时代与莫言小说的乡土灵魂 …（97）

第二章　建构：从"发现乡土"到"还原乡土" …………………（117）
　　第一节　记忆的神话 ……………………………………………（117）
　　第二节　《桥》：绝境同希望的悖论阐释 ………………………（132）
　　第三节　轻之沉重与沉重之轻
　　　　　　——论师陀果园城的"诗"与"思" ………………（145）
　　第四节　精神围城中的现代构思 ………………………………（159）

第三章　"浪漫书写"的情感世界 ………………………………（181）
　　第一节　情感性：神性·人性·本性 …………………………（181）

第二节　悲悯:湘西世界的守望者 …………………………………（187）
　　第三节　拯救:呼兰河畔的未亡人 …………………………………（197）

第四章　"浪漫书写"的审美选择 ………………………………………（215）
　　第一节　"含魅"的艺术策略及演变面貌 …………………………（215）
　　第二节　仁义叙事:双重陌生的困境
　　　　　　——《小鲍庄》的"魅"化解读 …………………………（229）
　　第三节　制造:商州之子的两难 ……………………………………（245）
　　第四节　另类的乡土:皮绳扣上的告别 ……………………………（265）

结语　乡土浪漫——距离自由有多远 ………………………………（272）

参考文献 ……………………………………………………………………（285）

后记 …………………………………………………………………………（301）

补记 …………………………………………………………………………（303）

引 子

他们为什么写作

作家创作离不开一时一地的文化环境，任何一种书写都是对生存环境的虚拟的写实或写实的虚拟。如果说乡土的写实是按照一比一成像定律描摹出客观存在的乡村景况，那么按照施莱格尔"浪漫化"是"使这种反射成倍增多，好像是在数不清的镜子的反映中一再增长"的说法，乡土的浪漫书写始终都依托现实世界，和作家脚下的那一方大地密切关联。审美主体的感受各个不一，说到底，写作不可能产生完全一致的两个物象。就像我们头顶的月亮，先于人类出现，而从古到今"明月松间照，清泉石上流"就不同于"可怜九月初三夜，露似珍珠月似弓"，并非王维与白居易一人实写，一人虚写，而是他们都在努力地接近事物真相，但又不易察觉地通过拒绝对象的本体属性传达主体的心境和情怀，所以就有了样态或特质都不一样的月亮。事实上，这就是写作的秘密，乡土的"浪漫化"便是既追求本质的乡土，又不沉迷于本质主义的创作，作家们挣脱全等式的书写就是为表达对现实、对自我、对整个人类的诉求。

一 走不出传统的群像

黑格尔对"浪漫型艺术"的总结中，居于核心地位的内容是"绝对的内心生活"，相应的形式是"精神的主体性"，亦即主体对自己的独立自由的认识。怎么理解中国作家乡土创作意识的发生？论者认为他们更大程度上是在用身体或生命历程书写。从鲁迅到莫言，一批又一批的作家无不背井离乡，在空间的变换中感受生命的改易，这种改易从两个角度反映出来：一为情绪，一为感情，就是主体对外界事物刺激的自我体验，以及由此引起的某种态度，包括主体对价值意义的切身感受。瞬时性和浅层的情绪往往产生"思乡"效果，以故土的"美"与"好"为线索；而阶段性或长期性的深层感情又阻止情绪的蔓延，清醒地洞察着恋乡却不知何处是归程的矛盾，以时间的不可再生与有意识制造重复的张力为叙述模式。无论是《故乡》中的"我"，《桥》中的"程小林"，还是《果园城》中的"马叔敖"，都试图穿过历史的河流回到出发的乡土，故地重游得到的却是无奈和感伤，作家用浪漫的想象玩弄叙事的技巧，终究于技巧的留白处泄露出"回归"的假设无效。没有回归，因为离开就是起点，而终点就是"寻根"，永无尽头的"寻根"。两代作家在大地上的行走，得到的仅仅是身在现场的经历，证明了漂泊本身就是归宿。人逾越不了个体的出生，因为在出生之前的孕育就来自那沉默的土壤，土壤里的元素组成肉体的每一部分，器官无法自行解散，灵魂也无力与肉体分割，所以"浪漫化"的乡土吟唱的是挣扎的疼痛，是"走不出去"的哀歌。

因此从 20 世纪 20 年代至 30 年代，包括 20 世纪 80 年代，尽管浪漫主义被标识在与现实主义相对立的位置上，甚或被安放在虚构性的价值框架之内，但都不是真正恰当的定论。深入每一层浪漫乡土的肌理，能够发现无论以何种形态出现，它始终都朝着现实乡土同化，讲述着"和我们现在世界一样"的，不过是"在别处"的，但"一定存在"的故事。

二 涉江的未完成

论者在这里借用屈原的"涉江"，倒不是因为现代乡土的书写者政治失意，无法实现美政志向，不被执政者接纳，走向"渡江南逝"的命运。恰恰相反，他们身处政治变动的年代，警醒地和政治主流保持着距离，哪怕退守"书桌"，也恪守着自己的人格和理想。但呈现在他们精神世界中"不能变心而从俗"的理念，却和屈原有着难以分解的联系。

在一定的历史场域来看，当作家面对限制思想和言论自由的政府，或者作为权力主体的政权一味地以文化手段控制统治秩序，那么留给写作者的出路，除了妥协便是反抗。中国现代乡土的浪漫书写者却被历来的评论家认为走了一条中间道路，甚至被判定为是借疏离来掩饰妥协。事实上，论者认为他们呈现了一种反抗的内质和风范，正好显示了浪漫品格中的叛逆精神。这种反叛首先是精神上的，其次是美学上的，最后才是文学的呈现形式。他们对"艺术独立性"的尊重与实践是最显在的体现，不一定是为独立而独立，首先，返身自然的原始天成区别于投身阶级革命的洪流；其次，缺乏明确的政治目标和主义，而以自由的身份代替被规定和被暗示的角色。对文学本体的捍卫表达了面对时代命题的呼应，屈原以浪漫的想象弥补现实的理想，而现代作家在完整展示现实理想之后，走向了人类最本性的浪漫形态。尤其在寻根作家的乡土书写中，最大限度地补充了"浪漫"之风，不再是屈子笔下的文学修饰，而是升华为人生的态度和生命的本质形式。浪漫，不是背叛历史，不是背叛现实，而是严肃的、美丽的人生，是恢复人性中冷藏的温度，可以看到，乡土的浪漫——审美，走出了对立差异的套路。并行于20世纪20年代和30年代的乡土描写有两种明显不同的样态，而进入新时期，乡土的版图更多是地域特征的差异。

如果"历史的使命感"是导致乡土浪漫书写的直接缘由，那么作用于创作的深层机制，则是源自与现实冲突以求化解而不得的危机感的应对策略，具体化为一种"造梦"。按照审美回忆论的设定，"梦"与回忆紧密相关，"是一种创造性的回忆"，是获得审美距离的一种形式，"做梦人回忆的力量与想象的力量是不可割裂的"[1]。鲁迅评价自己的《朝花夕拾》，即"是从记忆中抄出来的'童年的梦'"[2]；废名于幻想世界中建起梦境，且否认梦想是叙事的虚幻，借莫须有之口，道出"'人生如梦'，不是说人生如梦一样是假的，是说人生如梦一样是真的"，《芭茅》原是惨痛事迹的现场，但时间冲淡往事的记忆，坟地成为孩子们的乐

---

[1] [德] 瓦尔特·比梅尔：《当代艺术的哲学分析》，孙周兴等译，商务印书馆1999年版，第182页。
[2] 《鲁迅全集》第2卷，人民文学出版社1981年版，第229页。

园,一切悲与苦在孩子们心上了无痕迹,在梦想的叙事中证实"人生如梦,而梦是事实"①;沈从文借梦的自由抵达平常人所不能到的"湘西世界",梦想契合了"这种世界即或根本没有,也无碍于故事的真实"②。应对悲剧的人生、苦难的命运,梦体现出作家与所处时代的关系:"梦想的人在梦想中在场。即使梦想给人以逃离现实、逃离时间及地点的印象,梦想的人都知道他暂时离开了——他这有血有肉的人变成一种'精神',过去或旅行的出灵。"③ 梦的叙事为浪漫书写提供了创作上更大的自主与自由,超越对已然世界的描摹,实现对乡土世界的重构,于危机四伏中解救生命,让审美主体边梦想边回忆,边回忆又边梦想,最终走向澄明之境。

这种现象自鲁迅的《故乡》始,到沈从文、萧红、师陀、"白洋淀"乃至"知青文学",其间虽有不同的变化,但乡土中国的"梦中情怀"却始终如一。美饰是心虚的物化,"王顾左右而言他"是不忍欺瞒又无法直面,作家对乡土的"浪漫化"不居其一,而是清醒地认识到危机之后的转化,试图为现实树立起一个真正理想的目标。他们并不想撇清自己与故乡凋敝、落后的关系,也不想祛除对于故乡的不快记忆,只是坦然地在另外一个时空,举起再造的旗帜,为自己的故土书写新的篇章。④ 夹杂在时代危机中的精神危机亟待拯救,以梦的叙事为依托的乡土拯救的力量就来自对"信仰"的重塑,信任"美"与"爱",信任"自由"。前者关注生命与周围世界的关系,是神性化的人性阐释;后者指向生命本体,是能对永恒和无限感到渴望的意志。两种类型都表达了知识分子对个体被赋予的"社会地位""精神地位""情感地位"的角色认同,浪漫追求之所以能够

---

① 《冯文炳选集》,人民文学出版社 1985 年版,第 224、278 页。
② 《沈从文文集》第 11 卷,花城出版社 1984 年版,第 45 页。
③ [法]加斯东·巴什拉:《梦想的诗学》,刘自强译,生活·读书·新知三联书店 1996 年版,第 189 页。
④ 朱寿桐认为,大部分作家书写乡土,都陷入"意念沼泽",那是一种"记忆越是想祛除越是沉入自己关于故乡记忆的深处"的现象,因为"关系越是想撇清越是将自己与故乡连得更紧",这种效应原为普遍存在的思想表述和理论运作中的以邻为壑现象,可以概称为"思想邻壑现象"。(朱寿桐:《现代文学研究丛刊》2008 年第 4 期)论者不以为对乡土进行"浪漫化",是"徒劳"的"撇清",而是艺术的选择,是审美主体的纯文学表达,更多地受"危机意识"牵制。

在乡土大地上驰骋,进而上升至意识形态层面,得益于文学自身的修复功能,作为一种疗救手段,缓解特殊时期特殊的文化矛盾与意识危机。浪漫化是信仰的形式,信仰是浪漫化的实体,沈从文在《〈篱下集〉题记》中记叙"曾经有人询问我"——"你为什么要写作?""我告诉他我这个乡下人的意见"——"因为我活到这世界里有所爱。美丽、清洁、智慧,以及对全人类幸福的幻影,皆永远觉得是一种德性,也因此永远使我对它崇拜和倾心。这点情绪同宗教情绪完全一样。这点情绪促我来写作,不断地写作,没有厌倦,只因为我将在各个作品各种形式里,表现我对于这个道德的努力。人事能够燃起我感情的太多了,我的写作就是颂扬一切与我同在的人类美丽与智慧……"写作是来到这个世界之后的抉择:在爱的幸福和幸福的爱之间,爱的幸福是写作者真正的需要,是慈悲与同情,是在文化环境对创作主体强大的制约下,考察面对苦难的书写方式。创作主体用"感伤的"姿态、"传奇性"的色彩,挣脱顺从于命运的绝望,发现"人"与走向自新达成了第一次默契。

三 悖论中的绝望远行

一方面相信纸上原乡的建构可能,另一方面对故乡想象的差距却不可遏制地增大。所以,只能不断地前行——这是乡土浪漫书写的方向,也是书写者对同类的终极关怀。乡土书写发现的第一个问题就是:人与大地的关系,在此关系中,人不能随心所欲地活着,必须对这个世界负责。作家们体会着一种"世纪末"的恐怖感、压抑感和幻灭感,这是毁灭和创生的抉择。所以,浪漫书写提出人应该如何生活?解决这个问题遵循反抗—重建—找寻的道路,"五四"新文化运动标志着中国传统的动摇,现代文化转向重个性、重冲突的生存环境,应该寻找什么样的幸福?这是第二个问题,答案来自对主体的拷问,得出"在路上"的结论。这是不可避免也无法挽回的人类悲剧,于是又引发第三个问题,关于生命消逝的推测,面对终有一死的命运,人生应该坚持怎样的原则?向死而生,又该做何努力?

"五四到五卅之间中国城市里迅速地积聚着各种'薄海民'(Bohemian)——小资产阶级的流浪的智识青年。"① 实际上就是在现代文明—都市文化的感召下进入城市的知识分子，他们与受战争侵袭、饥荒胁迫、挣扎在破产和死灭边缘的大多数农民不一样，后者涌入城市是因为生存的危机，而前者告别传统的宗法乡村社会更多是出于非物质的考虑，试图以体验现代文明的生存环境和生活方式来缓解精神上的焦渴。进入都市之后，迥异于传统因袭甚至超越了他们既有经验的文化样态，使得这些青年备受原有社会关系的倾轧和排挤，于是"个体化过程"成为主体分裂过程。也就是说，从"五四"驳杂纷繁的思想中，文学界吸纳了以个人主义为核心的人道主义，成为共同倾向之一，然而个性主义所需要的战斗精神却和有史以来就表现为温情软弱的人道主义相冲突，当觉醒的知识分子倒向以牺牲个人利益、体恤他人苦痛的人道主义基本要求时，势必迷失在传统思想葛藤缠绕的所有社会关系中。在这种表层的矛盾冲撞之下是中西两种文化背景的差异，聚焦到个体身上，正如周作人所说："这新时代的文学家，'是偶像的破坏者'，但他还有他的新宗教——人道主义的理想是他的信仰，人类的意志便是他的神"②，成为失落—追寻—逃避的精神轨迹根源，这种特定时代知识青年普遍性的生命体验——需要慰藉而又不愿失去自由的苦闷——以极端孤立状态为存在方式，正是理想与现实社会中实践意识的严重错位，他们陷入一种怀疑与虚无的无路可走中。同"五四"先驱者相比较，乡土书写者与历史的距离更远一些，进而获得审视和反思个人主体启蒙话语的可能，他们体会着现代转型过程的艰难、复杂和漫长，理解苏醒对于人类发展史上的阶段性意义。视"漂泊"为"自由"的坚守，不过因为对"未来"的命题缺乏深入思索，因此，"自由"从目标转换为手段，坚守的姿态显示出犹疑与沉重。

20世纪20年代末及整个30年代的青年知识分子作为现代中国最初反省"过渡时代"的"精神歧途"书写者，以乡土的浪漫想象为背景展开

---

① 瞿秋白：《鲁迅杂感选集》（序言），见王运熙《中国文论选·现代卷》（中），江苏文艺出版社1996年版，第293页。
② 周作人：《新文学的要求》，见张明高、范桥编《周作人散文》，中国广播电视出版社1992年版，第140页。

对现代化迷路情状的思考和探究，显示出立足时代同时又超越时代的进步性和永恒性。他们的笔下更多地专注"语言符号世界"的破坏者和失意者，导致作品中表现出诊断危机而无有处方的迷惘，掩饰在他们将自我情感同故乡隐喻的剥离中。论者认为这种倾向属于弗洛姆归结的"逃避自由"现象，他说："如果整个个体化过程所信赖的经济、社会和政治条件不能为个人提供基础，而人同时又失去了那些给他以安全的联系，那么，这一脱节现象就会使自由成为一个难以承受的负担。"[①] 对乡土的浪漫化而言，以自由为前提，而思想漂泊和乌托邦想象对于承受生活的无意义和生命的碎片化却显示出力所不能及的匮乏，这种精神症状决定了在审美世界的建立中时不时出现的喑哑，作品的艺术留白就是体现之一，本质上更多的是作者自我说服的间歇。

那么 20 世纪 80 年代恢复乡土想象的同时，也务必恢复失去意义和方向的生活导航，他们不可能安于个体化的自由，也不可能重复自由的束缚，历史提供的依据以及当代生存环境驱使他们必须寻求一个安身立命并以此支配他们社会行为的家园。所以，个体的乡土在他们的手中才逐渐被模糊化为集体的乡土，区域文化的乡土就是特征之一，或许只有如此，才能够回避一个人的乡土和无法直面现实生存重压的抽象的乡土，那种特殊性的乡土能够解决生命意义的支离破碎和个体自身的无能为力。因此从渴望寻求精神归宿的角度讲，他们与现代乡土的书写者相比，多了一层对"魔幻"和"鬼魅"的天然亲和力。事实证明，他们为了解决精神苦痛，即使是将自我更牢地、更紧地绑在乡土之上，貌似失去个体"纯粹自由"的代价也在所不惜。当然，20 世纪 80 年代在弱化个性凸显文化的同时，也在为个人性格寻找更好的注脚，至于能不能实现具有个性的民族文化则在作家们的努力中可见端倪。

正是这种精神自由的传统回归，赋予了个体获得能够越过肉体限制的力量，从抽象的"人类本性"关怀具体到对世界上某个角落里儿童的眼泪（《透明的红萝卜》中的黑孩可作为参照），能与目不识丁的受屈辱的汉子

---

① [美] 埃里希·弗洛姆：《对自由的恐惧》，许合平译，国际文化出版公司 1988 年版，第 25 页。

进行灵魂交流（《桃冲》中的老汉可作为参照）。寻根作家更生动地实践了鲁迅所说："外面的进行着的夜，无穷的远方，无数的人们，都和我有关。"他们演绎的个人精神自由不仅仅是使个人与世界隔离开来，由主体的心去仰望宇宙，自上而下地用悲悯的目光倾洒人类。一个人对自己所感到的怜悯之情，论者将其表述为"自我主义"，那不是平常意义上的庸俗个人主义，由于这种怜悯产生"爱"，这种爱对生命的开始和结束有了反思，意识到出生前的自己和死后的自己都不再是本体的"我"，因而引导着自我怜悯产生对同类、对属己者的情感，最后扩展为对所有存在物的怜悯。因此，他们从卸去精神围墙开始，努力拆除个体与个体间的屏障，体验他人的不幸就是我的不幸，从灵魂的远行又重返肉身。"爱"不再处于彼岸，而是化为此岸的实践。

而且，这种以精神方式进行的精神实践，对世纪初就开始的文化论证是一个有效的澄清和反驳，一方面摒弃了民俗权力以及世俗权力的介入，另一方面提防了精神自由被精神教条所利用的可能性。尤其在新时期，"自由"有可能成为"泛自由"而失去应有的重量时，这种带着理性反思的实践阻止了心灵的促狭与枯竭。张志扬在《缺席的权利》一书中指出：欣赏"自由"无异于制造"无聊"。在近一个世纪的文化争端中，遗留下那么多的"文明空洞"，我们的写作者在浪漫化的乡土上创造的意义和主题，便是摆脱那些空洞所昭示的悲剧感、危机感和绝望感的终极关怀。

●**研究体例**●

本书以两个时代的乡土浪漫书写为对象，通过对照—比较研究，试图在其共性和差异性之中，推导出20世纪乡土书写的特征，以及文学自身演变过程中的规律性。

具体地看，分三个层面论述：第一，历史角度的切入，涉及对现实社会、政治及文化的评析；第二，哲学角度的切入，主要在对于某些普遍问题，如个体的存在、个人的意志、人类的生存意义等进行探讨；第三，情感角度的切入，这一个层面，看起来有些像回归，实质上这种回归包含了理性辨析之上的情感，会涉及两难问题的解剖。

在每章的第一小节设置概述性导入，对两个时期浪漫书写特征进行综合阐释，其后以两名到三名作家为个案分析，并非认同只有所列作家具备类似风格，而是作为某一特点比较的代表。总之，多层次的阐释并非孤立的、单一的解读，而是先后置于不同的层次，从不同的视角加以考察。那么，就必须对进入个案分析研究视野的作家做出相应的说明：他们并不是天生属于某一个层面，或者，论者认为他只是历史的、哲学的或情感的片面书写，而是因为在某一层面上的用力，更能显示出作家对乡土的独特感受，有助于理解"浪漫化"产生的背景和作用的方式，最终获得"乡土世界"的全貌。

导 论

现代小说与寻根文学中的乡土浪漫书写比较研读

一 浪漫书写的理论形态

严格地说，浪漫主义文学理论是一种"舶来品"，正如钱中文所说"我国20世纪文学中使用的'现实主义'与'浪漫主义'概念，自外国引进"[①]，它不是中国传统诗学中的名词，衍生于西方浪漫主义思潮中的中国式的"浪漫书写"有其生发的背景和本土化的内涵。

作为西方文学史上古已有之的文学思潮，浪漫主义文学经历了古希腊、古罗马的神话传说时代，中世纪的宗教文学、英雄史诗和骑士文学，到达文艺复兴的鼎盛期。18世纪末的欧洲，以德国的施莱格尔兄弟等人为中心，辐射至英国、法国，掀起了以华兹华斯、柯勒律治、夏多布里昂、乔治·桑等诗人为主体的浪漫主义文学运动。尽管朱光潜曾试图对他们的共性进行概括，认为"作为流派运动的浪漫主义具有如下三种显著特征：第一，主观性；第二，回到中世纪（强调浪漫主义与民间文学的关系）；第三，回到自然"[②]。然而浪漫主义的文化起源并非单一的母体，而

[①] 钱中文：《现实主义与浪漫主义问题》，《文艺理论研究》1999年第5期。
[②] 朱光潜：《西方美学史》（下），人民文学出版社1964年版，第728页。

是一个有着复合型结构的综合性产品。浪漫主义的英文是 Romanticism，它的本源词根是拉丁字母 Roma，正好就是罗马城的名字拼写。这个名词的背后有一个传说，据说建立罗马城的兄弟曾经受恩于母狼，所以狼成为 Roma 信仰的图腾。在人类文化观念中，"狼"本身集聚着凶狠与残暴，移植在这个神话中却成了文化的祖母，孕育了 Roma。由此寓意了 Roma 是神性和兽性的交合，从源头上规定了浪漫主义自身的冲突与纠葛。

"浪漫主义"这一文艺名词，最早是由德国人弗利德利希·施莱格尔于 1797 年在《雅典娜神殿》上所发表的《片段》中提出：

> 浪漫主义的诗像史诗那样能够成为整个周围世界的镜子，成为时代的反映。同时它仍旧能够运用诗的反射的翅膀飞翔在被描绘者和描绘者之间，不受种种现实的和理想的兴趣的约束，三番五次地使这种反射成倍增多，好像是在数不清的镜子的反映中一再增长。它不仅能够从内部向外部，同时也从外部向内部达到最高的和多方面的发展……浪漫主义的诗却仍旧处在形成过程中；况且它的实质就在于：它将始终在形成中，永远不会臻于完成，它不可能被任何理论彻底阐明，只有眼光敏锐的批评才能着手描述它的理想。唯有它是无限的和自由的，它承认诗人的任凭兴之所至是自己的基本规律，诗人不应当受任何规律的约束。浪漫主义的诗的样式，是独一无二的东西，是比任何个别的样式还要大的东西。它是诗的全部总和，因为任何的诗在某种意义上都是也应当是浪漫主义的。

由诗歌到对整个文学的评价，施莱格尔打破固有的诗学体系，拓展艺术的表现世界，认为浪漫主义对现实的把握是一个不断扩展、永恒超越的过程，而世界也是无止息运动的，所以只能用想象来诗化这个世界，也只有浪漫主义对世界才构成真正的信任和了解关系。同时，也重建了艺术主体观，解除了古典主义长期禁锢作家思想的准绳，充分肯定并鼓励了作家创作个性得以真正解放。司汤达在 19 世纪的《拉辛与莎士比亚》中也提出了和施莱格尔相近的观点，将浪漫主义理解为一种人的习惯和信仰，为浪漫主义找到合法性，并且突破单就艺术个别因素静态描述浪漫主义的特征，通过将其视为一种具有流行意义的美学精神，动态地梳理了浪漫主义题材的演变及表现领域。丹麦文学家勃兰兑斯也曾对"浪漫"一词在德国的意义做过这样的考察，他说："'罗曼蒂克'（romantic）这个词传到德国后，它的意义几乎就和'罗马式'（Romanesque）的意义一样，它意味着罗马式的华丽修辞和奇巧构思，意味着十四行诗和抒情短歌。"① 事实上，"浪漫主义"作为反抗天主教的文艺形式，同时又沿袭了罗马艺术的基本元素，是一种变相的复苏。在法国，勃兰兑斯把它概括为"二元论浪漫主义"，暗含了两种意蕴：其一指立足于中世纪天主教的宗教信仰，其二则是源自卢梭的自然哲学。从天主教"灵肉冲突"的原则出发，刻画崇高的、理性的及具有纯粹美的人物典范；貌似相对的"二元结合"，实质上肯定了灵魂与肉体是人的自然属性的两个端点，两者可以和谐地融汇在一起。钱锺书先生就认为，"在德国文评家眼里，法国文学都只能算是古典主义的，它的浪漫主义至多是打了对折的浪漫（only half romantic）"②。英国的浪漫主义则有着明显艺术上的古典主义倾向和伦理上的宗教色彩，但又与法国浪漫主义的古典色彩和德国浪漫主义的宗教色彩有着明显的不同，前者更为强调想象对情感的提升作用，为浪漫主义进入道德的崇高世界铺平了理论道路。综合来看，浪漫主义经历相对激烈的内部冲突和外部改造成为一种文学思潮，尤其以内源性较量为主，而那种殊死立场的卫护并没走向决裂，反而聚合为一股更为强韧的力量，柔中带刚，刚柔并济。

  无论从本源性还是实践论的角度考虑，在文学史上大凡倾心于心灵和想象的作家，几乎都用自己作品本身或根据对他人创作的鉴赏企图捕捉"浪漫主义"的真谛。海涅倾向于"浪漫主义艺术还暗示无限的事物"，白璧德更是相信"违背了正常的因果律，有利于奇迹发生的时候，这件事就是浪漫的"。任何一种艺术思想都只能是一个渐进过程，从浪漫主义的萌芽，同古典主义的决裂，到以平常心面对顽固与守旧和自身的矛盾根

---

  ① ［丹麦］勃兰兑斯：《十九世纪文学主流》第五分册，张道真等译，人民文学出版社1982年版，第26页。
  ② 钱锺书：《中国诗与中国画》，转引自《旧文四篇》，上海古籍出版社1979年版，第3页。

性，最后确立以深邃的视角注目这个纷繁杂陈的世界的演进观念。当然，革命性的另外一种说法"惰性"也暗示伴随革命胜利之后的固守注定其僵化，继而陷入革命前困境，这个吊诡的历史逻辑却没有限制"浪漫主义"——浪漫精神的生命力正是来自始终处在待确定的过程中，和整个世界保持着密不可分的联系，进行着自我否定与重新组合的裂变。于是，不同民族、不同历史时期的这些处于文化中心地位的观念，直接或间接地影响甚至支配着同时代乃至后世其他人对浪漫主义的看法。现代中国浪漫主义文学观念的自觉形成，暗含着这一独特文学现象从欧洲不断东移，逐渐将生命意志和生存境遇形成的观照与认识来丰富现代作家的心灵资源。

从浪漫主义文学的历史沿革来看，20世纪之前的中国存在一个浪漫主义"史前期"。庄子被作为溯源而上的起点，但他的浪漫精神是"遗世独立"，无法在当时形成浓厚的、普遍的社会风气；魏晋时代也有浪漫精神的影子，而其哲学基础根源"玄学"，即某一类人试图在混乱衰颓的现实社会中寻求自我的无拘无束，本质上属于消极个性解放。随后，在漫长的中国传统文化流徙中，由这两者奠定了整个浪漫的基调——追求一种非主体性的"无我"——与文艺复兴时期的西方浪漫派有本质上的区分，后者通过"浪漫主义"的树立追求人的主体性；而东方文化属于一种传承性和感染力都滞后的精神系统，所以在文学的一脉并没有壮大为占据某段历史时期或形成由始至终都清晰可见的主流。诚然，屈原"长太息以掩涕兮，哀民生之多艰"，为《离骚》绚烂无比的香草美人世界添写了沉重的脚注，隐约地显现出个体的苏醒与挣扎，本质上却是封建士大夫牺牲自我以维持皇权统治，进而泯灭个体性的写照，而且屈原用死亡证明的"浪漫精神"令后人难以仿效，以儒家文化为主导的实用理性精神在一定程度上也遏制了浪漫的生发与延续。

为传统浪漫精神注入新鲜血液的是20世纪初中国对西方文明的输入，同西方浪漫主义发生方式有处雷同，即后者作为对天主教派的反抗，而"五四"时期对外来文化（包括浪漫主义）的接受基于民族问题和社会问题的解决问题意识（当然也不排除中国传统审美趣味的参与，但这种参与绝对是居于隐藏地位的），即围绕问题的产生与解决，建立和控制时代精神中的价值取向。民族主义首先表现为一定程度的保守倾向，但当民族利益受到冲击时，它又呈现极大的开放性，并且由民族自身的现实境况决定它开放的向度。正是在对民族的忧患心态和自身需要的强烈暗示下，"五四"前后展开对他者的选择与接受——中国特定的民族状况和时代心理规定了对浪漫主义的态度：时代要求理解个体生命，那么就必须从社会文化整体入手；反之，要理解社会文化整体，也必须从个体生命入手。浪漫主义就成为连接两者的主线，至此，扭转了中国浪漫史前期的"无我"精神局面。

"五四"成长起来和略早于"五四"的现代作家接受西方浪漫主义，并非全在本土接受，最早留学日本的知识分子直接接触、阅读和翻译了大量西方浪漫主义作品，或受到浪漫主义强烈影响的19世纪西方批评家的文论著作，他们普遍认为应该效法日本，并通过日本学习西方。以"师夷长技"和"实学"为目的官派留日的现代作家耳濡目染的已不是原汁原味的西方浪漫主义，而是经过"日本化"的浪漫主义。日本浪漫主义含有从封建遗制和封建道德的羁绊中解放出来的欲求，目的在于冲破束缚人的精神的封建樊篱。周作人在1918年撰写的《日本近30年小说之发达》中表达了对日本浪漫主义作家作品的感受："他们的主张，正同18世纪末欧洲的'传奇派'（Romanticism）一样，就是破坏因袭，尊重个性，对于从来的信仰道德，都不信任，只是寻求自己的理想。"[①] 这种感悟式评介透出浪漫精神的自由主义和个人主义的倾向，运用到文学创作中就表现出一种勃发的活力，以自我对抗非我，以精神对抗物质，以理想对抗现实，实现理想中的人生。早期"创造社"成员所奉行的"主情主义"文艺观就来自厨川白村的理论结构，通过厨川白村对"情绪主观"的论述理解世纪末文艺思潮以及新兴文学思潮所具有的特征，郁达夫曾这样对比说："自然主义者以肉眼来看的地方，新浪漫派的作家却以心灵来看。自然主义者欲以科学实验方法来解决的地方，新浪漫派的作家却以直观来参悟。"[②]

[①] 钟叔河编：《周作人散文全集》第二卷，广西师范大学出版社2009年版，第46页。
[②] 《郁达夫文集》第五册，花城出版社1983年版，第59页。

可见，作为浪漫主义诗学的核心内容"情感性"与"想象性"被后者吸纳、接收并超越了原初意义。柏格森把艺术的根底归结为生命力的展现，郭沫若从中获得了"生命的文学"的启示，又融汇弗洛伊德关于艺术创造的能源来自生命冲动的本能力和性驱动力的理论，提出"生命与文学不是判然两物，生命是文学的本质，文学是生命的反映"①。从时代形势出发，将生命哲学的思索联系探求实践，形成张扬自我和抒写生命活力与苦闷的主体性热情。伴随民族危机的加深，后期创造社在时代语境下改造了这一"纯个体化"精神和"个人主义"本质，将反封建作为自我解放的实现，推及社会革命层面的演练，郑伯奇认为创造社的浪漫主义始终富有反抗的精神和破坏的情绪。其革命性在这样的文化精神疏导下，"五四新文学"对近代欧洲"浪漫精神"的操作意义发生转向：作为一种"主情主义"文学，情绪的感染力没有在意识形态层面改造上发挥能动性，基于浅层次上反叛传统社会制度和文化的需要，精神的感召面临"工具化"的命运。能否达到欧洲浪漫主义那种深层次的心灵占领，也就取决于本土化进程的力度。

除了间接性接触日式的浪漫精神，留学西洋的现代作家也对包括尼采、斯宾诺莎等与浪漫主义有姻缘联系的哲学理论有所了解，触发了他们对于生命现象和个体生存状态的思考。早期的德意志浪漫派认为人生是向"诗"转化，其出发点在于人始终面临一个与他自身分离异在的世界，无论是文化层面还是自然层面，人都发现自己面临一个不属于本体的、与本体对立的客观世界。这个困境无论在17世纪的西方还是20世纪的东方，都一样赓续在整个人类发展史上，所以，如何使这个异在的、客观化世界成为"属人"的世界，即构建一个人的主体性展现的世界，也就是如何使世界"诗意化"。刘小枫阐述为"诗的裁判日"问题，实质是一种"浪漫的思维方式"②，即通过诗的本体化，实现艺术存在结构向人生和宇宙层面的转化。把人从现实世界的麻木状态中解放出来，只能用语言解放自

---

① 郭沫若：《生命底文学——郭沫若论创作》，上海文艺出版社1983年版，第3页。
② 刘小枫：《诗化哲学》，华东师范大学出版社2007年版，第44页。

己，因为现实社会结构依靠"语言"作用形成共同体，人与世界的基本关系便是一种语言性关联，无论处于哪种语言之中，这种语言的表述都既启示自我，也创造自我。语言和人的本体维系还包括主体性投射，起于一种实现自身的潜在需要，也就是打破日常生活的感觉方式，以陌生化手段摆脱外在事物的制约，于是，情感贯穿起人的世界和语言的世界。按照浪漫主义的逻辑判断，生命从建立的那一刻起就在无法遏制地衰退，在毫无间断的力量化合中打碎自我，继而制造新的形式替换；在此之中，内体的复杂作用大于外部运动的意义。这一意义最显著的特征就是用情感反思和体验，而反思和体验的客体恰恰就是生命置身其中的生活，由此，体验联系起生命和生活。体验一方面包含感官所得，更多成分属于心灵想象和精神力量，因此情感作为体验的前提，成为"浪漫书写"的核心。

当情感成为内在生命的中心点，而情感的实体，内在的感性生命就被视为浪漫主义的生长点和哲学依据。浪漫派往往将诺瓦利斯《1797—1798年断片集》第105条当作浪漫诗学的纲领和宗旨："这个世界必须浪漫化。这样，人们才能重新找到原初的意义。浪漫化不是别的，就是质的乘方。低级的自我通过浪漫化，与更高、更完美的自我统一起来。浪漫化就如同一个质的飞跃的序列：把普遍的东西赋予更高的意义，使落俗套的东西披上神秘的外衣，使熟知的东西恢复未知的尊严，使有限的东西重归无限。"[①] 其实这也是诺瓦利斯为个体生命描绘的出路与前景："浪漫化"作为人的存在表达，是不能拒绝的历史使命，是走向黄金未来的必经之途，也是人类接近真相的唯一方式。通过文学的浪漫书写，把生命的激情、生存的焦虑、欲望的灵性统统上升到本体论地位，在本位思考中诠释内在生命同时代、社会、文化承袭与转接的深度契合。

20世纪中国文学的浪漫书写实现了三重突围。

首先，文学由对外在世界的模仿转移到对个体内在宇宙的关注。作家

[①] ［德］威廉·狄尔泰：《体验与诗：莱辛·歌德·诺瓦利斯·荷尔德林》，胡其鼎译，生活·读书·新知三联书店2003年版，第222页。

在充分运用想象功能建构起人们心灵—情感世界之后，注意力转移到历来为正统文化所鄙夷和回避的本能欲望，并且随着题材禁区的突破加速了人们道德观念的更新，渐渐确立一种现代意识，即隶属于人的一切，不论是精神的还是肉体的，都是自然的、合理的，在肯定自我的同时确立个性解放的信念。

其次，浪漫主义中对自然崇尚的精神，唤起作家对社会底层民间的关注，平等的人文主义思想对"贵族文学"的冲击，在内容上形成新的阵营对垒，美学艺术方面也激起一股清新、真实的质朴之风。

最后，因为生命力意志的注入，所以改变了过往悲观遁世、以"浪漫"为慰藉的消极观念，生命力量的沉醉、勃发、升腾和超越，焕发出审美现代性的意志；浪漫精神的具体实践在现代中国特定的历史发展中，更多了一项以人为轴心的思考，与传统文学中的浪漫主义相比，走的是一条"现代性"的路，和当时的启蒙思潮、民主革命、战时状态密切相关，特别是后来的新时期小说中的浪漫主义更是弥漫着浓厚的"现代"情绪。

在此，有必要就"现代性"作出明确的阐释，才能更清晰地把握浪漫与现代的关系。在西方文化视野中，"现代"是一个相对于"古典"衍生的语汇，在能指方面是一种时间前后递进的关系，而其所指辐射到社会结构、历史理念、体制维度、思维方式、知识系统等各个方面，主要体现为"一个辩证的、矛盾的抽象体，这个抽象体在发展过程中会发生奇妙的倒转，即主体的不可遏止的客体化，要成为'现代性'的，便意味着要成为这样一个悲剧性的主体——它有许多面孔，但有一个共同的名字便是'浮士德'"[1]。"浮士德"意象实际上暗含了"现代性"在重新排序的历史过程中所面临的偶在性境况以及针对此境对自身话语形态的调整，即"现代性不再从另一个时代的模式里去寻求自己的定位标准，而是从自身中创立规范。现代性就是毫无例外地返顾自身"[2]，"返顾自身"也就是黑格尔所强调的人的主体性。哈贝马斯认为黑格尔实际上是"第一位抓住现代性问

---

[1] 韩毓海：《"五四"与20世纪中国文化》，《学术月刊》1994年第6期。
[2] [德]于尔根·哈贝马斯：《现代性的概念——两条传统的回顾》，见《现代性基本读本》（上），河南大学出版社2005年版，第128页。

题本质的哲学家,他(黑格尔)首次将现代性的自我确认(self-reassurance)即主体性当作哲学的基本问题予以对待,并认为在现代性之中,宗教生活、国家形态、社会结构以及科学、道德和艺术均是主体性原则的转换和表现形式"①,这样就赋予以主体性为现代性规范的合法性。然而这一确立过程却经历了科学哲学领域和艺术审美领域两度激烈的"古今之争":那场论争分为两个阶段,17世纪末18世纪初的主流倾向体现为即使赞同"现代"的人们也仍固守古典主义超验的、永恒的美的模式,他们认为"现代人优于古代人仅在于前者能以一种更理性的眼光来理解这一模式","到了18世纪末19世纪初,确切地讲,自从以浪漫主义面目出现的审美现代性首次明确界定其反古典主义宗旨的基本立场,并宣称这一立场具有历史的合法性伊始,超时间的、普遍可理解的美的观念才开始告退"②。通过浪漫主义的介入,现代性最终在文学和美学领域里确立主体的自我确认、自我肯定的基本原则,"它为文学艺术史引入了完美的无限性(infinite perfectibility)以及创造性观念,从而突破了古典主义的文艺循环发展论和不可超越的完美范本论"③。所显示出灵魂的自我、个性、天才、独创性及反讽等审美个体主义概念被视为浪漫主义的最重要特征,也正是现代性的主体性原则在审美—艺术领域内的表达。

从物质层面的现代性进入浪漫主义的理解,具体来看,韦伯认为,现代性最直接的影响就是产生了世界的"世俗化"(secularization)与"祛魅化"(disenchantment)以及社会形态的"理性化"(rationalization)。④然而,理性化的实现却是一个内在矛盾的潜伏,因为它所要求的主体性同时包含了感性主体与理性主体,当现代性的革命使命结束之后这种紧张就会凸显出来,在科学哲学领域及艺术审美领域里面临挑战:对宗教以及类

---

① [德]于尔根·哈贝马斯:《黑格尔的现代性观念》,见《现代性基本读本》(上),河南大学出版社2005年版,第320页。
② [美]马泰·卡林内斯库:《现代性的五副面孔》,顾爱彬、李瑞华译,商务印书馆2002年版,第5页。
③ 张旭春:《政治的审美化与审美的政治化——现代性视野中的中英浪漫主义思潮》,人民出版社2004年版,第27页。
④ 章士嵘主编:《西方思想史》,东方出版社2002年版,第353页。

宗教文化形态否定所建立起来的客观合理性，从一开始就失去了令人笃信不疑的道德和形而上学的合法性。因此，这种意义本源的缺失和匮乏导致的"祛魅"世界必然会引发质疑，必须寻求修正和补偿。现代性审美意识对理性的疏离和感性的强调，客观上将"感性"推上生存论和价值论的位置，这种"感性本体论"实质上为此岸世界提供新的立法根基，即感性、艺术和审美，具备宗教的救赎功能，区别宗教的特质在于使用"审美的形式"。将审美与现代性联姻，在逻辑上遵循以感性主体性取代启蒙哲学家所倡导的理性主体性原则，在深化现代性的主体原则同时又植入一种异在性因素，造成两种理念形态的并存，使"对立"成为现代文化的标识。

论者并非简单地将现代性纳入浪漫主义的逻辑特征，而是通过主体性原则，洞悉主体与浪漫书写的相互作用，更为明晰地辨别浪漫精神如何参与文学修复、理解蕴藏着现代意味的浪漫文学究竟怎样形成。刘小枫根据对德国思想家特洛尔奇的考察，认为浪漫派思想具有"双重性"："既是向上古神话的回归，又是一种新的现代性原则的表达"，另一方面又承接了审美个体主义原则，即"把个人主义上升为国家和社会的建构原则"，浪漫派尝试"恢复传统的权力关系和身份制度"，而潜在的"多元的泛神唯心论"又使他们不自觉地受"非理性的、善挖苦的权力思想和民族国家思想"操控，最终其思想指向不再是"对现代性理念基础的内在批判，而是以另一种现代性原则瓦解了启蒙时代的唯心论的现代原则"[①]。这种矛盾性为中国文学的浪漫书写制造了更广阔、深厚的理论空间，显示出在放弃理性主义的确定性之后，以不同形式和不同特征演绎的叙事个性：既有以情感、想象、灵性、自然、传奇等构筑起来的自我扩张，也有对生活世界（life-world）的诗化和审美化，用艺术的自足来对抗机器世界和实用理性，在质疑启蒙、进步等"神话化"的现代观念同时，也相信奇迹、秉承内心坚定的信仰，其理想不在原始，也不指向未来，而是在不确定的路上，由片面的肯定走向双重的否定，最后通往无限性。

[①] 刘小枫：《现代性社会理论绪论——现代性与现代中国》，生活·读书·新知三联书店1998年版，第187页。

正是这种对感性自我的弘扬、对想象的青睐、对艺术和诗的无限拔高以及对自由和理想的倚重，浪漫主义实现了人类历史上首次对现代文明的审美反思和审美批判，感情的、艺术的和审美的美学旨趣构成了现代性审美精神的价值取向。其根本宗旨就在于依靠个体自我主体化的、想象性的内在意识，恢复感性、取代理性，审美立法、取代宗教，即以内在心性和审美冲动来反抗"庸俗的""碎片化"的世界，进而让艺术最终承担社会革命的审美乌托邦。具体到文学领域就构成一个具有较宽泛涵盖性的浪漫主义美学和诗学体系：其一，审美的本体论，这一维度的核心在"审美"，主旨在消解"神性"本体论和"理性"本体论；其二，创造性想象的认识论，以"想象"实现对世界的认识，印证"逻辑推理"把握世界的偏见和狭隘；其三，衍生于本体论和认识论之中的语言论，其突出特征是隐喻、象征和神话的有效应用。这三个维度以感性主体为意义中心，相依相存、彼此阐述、互为证释，共同构成一个"诗意乌托邦"，超越有限与无限的对立，为生命搭建起终极的价值根基。

韦勒克在与沃伦合著的《文学理论》中将"浪漫主义"视为一个理论、哲学及风格都整齐划一的统一体，归纳为关于大自然与人的关系的一个观念；克罗齐在1929年版的《大英百科全书》的"美学"词条中认为"浪漫主义"并没有成为过去之物，也许在形式和内容上已经改变了原初形态，而精神却一直延续在以艺术追求情感和印象的直接传达的趋势中。很显然，后者的认识跳出了前者静态的、僵死的历史局限和逻辑判断，本书也力争用一种客观的、发展的眼光来界定浪漫主义，除了以"自然"为回归方向的美学特性之外，将对"现代性"反思的浪漫精神也作为理论的一个向度，而且两者之间的关系在文学实践中相互推动和深化的演变也为论述提供了更为宽泛的视域。"五四"以来，传入中国的浪漫主义在几成燎原之势后，旋即转入一种亚显在状态，而文学中的浪漫精神却深刻地镶嵌于中国文化品格之中，其本身的多重蕴含和迂回发展构成20世纪中国审美现代性的一个重要组成部分。认识这种浪漫主义的传承和接续，是厘清文学自身发展规律的基本思路，也是全面把握创作主体与客体、人与世界本质关系的前提和保障；同时，对当下中国的现代化进程仍有启示，特别是 21 世纪之后，出现的后现代主义式审美放纵，"浪漫主义"面临个性、审美被正统化、合法化和商品化的危机，因此，论者的研究也会提供一种拯救现代文化的原发性思索，引导如何抵抗"无边的审美主义"。

二 乡土浪漫书写的基本特征

何谓乡土？费孝通曾说"从基层上看去，中国社会是乡土性的"[①]，并由此对乡土中国作出了自己的解释："这里讲的乡土中国，并不是具体的中国社会的素描，而是包含在具体的中国基层传统社会里的一种特具的体系，支配着社会生活的各个方面。它并不排斥其他体系同样影响着中国的社会，那些影响同样可以在中国的基层社会里发生作用。"[②] 这里所说的"体系"，就是乡土应当包含实在的空间地理环境，也包含在这个空间里所孕育的一切文化因素。

本书拟定的乡土，即为包括实在的空间地理环境以及在这个空间中孕育的一切文化因素，是实在性与虚构性的集合体。乡土叙事，正是建立在这一载体上的语言生成系统。作为人类居住的本乡本土，从叙事本体的角度来看，由这一地方的历史文化、生活习惯和自然环境等因素构成；由叙事主体观察所得，体现为突破时空限制的某种内在生活的表征，常常与某种深厚的情感关联着，有一种不断向根柢延伸同时又无法停止漂浮的感觉和思考。许多乡土的研究者都试图揭示其中的深层含蕴，也出现了一大批与乡土相关的文学理论和批评成果。但是，研究者更多是把乡土这个文学母题作为一个题材来进行阐述，至于其中规律的共性以及本质的异在，总是隔靴搔痒一样没有完整和透彻的呈现。乡土是否真的只是一个文学题材？它的背后是否隐含着更深的寓意？贯穿在 20 世纪整个乡土叙事中最核心的东西是什么？要回答这些问题，我们必须有新的研究视域。

本书提出"乡土浪漫书写"这个命题并不是针对"现实主义的乡土"这种传统的说法，事实上，"现实主义"和"浪漫主义"并不是人类意识

[①] 费孝通：《乡土中国》，生活·读书·新知三联书店 1985 年版，第 1 页。
[②] 同上书，第 2—3 页。

中固有的二元论产物，因为在它们二者辩证的运动中所不断产生和得到调和的对立面也不是永恒的、基本的对立面的反映。考德威尔曾打过这样一个比方："就像是由同一架机器摄取的现实的不同方面，几乎像是同一张相片的正片与底片一样。假如你只看到现实的一张相片，那么正片与底片确实像永久对立的。"① 现时的图景一直都在变动，但它们在艺术家那里依然是本真的初态，艺术中真实与否的标准就看它在多大程度上揭示出人类心灵的真相。因此，现实不等同于"真实"，浪漫不等同于"虚构"，本书所提到的"浪漫书写"，也就不是一种单纯的相对于现实乡土的文学臆想，"浪漫乡土"提供的是一幅人的"存在"与"非在"相互力搏的图景。

对中国知识分子而言，身兼双重身份：首先是乡土儿女，其次才是知识分子，当知识分子在思考中国现代化的时代主题时，更大程度上需要解决的却是乡土问题。乡土之所以在时代的更迭中被卷入旋涡，或被抛至边缘，乃是由于城市化的进程——这个典型的现代化表征——因此，20世纪文学的乡土浪漫书写客观上也无法回避"现代性"。当然，现代化和现代性并不是同一语境，前者作为历史活动代表了某个时间阶段，后者却更为辩证和抽象，作为普适性的概念晚于现代化产生，甚至是针对现代化而出现的一种情绪反应，体现为迷惘、焦虑、悲观、反叛的类似特征。那么，我们需要面对的，是充满原始、本土、强烈农业文明气息的文学母题和现代性意识密切相连之后所具备的形式、内容、特质以及交织的情感、思想、演进状态等一系列问题。"乡土的浪漫书写"根源于文学这种意识形态性的想象活动，同时也通过想象，将"乡土"界定为一个实在性与虚构性的集合体，不仅仅是"乡土中国"的地理范畴，也不单是对应于"都市文明"的时空形态。而是超越两者之上的独特意蕴：第一层指作家为了彰显乡土及乡土上的人们在20世纪巨大的社会转型中产生的犹豫、彷徨、快乐和苦痛，以及由此引起的思想意识、价值观念、道德伦理、人

---

① ［美］考德威尔：《浪漫主义与现实主义》，薛鸿时译，生活·读书·新知三联书店1998年版，第3页。

际关系、村风民俗等方面的变化，而采用的一种声情并茂的叙述。也就是说，在不同的语境和运行机制中，作家用不同的叙事模式、叙事视角、叙事话语对乡土进行"浪漫化"拟写。第二层意思是伴随乡土成为现代性问题的对象，文学中的乡土已不再是乡土实体，而是一个关于乡土的隐喻：真实的乡土处于一种在场又不在场的状态，作家的心理介于一种属于又不属于的认同。于是，为了构成隐喻并解释隐喻，需要一种浪漫精神去阐析乡土的虚拟性，在此，乡土和浪漫精神互为存在样式。

20世纪以来知识分子在文学中对乡土的表现和抒写，不仅仅是对乡土题材、乡土生活的关注，更是对中国以及人类自身的现在、过去和未来的关注。人并不是在现在的时境中意识现在，从时态上看，应是在很早的过去就意识到未来，所以，人最先在将来中存在，真正的将来时态则意味着生命的终结趋势，这就是说，浪漫书写的首要特征体现为一种展望交环着遥想的姿态——回忆，"回忆不仅仅是审美认识的精确工具，它还是真正的、仅有的美的源泉"①，主体的审美理想将过去的记忆片段重组，"被现实的、无可弥补的缺陷所阻滞的期待可以在过去的事件中得到实现。这时回忆的净化力量有可能在追求美的过程中弥补经验中的缺憾。不妨说，审美经验在乌托邦式的憧憬中和在回忆的认识中都是同样有效的。它不仅设计未来的经验而且还保存过去的经验，以使那本不完美的世界变得完美"②。以此观之，回忆辅助乡土成为一个和谐完美的艺术整体，也因此获得净化与诗化的力量来感染浪漫书写。柏拉图指出，人们"见到尘世的美，就回忆起上界里真正的美"③。在此，柏拉图把审美从知觉的、感性的领域安置到灵魂的、理性的领域，那么"乡土浪漫化"的任务不在于描述由知觉所感受到的感性之物，而是在于揭示由回忆而生的理性本体。这种"理性"不是绝对意志的显现，而根源于感性的"思"，正如海德格尔

---

① [德]汉斯·罗伯特·耀斯：《审美经验与文学解释学》，顾建光等译，上海译文出版社1997年版，第134页。
② 同上书，第11页。
③ [古希腊]柏拉图：《柏拉图文艺对话集》，朱光潜译，人民文学出版社1980年版，第125页。

所说,回忆联系起了"诗"与"思"。乡土的记忆不是对外部经验世界的返顾,而是对内心世界的求索和认知,最终成为事实世界向价值世界的过渡。记忆性的"浪漫书写"并不是力求对过去经历的真实性再现,回顾"过去的乡土",而是以想象的方式融入作者的审美理想,进行艺术创造。普鲁斯特在《追忆似水年华》中竭力地表现生命在时间中的幻灭与衰变,在物质生命衰朽之际展示出一缕心灵世界的微光,对于现代生存,表达了他"最低限度的希望",因为"低于这样限度的希望是不存在的"[①]。雷同于那种"追忆",乡土之上的浪漫书写也浸透着希望之光,作家用时间编织一双翅膀,试图托起欲说还休的生命之旅。这种时间本质上根源于一种非量化的、非历史线性的、非统一化的本体意识,没有任何公约,仅仅是主体化的、想象性的绵延,由自我发展过程中形成的时间和个人关系的观念构成。以投向未来为根基构成叙事者所述故事的深层动机,同时作为结构情节的方式,站在将来的某时就注定了两个时间维度的重叠,这一时间意义既不是对"过去的杜撰",更不意味着对"未来的幻想",而是兼具小说的技巧和美学的功能,同时又是生命的演绎形式。

并非所有的乡土记忆都是"浪漫化"的表达,只有以独立的个体人格为基础的记忆才是乡土的浪漫书写。然而,深刻的社会、政治、经济、文化、思想等诸多因素的合力构成现代中国特殊的运行机制,在此景况下,知识分子无法回避民族国家意识,后者与个人记忆貌合而神离,乡土成为两者统一的想象共同体。"五四"以来,当城市成为现代文明的策源地,知识分子受启蒙和救亡的感召奔向异地,原有生存空间的改变使得精神寄托出现偏移,最大的尴尬是知识分子人格发生结构性重建,成为中国传统儒家文化和西方自由主义观念双重标准的实验体。一方面,旧伦理的阶梯或多或少地把个人从家庭与宗族的纽带中分离出来,客观上适应了个性解放要求;另一方面,打破原有专制桎梏也为国家、党派和其他社会经济组织对个人的控制提供契机,造成个体因为缺乏依附,进而泯灭主体需求和情感,投入国家想象。正如周侧纵先生所言"个人主义话语导生了一个为

[①] 叶庭芳:《论卡夫卡》,中国社会科学出版社1988年版,第47页。

实现国家解放和民族革命而制造个人的工程",因为自我意识没能形成独立态度,更普遍地被一种群体需要所取代,个人价值的实现体现为对民族国家的责任与意义,本质上便有一种权威感的转嫁,自身地位并没有出现实质性更改,所以当两方面都不能承担知识分子的人格渴望时,只能回到原有"乡土"之上,由乡土扮演不同历史时期的"家""国"角色,或者通过抽象的"家(国)"观念投射到"乡土"之上,实现民族国家的重建,完成知识分子身份人格的重新想象——中国现代性的承载者:乡土——成为知识分子思考中国现代性问题的根本出发点和基本场域。正是这种"特殊的个性主义"实践,才形成浪漫主义的中国化,是中西文化精神契合的结果,更是本土的浪漫主义区别于西方浪漫主义的一个向度。"特殊的个性主义"一方面回应了从"无我"到"有我"的浪漫主义发展,而这个"我"却挣扎在自由人性与具体时空限制的对抗中;另一方面,也正是这种灵魂的煎熬,才成就了"乡土浪漫化"的苦难意识和悲剧特征。

乌纳姆诺认为生命的悲剧意识来自对"不朽"的渴望,而对中国作家而言,"不朽"的只有人性的绝对自由,实际上,人的存在从时间上被一个整体延续的原则所决定,但当这一整体面临灭顶之灾的时候,"覆巢之下,岂有完卵"?内忧与外患都格外显著的时代,夹杂在群体性赴难和个体性忏悔中的清醒,使人的最大愿望(继续永远存在)和深刻的体验(死亡导致的不存在)矛盾空前,于是精神活动的主体就选择生活在回忆中,也为回忆而生活,本质上寄望记忆坚持努力,并使之转化为期望,将过去转化为未来。正如传统是一个民族集体性格的基础,记忆也是个体人格的基础,20世纪的中国浪漫主义第三个突出性征是"叛逆性的发挥",也许在现代时期,个人主义意志在与人的对象化做斗争,还仅仅是将其作为手段,新中国成立之后,便以之为最终目的。当个体明确了靶向之后,自身就必须从反对象化的斗争中获取意义,当"体制内知识分子"成为他们标记性的身份特征,在历次的政治浩劫和阶级运动中,"国家"想象经受一而再,再而三的动摇,"文革"之后,特别是进入20世纪80年代,客观上宽松的政治环境重新刺激了他们的"家族"想象。事实上,家族史书写的出现,与个性淡出、文化渐入有明显关联。联系"五四"一代的娜拉们,他们走出家庭以期找到个人的存在位置,而新时期的作家们只能在家族中还原个人的生存合法性,接纳"家族"的"民间"成为知识分子乡土书写的新对象。他们想象自己的"民间"身份,换句话说,正是以"民族"和"民间"的名义,才使得"乡土"作为那套符号系统表征为中国广大的知识分子自觉接受。由于20世纪中国文化生态的复杂性,任何一种文学现象的研究都不可能全方位地表述现代化的发展情况,个人与家族、民族之间的黏合关系在平复与冲突中发展,成为现代性话语的一个系统构成物。选择"叛逆性的发挥"这个角度,可以将"浪漫化"情感作用的主体和客体都囊括其中,通过把握文学乡土与书写主体的紧密关系,解读一个世纪以来中国知识分子作为"地之子"的追求与矛盾。论者认为,乡土的浪漫书写,并不仅仅是想象的产物,它的意义和价值也不仅仅在其本身,更在于现代意识对整个文学机制运行的反思。"叛逆性"首先是对生存的当下进行疏离,有意识地保持一种距离,进而在距离中展示历史的悖论,体现生存的无奈;除此之外,叛逆也隐含着妥协,从情感距离的远近、抒情对象的转化,就能够把握"浪漫书写"自身的微调。

在已有的研究中,往往将乡土的写意看作一种对立于作者主体的书写,认为作家为了反映自己内在的思想情感把"诗的精神与其样式"引进"散文的叙事样式中"[1],当作思想、文本几个板块的拼接,陷入一种习惯的、形而上学的迷雾:把存在当作一种认识对象、一个存在物来思考,误以为思维本体所认识、分析和把握的就是存在本身。实际上,存在并不是任何实体性或观念实体的东西,在这种主体客体的对列图示中存在才被彻底遗忘——最大的误区就在于从任何一种实体性的东西,无论人本身还是自然,去思索存在,就必然只可能把握存在物,而失去存在本身。因此,从"浪漫书写"的角度去理解乡土,改变乡土和人的一种认识关系,在解读过程中需要的是感觉和体悟,才能还原乡土浪漫书写的核心——想象和情感。前者具体化为一系列的符号运作,"人们在生活实际中,不仅能感知当时作用于自己感觉器官的事物,不仅能回忆起当时不在

---

[1] [韩]朴宰雨:《关于中国现代小说的抒情性》,《国外社会科学》1997年第4期。

跟前的而过去却经历过的事物，而且能够在自己已有的知识经验的基础上，在头脑中构成自己从未经历过的事物的新形象。这种在头脑中创造新事物的形象，或者根据口头语言或文字的描述形成相应事物的形象的认知活动，叫作想象"①。想象是产生乡土意义的直接来源，霍尔曾经将意义产生的过程称为"表征"（represent），"反映论的或模仿论的途径提出词（符号）和事物之间的一种直接和透明的模仿或反映关系。意向性的理论把表征限制在其作者或主体的各种意向中"②，乡土为主题的象征、隐喻、传说等符号形成的"含魅"都是"表征"，由形式迥异的"表征"构成功能不一的"含魅"，作为乡土浪漫书写的第四个特征，在技术层面之上的更多是艺术内涵的升华。

　　隐喻源于"理性"影响，非理性的事物总是希望能够理性化，而理性的事物也只有在非理性事物的领域中才能发挥作用。作家在创作之时以一种介于原始思维和理性思维之间的隐喻思维去直观一种主体和客体尚未区分的"初始经验"，当作者试图将这种感观体悟到的经验用语言和意象表达出来时，作家只能用语言和意象作为中介去映射或者捕捉那种"初始经验"③。如何理解"隐喻思维"？首先对隐喻要给出特殊的界定，亚里士多德最早对隐喻定义为"用一个表示某物的词借喻他物，这个词便成了隐喻词，其应用范围包括以属喻种、以种喻属、以种喻种和彼此类推"④。思维在隐喻活动中，喻旨和喻体相互作用、相互渗透、相互靠拢，最终融合为一体，也就是主体寻找到一种与经验有某种相似性或关联性的意象（即"客观对应物"）并将经验投射到该意象之上的一个隐喻的过程。对乡土反复的追踪和描绘，有效地把个人经验上升为普遍的人类经验，使乡土集合起众多彼此对立又相辅相成的主题，比如故乡与都市、童年和衰老、漂泊与回归、找寻与放逐、过去与当下、失落的根和残存的土

---

　① 伍棠棣等：《心理学》，人民教育出版社 1980 年版，第 84 页。
　② ［牙买加］斯图尔特·霍尔：《表征》，徐亮、陆兴华译，商务印书馆 2003 年版，第 3 页。
　③ "初始经验"，源于感性体验的一种与生俱来，此处借用陈庆勋博士论文《艾略特诗歌隐喻研究》中的说法，"由于受理性和逻辑的作用"，"初始经验"就随即分裂为主客体，目的在于区别喻旨和喻体，表达乡土意义的复杂性。
　④ ［古希腊］亚里士多德：《诗学》，陈中梅译，商务印书馆 1999 年版，第 149 页。

地……推而论之,"任何事物之间都存在着某种时空上的临近性或者相似性,通过广泛的类比作用,文字就构成了隐喻性的表意程序,构成一个无穷的隐喻系统"①。这一乡土构造的隐喻系统是一个中介体,思想借助这个中介系统来思考世界,并把这一系统归诸和结合到世界中去。隐喻不仅是作为语词层面的修辞格,还是精神意义的生成本身,语言、典故、意象、片段……作为浪漫书写的主要构成要素,同时也是经验的外在感性显示形式。为了表达文明的多样性和复杂性,上述这些构成隐喻的喻体还需要一个深化或者说转化的过程,将感知和体悟到的事物、思想、情感等投射到与其具有质的区别的另一事物、意象或语词之上。"投射"所带来的直接效应——碎片化、无序化成为乡土浪漫化典型的叙事风格,文本整体又将外在形式与其所要表现的文明(尤其是纷繁驳杂的现代社会)构成一种隐喻关系。最大的隐喻便是作家面对故乡和现实的双重失落,内心矛盾情怀的掩饰,围绕乡土生成的最关键性问题就是"何处为家"。隐喻是多层面的——对"家"的探索,对回家"路"的思考,对路所"指向"的追问,对指向"寻找"的冥想,对存在意义的终极理解……表层结构诗意乡土之下潜藏着一个深层的隐喻意义结构,即荒原感与之逆向并存的二元状态,而且各个层面的隐喻又交错通达,它们在读者的阅读和阐释中完成隐喻构建活动。

就思维发生机制而言,象征和隐喻同构,也是乡土创作原动力之一。跟隐喻一样,象征将两个不同的事物或意象在思维中连接起来,建构起新的事物或者意象,意象是"人脑对事物的空间形象和大小的信息所做的加工和描绘"②,也可以理解为"有关过去的感受上、直觉上的经验在心中的重现或回忆",或者是"一种瞬间呈现的理智与感情的复杂经验"和"各种根本不同的观念的联合"③,浪漫书写中的"乡土意象"就是过去经验经过隐喻性思维加工而留在脑海中的图像,当我们掩卷遐想时,海边沙

---

① 耿占春:《隐喻》,东方出版社1993年版,第112页。
② 《简明不列颠百科全书》第9卷,中国大百科全书出版社1985年版,第102页。
③ [美]韦勒克·沃伦:《文学原理》,刘象愚等译,生活·读书·新知三联书店1984年版,第201—202页。

地、天空圆月、青坟、白塔、后花园……这些典型的图像出现在脑海中，也镌刻进文学史。为什么这样一些图像会变为纯粹的概念，承载起丰厚的人文意义呢？意象作为相对物质化和个体化的形式，联结想象和经验，从而实现亚里士多德所谓"使事物活现在眼前"的目的，换一个角度说，正是通过意象才实现了想象的审美功能。在此之中，象征作为一种文学表现手法和认识世界的方式中不可缺少的组成要素。英国文学批评家查尔斯·查德威克认为"现实世界只不过是一种表象，这种表象掩盖了诗人自身的思想感情或诗人所向往的理想世界"[1]，正是象征独具的那种暗示意识，穿透表象的世界，作为寓言的象征，作为神话的象征，使审美产生了难以言喻的力量：既是时代情绪特征的写照，又是人物心理结构和内涵的缩影，触及历史沉重的叹息和无声的呐喊，也抚摸着现实累累印痕的苦难。这种内聚又外扩的艺术渗透，超越表层之上的审美空间，使小说充分地诗意化、哲理化。在这里，象征不再代表单一的修辞手段，而引申为存在本身的样式，人们从这种审美蓝本中获得了生命的启示。

除开语言系统的隐喻、象征这一类的作用，乡土的浪漫书写留给接受者一个最大的感受还在于，文本中出现的人与事，或者无情节，仅仅是图景再现，一致地显现出对生活逻辑的背离，可是读者却不得不承认它们对文学逻辑的顺应与贴近，论者还不只是针对夭夭讲橘子不卖，只是送人吃那样的一种民风淳朴，单是荸荠庵和尚们大殿杀年猪的描绘就让人震惊，然而瞬间又能镇静下来，表示默许和首肯。实际上，这也是"含魅"在意识形态方面形成的连锁效应，形而下地看，含魅可以理解为狭义的迷信，形而上地看，却可以看作对命运的追索，文学的本质是以语言为本体而构成的一个艺术想象世界，通过语言传达作者对现实的认知并且设立自己的标准，更像是一个碎片的混合物，提供各种各样的逻辑，供后来者挑选符合自身的所在，其内在逻辑既是自足的，也是开放的，容许存在不止一种的解读方式和结果。当然，"含魅"在思潮方面也会构成整个社会的"心路"展现，李欧梵认为，正是作者专门的技艺和瑰奇丰富的创造力、想象

---

[1] ［英］查尔斯·查德威克：《象征主义》，周发祥译，昆仑出版社1989年版，第3页。

力才构成"现代作家的浪漫一代",以此逻辑,乡土的浪漫书写则是他们本身,以及时代和个体之间交织产生的强烈情感体验过程。而20世纪80年代兴起的"含魅"风潮是一种延续性变异,既有来自拉美魔幻现实主义的感染,也有对自身存在方式的一种重构。

居于乡土浪漫书写核心位置的"情感"的最大体现是言语的诗化,以乡土作为审美的本体,不再受叙述主体的干扰,"写什么"和"怎么写"都呈现一种主动融入的姿态。因为融入,所以不再纠缠于真实与幻想的辨析,构成形形色色的诗意生存。任何一部作品成为文学经典,必须具备产生意义的各种偶然性和可能性,也就是文学事件能够经受多角度的解读。事实上,那是一个作品的客观性和读者的主观性逐渐统一的过程,人认知事物的方式总是千变万化,并且在不同时期、不同感受的情况下,主客观的自然结合也不同。乡土的浪漫书写呈现的一种外在流向——怀旧,可以视为"浪漫化"第五特征,它所造成的时空错觉正好带给人安全和爱。无论怎样地不符合当下逻辑,却无法质疑那种表达的方式,正是因为那样的逻辑而产生了人对美与爱的本能需要。面对任何一种冲突,包括内心的(如自己的本能与道德、良心之间)和外界的(如自我和现实)冲突,怀旧适应了人本能的反应,通过返回过去/家乡,替代性地满足了人的本能欲求。透过文本的怀旧,看到这一文化现象的根基,对人类文明的沉溺与缅怀,是建立身份表述和获取文化认同的路径之一。这种需要不仅显示了怀旧的意义,同时也暴露出与之相对的危机和焦虑,具体体现在"故乡"与"他乡"的意识混乱上。如何克服这一混乱?叙述者往往是在同语言展开殊死搏斗——即从"普通话"中突围,以个体的"特殊话"去言说和思想。后者并非根源于一人一时的独创,而是自古有之的人性迁移历程中不曾更改的本然,凡·高说"艺术是反抗",反抗指向现存秩序、既有传统、清规戒律、陈词滥调······更有反抗自我、反抗平庸,实现消灭旧我、创造生命。带着"绝望的反抗"的"怀旧"才是文学逻辑的关键,所以与生活逻辑相悖的那一套符号系统,是提倡改变生存的方式,从已有的习惯思维中抽身退出,甚至以孤独为家,拥抱沉默。一定程度上,怀旧是一种信仰的创造,一方面体现写作者对真理抱有的最高心性上的信念,另一方面也可能表示对某一事件具有的一种脆弱的、犹豫不决的信服。所以，对乡土怀旧又分离为"怜悯"与"信仰"双重的情感。怜悯是人类精神之爱的本质，是爱其所爱的本质，有对故土的爱才有对人的怜悯，不管是哪一种方式的怜悯，都是爱的体现，如若没有爱，对乡土，对自我，对人类就是一无所知。可是了解，就意味着苦难的担当，对乡土史无前例的失望与痛苦，便是最大的承担。怀旧，将生活建立在苦痛之上，却又以某种神秘的魔力掩饰最原初的疼痛，这就是"浪漫化"的人性逻辑，因为只有疼痛才能让人体会到存在，而人宁可不幸，也不愿意不存在。

综上可知，乡土浪漫书写的五个特征如下：其一，以乡愁为倾诉载体，以故土为写作对象，思考个人与生存空间的关系；其二，在城市化过程中，探讨"离家"和"回家"中犹豫、彷徨、迷惘等情绪；其三，以"记忆"为建构文本的脉络；其四，借助含魅的叙事策略；其五，最终落实到"自由"心灵结构的实现。要从根本上来谈乡土浪漫书写的特征，论者所认识到的五大现象其实是互为补充，同时又是互为异在的。"特殊的个性化"使"乡土的记忆"游走在情感的"怀旧"中，"绝望的反抗"的怀旧又加剧"叛逆性的发挥"，"乡土的记忆"在忘却业已规范化、逻辑化的传统语言后，走向语言之外的万物，借用传奇、荒诞、魔幻、断裂、跳跃等方式"含魅"，如翩翩舞者把语言带入不确定的新生之中，瓦解同一而板滞的形式，巩固"特殊的个性化"，恢复语言的原始性和永恒感。陌生的语言旅途支撑起乡土世界更为多义的蕴含。因为作者要我们在他们记忆中暂时告别这个现世的忧伤与欢乐，学会像他们那样爱得单纯，并用那简单的信条做生活的歌者、开拓者与建设者。或许，在他们离去的时候还太年轻，所以对痛苦的感受就格外强烈，当他们陆陆续续归来的时候，声音喑哑却情感浑厚。又或许，他们没有回来过，他们再次离开……但这都不妨碍创作的动力，也许归来主题的叙事并不与他们的归来同时出现，而且越是无法归来，越是长久地延续这一主题。即使他们还没有意识到归来与否并不是历史的必然，还仅仅归结为个人的命运作用，但他们自由的言说、不遵循生活逻辑的想象、特立独行的审美共同衍生出一种人生普遍性的联想，关于生命和存在的形象已经被他们从遗失的文字中捡回，这些形象如同贝壳在苦难中磨砺而成的珍珠,牵动着作家的乡土情怀。

三 20世纪乡土浪漫书写的源流

任何一种思想形态运行到某个完全异质的国家或民族精神生活中,都必须遵循这个国家或民族的社会心理结构。以农业文明萌芽的中国是一个乡土的国度,都市也不过是乡村的延续,建立在地理位置延续之上的更是一种心理的延续。近代中国对西方浪漫主义的接受心理状态,既纷繁复杂,又矛盾重重:那些"浪漫主义"的"普罗米修斯"们对罗曼蒂克精神的态度和取舍向度也不相同,因此,中国现代浪漫主义的原初形态,不同于近代域外浪漫主义那样保持固定的方向与程式,甚至无法给人一个完整的印象。

无论是西方还是日本的浪漫主义都是针对古典主义或宗教主义导致的自我迷惘、内在灵性丧失,或针对现代理性由"物"的强烈追求内化为对心灵世界的扭曲,尝试以自然为蓝本,用艺术恢复人类生存的意义和价值。而中国新文学受到现实条件制约和与生俱来的传统艺术思维影响,其生长土壤缺乏相应的社会思想基础和哲学基础,本土"自由"与"率性"的内核与异域浪漫精神客观的形似而神非。正像张竞生在《浪漫派概论》中直言的一样:"五四运动以后,我国的新文学的奇思怪想完全采用浪漫主义。胡适君的几条新文学应用大纲,完全是抄袭浪漫派的(不幸胡君不肯说出,并不敢揭起浪漫派的大旗)。本来,这是好现象,在我国几千年困于古典主义的约缚之下,应当提倡浪漫派的自由精神,将先前依附和抄袭的奴隶思想打退,庶几能产生个性及创作的文艺。可是提倡这个新文学运动诸人的胆量太小与不彻底……实则,他们对于新文学、新改造,并无深切的了解,思想并不高明,所以行为不见热烈。"[①] 应该说"五四"时期的浪漫主义难以面对现实中迫切需要解决的问题,因此,现代作家走进另一个传统,一个在彻底地破坏了古典艺术章法之后,引入古希腊悲剧、中世纪宗教、文艺复兴运动、古典主义、浪漫主义、现实主义和现代主义

[①] 张竞生:《张竞生文集》,广州出版社1998年版,第401页。

所共同形成的传统。对现代文学的先驱们来说,在一个混杂的文化中涉猎,需要漫长的时期去顺应和调整,涉猎者自身的文化心理因素是接受者的最大障碍,最迫切的调整莫过于寻找历史与现实、中国与世界的契合点,而关键之处又在于从文学和外部世界关系中找到文学的起点。

中国传统文化以"和谐"为美,肯定个人与社会、感性与理性的统一,强调人之心灵与宇宙之道的浑融,这种"群己"关系忽视个人意义,更谈不上个人立场上对自我的肯定,在此基础上形成从宇宙秩序到社会秩序乃至心灵秩序的一致"重德"。当这种内源性文明作用至社会外围,由统治中心到普遍国民性格一律遵奉"尚礼文化",而与之相对的"力"就沦为文化的阴影和死角。漫长的"重礼轻力"造就了国民以生命的束缚、压抑、弱化甚至萎缩为代价换取的"泛道德主义文明"精神特征。严复率先在接受和传播"物竞天择—适者生存"进化规律中意识到现有文化结构的历史失衡,于是将《原强》中斯宾塞"体育"的理念换为"力"和"体力",倡导生命必须坚持这一检验标准,把"鼓民力"置于"开民智""新民德"同一地位,进而发起对"尚力"的呐喊。这便是20世纪之前关于"力"的潜流与奔突,伴随1917年新文化运动的爆发和"五四"文学革命的扩大,"尚力"成为觉醒的知识分子挑战传统儒家思想的精神工具,置换了"柔性文化"中"克己"的语义系统,最大的影响便是在接受和发展域外"浪漫主义"的审美机制中生发和规训了本土文学的浪漫品格。

1907年鲁迅所作的《文化偏至论》和《摩罗诗力说》,可以说是中国现代文学的浪漫主义宣言书,这两篇文章通过对西方文化的历史特点及其发展规律的分析,认为要立国就必须"其首在立人,人立而后凡事举"。而"立人"则要求反对传统思想,"别求新声于异邦","新声"就来自以拜伦、尼采为代表的具有反叛精神的"摩罗"诗派。另外,从1915年《青年杂志》(后《新青年》)创刊伊始,大量关于叔本华、尼采、施蒂纳、克尔凯郭尔等具有浪漫倾向的哲学家思想输入,撼动着原有的现实秩序和传统价值观念,渐进"偶像的黄昏"。于是,中国的知识分子已是摇摇欲坠的精神之塔在规模空前的个性解放、人格独立的社会自由主义浪潮中,艺术思维不自觉地选择了"浪漫主义"。浪漫思想所倡导的以感性精神为旨归成为现代中国最本质的启蒙,符合鲁迅以及大批同人对健全理性精神引导生命情感释放的渴望,《摩罗诗力说》通过文化比较与文化梳理,进而辩证地解析外在体质生命力量。在此基础上转向崇尚情感和意志为特征的超本能力量,提出所"尚"之"力"是审美化了的生命情感力量——体现为"撄",鲁迅认为真正的"诗力"在于"撄人心",即能触动、唤醒他人的灵魂,表达他对追求有朝气和热情个人生活的赞许与推崇,从而构建起有利于启发民众对个性解放具有自觉意识的文学世界,也就是运用想象力、知解力、情感力等构筑起美丽、雄壮、自由、高尚的精神世界。"敢撄"的"诗力"精神揭示现实的苦难、矛盾和冲突,抒发生命意志的扩张。摩罗诗力精神所要求的个性独立正是尼采论及的"超人"品格:"生命,存在中最好的说明形式,是蓄积强力的意志,每件事物的目的,不在于保守,而在于成长增大。生命为个性追求力量的最高感觉,生命本质上是追求更多的力量。"[1] 鲁迅以此精神为基础,贬斥泯灭自我的"庸众"和"多数",推崇"个性主义",并把这一思想纳入《文化偏至论》,兼具对叔本华"生命冲动"产生"求生意志"的理解,推导出"强力—意力"说:任何一种力量都不能导致和平,而必须借助于矛盾的冲撞而生存下去,所以生命的平衡应该在永久的征服动态过程中,扩展自我价值与权利范围必须伴随内在情感和意志的不断强化得到充盈和丰富。鲁迅所推崇的"诗力""强力"和"意力"作为鲁迅"尚力"思想中的三大核心观念,而"摩罗"诗人就是"强力""意力"扩张的人格化,蕴含了来自西方近代浪漫主义和现代人本主义及现代非理性哲学思想。具体到创作实践,一方面,他彻底地反抗社会,反抗一切不自由的因素,提倡发挥人不可遏制的生命意志,打破束缚感性生命的理性规范,以此拯救奄奄一息的"人性";另一方面,打破传统的善恶观念,认可一定程度上的"兽性"存在,突破自我重复,最终实现新的创造,促进文明的优胜劣汰,最终将儒家宣扬的道德伦理神话施以冷峻消解,实现传统和现代文化精神的价值转换。

---

[1] 陈鼓应:《悲剧哲学家尼采》,生活·读书·新知三联书店1987年版,第93页。

"五四"启蒙基本精神赓续着"以人为本"的文艺复兴元素,"思虑动作,咸离万物,独往来于自心之天地",指向精神存在的内在连续性与继承性,认为生命趋于无限自由必须通过精神的自我张扬,"去现实物质与自然之樊,以就其本有心灵之域;知精神现象实人类生活之极颠,非发挥其辉光,于人生为无当"①。将人的情感、意志的个性化与自由、感性的审美作为人的解放的先决条件,也是生命超越的最高境界,标志着中国近代的感性启蒙经历"浪漫精神"的洗礼进入现代化阶段,"尚力文学"呈现一股新鲜、活泼的凌厉之风,改造了以中庸温良为内质的文化身份建设,颠覆了此前静态性文化存在根基的合法性,并抵御了扩张性与动态性的现代文化冲击。强调力的本质只能由身体发出——力是唯一的生命——在中国现代新文学诞生的意义中扮演了一个举重若轻的角色:主体性自我塑造和确立演绎了浪漫美学的由"中和之美"破灭走向"以力为美"的建构历程,审美意识的转换巩固了共生的文学价值体系。

当近现代"尚力"精神与浪漫主义"解放"特征进行时代对接时,感性启蒙催生力的解放,导向人的解放,浪漫主义美学彻底不妥协的态度"从本质上讲,目的在于把人的人格从社会习俗和社会道德的束缚中解放出来"②,郭沫若、郁达夫等早期创造社文人效仿、推演和普及浪漫主义对情感的放纵、自由的追求和个性的尊崇,形成一种浪漫诗学精神深层契合,真正同构鲁迅"力"的理论,对中国现代文学产生深远影响。1924年,《小说月报》刊出了"拜伦专号",郑振铎、茅盾、王统照等纷纷撰文抒发对西方的罗曼蒂克的倾慕,郭沫若《女神》更是以"力的颂歌"将东方的"凤凰""天狗"与"女神"化身为拜伦的顽强反抗力量:

> 我眼前来了的滚滚的洪涛哟!啊啊!不断的毁坏,不断的创造,不断的努力哟!啊啊!力哟!力哟!力的绘画,力的舞蹈,力的音乐,力的诗歌,力的律吕哟!(郭沫若:《女神·站在地球边上放号》)③

---

① 《鲁迅全集》第1卷,人民文学出版社1956年版,第190页。
② [英]罗素:《西方哲学史》(下册),张作成编译,商务印书馆1981年版,第224页。
③ 《郭沫若全集·文学编》第1卷,人民文学出版社1982年版,第72页。

我们需要动力,狂呼的力,冲撞的力,攻击的力,反抗的力,杀的力!(何培良:《水平线下》)①

郭沫若认同厨川白村《苦闷的象征》中的观念与判断,"文艺是纯然的生命的表现,是能够全然离了外界的压抑和强制,站在绝对自由的心境上,表现出个性来的唯一的世界"②。用"力的诉求"的文字阐发了文艺的本质,他认为"情感"就是感性生命的具体化,创作中具体实践为"情的诗化"与"诗的力化",进而提出"主情主义"的审美理论。在郭沫若以火山喷裂、宇宙狂飙的气势创造光明世界的带动下,创造社另一成员王独清也卷入这场"尚力"的狂风暴雨,译介 Lamartine(拉马丁)、Verlaine(魏尔伦)、Rimbaud(兰波)、Laforgue(拉佛格)等大量西方浪漫主义诗人及作品的同时,直接把风靡一时的"力"引入诗歌创作中,流露出对"浪漫主义"浓厚的眷恋之情。他注重灵感与想象,诗形的自由,认为"(情+力)+(音+色)=诗","情"和"力"构成了他诗歌的基本要素。王独清所讲的"力"就是情感抒发的力度③,从艺术形式上讲诗句中往往通过叠词叠句来表达强有力的情感,而"情"落脚于艺术的灵魂,接近于尼采所谓希腊艺术中的酒神精神,要求诗人"以'自命疯狂'的姿态向'朦胧'中寻找'明瞭'"④。"情+力"的审美原则打破一切政治的、伦理的古典规范,从而获得个性的自由与解放。

作为对"尚力"雄健之风的回应,无论是郁达夫在伤感颓废的沉溺和忧郁怪诞的疯狂中凸显的零余者色调,还是郭沫若悲壮雄浑如黄钟大吕般的轰鸣,都使新文学洋溢着青春勃发的风采,使作家们也充满了昂扬的生命活力。这种以"个性主义"为基础、以生命为美、以感性为美、以力为美的现代审美意识诞生,预示着现代"尚力"美学思潮逻辑起点的确立。

---

① 《水平线下》,《狂飙》(不定期刊)第 1 期。
② 厨川白村:《苦闷的象征》,鲁迅译,江苏文艺出版社 2008 年版,第 9 页。
③ 王独清:《再谈诗——寄给木天、伯奇》,见《中国新诗集序跋选》,湖南文艺出版社 1986 年版,第 162 页。
④ 王独清:《再谈诗》,见《中国现代诗论》,花城出版社 1984 年版,第 104 页。

正是审美与社会人生价值关系的重新建立,才显示出"浪漫"诗学悲剧崇高感的特征。现代悲剧美学追求者蕴含着一股对力量的强烈希冀,鲁迅曾经对悲剧定义"悲剧就是将人生有价值的东西毁灭给人看"①,这种悲剧感诞生在深刻意识到人性自由与环境情况的冲突和矛盾之后,肯定感性人格和情欲,这种价值关系通过展示"崇高"和"无限"的"抗争与搏击",本质在于"从客观事物的复合整体中作为无形可见的意义而抽绎出来","变成内在的","不可表达的,超越出通过有限事物的表达形式"。②这种形式饱含鲜明的尚力色彩,散发着睥睨一切、愤世嫉俗的独行者气概:"运命是有一种伟大的力量,以我自己的生命力去抵抗时是无可奈何的,但我也要彻底去抵抗它,去击破它。"③ 20世纪20年代以巴金"激流三部曲"为代表的创作,流淌着汹涌的激情,冲击着封建传统之"家"的每一个角落,在高公馆上演着充满浪漫激情的青年以身饲虎的悲剧。《雷雨》《原野》等话剧更体现着悲壮而崇高的美学风格,蕴藏的原始蛮性力量,复仇欲望和反抗情绪冲破了语言的外壳,那生命的撞击、灵魂的震颤使"力"以拍打涟漪巨幅外扩的形式支撑起戏剧结构。无论是对信仰的捍卫、社会的拯救,还是个性的挣扎、爱情的追逐,以"尚力"思潮为特征的浪漫艺术都选择了一种不可避免性与不和谐性的表达方式,打破了传统悲剧的"均衡论"。

王国维从古典戏曲小说的"团圆"洞察到传统的人格、思维方式和价值观念中"吾国人之精神,世间的也,乐天的也"④的实质,认为团圆观念体现出人们静止、乐观、逃避现实人生的美学追求,而事实上生活的本质便是人的欲望,从这个角度而言,人的生存就是悲剧的起源,人性在愚昧中觉醒即遭毁灭,肉体与灵魂相背离,现代悲剧小说将理想与现实、感性与理性等矛盾因素彻底展开,强化其对立和冲突的一面,既揭示个体与社会的冲突,又表现人物自身性格的冲突,摒弃了静穆与庄严的悲剧观

---

① 《鲁迅全集》第1卷,人民文学出版社1956年版,第192页。
② [德] 黑格尔:《美学》第2卷,朱光潜译,商务印书馆1979年版,第79页。
③ 郭沫若:《论文学的研究与介绍》,《学灯·时事新报》1922年7月27日。
④ 王国维:《宋元戏曲史》,百花文艺出版社2002年版,第145页。

念，完成尚力思潮的美学实践。

而中国几千年来的传统美学并不是一种片面极端的认识论，不赞同感性、理性尖锐对立，其主导倾向在于"天人合一"体验式的感悟，缺乏一种对比视野和超越意识，因此即使这个民族面临亡国灭种的危机，生于这个时代的"尚力"也不可能建立起西方浪漫式的审美独立原则，"尚力"维度中"感性的人"的审美意识会自觉不自觉地卷入革命的洪流中，采取依附和妥协式的"集体"表达。后期创造社纳入整个中国的审美现代性进程，由非功利的呐喊转向"启蒙性"的革命理想歌颂，从"浪漫文学"最早变成"革命文学"的前驱。所以郭沫若在1923年写给宗白华的信中就认为应该"吸吮欧西纯粹科学的甘乳"，梁实秋于1926年写的《现代中国文学之浪漫的趋势》尽管认同浪漫主义"高举情感，鄙弃理智"，但落后的现代中国应该把拯救中国的希望寄托在"科学与理性"上，这种思想模式一样出现在郁达夫等人的论述中，他在1927年的《文学概说》中控诉浪漫主义"只知破坏，而不谋建设，结果弄得脚离大地，空幻绝伦"，冯乃超也于1928年发表《冷静的头脑》分析浪漫主义"以狂奔的革命的热情要拖历史'向后走'"，因此"个性主义"的张扬显然有悖于时代潮流，必然有悖于时代审美要求，而被排斥于主流文学之外，这也是"尚力"风潮从审美的意义逐渐转向意识形态教化的主要原因。

短短十年不到，"尚力"由个性自由的话语符号，逐渐转换为具有群体共同向往的话语体系，呈现"复仇—暴力—革命"的演变轨迹，其内在的精神联系被李泽厚归纳为"马克思主义在中国，主要是以其唯物史观（历史唯物论）中的阶级斗争学说而被接受、理解和奉行"[①]。"尚力"变成"尚武"，创造社和太阳社作家率先揭起革命文学大旗，带着浓厚的激进情绪和浓重的主观感情色彩看待革命、把握现实，创作出"革命+恋爱"的"罗曼蒂克"模式。由蒋光慈的《野祭》《菊芬》等作品为发端，之后戴平万、华汉、洪灵菲等作家争相仿效，遂成潮流。这股在特定时代

[①] 李泽厚：《中国现代思想史论》，东方出版社1987年版，第151页。

氛围和社会心理作用下出现的文学潮流,反映了浪漫主义与社会革命在一定程度的结合,成为中国现代文学史上的独特文学现象。在后来的文学作品中延续着残酷血腥味,包括新中国成立后"十七年"文学的"红色经典"也几乎都在"血与火"中诞生。"尚力"的转向潜在地规约了"浪漫精神"的"新陈代谢",实质上沦为依附于现实主义的一种创作方法,而不再具有独立精神与思想价值意义。高尔基这样断言:"浪漫主义不是一种关于人对世界的严整理论,它也不是一种文学创作理论;凡是把浪漫主义阐释为理论的尝试,总不免或多或少搞不清而且徒劳无功。浪漫主义乃是一种情绪,它其实复杂地而且始终多少模糊地反映出笼罩着过渡时代社会的一切感觉和情绪的色彩。"将浪漫主义情绪化无疑是对"浪漫主义"的原初之义进行了政治需要的改动,炮制出"革命的浪漫主义"。高尔基更进一步把浪漫主义分为"个人主义的浪漫主义"即消极浪漫主义和"社会性的浪漫主义"即积极浪漫主义两种对立的概念。认同前者"这种思潮的特征是对现实的极端不满,而显然是宁肯弃现实而取幻想与梦想,它企图把个人提到高于社会之上,企图证明个人乃是神秘力量的渊源,赋予个人以神奇的能力",体现出病态的、反动的本质;而后者"力图加强人的生活意志,在他心中唤起他对现实和现实的一切压迫的反抗"[①],充满了社会主义理想,充满了革命激情与反抗意志,所以是积极的、进步的,是值得信赖与张扬的。甚至因为目的的神圣性,获得目的的手段也被涂上光辉,"复仇—暴力"被赋予革命的合法意义并逐渐被读者接受而成为一种共同的审美期待,"力"成为一种狂欢精神蔓延到生存的各个角落。这一转换令人震惊,知识分子心态的现代转换刚刚启动就被迅速推向另一极端——个体本位被拒斥,回归到"明道救世"的传统性格和信念。个人主义立场让位给投身民族和社会运动潮流的激进分子,也体现了"五四"一代反传统的模糊和暧昧的一面,试图弘扬和建立的个体本位价值观经历一场惊天动地的战斗后,在悄无声息中轻易地、主动地回到原初起点:"他们始终与传统保持着似断实续的关系,他们的激烈反传统的态度,只

[①] [俄] 高尔基:《俄国文学史》,缪灵珠译,新文艺出版社1956年版,第115页。

能使他们超越这种传统，却不能使他们脱离这种传统。"① 这本身就说明"非制度化"的文化遗传成为"浪漫品质"潜在的自我颠覆力量，它无法使个体本位的思想完善，也无法确立"尚力精神"的现代生命哲学意识，甚至限制了社会与文学的同步发展。

过激的"力"向"左"发展，"五卅"前后和"四一二"前后是现代中国社会政治思潮发展最急剧的时期之一，"普罗文学"在这一阶段起步。"在这种特殊的历史契机中出现的革命文学运动，并非'五四'启蒙初期那种较为纯粹的文学运动，而是带有悲郁愤慨的阶级抗争色彩的半政治运动"②，在此政治思潮冲击下，文学被当作激发人们革命感情的"最有效工具"，这种"工具论"导致"尚力"美学在作品中渐渐失去"诗力—强力—意力"三位一体的深刻思考。"力"被还原和简化为最初的"体力"，其悲剧意识和崇高意识随着力的内涵的单薄化，消解在标语化和口语化的文字里。鲁迅认为20世纪30年代是一个"风沙拍面，虎狼成群"的特殊时代，因而时代要求文学——是"耸立于风沙中的大建筑，要坚固而伟大，不必怎样精"，是"投枪和匕首，要锋利而切实，用不着什么雅"。③ 在现代中国激进主义知识分子看来，文艺是一种重要的武器，无须精致与华美，而是要方便实用，它需要的是社会组织功能，要能够强有力地鼓动接受者的政治热情。这是一种被改造后的"尚力"美学观念，在艺术上追求一种"简化"，体现为"人与人关系的简化，人自身性格的简化，甚至道德评判标准尺度的简化"④，从内而外设计了一个"知识分子工农化"的文化走向。就像无产阶级革命文学理论家钱杏邨的"战斗的""力的"文艺的论调，他们贬抑唯美的抒情文学，有意倡导一种粗暴、狂躁，乃至粗糙的姿态，"看似浅薄、鲁莽……实则极热烈极奔进"⑤。在这种理论指导下，"尚力"思潮被迫中断了前期的美学作风。

---

① 罗钢：《历史汇流中的抉择》，中国社会科学出版社1993年版，第214页。
② 杨义：《中国现代小说史》第2卷，人民文学出版社1986年版，第42页。
③ 鲁迅：《小品文的危机》，《鲁迅全集》第4卷，人民文学出版社2009年版，第591页。
④ 朱晓进：《三十年代乡土小说的审美倾向与文体特征》，《南京师范大学学报》1994年第2期。
⑤ 董曼君：《中国20世纪文学理论批评史》（上册），中国文联出版社2002年版，第290页。

与之形成鲜明对比的是自由主义作家沈从文，因其少数民族身份和由"乡下"进入"都市"的"边缘人"情感基础，对"尚力"有着天然的领悟及后天的特殊创制。在沈从文人生价值估量观里，生命是至高无上的唯一尺度："我是个对一切无信仰的人，却只信仰'生命'。"① 他认为生命的本质就是合乎自然的自由自在，与文明社会建立的有形秩序和无形观念所造成的压抑相对立。其笔下塑造的湘西人身体散发的热力与都市人沉沦阉宦的苍白生命形成比照，进而把强力意志与民族向前向上的命运思考结合起来，将湘西生命从人类原初经验中离析出来，升华为一种文化哲学精神。苏雪林评价沈从文小说"把野蛮人的血液注入老迈龙钟、颓废腐败的中华民族身体里去，使他兴奋起来，年轻起来，好在20世纪舞台上与别国民族争生存权利"②。浸透着原始血性生命力的书写，使强力原型在现代意义上复活，激活了种族记忆中的强力心理，为现代文明压抑下的都市生命提供一个"力"的楷模。

生命要健全，必须要有力作支撑。这种力是"非理性"的凸显，相对于"五四"启蒙中的"现代理性"而言，不强调必然性与逻辑性，而倾心于偶然性和不可思议的神秘，浪漫的书写闪烁着"魅性"的光彩。"生命的力"一方面是神性的完备，另一方面是人性的纯粹。沈从文说："我崇拜朝气，欢喜自由，赞美胆量大的、精力强的。"③ 对野蛮的认同更改了社会道德秩序维系的是非善恶判断标准，因此，萧萧由发落沉潭变成母子转危为安；贵生也可以因为原始复仇情绪纵火，却得到作者赦免逃走……尽管他们身处悲凉的境地，却不自觉其悲凉，这种生命活力存在于一个封闭的乡村系统中，呈现一种原始待开发的自在状态。《虎雏》《夫妇》设置出另一种开放与对抗的文化背景，无论妇人头上的野花，还是虎雏强悍的精神，都象征了原始生命"力"的自由自为，在与失去

---

① 沈从文：《水云》，《沈从文全集》第12卷，北岳文艺出版社2002年版，第128页。
② 苏雪林：《沈从文论》，见《沈从文研究资料》（上册），天津人民出版社2006年版，第189页。
③ 沈从文：《篱下集·题记》，《沈从文全集》第16卷，北岳文艺出版社2002年版，第324页。

"活力"的现代文明社会的直接冲突里获得价值。沈从文体验着深陷思想和文化无根状态中现代人的苦闷、彷徨、挣扎,他的"生命力学"本质上与感性启蒙萌发的"尚力"思潮协同一致,既肯定生命是外在肉体感性的确证,又认为生命必须超越自身的自在状态,即通过个性化的意志情感来扩展、丰富、创造以获得救赎。他所标榜的"重估一切价值"的反叛性旗号,宣扬"自我生命意志",试图走出一条重建"超越的人格"之路。20世纪40年代在西南联大,沈从文了解"强力意志说到底就是那种不惜一切代价肯定自我生命的意志,就是为生命寻求权力的自然意志"[①],在对尼采和叔本华的哲学思想的选择性接受中,放弃理性化和伦理化的判定,提出"重造经典"去弥补对"理想"的丢失,对"生命"的践踏,用审美的情感恢复"人性的小庙",用摆脱"尘俗的"心灵和眼光,去接近人生,扩大和提升"人"的灵魂与价值,进而追求到生命的最高意义——"神在生命中"[②]。重塑民族的品德与个体生命联系起来:"我们生活中到处是'偶然',生命中还有比理性更具势力的'情感',一个人的一生可以说是由'偶然'和'情感'乘除而来。"[③] 交织在"偶然"与"情感"中的思辨使沈从文获得生命"庄严"的"神性",通过文学的审美走向抽象的抒情,实现"力的文学"的最高境界。包括同时代的艾芜也践行这种生命的自在,小说中支配人们行为的是自然选择法则,文明社会的政治、道德、伦理原则都失去效力。在滇缅边境的穷乡僻壤,那些没有固定职业、没有房屋、没有财产、没有正常的谋生手段的流浪者与险恶的自然生存条件搏斗着。艾芜尽管不认同他们的生存方式,但同情他们的遭遇,理解他们的苦衷,承认他们人性的光明,肯定他们对生活的进取精神,这是一种与生活抗争的主动选择,一种觉醒后的自由态度。巴人的血液成为作家勇敢直面充满忧患现实世界的慰藉,丰富多变的漂泊者传奇、绮丽多姿的边地风光,构成了《南行记》独具阳刚的"力"之美。

尽管"五四"以后,浪漫文学逐渐趋于颓势,作为一种潜隐的暗流掩

[①] 汪树东:《中国现代文学中自然精神的研究》,黑龙江人民出版社2005年版,第179页。
[②] 《沈从文文集》第11卷,花城出版社1984年版,第377页。
[③] 《沈从文文集》第10卷,花城出版社1984年版,第267页。

埋在救亡、解放、革命等影响广远、宏大的主要潮流中，但它并没有沉寂无闻和销声匿迹。事实上，除开沈从文和艾芜之类的创作，20 世纪 40 年代浪漫主义文学不同程度地体现为个性主义立场的坚守，内心郁积与愤懑的倾吐。之前谈到的普罗文学中"革命罗曼蒂克倾向"其浓烈的"政治朝圣"[①]思潮虽同浪漫主义的形成并不产生直接联系，类似的革命"乌托邦"情结却为浪漫主义提供了精神土壤，在经历了 20 世纪 30 年代的起伏转折之后，浪漫主义文学在 20 世纪 40 年代又有一定范围的"复活"。伟大抗战的时代舞台再一次激活了浪漫作家的创作热情，伴随战局扩大化，20 世纪 40 年代的中国版图上出现国统区、沦陷区及解放区三种社会面貌，呈现悲壮的"力的本体论"及"主观战斗精神"的"力的认识论"，还有延安革命根据地的"力的实践论"。这三大板块不仅仅是历史境域的划分，更是文艺创作中诗学的割据，分别引导着中国浪漫主义诗学两种鲜明的审美文化方向，即类似卢梭的浪漫主义美学和"五四"新文学所开辟的浪漫主义传统前进；或延续左翼"革命的浪漫主义"，即高尔基的"政治学浪漫主义"精神内核，凸显浓厚的政治功利色彩。抗战相持阶段，林同济、雷海宗、陈铨集结成"战国策派"，继承叔本华和尼采"唯意志论"思维模式，采用历史眼光发掘"战国时代"居于社会核心的时代准则："力的竞争"，将"力"看作以人的意志力量的生命之力、创造之力为基础的拼搏，规定人的本质和人生奋斗的意义。1940 年在《力！》一文中，林同济提出"力"的世界观："力者非他，乃一切生命的表征，一切生命的本体，力即是生，生即是力，天地间没有无力之生，无力便是死。"[②] 在他看来，力是泛生命存在的本源，具有其本体性意义，结合梁启超"三力说"（梁氏将力分为"心力""胆力"和"体力"三种，涵盖知性、意志和体力三个层面）提出"力本论"[③]的思想。继承和发扬注重个人的感性生命和意志力量，力图构建现代民族国家的狂

---

① 程映红：《政治朝圣的背后》，《读书》1998 年第 9 期。
② 许纪霖：《中国知识分子十论》，复旦大学出版社 2003 年版，第 138 页。
③ 笼罩于抗战的烽火硝烟，林同济"力的本体论"观念最后集中到"战士式人生观"的建立。不同于尼采所代表的"超人气质"（即意志就是其目的本身），在"战士式人格"之上必有"国"的制约。林同济不是彻底的个人主义者，在"战国"年代必须以国家为本位。这样，"战士式人格"被置于一个规约其中的更高的目的的存在，个人意志的自由创造力与"忠义"（转下页）

飙运动精神,以民族主义为表征的"个体的人"的思索,终极目标指向国民人格如何重建。然而在战争状态非正常时期的外力作用下,个体理想人格向集体生命的保障妥协,为了建立一个使中华民族所谓的有"公共信仰的共同体",他认同何永佶的"大政治论"、陈铨的"英雄崇拜论",倾向"尚力"思潮在战国策派的政治化作用下走向国家至上、民族至上的"唯力论"。导致《战国策》上各种言论被进步的革命家们当作反动思想严厉批判,被定性为"中国的法西斯主义""政治权威主义""反对民主和和平的反理性"的"野蛮主义"。① 所以,林同济的这种"力"的意识跳不出自身矛盾存在,他表达为"悔"——不是儒家式的道德自我反省,那被他称为"小悔","小悔只检到行为,始终超不出人的境界。大悔要检到人生的本体,势必牵到整个宇宙问题,而神的境界乃无形中托出"②。"大悔",是生命力量不得不对外力妥协,自我压抑和屈服进而放弃本性追求的忏悔,写于1942年的《请自悔始!》透射出对受到牵制的生命力所怀有的深深悲悯感。浪漫主义本身所蕴含的个性解放和主观情感张扬的特质决定身份的合法性与客观环境抵制的悖论,因此林同济虽虔信"尚力"本质是主体的感性生命,但挟裹在"民族救亡"的时代洪流中,一切以集体(国家、民族)利益为重,陷于以此目的缔结的政治同盟里,他不得不摇旗呐喊,最后拱手"尚力政治"。战国时代对强有力的政治领袖、集体协力的组织以及武力甚至暴力的优先,与其说是在历史限制下造成的个人悲剧,不如说是"力本体"内涵中固有冲突的必然结局。

世界范围内的战争影响,再加之西方资本主义社会严重的经济危机,原有的进步文明暴露出难以掩盖的弊端与负面影响,而此时社会主义苏联

(接上页)那样的外在要求在林同济的理想人格中产生内在的紧张。这种紧张对他而言,处于潜意识里,在鲁迅身上也曾出现过这样类似的个人与群体、个性解放与民族主义之间的紧张关系。林同济与鲁迅又有差异,他不完全倾向于"超人"的绝对意志和无限创造力,反而契合"超人"遵循自然的性质,他说:"超人必是具有大自然施予的属性的。"(原载《群众》周刊第7卷7期,引自王元明《20世纪尼采主义在中国的盛衰》,《南开学报》1999年第1期)这一点倒和沈从文有些近似,在林同济的认识层面上,人性与自然宇宙的本性相通,都统一于力的本源中。

① 许纪霖:《中国知识分子十论》,复旦大学出版社2003年版,第148页。
② 同上。

却空前繁荣，伴随新格局的形成，现代中国的文化输入也由过去的多元化选择而变成了向俄苏文学一边倒的倾向。敏感激进的知识分子在全民积极抗战的时代焕发出英雄主义豪情和革命的献身精神，于是，浪漫主义感性的、自我的、情感化的"所指"变为工具性的、群体化的、世俗化的"能指"，它的存在主要为阶段性的政治斗争服务。"延安诗学"对左翼文学的激情延续是依附于现实主义的一种创作方法，所体现的强烈主观性正是李泽厚所概括的"理知的主观性"。无产者崇高的战斗情绪，本质是对政治概念图解后的一种主观理想与想象的展望和乐观的感觉，以反映论为主的现实主义诗学，是唯物主义实践论与政治学的浪漫主义的结合，这种"感觉论情感"的创作基础，根柢上已丧失了浪漫主义最初的精神旨向。梦和理想沦为彻彻底底的此岸世界观照，把艺术的政治功能单一化、绝对化，萎缩成一种政治上的主观抒情主义，很难具有独立的精神与思想价值意义。

孙犁在延安时期是个典型，也是例外，"无论写景还是对话，语言没有任何做作，也不求以华丽的辞藻眩人耳目。在十分纯净的叙述中，作品的意象和情感自然地流泻出来"①，复苏了"感性的力"与"审美的力"。与延安浪漫主义诗学并行的一股最强劲精神是胡风为首的"七月"诗派倡导的"主观战斗精神"学说。尽管与"延安诗学"一样都与政治结缘，但在表现时却有审美的分歧与差异："七月"诗学继承卢梭关于浪漫主义"是一种丰富的主观情感"的哲学内蕴，通过主体与个性精神的高扬实现思想启蒙。"主观战斗精神"作为一种文艺思潮，其浪漫主义的情感是主体论或认识论的情感，区别"延安诗学"抒情话语的特征，凸显艺术的自律性，遵循首先是诗，然后才是政治的内在逻辑顺序。"诗，不是生活激流的本身，而应该是生活激流的浪花。诗首先源于生活，紧连着的是诗人自身的'质'生发出的战斗火花。没有主观战斗精神的搏斗，就没有诗。"② 胡风并不排斥艺术对政治和情感的表现，但他反对"热情离开了

---

① 凌宇：《当代湖南文艺评论家选集》，湖南文艺出版社1999年版，第124页。
② 《胡风全集》第2卷，湖北人民出版社1999年版，第256、511、429页。

生活内容，没有能够体现客观的主观"，认为创作主体应该深入生活"内在的形象"，诗人要表现经过"主观化"审视之后的"客观"，这种诗化的宗旨规范了创作主体与客体的和谐共融。"七月"诗学一方面强调诗与非诗的区划，艺术与政治等意识形态的界限；另一方面也反对情感的表现走向"主观主义"，即鲁迅说过的"我以为感情正烈的时候，不宜作诗，否则锋芒太露，能将'诗美'杀掉"①，胡风称为"客观对象的主观浮影式抒情"②。

俞兆平先生认为，中国文艺理论界对西方浪漫主义概念的接受可分为两个时期，临界点约在 1930 年。在此之前，所接受的主要是以卢梭为代表的美学的浪漫主义；而此后所接受的主要是以高尔基为代表的政治学的浪漫主义，③ 特别是在20世纪40年代的抗日救亡的宏大历史主流背景中，前一阶段的浪漫特质趋于淡化，正因如此，胡风明显地感受到自己的"异端性"④，但又不愿意放弃自己的信念，执着地守护着艺术的自由、生命的本然，其本身就带有神圣的悲剧色彩与意味。人的"异端性"主要来自思想的"异端性"，"七月"浪漫主义诗学在思想与精神上都处于特异的维度，因此在那个时代以及后来的岁月里命途多舛。这种"异端性"也反映出浪漫主义的审美现代性在历时性上对启蒙精神的坚持，同时在共时性的视域内饱含忧患的怀疑精神和反思的现代意识。胡风的"七月"浪漫主

---

① 鲁迅：《两地书》，人民文学出版社1973年版，第84页。
② 骆寒超：《论中国新诗的现实主义》，《文学评论》1997年第1期。
③ 俞兆平：《中国现代三大文学思潮新论》，人民文学出版社2006年版，第38页。
④ "异端"这个称谓，在中世纪的300年间与死亡、暴力、强权紧密联系在一起。奥地利作家斯蒂芬·茨威格在《异端的权利》（吉林人民出版社2003年版）认为：假如有谁敢以思想的名义，哪怕发出一丁点儿自由的声音，恐怕还没等到声音传出很远，早已有屠刀挥向那颗高傲的头颅。更为可怕的是，当自由的头颅被暴力砍下的时候，早已被恐惧降服民众丝毫没有任何感觉。相反，他们拱手交出自己的信仰、自由和灵魂，心甘情愿地匍匐在当权者的脚下，没有丝毫的羞耻感和罪恶感。这是怎样的一个时代！但就是在这样一个时代，总有一些宁肯背负异端的名声，也要振臂一呼的人。只有他们明白思想的力量、自由的可贵。在集权暴力的时代，谈论自由是最危险，也是最奢侈的。独裁者们当然无法忍受这些"异端"的存在。于是，斗争与迫害接踵而至。"人肉烧焦的气味弥漫整个欧洲，异端的惨叫声穿透全欧洲人的耳鼓。"人们在焦虑、恐惧中，死亡已引不起人们的兴趣。当惨叫、呼喊、控诉随着大火冲天而上之后，剩下的除了沉默，还是沉默。胡风等"七月"诗人正是在对自由的捍卫上，毫不犹豫地走向了"主观战斗精神"。

义诗学是一种精神理性的文化，对人的自由发展与进步的认识具有"乌托邦"性质，即以理性的普遍性和永久性为标志，与实践理性的思想文化相比，呈现生命价值论的本体特征。

20世纪40年代浪漫主义文学思潮回归的另一支流，则是出现了徐訏、无名氏为代表创作的一种新颖的浪漫主义文学样式："传奇型"浪漫文学形态。这类小说曾被命名为"后期浪漫派小说"[①]，其"浪漫"特质在现代文学浪漫形态原有的范畴内有所拓展，即创造性地接受西方浪漫文学思潮，真正实现了在西方艺术的参照中进行卓有成效的创作实践，为中国新文学提供了一种接近本真意义上的浪漫主义文学形态，由此透视20世纪中国文学借鉴、汲取西方浪漫主义文学思潮的某些特征与经验。

事实上，作为历史思潮的浪漫主义，其总的精神指向对人的生存价值与意义的探求，乡土的浪漫书写更应区别将其作为创作方法还是还原为思想意识形态。一方面，作为统领"五四"初期最大的文学思潮之一的浪漫主义，其原初的丰富内涵在"中国化"的过程中渐渐缩略为一种峻急的、偏激的、一任情感无节制倾泻的"个人抒情小说"，陈思和将其概括为"往往借助于个人的各种心理活动表述出来的个人之情。是个人面对社会的种种迫害、不义和罪恶，由衷地发出愤怒、哀怨、牢骚以致颓废之情"[②]。在此理论下将文学实践导向了日趋狭窄的"象牙塔"，时时折射出一种末路之光。另一方面，苦难深重的现代中国，"五四"落潮之后，迅速进入军阀割据混战时代，内战的爆发和救亡运动的兴起，民族救亡任务将文学创作推向了新的阶段。积弱成疾的现实限制了现代作家浪漫的想象力，面对苦难，无法再以单纯的呼唤、宣泄、赞颂、咆哮为集结，而退回浪漫入侵之前的现实中，显现出倦怠的一面。文学亟待出现一个载体，使浪漫主义从狂飙突进、排山倒海的气势中逐渐退出，同时也引导作家们内心无法遏制的情感激流走向平静而悠长的倾吐空间，避免即将来临的肃杀之秋。而且早期的中国浪漫派文学更多地接受欧洲浪漫主义中抒情和感伤

[①] 严家炎：《中国现代小说流派史》，人民文学出版社1989年版，第295页。
[②] 陈思和：《中国新文学发展中的浪漫主义》，《学术月刊》1987年第10期。

倾向，而未在自然和宗教影响上受较多启示，这一特征使"五四"文学在其文化语境中缺少了本土内涵，只有当乡土题材及其宗法情感与浪漫书写结合后才对这一缺陷做体验性补偿。

启蒙文学与浪漫派文学在中国的发生具备相同的历史背景，在浪漫派文学的发展中，离不开追根溯源的努力，这种需要使浪漫的精神深深扎根在乡村这片大地；在浪漫主义作家苦闷而焦急地寻找一个突破口的同时，一味以批判"国民劣根性"为目的的乡土文学也面临与启蒙同在的现代化刺激，空前地显示出"分裂"："五四"乡土小说作家群大都是被生活驱逐到异地的流寓者，鲁迅称为"侨寓文学"的作者，他们或来自贫微的农民或小镇市民家庭，或因为家境破败而与下层农民有千丝万缕的联系。即或身居都市，中国现代城市布局中数千年的封建古道提醒着"失落的文明"，且一开始就备受西方商业文化负面冲击的畸形结构和不健全的文化氛围加剧他们的漂泊感，在人类普遍情感制约下，"人情怀于土""礼失求诸野"，他们的乡土根性空前爆发。乡下人独有的价值观念、情感趣味、思维方式、伦理信仰形成炽热的力量左右奔突，既阻碍同化和融入大城市的精神里，灵魂又排斥着这远离故土的躯壳，认同的危机萦绕在他们顿生的不适感中，流淌在笔尖处，就洇染成一段一段的乡土情话。鲁迅带着《故乡》和《社戏》走进20世纪的乡土现代书写，成为浪漫的开元之作。

因为浪漫，乡土才开始具有自我言说的声音，浪漫化的实质在一定程度上就是对乡土进行"哲学化"，赋予一种新的艺术存在；乡土成为浪漫主义在中国本土化的载体，同时也顺应了自身发展，开拓了乡土叙事的新局面。乡土和浪漫的结合，是文学生命力最长久的象征，不管是从作品的数量，还是从作家群体的艺术追求来看，20世纪二三十年代和寻根文学阶段都聚集成一股相对鲜明的乡土浪漫书写的潮流，和当时的社会、文化及作家心理因素分不开。两个时期的创作呈现一种呼应与继承的关系，除了共性之外，也存在一些差异，比如在乡愁的内涵、"记忆"的倾向、"浪漫书写"主体情感的趋势发展……这些方面都显示出理论自身的修复和文学个性特征的自然状态。论者选取这两个集大成者展开横向和纵向的论述，目的也正在于还原文学现象的历史轨迹和挖掘理论演变背后的各种渊源。

  乡土的浪漫书写在20世纪30年代末期开始走向一种停滞甚至回流，20世纪40年代解放区的大部分农村形势和新中国成立后直至"文革"时期的乡村状况，又被意识化为一种标语书写。按照近藤直子将文学分为"白天"和"夜晚"的说法，这一时期的文学就属于"白天的乡土"，展现出"惊人的明朗"和"可怕的单纯"。[①] 论者认为乡土已然消失了浪漫书写，只剩下"乡"和"土"，那些小说像是用斧头劈出来，粗犷的线条与苍白的平面便是所有。新中国成立后几十年的政治运动，把文学变成了服务性质的工具，常识性的东西反而被教条性的非文学律令所取代，集体无意识奴役着写作者的视角。"伤痕文学"之所以被奉为新时期主流[②]，如同时代的号角，唤回作家意识里对文学功能性的信任：不断地反思"文革"，控诉"文革"，眼泪加呐喊受到普遍的认可和欢迎。乡土在这种伦理规范的语境下延续着"五四"初期批判性的话语模式，直到外国的许多流派和思潮重新输入，比如现代小说、后现代思潮的蜂拥而至，才为乡土叙事提供了另一种可供审美的空气。原始的文学形态并不是创造，而是恢复遗失的东西，从无意识到有意识，进而越过现实的表层接近事实本来的面目，那便是文学的自觉。所以汪曾祺的《受戒》隐退佛法的神秘玄妙、清规戒律，仅以生命简单的快乐出现，更多地使人感到"从生活的纵深方面拈出几分世事沧桑的意境"[③]。至此，乡土创作从理论和实践两个方面获得转型的可能，1982年哥伦比亚作家马尔克斯通过《百年孤独》获得诺贝尔文学奖得到世界的承认，对整个中国文坛最大的影响就是唤起了内心沉睡多年的本土意识，大大地启发了中国作家借鉴拉美"魔幻现实主义"创作，从而为自己的世界"寻根"。对写作本体而言，与现实距离太

[①] ［日］近藤直子：《有狼的风景——读八十年代中国文学·序》，廖金球译，人民文学出版社2001年版，第1页。

[②] 在王尧的口述文学史采访中，李陀曾回忆：当时，批评界被《文艺报》、文学所、文联的一批理论家，官方的批评家所垄断。他们当时的注意力都在"伤痕文学"上，把"伤痕文学"评价得特别高，包括冯牧、陈荒煤啊，他们对"伤痕文学"评价特别高。见《当代作家评论》2004年第4期。

[③] 李庆西：《寻根：回到事物本身》，《文学评论》1988年第4期。

近或太远都是一种制约,向往自由的寻根作家超脱于当下的文化、民族、国家现实,重新制造写作对象进行文化批判、文化反思和文化关怀,通过"浪漫"的艺术手段凸显其意义。寻根时期乡土的浪漫书写,其文学的理想存在于"过去""现在""未来"的融合之中,城市和乡村尽管作为现代文明和传统文明的象征,然而在创作的意念中也合而为一,将此岸世界和彼岸世界融为一体。博尔赫斯曾提出"时间循环",代表了一种理想:穿越历史的雾霭,又浸透现实的风雨,还折射着未来的曙光。就像韩少功《爸爸爸》抒写生命的平等,那里没有历史的审判,也没有信仰的尊贵与卑贱,理想放逐到自然中成为追寻意义的永恒。尽管"寻根"不是一个有计划、有准备的集体行为,甚至创作、理论、流派、思潮都发散式构成,然而他们却在彼此的书写中看到了对方的影子,正如某位评论家所说,寻根作家几乎要把中国的版图瓜分完了,每一个区域都成为"根"的母体。蔡翔在《何谓文学本身》中指出"作为文学的一种潮流",寻根创作提出了"新的文学原则、规范和框架","无论在题材、人物、主题、技巧、语言等方面都有了实质性的突破","这种突破体现在文学的'向内转'的趋势上"。① 实质上,能够实现"向内转"的根本性突破,正是寻根文学中出现了大量的乡土浪漫书写。可以说,没有浪漫的书写就无所谓寻根文学,没有诗性的追求就无所谓寻根文学。乡土是"诗",说的是内容,而浪漫是"思",说的是形式,"浪漫书写"作为乡土的修辞自觉与存在品格,体现了思对诗的皈依,也是诗对思的驯化。

四 相关研究的历史评述

中国"五四"以来的小说经过"文学革命"呈现一种明显的抒情化趋势,在历来的研究中,无论是单个作家、单部作品独论或者流派和思潮的纵横研究,都关注了迥异于传统小说这一文学表达方式。认为"抒情"是小说新鲜的,也是独特的一种发展流向,对其源头和演变轨迹做了梳理,特别是对小说中乡土的抒情描写给予了肯定和评价。但"浪漫"始终

---

① 蔡翔:《何谓文学本身》,《当代作家评论》2002年第6期。

没有作为一种限定的具象化标尺成为乡土书写的特质进行厘定，常常以"抒情化""散文化""诗化""诗意化"等类似概念统而化之，这种术语冗杂的现象表明，在把握同一类对象时存在认识上的模糊和混乱，必然会干扰研究的准确性和深刻性。因此本书设定"乡土的浪漫书写"为研究对象，不是作为"抒情"①的等价物，它的外延超过了"抒情"，即形式上不一定是抒情小说的体例，同时比"抒情"的内涵更为丰富。在20世纪虽未整体地出现过全貌分析，然而现有的分段性探索已成规模，同时，这种研究格局也为论者的选题留下探索空间，本书试图通过对20世纪二三十年代和新时期寻根文学的比照阅读，获得历史逻辑轮回的新旨。

首先回顾和论述与"抒情"相关的乡土评议，进而得出"浪漫"书写研究的优势与缺失。

十年浩劫之后的文坛迎来了一个乍暖还寒的解冻时期，"只言阶级不问情"的主流话语意识形态显露出一丝人性曙光的罅隙，随着一部分被历史尘封作家的重新发现，他们所创作的作品焕发出生命的光彩。新时期以来的"沈从文热"对"现代抒情小说"的研究具有开创性意义，凌宇最早以"现代抒情小说"概念整合梳理了一批作家，认为其开源者是鲁迅，经过废名、沈从文、萧红、艾芜、孙犁的自觉创造，"形成一条虽不宏大，却清晰可寻的艺术之流"，这一范畴为现代抒情小说提供了一个基本的作家构成，同时指出"中国现代抒情小说"是"'五四'以后诞生的，以小说为本，引入诗歌、散文因素而成的新文体"，表现了"形式美"和"人性美"，②进一步阐释了小说文体及内涵层面的意蕴。同期，张国祯通过郁达夫在现代抒情小说发生过程中的地位和作用的研究，力图展示抒情小说的源与变，认为"在以郁达夫为代表的一些'五四'作家创作里完成了它的初创阶段……在倾向不尽相同的沈从文、萧红等作家手里有了更广

---

① 从抒情小说的定义来看，抒情的要素包括表达个人情感，偏重审美价值；而抒情性作为文学的普遍属性，在文字之外，对小说结构也会产生影响，即情节上区别于传统小说的叙事线索，而以情绪的起伏高低为叙述主体的文学。

② 凌宇：《中国现代抒情小说的发展轨迹及其人生内容的审美选择》，《中国现代文学研究丛刊》1983年第2期。

阔的发展。而郁达夫抒情小说作品中始终一贯的对人性美的追求，几乎给沈从文到孙犁各种风格特点互异的抒情小说创作，提供了重要的契机"①。总体看来，初期研究者较多地运用文学史的思路，对现代抒情小说的概念、文体、内容、风格等方面进行整体性观照，奠定了同类型研究的理论基础和对象视域。

也存在一批研究者的反思和修正，赵园对"抒情诗小说"的定义有补充，提出"不是通常意义上的抒情，而是充满感情意味的具体场景……这是一些较之情感性、抒情性更为细腻、微妙的情感"②，而至于"微妙"的具体化在赵文中也没有体现。解志熙放弃对"抒情"的正面解析，而主张以"散文化"的"边缘交叉文体"这一特征作为抒情小说艺术特质的核心因素和总体概括。解文虽没有文本佐证，但利用审美优长的直感把握在概念上给出了较为完整和合理的辨析。不就作家细致分类，从小说的艺术传达功能、小说的组织结构方式、小说的艺术表现手法和技巧、小说的语言特点和小说艺术的个性风格五个角度一一详述，仅"由单纯的因果逻辑组织情节的表层方式，转向由心理情感逻辑组织内在秩序和情理线索的深层结构"③，得出"抒情小说的散文化"是从传统的古典小说"重叙事"转向"重抒情"的结论，尽管缺乏深入的考证，但解志熙的研究将现代抒情化散文小说推向一个顶峰，并带动了一大批研究者从不同的角度进行关注。季桂起针对抒情小说概念空泛的问题，在论述中将"现代小说艺术革新倾向写意小说的基本形式"④ 作为依据。楚卫华结合文本，界定"中国写意乡土小说"就是通过"审美感知和结构的共生"认识到题材和作者记忆是一个艺术关系的"反刍"。⑤ 沿着这一思路走下去的还有张忆、熊家良、白春超等青年学者，他们分别从"抒情的境界""叙事的诗情"

---

① 张国祯：《郁达夫和我国现代抒情小说》，《中国现代文学研究丛刊》1981年第4期。
② 赵园：《关于小说结构的散化》，《批评家》1985年第5期。
③ 解志熙：《新的审美感知与艺术表现方式》，《文学评论》1987年第6期。
④ 季桂起：《略论五四时期的写意小说》，《齐鲁学刊》2001年第5期。
⑤ 楚卫华：《从情绪记忆到"应感之会"——中国写意乡土小说对题材的反刍处理》，《山东师范大学学报》1999年第6期。

"心理与视角""情感和情调"① 来阐述抒情小说的艺术特征,企图将叙事理论和抒情理论合流,将抒情化的实质等同于小说中"散文化"的结构。

在20世纪90年代的研究中,"抒情"概念的使用更多被替换为"诗化小说"。实际上,原有的作家作品并未出现多大增删,而采用了"诗学"原理作为评价机制,在现代作家的创作心得和评论家的小说个案研究文章的基础上,发掘"诗"的因素:废名就自称是"用写唐人绝句的方式来写小说",沈从文也说他是用抒情笔调写作,通过综合处理,以期产生一种"散文诗的效果",包括他的学生汪曾祺主张"打破小说、散文和诗歌的界限",创造浓郁的"诗情画意"……由此,源自诗的抒情性语言和诗歌中客观景物处理方式过渡到小说语言、意境、情调、氛围等诗意。从1994年钱理群拟出"百年中国文学经典研究丛书·诗化小说专辑"开始,钱先生认识到"抒情性(诗性)是中国现代文学的一个基本特征",应兼具中国古老的诗学传统和西方象征主义诗学,从而对中国现代诗化小说做文本上的重新细读。② 于是将"诗化"提升到除了语言、意境、情调、氛围的诗意化之外的小说主题诗意化,这一诗学研讨思路,立马得到了七位青年研究者的积极响应和批评实践,其中,薛毅承担鲁迅小说,刘洪涛承担《边城》,范智红承担《伍子胥》,倪文尖承担《幼年》及汪曾祺小说,谢茂松承担《呼兰河传》,罗岗承担《果园城记》,吴晓东承担《桥》。在现代小说的诗学研究视域下观察,这些小说大致表现出"语言的诗化与结构的散文化,小说艺术思维的意念化与抽象化,以意向性抒情,象征性意境营造等诸种形式特征"③。但并不涉及"诗化小说"的概念、范畴及艺术风格,"并不是针对某一确定品种的小说分类,而是对一些大体相近的小说的笼统归类而已"④,这种模糊的手段和模糊的对象客观上造成了"抒情"的

---

① 《抒情化小说艺术境界论》,《学术月刊》1998年第7期;《现代中国小城叙事中的"诗情"与"乡情"》,《首都师范大学学报》2006年第5期;《从不同艺术途径建构的乡土小说——中国现代乡土小说研究之二》,《周口师专学报》1994年第1期。
② 钱理群:《文学本体与本性的召唤》,《涪陵师院学报》2001年第4期。
③ 吴晓东:《现代"诗化小说"探索》,《文学评论》1997年第1期。
④ 吴晓东、倪文尖、罗岗:《现代小说研究的诗学视域》,《中国现代文学研究丛刊》1999年第1期。

似有实无,不能明确"抒情"应有的形式和内容。

上述研究者对"抒情"在概念上独立进行探讨和廓清,无论是"散文化"或者"诗化",还是以这组关键词命名的"散文化小说""诗化小说""抒情散文小说""抒情诗小说"等都只在技术层面上确立了"抒情"的文体风格,无法全面涵盖乡土的"浪漫书写"。当浪漫和乡土结合之后,所闪耀的光芒,用"抒情"是无法统摄的。他们的区别就如同"颜色"和"调色板"的距离,颜色是原生态的,其勃发的生命力形态万千,而在调色板上不管怎样丰富地研制、配合新的颜色,都还有未尽之色。首先将"浪漫"介入抒情小说研究的当推杨义,他通过两种类型的乡土区别,即"乡土写实派"和废名、沈从文、汪曾祺为代表的"写意的、空灵的,用自然层面的乡土体现中国人的生命哲学"非乡土小说流派,将乡土的描写定格在"风俗美""人情美"和"人性美"三个标志上,所谓浪漫化对小说艺术的渗透,"指的是一篇小说作为一个完整的艺术世界所具有的意境和情致"[1]。从这个角度切入,重要的不是派系、思潮的划分,而是意识到浪漫的因素将成为乡土的特质:跟"五四"时期浪漫精神有着同一性和承传性的20世纪20年代"田园风味小说",以及20世纪30年代"京派桃源小说",对它们在审美形态、形成原因、抒情特色等方面进行点对点式的分析。

并置"浪漫"与"抒情"关联的这种研究在后来者手里进行大胆猜测和论证,包括20世纪80年代寻根文学的解读,侧重于这一系列小说和乡土另一类批判性文本的区别上,肯定他们对故土风情的描摹,对原始古朴人情人性的刻画,尤其侧重在"它不是鲁迅那种冷峻严厉的抒情,也不是郁达夫那种炽热如火的倾诉"。这种抒情,"似竹林青翠欲滴,满目生机,似清溪流水,缓缓流淌",表达了他们崇尚封建宗法制下的农村图景与小农经济的社会理想,并由该创作意旨推导出所要求的田园小说抒情风格的舒缓情调。差异性的比较阅读之后,进入抒情主人公的扮演上,以"抒情幻想"的观照态度去写乡村,带着这样的主观情感"拥抱作为表现

---

[1] 杨义:《中国现代小说史》第1卷,人民文学出版社1998年版,第149页。

对象的乡村",认同"田园抒情小说"是"传统自然审美观念的产物,一种土生土长的浪漫主义",并且在现代经历了从"个人抒情小说"到"田园抒情小说"的发展。"带着怀乡病的作家"把自然美景和田园趣味引入小说表现领域,由"自我到记忆从而走向乡土"的写作路径,形成写意抒情创作作风,"对于宗法乡村的生活,他们以一种略带忧伤的诗意的眼光去观照,或洞箫慢奏,或牧笛横吹。牧歌情调,田园诗风,几分写实,几分浪漫,浪漫之气多于写实之风,冲淡的现实主义和儒雅的浪漫之风交融在一起,……"两种不同的张力构成"简化了人与人关系的复杂性,简化了人的性格的复杂性"的乡土世界,从而完成了"弱化道德评判价值尺度"的理想。并且在他们的理想道路上经历着"桃源寻梦—梦回桃源—无处是桃源(桃源重构)"的感伤之旅,决定了在现代文明和传统文明的冲突之中,人的"渺小"与"虚无"。① 在作家之间,作家与流派、地域之间,一定的思潮之间的共生状态中考察抒情小说,为浪漫书写获得一个新的参照系统。在这个复杂流动的现象与过程中,审美情趣涉及作家的思维方式、文化人格、社会情境等,这样的研究是多种合力的结果。新的理论

---

① 以上引用篇目按时间顺序排列,如下所示。许志英、倪婷婷:《中国农村的面影——二十年代"乡土文学"管窥》,《文学评论》1984年第5期;彭晓勇:《一支礼赞人性的牧歌——评二三十年代田园风光小说》,《贵州大学学报》1986年第3期;王瑶:《中国现代文学与古典文学的联系》,《北京大学学报》(哲学社会科学版) 1986年第5期;曾媛:《都市里的田园之歌——论乡土抒情小说》,《中国文学研究》1987年第1期;李德:《论京派抒情小说的民族特征》,《中国文学研究》1988年第2期;席扬:《二十年代"乡土派"与八十年代"寻根派"的历史考察》;彭在钦:《简论现代"田园抒情小说流"》,《湘潭师范学院学报》1991年第1期;杜运通:《三十年代浪漫文学的母题范式和审美特征》,《河南大学学报》(社会科学版) 1991年第5期;朱晓进:《三十年代乡土小说的审美倾向与文体特征》,《南京师范大学学报》(社会科学版) 1994年第2期;陈克兰:《中国现代抒情小说的审美特征》,《广西师范学院学报》(哲学社会科学版) 1995年第2期;朴宰雨:《关于中国现代小说的抒情性》,《国外社会科学》1997年第4期;索燕华:《从20年代乡土文学到80年代寻根文学》,《延边大学学报》(社会科学版) 1997年第4期;张秀琴:《论"五四"乡土文学的抒情特色》,《石家庄经济学院学报》1998年第5期;陈国恩:《30年代的"最后一个浪漫派"——历史与现实交汇点中的沈从文小说》,《武汉大学学报》(哲学社会科学版) 1999年第4期;凌宇:《二三十年代乡土小说中的乡土意识》,《文学评论》2000年第4期;景国劲:《20世纪80年代中国乡土文学的浪漫精神》,《集美大学学报》(哲学社会科学版) 2001年第4卷第4期;方习文:《五四乡土小说:启蒙与审美之间的选择》,《安庆师范学院学报》(社会科学版) 2002年第4期;程玖:《20世纪20年代抒情小说的审美流变及历史成因》,《海南大学学报》(人文社会科学版) 2004年第3期;丁帆:《京派乡土小说的浪漫寻梦与田园诗抒写》,《河北学刊》2007年第2期。

和研究视野,深化了对这批作家的认识,提供了一个充满张力的研究视域,不足之处在于,由于普遍的做法是在本土文化和外来文化的多元视野下,对这批作家进行理论框定,或将其中的几个作家作为其构架中的某一支点或某一方面,并非根据小说的浪漫特征进行系统研究,因此,对"浪漫书写"的整体观照迷失在对这部分作家的某一特征研究中,或往往淹没于理论的预设和泛泛的论述里,有待宏观上的归纳和微观上的细化。

本书现在要做的就是直面原初的"乡土浪漫书写",清理杂陈纷繁的模糊定义,并拓宽已有的研究视野,突破个体为主的研究,寻找到能够承担贯穿20世纪乡土书写根性的"浪漫"。论者认为,浪漫化总体风格延续"抒情"依靠创作主体审美意识集中于"情"字上的艺术表现来完成,同时又不拘泥情感的宣泄,甚至会采取内敛的或者相互冲突的方式来表现主旨的抒情意味;客观上由对单纯、和谐的情境的营建,转换为对复杂、丰富的感觉、意识、梦境、幻象等的呈现,因而带有象征意味的哲理性思考,反过来抑制"情感"的抒发。可以说"浪漫化"书写已经超越了"抒情小说"的文体样式,从对小说结构的影响延伸到精神层面的控制。其中要解决的问题:现代小说和新时期小说在乡土的浪漫书写上有什么异同?其区别之处是什么造成的,表现为哪些特征?共同点代表了什么,包括了哪些内涵?

跨越整个20世纪所有文学指向,根柢在于启蒙,从启蒙本身来看,就是为了坚持对"人"和"自由"的捍卫,能够真正做到这一点的便是中国乡土的浪漫书写。然而,不管是在以"五四"为起点的现代乡土创作,还是20世纪80年代以来的"后乡土"写作,两个时代的文本意义不论来自精神性的、社会性的,还是物质上的批判,抑或写作文体、题材与样式,都是在人生内容和审美选择上提取出意义,这也是乡土浪漫书写的衡量尺度。貌似对时代主题漠不关心的作家们,沉潜在个人的日常世界与平常事物的书写中,却往往利用细节主题化与细节隐喻化直抵时代的核心,也可以理解为将创作形而上演变为一种存在之思——人的核心。传统语境中每一个事物都不是孤立存在的,而是被规范化在某一约定的秩序里面,形成某一被隐蔽的谱系化关联。研读乡土的浪漫书写,就是要还原符号彼此之间出现差异的体系。当现代作家还仅仅将怀乡当作一种生命的存在方式时，大约半个世纪之后，在当代作家那里"浪漫"的目标就更为抽象化了，逐渐走向一种无认知的状态。前者的描述乍一看几乎都是纯净无染、基调疏朗的，但叙述者的话语模式中总是有一种声音提醒读者，将目光集中于日益失去的事物品质，试图重建存在方式和意义领域；而后者却放弃了那种西西弗的努力，用对象和事态揭示时间性的世界，显示人类内心的光芒和阴影，消解了对立的同时，恢复自然事物本身的寓意。从两个时代的乡土书写，能够发现"浪漫"本质上也是一种宽容态度，一方面是无可奈何地对"此在"的积极妥协，另一方面是允许一种"差异性"的共存；只有从这两个方向来把握，才可以更好地理解写作者的世界以及我们阅读的时代。

第一章

乡愁:乡土的指向

第一节 "乡关何处"的理想营造

一切都是从土地开始。土地与故乡构成亲密关系,同这些词语密切相关:母亲、母性、血脉、德行、承载、生生不息等。所谓乡土,是20世纪现代化语境中呈现的语义空间,现代作家笔下的"故乡",与古代文人、游子的"故乡"在文化内涵、情感指向上都有截然不同的面貌和意义,因此,无论"游离"还是"归乡"的价值选择都是现代语境下的文学现象,任何一种"乡土形态"都是在现代眼光透视后的选择。

"五四"兴起,大批中国知识分子或者告别故乡远走都市,或者漂洋留学接受西方文明,他们像是断乳的婴儿对摇篮有一种陌生的踟蹰,不再如同传统文人那样亲近"乡土"或"地方",而以一种完全游离于这个秩序的叛逆者心态展开申诉和批判,但实际上他们永远摆脱不了与这个秩序的联系——在成长的自我体验中感觉成为传统秩序的流放者,整体地丧失掉固有的安全感和归属感,似乎被无形的分割力量肢解为断片,飘零于无家可归的虚空——这种民族、国家、时代中的个人典范的现代性体验,突出表现于两种文化之间，无论哪一种都无从选择，令人迷惑与失望。这一困境，寓言式地折射出文化两难：当辉煌的中国古典文化衰败后，中国知识分子感到失去皈依，没有任何依附，沦为精神的流浪者；而新兴现代性文化虽然吸引了大批中国青年，但毕竟是陌生的他者，无法让人产生"家"的归属感。于是，错位体验首选了对怀乡情绪即乡愁的描写——乡愁（nostalgia，又称怀乡愁绪或怀乡病），一般指身在现代都市的人对于飘逝的往昔乡村生活的伤感或痛苦回忆，这种回忆往往伴随着一种或多或少渴望归家的愁绪，核心在于无家可归的生命感受。这里的"家"既指现实生活中的家，又指蕴藉精神世界的家，即个体生命的终极归宿——精神家园。

　　源于漂泊的生命状态，现代乡愁展开对永恒家园（空间）、过去世界（时间）的怀想，对人生家园——终极家园的寻找心绪是乡愁的本质，还乡不仅是回到童年和故乡，更是回到生命寄寓的灵魂故乡。与这种情结相对，在艺术领域，一部分作家绕开现实主义小说对"乡土"的否定性描绘，运用唯美主义发掘人生、象征主义探索形象，间接地表明"一种态度"，"即对于人们在世界上曾经一度共有的准则和体验，表示极端的厌恶和怀疑。对这种秩序的心理反应，无论是孤独，还是自卑，都已不是偶然的、个别的情绪，而是一种普遍性的态度，一种意识形态，一种整整一代知识者所共有的知识方式。这种可以被称为整体性的反传统主义的意识趋向，不表现为一种理论，而是体现为一种未加逻辑分析的意识形态，一种在理性旗帜覆盖下的感性的力量"[1]。在此力量下生长的使命感，将文化背景资源镌刻进作家的创作心理，形成一种不以个人喜好和个人意志为转移的、持久的文化心理，并无时无刻不在影响着他们，使他们对社会文化、民族文化的体验具有了独特的地域气息，选择和表现这种独特的体验便成为写作的一种必然。这种文化责任的驱使影响着文化身份的认同，对民族传统文化精神资源内核的再度发现和深刻把握，回应了内在的中国特征。

　　人对自己与某种文化关系的确认现象存在于任何人群中，具体的心理过程包含三个阶段：首先是发现"同一性"，等同于某种具有本质意义的、

---

[1] 汪晖：《汪晖自选集》，广西师范大学出版社1997年版，第318页。

不断延续或重复的东西；其次是"确认"，通过辨识自己与他物的"共同特征"，从而知道自己的同类何在，肯定自己的"群体性"；最后在"统一"的基础上"赞同或否定（异己）"，表达明显的主观意志，使认同带有一种意志选择的色彩，实现"荣辱与共"①。知识分子对人生的体验因为文化因素的介入，对自身的归属意识更自觉，在心理空间中更易于留下"认同"痕迹，比如民族文化身份认同。但是，一个人在社会生活中不止属于一个群体，在特定的语境下或者矛盾特征突出时，对某一身份的选择就不一定符合已有的身份认同。从个体心理学引入文化研究之后的"认同"是"人们对世界主体性经验与构成这种主体的文化历史设定之间的联系"②，荷兰学者瑞思·赛格斯认为文化身份同时具有"一个族群或个体界定自身文化特征的标志"以及"致力于理论的修正与建构"双重含义。因此，作家文化身份表述的复杂性，显示了主体与他所归属的社会文化传统的联系，也同时表现在生存与愿望、个人与民族、群体与地域等不同层面、不同程度的深入思考。

对于"五四"成长起来的这一代"地之子"来说，根就是土地，就是他们世世代代生于斯长于斯的土地，乡土是他们涂抹不去的身份，也是他们安身立命的基础，处于社会转型期意味着相应的身份从传统知识分子向现代知识分子过渡。中国传统社会的知识分子身份认同基于三个层面，即"对家族（祖先）的社会认同、对国家（皇帝）的政治认同和对儒教（孔子）的文化认同"③。家族是中国传统社会的基本构成单位，作为家族成员的传统知识分子接受类似"达则兼济天下，穷则独善其身"的儒家学说，其政治理想就在于国家，并且这种知识来源为政治理想提供了道德合法性，使其具备信仰的神圣性。家族（祖宗）—国家（皇帝）—儒教（孔子）三位一体演化为知识分子的终极价值，从这一套"圣化"体系中实现自我认同。晚清以来，引进西方现代文明作为构建现代民族国家的同一性文化基础，对传统文化的批判将家族主义和国家主义尖锐地对立起

---

① 陶家俊：《身份认同导论》，《外国文学》2004年第2期。
② 魏红珊：《炫耀消费与身份焦虑》，《文化研究》2005年第6期。
③ 杨春时：《现代性与中国知识分子的身份认同》，《社会科学战线》2006年第5期。

来。尤其在辛亥革命之后，将培养国民"理性"作为建立民族国家的首要内容，实质就是鼓励"科学"信仰，否定原有"家族"迷信，在民族主义话语支配下，"家"丧失了对于个人控制的合法权利，一切以服从现代民族国家建构为目的，展开现代民族主义运动。历史由"五四"新文化运动的"启蒙"，转向20世纪20年代激烈的"国民革命"和"土地革命"，家族和赖以生存的土地一起遭到摧毁，传统"家族"这个封闭、自足的社会单位解体。现代知识分子在新的"个性解放"认同下，主动背叛传统精神信仰，砸碎"家庭"枷锁融入现代民族国家进程中。

　　一个民族中，如果任何个体想要毁灭其民族灵魂的统一性和连续性，那他也将毁灭那个民族以及作为民族一部分的个体自我。晚清所出现的国家观念，不是自然演化的历史之物，是一种人为的建构，在这种意识支配下，"个人"属于集合性的概念，指与国家同一化的国民。当"国家"怂恿"个人"反抗以天命、天道、天理为中心的儒家德行秩序，就确立起"个人"与"国家"自身的矛盾。当新文化运动蓬勃开展，与国家分离乃至对立的"个人"便出现了。随着个人与国家分离，两者之间就不再是有机体构成，国家也就不再作为保护个人自由的工具，而成为与民族主义联姻的策动者。反过来看，个人的身份与理想就被悬隔起来，越是不可触摸，越是加强了认同的必要性，"五四"运动的领袖傅斯年就曾说："我只承认大的方面有人类，小的方面有'我'是真实的，'我'和人类中间的一切阶级，若家族、地方、国家等等，都是偶像。我们要为人类的缘故，培养成一个'真我'。"① 这种"五四"时期特有的"大我"与"小我"，改易了传统"大我"超越个体存在的宇宙观，肯定个人自由，比较客观地界定了个人只有在人类之中才能完善的关系。而现代的"大我"在意识范畴中又不可避免地规约着个性发展，尤其在1922年之后，民主主义以"种族"与"国粹"为幌子，个人价值就被转换为一种世俗的、功利的集体主义历史观。而"民族"观念自诞生之日起就是一个矛盾体，恩

---

① 傅斯年：《新潮之回顾与前瞻》，载于《新潮》1919年第2卷第1号，上海书店1986年影印本，第205页。

斯特·盖尔那曾说,民族主义就是一种类似于宗教和神话的文化伪装,是被"捏造"出来的"虚假存在"(falsity)。著名的民族主义问题专家本尼迪克特·安德森修正并发展了盖尔那的看法,认为民族并不是一种"虚假存在",而是一种"想象性的政治社区",他把民族国家称为"想象的共同体"(imagined community)。它是想象的,"即使是最小民族的成员也从来都无法认识其民族的大多数成员,无法见到甚至是听说过其他成员"①。然而,他们相互联结的意象致使每个人的心灵之中都存在着一个共有的形象,这种虚实相间、似是而非的抽象存在决定了本身内在的有限性:一方面,它拥有不可比拟的历史进步性,结束了专制王朝,使人类走进以民族国家为基本形式的现代社会;另一方面,民族主义创造出"民族"的精神和神话,以类宗教形式的意识将一定疆界之内生活的人控制在统一的社会共同体想象中。因此,现代民族国家的建立从根本上无法保障"个性主义"的兑现,"民族"实际上在20世纪中国人那里成为肯定或否定自我的价值工具。无论是启蒙理性的张扬,还是政治民主的推进,都是指向全体性的模糊价值,而不是为了解决"个体"问题。个体的牺牲仅仅获得历史依据而缺乏永恒价值,对"家"的批判和否定面临时空检验是近百年中国文学最具体、最重大的课题,"破家立国"叙事从"家"的毁灭和现代民族国家的建构两条线索探究"个人"身体及心灵的归属。

  作为创作主体,首先是一个个体作家,无论是少数民族作家的身份还是民间文化的代言者都具有"被建构性",在当下整体性话语层面中往往难以逃脱对民族文化进行"塑造"的嫌疑。② 就对乡土的浪漫书写而言,实质是在表述与被表述之间做出选择,不同的反应包含国家表述的要求、本民族文化对于表述自身的要求以及个体书写者按照自身对世界的理解,而不仅仅是对本民族文化的理解,来进行个体表述要求之间的联系与矛

---

  ① [美]本尼迪克特·安德森:《想象的共同体》,吴叡人译,上海世纪出版集团2005年版,第11、55页。
  ② 旷新年先生在《民族国家想象与现代中国文学》(见《文学评论》2003年第1期)一文中提出:从"家族"中把"个人"解放出来,最终是为了把"个人"组织到"国家"之中去。本书认同这一观点并进一步对"个人主义"困境阐释。

盾。文化的断裂和延续，同民族国家的权力联系在一起，尽管民族的模糊和不确定性并没有得到充分的认识，但知识分子不能置"现代民族国家"和"民族文化"于不顾。因此，当个人被供奉到"国家"神圣祭坛上，原初信仰即遭到背叛，民族神话开始潜涸奔涌与无限延展，象征的土地逐渐丧失其作为人类生存根基的意义，缓缓没入无边的冥暗。

"地之子"们以国家名义下的个体追求为理由抛弃土地，预示着无根和沉沦的改写，而"无根"本质是表象化的描述，人作为社会文化的存在，永远无法拒绝和忘却自我的根本。钱锺书对此有过议论："中国哲学每每将心的本体（mind-in-itself）比作'止水'（still water），庄子是开风气者。考虑到人体机能维护或恢复受不安或焦虑搅扰的固定状态的根本倾向，庄子所作的比附其实并不离奇。这也表明，'止水'一词与心理学所谓'意识流'并不相悖。伟大的心理学家威廉·詹姆士在提出'河或水流是人类精神生活的最佳隐喻'这一观点的同时也指出，意识在流动的过程中也会有'休歇处'或'相对静止的阶段'，也就是在得出'确实结论'的时候。精神不安地追求安定，永不止歇地寻找休歇处。在永不停息的思想发展过程中，任何休歇处都是不易而易的，当视其为精神臻于'完足'（made up）之境的特定点时，它就是不易的。由此可见，一切有目标的思考都可以在情感层面被喻为一种乡愁或寻求归宿的冲动。"[①] 那么，个人主义无论扬起多么高的风帆，都无法彻底轻盈地破浪远航，"自人类有乡土意识，有对一个地域、一种人生环境的认同感之后，即开始了这种宿命的悲哀"，在最深的情感经验里，他们无以摆脱对根与土地的认同感和皈依感，"对于'忘却'的原始性恐惧，对于忘却本原，忘却故土，迷失本性，丧失我之为我的恐惧……是农业社会人们的普遍心理"[②]。这两种对立的精神趋力，联系着生存经验的现代理性和生命意识的原始恐惧感，是现代知识分子终究无法逃避的两难的尴尬：离开土地才能兑现使命感，却偏偏无法摒弃植根于它的身份；背叛土地才能建立精神的家园，却

---

① 钱锺书：《还乡隐喻与哲性乡愁》，见《跨文化对话》，上海文化出版社2004年版，第15页。
② 赵园：《回归与漂泊》，《文艺研究》1989年第4期。

又不敢承担"忘却"的恐惧。这就是认同的悖论,"在这种寻找'故乡'与逃避'故乡'的'游子或客子'的精神过程中,潜在地回荡着一种久久不息的发自灵魂深处的追问:我是谁?从哪里来?到哪儿去?这种无家可归的惶惑体现的正是现代知识者在中国现实中找不到自己位置的感觉,他们疏离了自己的'故乡',却又对自身的归宿感到忧虑"①。伴随精神归属感日益萎缩,作家对社会的批判、对历史的审视都不再张扬于作品的表层,而是使一切所观之物都变成自我生命的观照,将生命的体验沉入自己的生命意识,最终寓于乡土。

这种乡愁植根于作者对故乡的实在感情,经过时空的转移引申为一种思维向度,让作家灵魂与思想开始向内或向后转。于是,单纯地停留怀念故乡所产生的瞬时感伤,延长为一种无穷无尽的思维方式,它意味着作者将以"故乡情感"看待周围世界,"对失落了的时间的求索",将一切思辨回归到情感层面,"驱除仍在缠绕着他的那一部分往事"②。实际上,文本展现的对"故乡"意蕴的探寻,仅仅是镜子折射定律的第一步,当其作用于文学后产生的功能性创建,用狄尔泰的话来说,便是"最高意义上的诗是在想象中创造一个新的世界"③。正是在憎恨和绝望之后,作者将对"个性解放"的思考和热爱化作对人类整体生存的悲天悯人,从而也把传统的、社会学层面的"诗情"(类似陶潜田园风光的意蕴)提升到具有现代意义的、形而上的"诗性"(论者提出的"乡土浪漫书写")层面。浪漫的书写并不是一种逃避,而与作家感受生活的意向结构相连,着力表现人对客居异乡异地的无限恐惧和由找寻灵魂归宿的失落滋生出强烈的恋乡—怨乡心绪,它是一种沉重的爱,并是保持距离的爱。文学要进入人性更隐秘的深处,取决于作者在生活变形和裂开的瞬间抓住存在之真相本质,以及对生活感受的方式、向度与敏感性等内在要求。只有在一定的退避中,才能更澄静地观察所在的世界,作家通过发现和表达个体意志,保持自己内在的灵性,进而突破晦暗迷失的生活,发掘朴实、生动、鲜灵的

---

① 汪晖:《反抗绝望——鲁迅及其文学世界》,河北教育出版社2000年版,第198页。
② 李欧梵:《铁屋中的呐喊》,河北教育出版社2000年版,第54页。
③ 刘小枫:《诗化哲学》,山东文艺出版社1986年版,第171页。

文学性。"自鲁迅《故乡》之后,中国现代文学中出现了不少有鲁迅《故乡》风格且以'故乡'为名的作品。正因为如此,我们才说《故乡》的影响源远流长并成为中国现代文学中的基本母题、原型和意象。在与鲁迅《故乡》同属 20 年代的、受鲁迅《故乡》及其他作品影响最大的,是乡土文学。"[①] 这个评价对整个 20 世纪的中国文学都适用,在启蒙和救亡的双重期待下,现代民族国家建立的历史焦虑转化为乡愁的焦虑,实际上指向精神归属的寻找和形而上的救赎期待。因此,在社会现实要求下,个体内心寻求家园的进程和民族国家的政治期待潜在地趋于转换:乡土想象那种城乡的二元对立结构与民族国家意识建构中西对峙的同构性,使知识分子在身份认同的困境之后面对的是文化结构这种心理机制,"破家立国"的"出走"叙事也由对生命体验的思考和对人类精神的终极关怀所代替。

1978 年底的十一届三中全会拉开了社会政治改革的序幕,思想解放运动使社会大范围地从极端政治垄断中获得一些松动,而此前因为"左"的压制而丧失的言说欲望处于一个爆发临界;土地政策方面,人民公社解体,家庭联产承包责任制的推行,农民重新回到以"家庭"为中心的传统小农生产方式,复兴了农户个体经济,从物质基础上动摇了从 20 世纪 50 年代开始形成的国家感情以及因此产生的国家理想,正是"那种民族国家的现代性想象遭遇现实的巨大困难和挑战","政治激情消失,民族国家的文学想象内部出现了自我解构的力量"[②],新型的社会结构导致"国家"力量的削弱和退出,社会文化深度转型为以个体为基础的民间传统家族力量提供了舆论准备。尤其进入 20 世纪 80 年代,在 20 世纪五六十年代成长起来的那一代人,渐渐告别"语录教育"代"读书"的格局,开始认识到自我,走上独立思考的道路,他们借民间文化立场的转移大胆地促进对民族国家这种单一身份认同的反抗。由此,文学以特有的思维和独特的感觉方式与审美态度重新回到自我的追逐和言说,一定程度上说,甚至是与"五四"接轨,在启蒙的信仰中发现自我,使知识分子个体忧患意识逐

---

① 逄增玉:《现代性与中国现代文学》,东北师范大学出版社 2001 年版,第 77 页。
② 尹昌龙:《1985:延伸与转折》,山东教育出版社 1998 年版,第 77 页。

渐还原到日常生活的生存意识，特别是乡土的崛起和发现使作家的想象力投向了落满时代尘垢的"家族"，以莫言《红高粱》系列的高亢书写，复原了家族的原始崇拜。身份认同的形态也从"事实性认同"转向"建构性认同"，[①] 即不再以一种原教旨主义或本质主义的方式认同于既有的事实性的自然、历史、道德、文化和族群模式，将原发性的"自然启蒙"与被精英误读的"自我启蒙"结合起来，形成一种积极的、参与的、建构的方式，"'找回失去了的、遥远了的、朦胧了的一切'：理想，希望，爱，群体……归根结底，就是寻找软弱、孤独的个体赖以支撑自己的'归宿'。这确实是一种时代的心理欲求"[②]，在动态的过程中逐步构建共同体的文化认同，新时期乡愁意识中建构起来的"家族"想象，由对民族兴亡的焦虑、个人身份的焦虑，统一到对自我的认同渴望。

这种家族意识控制着个人的内心秩序，影响作者的书写意向，回归到更本真的乡土世界中去。导演贾樟柯曾经表示：很多人在逃避自己来的一个路，来的一个方向，尽量地割断自己跟过去的联系，我自己就不喜欢这样。我喜欢用一个词，我真的是有"农业背景"的一个导演，我相信很多艺术家其实都有这个背景，而且整个中国有一个巨大的农业背景，为什么我们要抛弃这东西？所以我自己有一个信条，就是不愿意割断自己跟土地的联系。[③] 回归家族，寻找土地上真正的浪漫，成为坚持主体信仰的必由之路。怀乡，作为浪漫者的心灵选择，在中国现代小说的乡土书写中是"向并不存在或业已逝去的理想境界注目凝眸，以抒情笔法追寻与展现自然人性之美，以想象另一个桃源世界来表达对于现实社会的抵制与否定"[④]，这种否定性反映了作家文化身份追逐的心灵历程，也许正因为内心同外界的冲突难以调和，浪漫者才执着追寻可以诗意栖居的精神家园，

[①] 许纪霖：《文化认同的困境——寻求意义：现代化变迁与文化批判》，上海三联书店1997年版，第299页。

[②] 钱理群：《"流亡者文学"的心理指归》，见《二十世纪中国文学史论》，东方出版中心2003年版，第50页。

[③] 小凤直播室. 贾樟柯黄土地/聊斋志异/崔健, http://www.51ting.com/ziminglm/xiaofeng-zbs/xfzbswj/jiazhangke.htm.

[④] 陈国恩、张健：《中国现代浪漫小说的怀乡意识》，《广西民族大学学报》（哲学社会科学版）2007年第1期。

借以濯洗被压抑已久而几欲失真的灵魂,乡愁才显得那么忧伤绵长、触目惊心。

家族小说并不需要考究真正的史实或乡土的现实存在,依靠乡愁的缠绵悱恻铺开浩浩荡荡的想象之旅。诺瓦利斯曾建议世人,要是无法将思想变成外部事物,就将外部事物变成思想,浪漫派认为现实的并不是真实的,真实不存在于事实中,因此,"家族"又成为一种人类普遍性的存在状态书写。在诺瓦利斯看来,假设并不是想入非非,被假设物亦非子虚乌有,它是在发现之前对被发现物的一种朦胧认识:"真正的假设论者不是别人,而是一个发现家。在他发现一块陆地之前,这块陆地已经多次朦胧地展现在他的眼前",以乡愁为指向的家族小说,"他们生活在现在,但时时盼望回到那个时代,不离家门一步,却觉得是自己家里的陌生人,心灵缺乏安全感,渴望结束无家可归的状况",[①] 想要书写的便是"心中怀念那个逝去的、和谐的时代,和时代的人"[②]。过去的时代是和谐的,现在则是分裂的,所以要求克服分裂,重返和谐,这就是乡愁的目的、诗人的实质——心灵的和谐,这里指的不是情绪,而是指把自我意识引向一个全新的、自然的、得到拯救的状态。韦勒克认为,"伟大的小说家们都有一个自己的世界,人们可以从中看出这一世界和经验世界的部分重合,但是从它的自我连贯的可理解性来说它又是一个与经验世界不同的独特的世界"。家族,在中国小说家这里,就不只是单纯意义的情感追忆,它一开始就与强化的自我意识相联系,并不满足于对家国丧失、民族精神、道德伦理等重大命题的思考,而且也回到自身。乡土承担作者的所有情感,它不单是一个村庄,还倾注着作者的理想、希望和爱。这种情感形成一种新型的价值规范,被作者小心翼翼地安置于文本背景之中,把思考本身也当作思考的对象,从人类灵魂所挚爱的大地、原野、母亲原型和象征中走出来,把反思当成了理性时代的思维模式。所以,家族虚构中不会出现传统

[①] 《大革命与诗化小说》,见《诺瓦利斯选集》第2卷,林克等译,华夏出版社2008年版,第315页。(诺瓦利斯在为虚构正名之后,陆续写作了《信仰与爱》《塞斯的学徒》《夜颂》等篇章,"回家"命题才得到具体阐释。)

[②] 刘小枫编:《诺瓦利斯选集》第1卷,林克等译,华夏出版社2008年版,第314页。

社会的封闭表征，而在于同外部世界的交流与浸透，求得理想和情感的合法性，这种开放性带来两大叙述优势：其一，使"家族"在内在结构上获得充分"自由"，即所有的发展、演变都符合日常自然的融合，成为追求理想和生命本真的必然之路，进而演化为一种价值象征，实现作者欲望初衷；其二，在自在自为的状态下，人物性格哪怕完全背离逻辑发展与变动都具备环境氛围的许可，有利于小说人物塑造和故事的深度挖掘；这种可塑性和丰厚性也孕育情节的曲折性和事件的延展性。最终，这种开放又回到作者的乡土想象，形成乡土世界对外部世界的胜出。

  无论是"主体意志"所激发的"个性主义"，导致对"乡土"的拾回，还是"民间立场"所呼应的"个人化"，引起对"乡土"的追溯，"家族"小说与现代传统的"原乡小说"锲而不舍地追求"自由"言说空间，本质上取得一致。20世纪的中国式乡愁起始于一种"个人现代性体验"，也就是在时代与个人关系上，究竟以群体意识还是个体意识为主要尺度，事实上，故乡意识正是在缺乏实质性的文化占据和守持中愈加明晰，故乡意象成为小说故事的表层意蕴，而故乡的失落喻示文化的虚位，乡土的浪漫书写本质上是补偿性想象的表达。对"个性主义"的争夺，现代作家立足"个人需求"的满足，以"个人"本身为目的与中国争取正统的主权地位以及民族身份是协同的；进入20世纪80年代，突出的是"自我认同"困境，客观上要求必须在更大的群体关系中加以限制，也就是说群体才是最终实现个人意义的所在。现代中国最典型的"个性主义"文本体现为对"自我"的关注，因此"乡土"在时间上与作者本人成长经历有交集，空间上"我"所生活过的"故乡"与"乡土"保持地理的一致；而新时期以来的寻根作家所力行的"个性主义"主要是作为否定集权政治而出现的，更倾向于对"我们"（具体的"我"的集合）的诉求，所以"乡土"在时间上不一定和作者同期，更多地以溯流而上的年月为指代，空间上只是某一地域的特指，以特殊文化背景为要旨，而不是强调"我"与"乡土"的必然联系。这种叙事模式随着社会环境的变迁而不断建构，也证明了作家主体意识并非先验存在，必须经过不断地自我演绎和自我改写历程。

正如叔本华、尼采等思想家所认同的，人的本质就是生命存在的本体性和个体的独特性，那么真正的"个人主义"应该是"个体"的"自主性"①，这也是20世纪二三十年代的乡土浪漫书写原旨——"自由"乃是对"国家束缚和社会奴役的反抗"，从而肯定争取自由权利的个性解放为前提的美学精神——个人构成自由主义的基础，成为自由的核心内容；这样的逻辑伴随20世纪中国语境在个人、民族、国家和社会的范畴中演变，"自由"作为一种话语方式慢慢形成独有的内涵，黑格尔在著述中论及"由于国家是客观精神，所以个人本身只有成为国家成员才具有客观性、真理性和伦理性"，在当代思想体系中，从精神自由走向更加本土化的创制中（也许20世纪80年代的自由环境更不如现代中国），牺牲"偶然的个体性"，即"以理节情"②，实际上提倡这样的论调就承认了限制的合理性，其结果必将令乡土书写的浪漫化更多地对"从属"关系作辩证思考。作家一反传统哲学把人仅仅当作理性动物的倾向，转而强调作为自由主义的个人主义兼具个人性与社会性，同时包含个人的权利和责任，并建立了一整套以非理性为基设的本体论的个人主义理论。他们意识到个人权利和国家、集体利益之间存在冲突并不导致对"个人"本身的否定；相反，在承认自由的限制与责任的基础上，将会实现更为丰富的自由意义。

浪漫主义强调个人生命的神圣，推崇自由高于一切。中国现代文学的个人表达，源于民族功利主义的驱使，在一定意义上说与西方的个人主义理论是无法对接的。正如叶维廉对浪漫主义的评价："他们被新近奉若神明的科学主义之宏伟气势所慑服，而不明白，西方浪漫主义者当时却是为了反抗科学带来的威胁，才强调想象作为有机组织体的重要意义。"③ 但因为用西方思想武装起来的所谓"独立自由的个人"，符合历史对现代社会的启蒙要求，能够实现挣脱儒家伦理的"个性解放"之目的。所以，郁达夫曾说"五四运动的最大的成功，第一要算'个人'的发现"④，鲁迅

---

① [英] 史蒂文·卢克斯：《个人主义》，阎克文译，江苏人民出版社2001年版，第49页。
② [德] 黑格尔：《法哲学原理》，商务印书馆1961年版，第143页。
③ 叶维廉：《中国诗学》，生活·读书·新知三联书店1992年版，第196页。
④ 《郁达夫全集》第6卷，浙江文艺出版社1992年版，第194页。

也看到在此过程中文学艺术的思想急先锋作用，指出"最初，文学革命者的要求是人性的解放"①，瞿秋白也认为"五四"文学革命的"主要倾向只是个性和肉体的解放"②。实际上，在"反传统"中更多的体验是"无家可归"的虚无；同时，潜意识中儒家"修齐治平"③ 这一最基本的个人与世界的现代责任关系仍然发挥功用，落实到美学精神上，"情理一致"④成为最现实的表达。于是，客观化了的无产阶级立场凭借其同情劳苦大众的人道主义和革命性等合法理由，要求作家们把情感取向和价值追求统一到工农大众和共产主义，这种统一充斥着无产阶级专政性质，就像物理学中的力学原理，无数的分力都必须统一到合力上，却造就了每一个个体意志的精神裂变，也正是多重矛盾产生的缝隙打破这种格局，这为受压制的"个人"争取到一丝喘息机会。伴随 20 世纪 20 年代国内大革命的失败，那一代知识分子目睹启蒙理性的碰壁，失败的惨痛使他们回到个体，回到艺术，在饱受煎熬的个人记忆中，扎根"回家"叙事，寻找自由之路。

　　文学的内部与外部都形成明显的个人意识，个体自由意志经历抗争、摆脱同化，主导强烈情感为本性的文艺实践，以求抵达审美乌托邦。强调对世界"个体化理解"的乡土浪漫书写应运而生，强调文艺具有相对的审美独立性以及个体感性对于整体理性的超越性，认为"美学意味着洞穿日常现实的感性眼光，意味着反抗常规束缚的激情，意味着解除压抑的个性自由，而这一切无不是相对于文学周围的现实而言。美学并非在心理的意义上提供一种永恒的愉悦，美学是在种种特定历史情境之中提供一个相对的反叛立场"⑤。浪漫的叙事突出强调文艺活动的无法规约性和个人性，

---

① 《鲁迅全集》第 6 卷，人民文学出版社 1981 年版，第 20 页。
② 瞿秋白：《论文学革命及语言文字问题》，见《瞿秋白文集》，人民文学出版社 1953 年版，第 2、628 页。
③ 责任精神体现为"自我品性修养""个体人生设计""社会伦理秩序"，以及"理想发展图景"等，按照这样的规定，确立起个人努力的方向及方法，根本上仍未摆脱儒家道德观、价值观。
④ 情理统一的影响不过导致——个人的感性体验与深层欲望的释放（即"情"），必须让位于抽象化的教义纲常（即"理"），言下之意是个体没有力量作为一个有独立性的人站立在现实中，只能选择传统规定好的"理"作为自己的价值依托，过思想依附的生活。
⑤ 南帆：《文学的维度》，上海三联书店 1998 年版，第 269 页。

原乡的情怀与乌托邦的想象，从此不再分离。这样的思想结构决定了浪漫书写以个人主义为精神内核，充分张扬其自由意志。也就是说，个人的意志（Will of Oneself）将是乡土叙事最基本的表征，要求按照自然人性的法则自在发展。作为中国现代化对"个人观"建设的要求，知识分子的"个人主义"观念将"自然启蒙"过渡为"自我启蒙"，"浪漫主义文学之父"卢梭认为，"当一个民族发生历史剧变，众多生灵孤苦无告之时"，作家们几无例外都把情思引到遥远的自然，即他所谓的"福地"，"既不在飘忽不定的心灵里，也不在逻辑严密的理性里，而在宁静和谐的自然"①，卢梭所强调的"非理性"崇拜，这一浪漫主义原初要求的自然崇拜，转换为个人崇拜，反过来，这种对乡土的"浪漫化"又提醒着个体的不自由。所以，中国现代的"个性主义"一方面洞悉自由的艰难，在绝望中挣扎；另一方面，由自我悲剧感引发的阵痛，更加集中地凸显了"独立"的必要性。所以就体现为建立在个人与社会和群体"对立"的"超越性"基础上，"穿越群体的个体"之"穿越"，是通过"理解的深层次"或"认同性理解背后的另一层理解"来完成的。这种理解性的"穿越"②，不同于改造世界的政治性理解，也不针对专制性的教化，更没有西方式话语扩张的诉求。因此，他们所描绘的乡土并不一定迎合广大接受者的期待视野，甚至从未希望将自己的意志强加于社会或他人，只是更多地看到自己身上和他人相同或相异因素存在，进而在差异性中对等地看待个体与他者。这种独立的个人记忆，推崇的只在于理解并发掘世界的审美感召，成为不依靠传统文化主流思想或者西方中心主义的独特存在。

    当月光与夜阴接触的时候，在茫茫的荒野中间，头向着了混沌宽广的天空，一步一步地走去，既不知道他自家是什么，又不知道他应做什么，也不知道他是向什么地方去的。（《过去集·怀乡病者》）

---

① Harold Bloom. English Romantic Poetry, *New York Garden City*, 1961, p. 141.
② 吴炫：《论"穿越群体的个体"》，《社会科学战线》2008 年第 2 期。

文字来自现代中国最早的浪漫主义作家郁达夫,所记录下的画面更多的莫若说是一种心境,是"个性主义"在中国的生长状况,与小说中一贯宣泄的那种孤冷、颓败、枯寂的情怀相吻合。他在中国最早专门撰文介绍斯蒂纳的哲学思想,认同其主张"自我就是一切,一切都是自我……总之自我总要生存在自我的中间"①,正由于这种"自家除了己身以外"(卢梭语)让"个性主义"在中国当时的环境中容易走向虚无的心理状态,当个人在意念上为了斩断与俗世的部分联系,就连自我与社会和外界的有意义联系也封锁起来,于是导致自我彻底孤立起来,产生对自我可能不存在的那种存在性的烦恼,而现代乡土浪漫书写的创作也比较典型地反映了把自我推演到极端在精神情感上所面临的一种困境。可以说这一点也成就了乡土小说的浪漫书写,一直囿于此,也不断在寻找突破口。

现代中国的严峻性,一方面是面对急剧变动的时代,历史阴影尚未祛除,现代化的远景设想也有隐忧;另一方面,作为个体的生存环境,沉默的大多数、麻木而愚昧的精神空气时时窒息着觉醒者。对现代知识分子来说,独立的立场、自由的思考、冷静的剖析是必须履行的义务,也是义不容辞的职责所在。从这个意义上来说,"个人主义"主体性的创制问题,就是承认批判的合理性问题。困惑在于:当鲁迅以彻底的批判作为绝望的反抗时,他所依恃的批判依据又如何建立?这个悖论从一开始就存在,鲁迅曾一度接受进化论思想,认同科学的进步性,"新的应该欢天喜地地向前走去,这便是壮;旧的也应该欢天喜地地向前走去,这便是死。各各如此走去,便是进化的路"②,而最后质疑革命,质疑知识,他在《野草》的写作实践中告示那种超越于知识系统之上、合乎个人本性的知识才最终得以实施批判。事实上,他深刻的自我批判标尺就是个人的、独特的生命

---

① 郁达夫:《Max stirner 的生涯及其哲学》,《创造周报》第 6 期。
② 早期对各种知识以旧胜新的话语情形充满信任,所以批判依据来自知识系统内部;当他所设想的历史被现实逐渐湮没,尖锐复杂的阶级斗争使他意识到任何一种解放都不是自觉的,都充满了鲜血与杀戮。在打破对知识的迷信的同时也意识到知识所具有的话语场问题,成为批判主体的知识只能是特定的批判者的知识,即有依靠批判者主体的力量才能使其具备批判的效力,一切知识都是动态的存在,没有确定不移的性质,只有不同时期、不同场合的阐发,他认为任何一种知识话语都会被潜在的权力机制操控,这样的逻辑推断使鲁迅放弃了以知识本身为工具的批判。

取向。在鲁迅自我批判依据中,最为核心的、具有制约性的力量便是先验的道德良知,以及不可重复的个体生命体验和在循环中新生的知识积累,前者属于传统意识的存在方式,这是一个人永远无法回避的问题,它是人格的整一;后者来自现代性的价值取向,一旦丧失了这种意识,个体生命存在就会零碎化为时间之流里漂浮并消失的碎片。鲁迅用他的人生和作品证明:批判,就是个体生命根本的实践方式,意味着批判精神的养成将必然是一个异常艰辛的漫长历程。在洞察自己和社会方面都达到了极其透彻的深度,企图建立真正的"个性主义",所以,乡土叙事留了一抹亮色,尽管夜的黑暗无尽无涯,却没有否认曙光终究出现,乡土乌托邦的否定被再一次推翻。前一次也许是来自理性的分析,而这一次是生命的实践。他对自我的评审,意识到他的理论不属于这个世界,也就不相信秉承的理论将有的胜利,启蒙是"无效"的,因此鲁迅只能在铁屋中呐喊,候补的"阿Q"和"狂人"也都是异质的呐喊。尽管没有确切的人听到,但是"旷野"听到了,或者,孤寂的声音会像一粒草籽植根在这荒野上,会成为高大挺拔的雪松,有朝一日,旷野也能变成一片充满回声的森林。

当代著名哲学家 E. 贝克认为把世界诗化的原始动机是"我们有限生命的最大渴求,我们的一生都在追求着使自己的那种茫然失措和无能为力的情感沉浸到一种真实可靠的力量的自我超越之源中去"[①],人类辽远的文化经验(更实在的是"乡土意识"),便是这样一种可以沉浸其中的"真实可靠的力量"。具体来说,首先就是要在沉沦的土地上显现存在,"沉浸"要通过土地来完成,这是一种生命的沉迷状态,是感性个体溶浸在整体的生活世界之中的生存精神,是一种融合着现实/历史逻辑理知内容与诗意感性个体形式的审美生命境界。对"五四"成长起来的这一代人来说,家族的控制力已日渐削弱,封建社会那种以皇权、父权、族权为组织的集体性的社会结构解体之后,为独立个体的出现提供场域,而"国家民族"意识却截断"个人主义"想象,所谓的"人"也没能获得出现。这些自我意识觉醒了的个体并未再次沉睡,因为与社会主潮的分裂,而认

---

① 刘小枫:《诗化哲学》,山东文艺出版社 1986 年版,第 32 页。

识到自己不再是社会有机体的一分子,成为无所依恃的孤独个人,此时对"人的消失"的恐惧大过了"个人主义"未能实现的恐惧,所以对外在家园的寻找转为对自我灵魂的拯救,特别是20世纪30年代战争的扩大化,使得这一焦虑成了觉醒的知识分子普遍性的精神问题。"启蒙"中的"个人主义",个人的自由始终是有限的,启蒙仍然是一股难以挣脱的强大制约力量,因此个人的自主实际上是被置放在国民义务的框架之内,服从、尽责和履行义务依然是个体必须遵循的重要人生原则。在鲁迅那里,"个人主义"通过生命的实践在启蒙的重心转移过程中脱胎而出,到了师陀,让孤独的个体直接面对迷失的信仰,通过信仰的存在来证明个体的位置。以"人"的基本存在为经验,从"时间的静止状态"与"人的生存状态"相联系出发,为个人权利作了形象的哲学阐释。同时也为"个人主义"注入了新的内涵,即个人必须通过反省自己的欲望和情感才能知道什么是对自己有用的,其实质也是"个人主义"实现的基本前提:必须有分辨地对待"个人",在果园城里,越是仅仅存在于"我"的世界中的人,像孟林太太、素姑……越是不可能有"我",固守于肉体上的孤立恰恰是精神上的无根,所以他们必须建立一种与整体世界的诗化联系,这联系必然意味着乡土信仰从一种外在的社会性的活动转变为内在的个人精神价值需求,最终达至个人世界的敞亮。

艾芜若是不能利用他熟悉的南行生活,区别于现代文明的滇缅边地的特异风光和传奇故事,表达"强烈的主观战斗精神"[1],他也无法放弃那个时代趋之若鹜的社会风云变幻,而用特异的边地人民传奇生活为题材,开拓了现代文学反映现实的新领域。在得到了鲁迅"现在能写什么,就写什么,不必趋时"[2]的意见后,"不再表现知识青年苦闷、躁动的心灵,却在左翼革命现实主义流派之内,发展起一种充满明丽清新的浪漫主义色调与感情的、主观抒情因素很强的小说"[3]。这种独特的"个性主义"文

---

[1] 李欧梵:《中国现代作家的浪漫一代》,新星出版社2005年版,第229页。
[2] 《鲁迅全集》第4卷,人民文学出版社1981年版,第150页。
[3] 钱理群、温儒敏、吴福辉:《中国现代文学三十年》(修订本),北京大学出版社1998年版,第308页。

学实践，为注重客观写实的"革命文学"注入了新质："反抗的浪漫主义。"这种风格延续在现代小说的浪漫性中，为浪漫品质增添了合乎历史语境的因素。

一个对人类绝望的作家是无法抒情的，抒情不是追忆一个逝去的世界，也不是缅怀，[①]而是一种向上的姿态；不为过去的那些理想，而是不断让人在时间上指向永恒，能够永久地居住下来。作家对乡土的浪漫化的过程中，因为表达思想的需要，乡土以幻象的形式出现，成为一种非凡的、令人震惊的经验，慢慢具有了非乡土的特征，与俗常的、普遍的经验相区别，在艺术铸造过程中，乡土渐渐成为二者的合一，既要有真实性的一面，又要有空灵的存在。这也是真正实现"个性主义"的现代转折，汪曾祺新时期的写作经验不在现实之中，而是作家对那种记忆的自我保护，使回忆中的经验不再难以理解，成为一种表达的可能：浪漫不再是一种修辞的工具，而是具体化为一种思维方式和精神模式，走向对人类生存的现代关怀。他在转变自己的人生立场时，也在变换自己的语言方式，由《异秉》开始，语言方式上开始尝试用自己的口语来叙述：他用方言，既不是纯粹的北京话，也不是典型的南方式样。伽达默尔曾说："传统并不只是我们继承来的一种先决条件，而是我们自己把它生产出来的。因为我们理解着传统的进展，并且参与到传统的进展之中，从而也就靠我们自己进一步地规定了传统。"[②]从一开始就声称要回归"民族传统"的汪曾祺，不同于他的前辈作家（譬如"京派"），也不雷同于当时的乡土派（譬如刘绍棠的"京味"小说），而是全面地整合传统、整合人类的共同性，不仅仅将传统文化支离破碎地据为己有。在《岁寒三友》中，三位主角正如铺散在宣纸上的松、竹、梅，各占一帧，彼此独立又相互关联，笔墨省俭且限制夸饰。三个人三段故事，王瘦吾、陶虎臣、靳彝甫，一个开绒线店，一个开炮仗店，一个画画。三人同富贵，开绒线店的改作草绳和草帽生意

[①] 谢有顺在《我们时代的写作》中说："缅怀，是一种废墟上的凭吊，是一种向下的抒情，或者说向后的抒情。人本源地都想在时间的追忆中保持自己印象中的美好事物，即便无法从废墟中站起来，但主观上的情感也是独立的。"（广州出版社2000年版，第186页）

[②] 伽达默尔：《真理与方法》，《哲学译丛》1986年第3期。

交上好运，开炮仗店的碰上闹大水年份放焰火庆平安，画师得了季匋民指点开办画展成了名；命运又将他们捆绑在一处，共同落了难，王瘦吾遭流氓挤对，工厂倒闭，家徒四壁，陶虎臣沦落到卖儿女的困境，就像老百姓常说的"家家有本难念的经"，靳彝甫卖掉多年珍藏的田黄，接济两位好友；运用"患难见真情"的文学母题在为当代文学精神进行重新诠释——只有在个人记忆中描述、记载历史与生命印痕的写作，小说才可能竭力摆脱那种所谓"宏大""深度""神话"的束缚和暗示，缓解或解决写实性话语与想象性话语之间的紧张关系；这样一个俗套的故事被汪曾祺按照古朴的方式重新讲述，显示出特有的新意。不强调叙述对象的过程，而着意于某一状态，无意于纷繁世相的纠葛，而着意于心灵化事物的神韵，在小说中鲜见诗的高蹈与哲学的深沉，借用何立伟对汪文的评价："使汉语言由表意而至于表现，由客观的传达而至于主观的浸透"[①]，仅仅是将现实、虚构和历史化合在一起，叙述个人即生命个体的真正体验。《岁寒三友》同时参与了小说叙述结构的革新实验：引导读者逐渐脱离人与生活本身的线性关系，深入世界的深层结构中，试图为读者提供体味历史和历史中人的命运与现实关系和生命叙述的双重结构，深刻理解人性自我的确证，以此作为信仰和力量之源。

　　文学叙述作为一个事件，越是浅显的形式就越暗藏深厚的意蕴，常读常新；越是不苟轻浮的笔墨越是增添"浪漫主义"的光彩，诗意盎然。事实上，从《受戒》开始，汪曾祺就将现代"个性主义"纳入自己的理论性的体系，他所创作的小说为后来的"寻根"作品提示了"自我"关键问题的理解。"个性解放"运动在现代是一次非武装占有的侥幸胜利，在

[①] 何立伟《美文的沙漠》中认为汪曾祺无论行文内容上具备多么天长地久的悲情，语言形式上始终是徐徐款款，通过叙述人有节制地控制故事的来龙去脉、人物性格的呈现，叙事人的节奏与生活的自然律动达到某种审美上的和谐，显示出话语灵动的样态。这种和谐的境界恰如黑格尔所说"和谐开始摆脱定性的纯然外在性，所以它能吸取而且表现一种广大的心灵性的内容"。（《美学》第1卷，商务印书馆1997年版，第321页）作品并非翻腾出尘封的传奇以飨读者，更非颠倒事实逻辑的改写，小说的任务是将我们心智的、精神的及想象的视野拓展开，使作为虚构性叙事作品的小说既获得令人尊敬的历史品格，又充分地表现出对个体生命力量的赞美、同情或敬畏。参见《小说文体研究》，中国社会科学出版社1988年版，第26页。

被动现代化的路途中经过作家自觉调整，其后建立的乡土浪漫书写，就迥异于少年维特般的（消极而多愁善感的）浪漫主义，而更多地强调对改造世界的要求以及对个人责任的强调，雷同于普罗米修斯似的（生机勃勃的英雄）类型。对20世纪80年代文学个性的直接影响并没有直接成为个体化的"英雄主义"，而是成为一个"人"，一个不会为了逃避生活和社会而在自己的精神世界中寻求庇护的人，面对强大的社会和生存的困境，他们发出强烈的反抗意识和生存意志，坚强地活着。《红高粱》中贯穿始终的人物"我"以及一群野性未驯的"乡亲们"：余占鳌、戴凤莲、马贼、队长等，他们生活在一个让我们感到陌生、奇特，令人惊慕而又令人悲愤的世界里，虽然每个人的生活哲学不同，但是在他们身上大都存有乐观的精神。作家思想又飞翔于杂文这个广阔天地里，自由地思考人类、人生、人性的根本问题，无拘地表达自己的大愤怒、大憎恶、大轻蔑与大欢喜。

鲁迅在1925年5月30日给许广平的信中暗示在他身上存在着两种互相抵触的人格：一个是隐秘的、怀旧的，可以称为"个人主义"的自我；另一个是他愿意让他人理解的公开的自我形象。事实上，他深陷在没有个性的社会要体现自我个性的两难状况，也从未回避这种冲突，而是迎向这一矛盾，不断地追问和发掘自我与世界的关联，面对"我"之为"我"的焦虑，鲁迅深知"拼命地做"和"自暴自弃"都无法驱散个性消融的沮丧与痛苦，于是将目光倾注在乡土的无垠，一直在大地的黑夜中追问，首先对存在理性的怀疑，既怀疑在宗教信仰上成为可能的天堂和地狱，也怀疑被称为终极价值的"黄金世界"：我们在其中生活的世界应该是什么样子？世界的命运亦在这个世界里，我和我的同类的命运应该是怎样的？我是谁？我怎样理解认识自我和世界并对这两者之间的关系做出合理性的判断？我如何选择自己的存在方式？如何行动？我选择和行动的依据来自何方？实质上，这样的问题就是关于生命存在的基本问题，也正是"个人主义"必须面对的主体性事项。在跨越大半个世纪的寻找与认同历程中，写作者依凭的标尺始终没有脱离知识分子属性与时代主流文化的作用，前一种回应"国家想象"的时代大潮，从文学本质、对象、目的、形式等方面确立起以自我为中心的个人主义审美观，凸显出"家"的形而上救赎意义,进而用文学的审美淡出革命的、阶级的话语中心,即使面对无助和无奈的命运,也要反对一切外在理性对创作主体的束缚,来承担民族和历史的责任;后一种将内心的、原初的、自由的激情缓缓注入"民间立场",在个人心灵与群体的时代感情中趋同和疏离的交织,整体性地还原个人化的、常态的生命,企图用艺术想象的神话思维以及原始神话意识回到事物的本身,更多想象的创造。在知识分子现代化进程中,最核心的问题是如何取得身份的合法性,两种归属的指向其实都是知识分子现代性信仰的缔造,对自由的追逐和改写,一方面显示了乡土自身的包容与修复能力,另一方面也深化了乡土代言人情感和思维等各方面的协调与控制的有机作用。

第二节 从《故乡》到《社戏》
—— 乡土乌托邦自我否定的否定

20世纪20年代初期的乡土文学创作被大部分研究者划分为两派,即"师承于鲁迅的以写实为主要表现特征,重在重现乡村原生态的乡土小说;与师承于周作人的以写意为主要表现特征,重在田园诗风追求的乡土小说"[①],这种"鲁迅风"的意象代表着学界对《呐喊》《彷徨》两集小说的历史评断,普遍认同鲁迅乡土小说创作始终是抱持文化批判的立场,侧重表现在封建制度和封建宗法势力长期统治下,农村贫穷、破败、凋敝的景象以及农民遭受残酷经济剥削和精神奴役的悲剧命运。连鲁迅自己都说"力避行文唠叨"而"不去描写风月",[②] 这样的认识淡化了小说创作中浪漫抒情成分,就算注意到像《故乡》和《社戏》这样的文本也是意识论评价先于方法论评价,归结为鲁迅对乡村"自在自足的生活方式"的向往,或对"民间"天然形成的"文化习俗"的留恋,忽略了这两篇小说本身的承继关系以及处于鲁迅乡土小说整体结构中的特殊性。笔者以为鲁

---

① 陈继会:《五四乡土小说的历史风貌》,《郑州大学学报》1999年第6期。
② 鲁迅:《我怎么做起小说来·南腔北调集》,《鲁迅全集》第4卷,人民文学出版社2009年版,第526页。

迅笔下对乡土的浪漫书写,并非一种理想化的还原,而是借重于现实的重构,表达时代反射给知识分子的一种情绪;他没有通过描写"乐土"存在的样态,寄托个人的"乡恋",而在于追求个体对人性和世界的思考。

被誉为"东方产生的最美的抒情诗"的《故乡》[①],文章开篇前两节提示性文字被历史性地判定为"现实写照",其目的在于同过去作比较,以此突出故乡原初的美。而笔者认为这些文字正是"浪漫"的书写,特别是对于环境有一种象征的隐喻性:

> 我冒了严寒,回到相隔两千余里,别了二十余年的故乡去。
> 时候既然是深冬;渐近故乡时,天气又阴晦了,冷风吹进船舱中,呜呜的响,从篷隙向外一望,苍黄的天底下,远近横着几个萧索的荒村,没有一丝活气。我的心禁不住悲凉起来了。[②]

作者首先一连串推出了六个词义明确的背景特写:"严寒""深冬""阴晦""冷风""苍黄""萧索",逐渐递进地展示了故乡的外部环境和当下特征——一座孤城、一座死城,从而主导和凸显"我"心绪的"悲凉"。"别了二十余年"意指时间上的模糊性,"相隔两千余里"意指空间上的含混性,都试图证明:故乡远离革命旋涡的中心,固守着原有的风土从未更改,而在时空的转移上,倒是"我"这个漂泊者曾经沧海。《故乡》在以往的评价体系中,被阐释为一种"故乡"的改变,笔者要追问的是其改变的原因究竟是什么,果真是"兵、匪、官、绅"导致的破败吗?在故乡自我的岁月流转迁徙中,"我"始终是一个缺席对象,而现在的"故乡"才是被作者主观所否定的,那么我们思考的参照物就应该走到对面。

《故乡》全文写了一个字"变"[③],评论者往往又只注重闰土之"变"

---

① 杨剑龙:《中日学者〈故乡〉谈》,《鲁迅研究月刊》1999年第1期。
② 《鲁迅全集》第1卷,人民文学出版社1981年版,第477页。
③ 该观点在宋剑华先生《困惑的启蒙:鲁迅小说与思想的另一种解读》(见《西南民族大学学报》2006年第4期)一文中有过类似阐释:对于闰土而言,从活泼少年变成中年老成,完全符合中国人在传统文化语境中的成长历程,这在常人的眼里并不值得大惊小怪;而迅哥儿由少年规矩变为中年叛逆,则是对传统道德观念的彻底颠覆,故受到了"他者"的敬畏与"故乡"的疏远。

而忽略"我"之"变",令所有读者都信服的是鲁迅自己所说——过去的"好"和现在的"不好",这种差距在文中被反复提及。笔者的阅读感受中"故乡"也正如作者自己所言:"要我记起他的美丽","却又没有影像",总之缺乏具体实在的"美"的描摹——无论是篇幅,还是抒情的对象,都不是围绕故乡本身的情景展开铺陈。文章中广为流传的一段抒情文字:

> 深蓝的天空中挂着一轮金黄的圆月,下面是海边的沙地,都种着一望无际的碧绿的西瓜,其间有一个十一二岁的少年,项带银圈,手捏一柄钢叉,向一匹猹尽力的刺去,那猹却将身一扭,反从他的胯下逃走了。

从字面看来,海边的乡下离故乡很是遥远,那里的风物和故乡也甚为迥异,而美,从何而来?又在怎样的程度上和故乡形成一种同构呢?首先是背景上的宁静,天空、圆月、海边、沙地,都以静物的形态,并且以亘古不变的形状出现在人们的意识中。柏格森认为人的大脑不仅仅是一个记忆的仓库,而是具有生命能动性特质,所以记忆包括能够使生物体适应世界的物质记忆,也存在同物质彼此独立的精神记忆。"回忆"的气氛浸润着游子的乡愁,"是对时间之谜的索解,是有限的个体生命向身前身后的无限的质询"①,人的记忆附着在一些物质上面,通过视觉、嗅觉、听觉或味觉等的复苏,产生一种相通的感情,就像是"德玛纳"小点心所引起的情感,海边静物也唤回我对故乡记忆中最宁谧的一段。"夜"在鲁迅的笔下常常充当着黑暗的象征,是瞒和骗的滋生,是困境、凶狠与残暴,此处描绘却是为数不多,甚至是唯一的一处平和之夜、浪漫之夜,带着人们远离悲哀和郁愤,这一夜和曾有的故乡共存着,共时性地生长在记忆之中。其次在于人与物的和谐,少年刺猹,侧重点不在人的凶残与动物的顽抗,而是天人合一。小儿似乎并不能胜任看瓜的事务,却恰到好处地使瓜、猹两全;猹的逃跑不是一种夺命而去,仅仅是一种生活中偶然出现的

---

① 黄子平:《"灰阑"中的叙述》,上海文艺出版社2001年版,第136页。

插曲，轻松地带着谐趣退场。闰土就是那么恬然地出现在一个自然的时空中，是"我"小时候憧憬的一种生命的状态，更是成年后的"我"的精神向往。这段文字在时态上是过去的过去，文章结尾处还有一个雷同的想象："我在朦胧中，眼前展开一片海边碧绿的沙地来，上面深蓝的天空中挂着一轮金黄的圆月。"这却是一个现在将来时态的书写，两段看似相仿的语言，在时态上的差异暴露了浪漫情势流动的走向，构想这两段场景的视点没有移动，而视域内景物的区别则表明了：乡土的浪漫并不纯粹是"回到过去"。前者的视角是由上而下，那是天性使然，是太初鸿蒙，而后者转变为由下至上，代表着一种重构，对未来理想的重构。这种浪漫书写不仅仅是相对于客观现实描绘更重视主观抒情，而是独立于现存一切对立物的哲学形而上的思考。

乡土的浪漫故事在历史解读中往往被认为"是一种回溯"[①]，回到线性时间的某一点上就成为终结，《故乡》打开中国乡土叙事的浪漫化局面，具有始祖意义，在经年的理解中也延续和首肯这一论点。事实上，回溯是一个状态，并没有假想的终点，因为时间不是将来一定就胜过以往，或反之以一种由优而劣的趋势发展，先与后的关系实际上是平行的连续相继。《故乡》正是洞察这一实质，突破历史的局限，从而建立起一种开放平等的时间观念，故而引导生命观走向自我的内省，乡土浪漫探寻的人性也由回归升华到一种本性上的质疑和纠偏。再回到故乡的叙事，从"故乡仿佛也就如此"，"故乡本也如此"，到"故乡的山水也都渐渐远离了我，但我却并不感到怎样的留恋"。这样的情绪在文章中表现为两次大的起落：（1）阔别二十余年的故乡出现在"我"的眼前时，不可名状的悲凉代替了先前的种种想象，对闰土的回忆又使得灰色的文调走向温馨与欢快的气氛；（2）闰土从记忆中走出来，进入"我"的现实，那些光环和圣乐一样的不染世俗烟火统统灰飞烟灭，成为当下的哑然。如果说闰土是故乡时间的一个具体的固点，那么回溯到那一点上，并没有出现理想的终点。闰

---

① 何向阳：《家族与乡土——20世纪中国文学潜文化景观透视》，《文艺评论》1994年第2期。

土和故乡形成一种传导效应，闰土几乎成为故乡的一种代言，在鲁迅的意识里，闰土的变和故乡的变是合二为一的，并且互为因果。从表面看来是因为成年（即物质时间的推移）造成"过去"和"现在"的差异，本质上"我"和"闰土"的差距并不是年龄的迁移，而是空间转换的结果。鲁迅从"他乡"看"故乡"，实际上是告别原有判断标准，"返乡"仪式正是这种时间和空间的交锋。

之前我们留意到文中最浓烈的抒情文字在于对闰土的家的描绘，而不是故乡这个实体；故乡的美也正是因为附着在那个毫无纷扰的家园上。可一直被人所忽略的，却是——闰土的家实质是"我"的想象："我的脑里忽然闪出一幅神异的图画来"，那幅图画并不是经历之后的复现，而是从未去过，只和闰土约好"夏天去"，在生命里并没有真正发生过。那梦一样虚无同时又比任何事物都坚定的信念是人类对乌托邦的向往：从认识论的角度讲，需要，是认识与实践的出发点和归宿；就整个文化史而言，需要，又是文化产生和发展的原动力。人对自我命运的探索，对高尚道德的追求以及在困境中寻求突围的需要……这些都符合"乌托邦"的许诺。在宗教神学里面，乌托邦作为彼岸世界的形式，而现代中国乡土需要的乌托邦是什么？一个适合现代人和谐生长的社会，还是一个精神流浪者的避难所？"我"认为在闰土"乌托邦的世界"里是"我"闻所未闻、见所未见的一切，闰土告诉"我"五色的贝壳，那是生命的奇迹；告诉"我"西瓜的经历，那是人和人的真诚；告诉"我""无穷无尽的稀奇的事"，"都是我往常的朋友所不知道的"，因为"闰土在海边时"，"他们都和我一样只看见院子高墙上的四角的天空"。"我们"所拥有的"天空"是"故乡"，只有闰土生活的"海的世界"才是乡土；乡土在鲁迅的思考中已经被隐喻化为乌托邦的想象，是一种对生命个体的肯定以及诞生在这一个体性上的理想主义，换句话说，即恢复个人主义的向往。启蒙运动引入的"个人主义"理念与西方本土"个人主义"观念存在实质性的差异，现代中国"个人"是一个与"民族""国家""社会"并行出现的概念，其意义指向上以对立或对抗的姿态掩饰本质上依存和寄生的关系。"个人主义"依托于后者那样的集体性概念，并且在其制约下很难实现其独立价值。鲁迅对乡土乌托邦的塑造,潜意识里是对"五四"以来新文化运动所倡导的"人的解放"的阐释,他认为提倡个人主义,必须强调个人对来自道德的、统治阶级意志的社会结构的脱离,才有可能具备成为现代意识健全国民的可能性,所以,他以想象先行,将乌托邦放置在远离故乡的海边,"想象带有幻想的完美性,幻想出来的东西被认为是完美无缺的,艺术可以使人类尽情地幻想,幻想有他异性(otherness),在文学艺术活动中,这种他异性转变为灵感或创造,于是把原本不存在的事物带到了世界上"[①],那么浪漫就不一定特指乡土的虚构,假如真实的世界是抽象的,而不真实的世界是具体的,以怎样的方式存在才是浪漫化的关键。那么作家创造出来的世界,就需要通过不真实世界的幻觉以便认清真实世界,不真实却具体的世界让我们认清生存在其中的这个抽象的世界。

　　乌托邦只存在于想象的时空,和闰土的重逢本质上就是想象的破灭。因为闰土本身并没有改变,闰土不过是由幼年变为成年,在他的人生轨迹上是正常的,和他的父亲甚至父亲的父亲都一样,延续着他们的本性而活。闰土的父亲,那个忙月,一定是称"我"的父亲为"老爷",可为什么"我"对闰土恭敬的态度感到彻骨的寒,甚至再也说不出话?文中一共出现了四次关于"老爷"的转述,第一次是闰土和"我"见面时千言万语的心绪化作了一声"老爷!……"第二次和第三、第四次是分别将这一称谓明示给下一代的水生和另一个世界的老太太及"我":"水生,给老爷磕头。""老太太。信是早收到了。我实在欢喜的了不得,知道老爷回来……""冬天没有什么东西了。这一点干青豆倒是自家晒在那里的,请老爷……"这几次"老爷"值得细细体会:总共四次对"老爷"的称呼,除了第二次告诉水生,用了一个完整的句型之外,都使用了……。水生实际上就是闰土,闰土对自己说话,所以没有任何的避讳,当然起落自如;而对老太太,对老爷,始终有话在言语之外,有其他的顾忌和考虑,仿佛看见的是一个分裂的世界,闰土必然要使用一种不同于自己世界的语言,可是他又

---

① [德]沃尔夫冈·伊瑟尔:《虚构与想象:文学人类学疆界》,陈定家、汪正龙等译,吉林人民出版社2003年版,第225—235页。

驾驭不了，所以便以……替代。而规定这种世界差异的却是鲁迅自己，他深知现实的闰土和他曾经浪漫化了的闰土是有所改变的，那种浪漫也只有对没有走出过高墙的"我"才成立，走出高墙之后，闰土和"我"就是同一个人。"高墙"在文中出现过两次，第一次"院子里的高墙"将"我"和"我"的朋友们同闰土的世界分开；第二次是离开故乡时候"我只觉得我四面有看不见的高墙，将我隔成孤身，使我非常气闷"。时间相隔"三十年"了，高墙始终屹立在那里，前者，闰土的世界是假想的；而后者，"我"的世界才是假想的。为什么会有这样的假托性想象？我们必须再一次回到刚刚论述的那个"个人主义"问题上，由于现代中国语境决定了"个人主义"必定是打了折扣的"个性解放"，不可能是一个纯粹的思想上和道德上的本质命题，面对启蒙的迅速落潮，鲁迅洞察到中国式"个人主义"所包含的极其丰富和复杂的政治、经济和文化等方面的内容，颠倒了根本性质而沦为一种文化思潮和运动的策略与手段。宣扬者们不过借助了个人主义之力，行使了集体主义之实，名的隐藏，革命宗旨才纲举目张。沉睡的民众依然束缚在千百年来的精神坟墓中，所谓的现代思想、现代意识并没有唤醒奴性的国民，所以鲁迅才有了那个著名的"铁屋子"论述。实际上，从闰土对祭器的珍视和收藏开始，鲁迅就对乡土乌托邦展开了否定，更深层的否定意象指向了现代时期的"个人主义"。

　　在闰土与鲁迅之间，真正发生变化的应该是鲁迅而不是闰土。由于接受了现代文明的精神洗礼，作者本人已经无法重新融入过去的生活；记忆中"故乡"与现实中"故乡"的巨大差异，使其在乡亲们冷漠的视觉里产生了对"故乡"情感的拒斥心理。鲁迅不是不明白，这一切的更改，是因为自己的心灵世界变了，所以才对身外世界的感觉变了。他清醒地意识到和闰土最后只能够"谈些闲天，说些无关紧要的话"，而不是像小时候那么去崇拜着那个"西瓜地上的银项圈的小英雄"。"小英雄"在"我"想象的空间中放射出穿透时空的光照，"闰土"却使"我"切肤之痛地感受到两个世界的分离，不是闰土和小英雄的对立，而是"我"的意识中高墙的耸立。在这个分裂的世界里："我，辛苦辗转而生活""闰土，辛苦麻木而生活""别人，辛苦恣睢而生活"——"我"无法停止寻找理想的脚步，漂泊成为命运的主题；正像闰土全无觉察地接受命运摆布，认命而默默无闻；别人过于执着地追求世俗目标而忽略生命的真谛，人生堕入虚妄。似乎任何一个选择都无法走回世界的原初形式，在价值的彻底毁灭中怎样才能坚持心底的希望呢？鲁迅借用自己在1916年12月返乡途中的观感作为《故乡》的开端，以1919年发表的《生命的路》中"地上本没有路，走的人多了，也便成了路"作为结尾，倾诉着自己对"希望"的失望，确切地说，是洞见了"个人主义"造成"无我"之境的后果，是对"个人主义"实现"个性解放"的失望。鲁迅自称为中国社会转型期的"中间物"，肩住了"黑暗的闸门"，而"墓碣文"上仅仅留下"于浩歌狂热之际中寒；于天上看见深渊。于一切眼中看见无所有；于无所希望中得救"，他封锁一切精神避难所，"自啮其身，终以殒颠"，同时又自觉地反抗对于现实与自我的双重绝望，认定"绝望之为虚妄，正与希望相同"，"反抗绝望"构成了鲁迅精神的核心与精髓，也集中体现了20世纪中国现代民族精神与文学中乡土浪漫精神的叛逆与不羁。

"我"还是放不下那个分裂的世界，鲁迅为了弥补理性上的绝望，所以安排了宏儿和水生"约去家玩"的预订，以回应狂人"救救孩子"的呼唤，可一切的努力都没有阻止他在1921年，写完《故乡》后一年多的时间完成了《社戏》①，躲进乡土里绝望地清醒着。那种清醒，是对中国现代思想中"个人主义"观念软弱性与抗争性并举的理性判断。一方面，普遍性观念的目标实现决定着个人的自主性和独立性完成，变相的专制没有为个人主义萌芽提供条件；另一方面，中国现代知识分子至死不渝地信奉着以牺牲个人主义来成全自己"信仰"，为了虚幻的理想而自觉放弃个人的权利和自由。鲁迅对这样一种不健全的、畸形的个人主义感到无奈，同时又不得不参与到那一场"赴汤蹈火"。一个人思考他的作为，并不是因为它对自己的行为要有所评价，鲁迅所捍卫的仅仅是"个人主义"的主动性；就像闰土，怀抱的是等待的希望；而"我"试图和命运抗争，通过

---

① 《故乡》写作时间是1921年5月，《社戏》的完成时间是1922年10月，两篇小说的创作相隔一年零五个月。

自己的行为原则，进而创造属己的精神世界；就仿佛是堂吉诃德与桑丘共享彼此的信仰。

回到《社戏》，笔者发现所有关于《社戏》一文的评价，无一不和作者发出相同的喟叹，直说——"好戏"。在论者又一次对《社戏》的重读中，发现一个奇怪的现象：从行文的内容和篇幅来看，写到看戏和戏本身的比例很小，而真正提及戏的时候，都是无趣无味的实录，除了文尾最末一句"不再看到那夜似的好戏了"，算是结论。而支撑这一结论的主体却是戏外人生：孩子们为了使"我"看到戏，齐心协力谋船、驾船，陪"我"去赵庄；"两岸的豆麦和河底的水草所散发出来的清香，夹杂在水气中扑面地吹来；月色便朦胧在这水气里。淡黑的起伏的连山仿佛是踊跃的铁的兽脊似的，都远远地向船尾跑去了"①。然而戏却并没有想象中那么吸引人，最后我们都被冗长拖沓的老旦"踱来踱去"唱得止不住地打哈欠，睡意模糊，极为"扫兴"。于是大家都赞成往回走，竟然"和开船时候一样踊跃"，在船上笑骂老旦，尽显弄船的高超技艺，最后月夜煮豆。不妨做一个平铺式的浏览：

> 月还没有落……月光又显得格外的皎洁。回望戏台在灯火光中，却又如初来未到时候一般，又缥缈得像一座仙山楼阁，满被红霞罩着了。吹到耳边来的又是横笛，很悠扬……那航船，就像一条大白鱼背着一群孩子在浪花里蹿，连夜渔的几个老渔父，也停了艇子看着喝采起来……

在那一夜，留下痕迹的是双喜那一帮孩子们。在他们的生命哲学中，看戏并不是最关键的，就像生活中没有一个确然的、功利的目的，尊重也遵循每一件事自身的发展逻辑，碰上什么就安于什么，不喜欢，也可以选择离开，但重要的是在过程中尽情、尽兴、不加伪饰，这样的自我认知真实地感染了"我"，所以才格外留恋那台并无乐趣的戏。戏的本质，是对

---

① 《鲁迅全集》，人民文学出版社1981年版，第567页。

人生的一种模拟、弥补及超越，往后之所以失去了美好的戏，是因为失去了看戏的美好氛围。那点美好，是因为生长在"乡土"之上，就像小孩子阿发，"他往来的摸了一回，直起身说道，'偷我们（家）的罢，我们的大得多呢'"，这并不是因为年纪尚幼，所以不懂自私为何物。自私就像是一种人类与生俱来的传染病，蛰居在人的内心里，阿发简单的行为和语言，也不是为了标榜故意为之，那是乡土所孕育的天然。那种率性自为在文中也是随处拾之：我回到平桥村外祖母家，和我同玩的小伙伴便得到父母减少工作的许可，那是因为"在小村里，一家的客，几乎也就是公共的"，没有人与人的隔膜与计较，这大概也是鲁迅终生都守候的一种向往——为了去除那与生俱来的隔膜，在《药》里，用了革命者的鲜血；在《故事新编》里，用了女娲、夏禹、墨子的默默奉献；在《社戏》里，表现为合村都同姓，而且是本家，所以论起行辈，尽管年纪相仿，也有叔子和太公的区别。当小伙伴们在一起玩耍、偶尔吵闹，就算"打了太公，一村的老老小小，也决没有一个会想出'犯上'这两个字来，而他们也百分之九十九不认识字"。这样和谐、安宁的小村，是封建伦理规范的传统继承者，"不知有汉，无论魏晋"，然而秩序并没有成为一种教条的禁锢，在他们自己的世界里认同和遵守着长幼有序这样的先辈规定，却又自由地游离在规定之外，从不因此而冲突。是什么支撑着他们？让他们如此宽松地应对一切。"我"那时还不过十一二岁，中国的农村在那个时候真的这般"其乐融融"？是因为鲁迅对乡土的想象是"远哉遥遥"，所以经年的岁月才冲淡了他的记忆，美化了那些是是非非？其实平桥村那样的封建农村宗族社会，对"个人主义"为何物，肯定是一片空白，然而存在的那种自在、自为、自得其乐的自由，却正好符合"个人主义"的追求。

首先，对"个人"的理解肯定不是功利至上的利己主义或是超脱人间的犬儒主义，真正的"个人"需要独立思考和判断的权利，以及个人尊严和自由实现。它所要求的是积极进取的生命活力，而非僵化自闭的伦理教条。鲁迅对"个人主义"能动性的诠释在于批判，并不是普通意义上的"国民性"批判，而是一种深刻的自省与反思。就像叙述"我"在狼子村里感到恐慌，并不是对"狂人"的针砭和讨伐，而是发现自己也曾"吃人"的真相。"个人主义"以茕茕孑立示人,根本原因在于它对所置身的社会、历史和文化批判的一切前提都来自对自我的重新审视。这种重新检阅也包含容纳和接受的态度,不能全盘地怀疑与盲目敌对地拒斥,正如鲁迅自己所言,不能将洗澡水同婴儿一起倒掉,经过个体的思考、甄别、判断,继承传统和接受权威也是"个人主义"的一条向度。

再来关注一下鲁迅对自己生活的自述:文中赘述前两次看戏,第一次是民国元年(1912)初到北京的时候,发现自己"近来在戏台下不适于生存了";第二次是为湖北水灾募捐,"忽而使我省悟到在这里不适于生存了"。总之是发现自己不适于生存在那个看戏的环境,人生发出不适于自己生存是多么可怜的一种哀叹,是多么无奈的一种心境!联系着生存感觉的并不是"戏",而是生长"戏"的土地。我们再一次领略到"土地"的神奇,而这块土地并不是"我"的鲁镇,而是"平桥村,是一个离海边不远,极偏僻的,临河的小村庄",海又一次出现了,和闰土的海边是一样的。在那个有海的世界,和海有关的人性显得如此舒缓、大度、融合与惬意。人是在陆地上居住的生物,为什么海却成了乡土的冀望?

海德格尔说过诗意的栖居,在鲁迅这里,只有海,才停靠在诗意的旁边。鲁迅翻译过一个日本作家森鸥外的小说《妄想》,后者在对社会经纬的描述中,在哲学的高度上回想了自己一生的思想经历,开首和结尾的对大海的描写,与这里"海的世界"如出一辙。鲁迅在选择译那篇作品的时候,可能更大程度上是出于个人气质所合——正是"实体乡土"的无望,所以才寄托于陆地之外,大海是对陆地的妄想,是一种神秘的无限,更是"永恒与永生"的象征,因为一切生灵都来自海洋,那里传衍高尚的品德与慈爱的心灵。[①] 鲁迅在《阿长与山海经》[②] 里对那本书虽无重墨,但也表达一种理想情结,这种情结和他内心的文化因子不无联系。《论语》载:"子曰:

[①] 金元浦:《文艺心理学》,中国人民大学出版社2003年版,第350页。
[②] 古中国东临大海,长达一万八千公里海岸线上繁衍着不少关于"海洋"的神话:哪吒闹海、孙悟空大闹水晶宫、精卫填海、鲛人泣珠……海洋历来被当作一种神秘莫测的力量,一个远离现实生活的乌有之乡。因此有关"海洋"的作品也就始终没有脱离虚幻神秘、充满想象的浪漫主义色彩。比如《山海经》,记录了许多远古神话传说、怪异叙述。

知者乐水，仁者乐山；知者动，仁者静；知者乐，仁者寿。"知者乐水，而水的最大群体就是海洋，海无限辽阔而又变动不居，并以"崇德"为特征。鲁迅东渡日本之后，经历了大海航行，感染了一种大海之外的陆地文化之后，反观本土得出"海的向往"。冯友兰先生曾颇为精辟地指出："古代中国人以为，他们的国土就是世界。汉语中有两个词语都可以翻成'世界'，一个是'天下'，另一个是'四海之内'。海洋国家的人，如希腊人，也许不能理解这几个词语竟然是同义的。"① 正是在"四海之内"这块"狭小"的土地上，小农经济才以自给自足为理想并以"不相往来"为特征，海岸线演化为一种心理的屏障，逐渐地横亘在我们这块陆地上生活的人的心间。

鲁迅把乡土拓展到了我们的祖先都不曾想象过的"海外"。无论是"故乡"在记忆中的美好，还是"社戏"在童年里的温馨，都是实体乡土上并不存在的，"故乡在别处"，鲁迅在一封书信里曾经写道："我自己也正站在歧路上，或者，说得较有希望些：站在十字路口。站在歧路上是几乎难于举足，站在十字路口，是可走的路很多。我自己，是什么也不怕的，生命是我自己的东西，所以我不妨大步走去，向着我自以为可以走去的路；即使前面是深渊，荆棘，峡谷，火坑，都由我自己负责"，走去，就是鲁迅的寻找故乡的基本姿态，"苟活就是活不下去的初步"，"唯独半生半死的苟活，是全盘失错的"。② 因此，真正的故乡在否定现实故乡之后才会出现，鲁迅的希望是建立一种诗意乡土，浪漫并不是毫无依据的，它也不是要把乡土装在一个盒子里，同真实的大地隔离起来，不是单纯的美化，而是需要一种精神和意志去承担苦难、超越现实。诗意的乡土比临摹的照片更具有威慑力，发人深省，这个写意的世界旨在显示和象征神圣。

用想象的真实，补偿了现实真实的缺席，《故乡》和《社戏》写出了心底里残存的美好，是能动地界定"希望"的选择：是希望那个想象的世界成真？那个黄金世界美好却脆弱，经不起任何社会转型的考验；还是希望现实的世界得到改造，就像启蒙话语中所言说的改造为具体的现代社

---

① 冯友兰：《中国哲学简史》，北京大学出版社1985年版，第22页。
② 鲁迅：《北京通信》，《鲁迅全集》第3卷，人民文学出版社2009年版，第55页。

会？乡土的浪漫书写不在于"无中生有"，而是在"有"中寻找"无"的意义，这才是每一位鲁迅读者最应该深思的症候。然而，作为20世纪鲁迅研究的逻各斯，评论者往往将对乡土实体的现实批判和类似《故乡》与《社戏》文本中的浪漫书写对立起来，进而判定鲁迅意识结构中存在尖锐的矛盾，是"启蒙话语"和"个人话语"的冲突，① 这种思维本身就是用启蒙的逻辑推演启蒙的有效性。比如范家进在博士论文《"忏悔贵族"的乡村遥望——鲁迅乡土小说研究》中认为鲁迅的小说读者与作者预计的阅读目标有落差，因为知识分子读者群和专业文学研究者的比例已经大大大于反省者自身的本体，这是在于鲁迅小说中形成的乡村情感、乡村知识以及乡村理性批判所构筑的现代乡土中国图景和事实有悖；出入在于乡村和乡村人在鲁迅那里被部分地论据化、例证化。可是，论者认为鲁迅对乡土的浪漫书写，实际上已经转化了那种矛盾对抗，并没有二者择其一的决绝，反而是提供一种解决的思考途径，乡土既是在现实之中，又在现实之上，是"个人主义"冲撞和实现的必经之路，最后成为生存基础与未来归宿的象征。乡村人物与乡村场景作为作者借用的"寓体"，并非"民族国家"的实在，而是挣扎在那种群体意识之中的"个人主义"思想的成长历程显现，表达的不是作者有关整体中国社会与文化的改造、更新和重建主张的"寓意"，反而是通过"个人"的迷失与寻找才完成国家的构建。文字上虽是"有限的乡村图景"，体现的却是"无限的乡村感受"，除去作者用想象、移植和虚构表达的乡村经验和理性认知，更本体的是用情绪构图——是乡土浪漫化的明显特质，也是作家精神质素的体现。

无论从哪一个角度认识《故乡》与《社戏》，有一个共同点是无法抹去的，它们对20世纪乡土书写的意义起着绝对的原生性意义，究其实质，乡土乌托邦首先就承担了"个人主义"的言说与渲染，伴随鲁迅对"个性解放"的意义消解和根源追踪，叙述者对乡土的浪漫化发生了不易察觉的移位，即对乡土胜境本身的乌有还原，换句话说就是否定了乌托邦许

---

① 申朝晖：《不同叙述层面"启蒙"与"被启蒙"的相互转换——〈伤逝〉主题论》，《广西民族学院学报》（哲学社会科学版）2006年第1期。

诺,而辩证地认识"个人主义"过程势必了解到,外力作用于"个人主义"是次要的,起主导作用的是"主体的能动性"。通过浪漫的叙事模式阐明现实手法所无力承担的"乌托邦"命题,也许这就是艾布拉姆斯对"镜"与"灯"的预言证明,同时,去理解乡土的浪漫化无疑是一个捕捉及还原"真实时代"的过程,既不是要妖魔化为"水深火热"(启蒙话语的表述),也不是要复辟"自己的园地"(对启蒙的不合作与简单化理解"个人话语"的表达),而是要发掘作者对乡土进行浪漫化设置的背后的动机与效应,从某种意义上说,也是为处于和鲁迅"同一"时代的今天,寻找一个认知自我和认知环境的背景,也是一个反思"现代中国"和"乡土中国"复杂多重关系的有效解决路径之一。

第三节 转折:汪曾祺的"本土立场"

如果说 20 世纪 20 年代的乡土小说中浪漫色彩的渲染别开生面地使文学告别了新文学初期"问题小说"单线条的形态,那么,20 世纪 80 年代汪曾祺的小说创作可以看作这种"告别"仪式的世纪回响和意义衍生。伴随思想解放运动、中共十一届三中全会的结束,进入 20 世纪 80 年代以反思"文革"面貌出现的"伤痕小说"独占鳌头,大有一统文坛之势,《班主任》类似题材的小说汇聚成的滚滚洪流,裹挟着控诉、涕泣、失态、过度惊喜或过度卑怯的情绪,遮蔽着文学家独立的思考及判断。文学的价值标准和评价体系并没有形成新的尺度,反而是延续"十七年"时期的理想原则,处于一种历史的循环和静止状态。文学刊物的编辑部同样缺乏对时代的超越性,所以,汪曾祺的《受戒》和《异秉》的发表经历极为相似,从两家编辑部都发表了类似"编后记"的"说明"可以看出其小心翼翼的姿态,[①] 而恰巧也就是这样的作品,在新时期文学初期产生了不可低估的力量,正如李陀所

[①] 汪朗、汪明、汪朝:《老头儿汪曾祺》,中国人民大学出版社 2000 年版,第 154—164 页。汪曾祺的子女回忆《受戒》等作品的写作和发表背景,可以看出当时文坛主流并非在此一隅,且《北京文学》1980 年第 10 期《编余漫话》中也颇为谨慎地谈到了"文学的美感作用与认识作用"及"胆量问题"(第 80 页),都能推断出整个时代的倾向仍集中在文学的政治性职能。

说,"当时没有人想到这样一篇清清淡淡的小说会有什么革命性,相反,人们喜欢它正是因为它'无害',有如充满火药味的空气里裹的一股清风","它让读者感到陌生,也让批评家们感到陌生——他们已经十分习惯'伤痕文学'和社会之间互相激动、彼此唱和那种互动关系——以功能而论,当时的文学确实起着类似新闻的作用,文学和新闻的界限混淆不清被认为是理所当然的事——这或许正是1976年至1984年间中国大陆文学的最大特点"。[1] 论者引用这样的评价,并非仅仅是对汪曾祺文学地位的认同,而是希望从作者和时代的关系中,认识文学创作潜在变化的深层原因及动态特征。

一 "本土立场"产生的语境

新时期文学从历史的沉痛回忆开始,却掩饰不住主旋律的明亮色彩,而几乎所有的批判与反省都逃脱不了价值的相对性。作家创作或否定或肯定的依据,不是来自理性思辨和逻辑推断,而仅仅靠两种现象之间的共时性或历时性比较,局限于单向度的理解和认同。也许正是时代相距太近,所以对生命的感悟才会那么表层化与印象式;真正的文学必须能够唤醒人类心灵,安顿人的精神,而非短暂的狂欢与浅薄的泄愤。出于对文学本性要求的一种阐释和实践,1980年5月,汪曾祺重写了他作于1948年的小说旧稿《异秉》;8月12日又改定了写于5月的《受戒》;这一年,还完成了《寂寞与温暖》《岁寒三友》和《天鹅之死》;1981年2月顺势而来的《大淖记事》将当代汉语写作推向了新的一维。尽管汪曾祺本人强调"给自己提出的要求,是回到现实主义,回到民族传统",他也解释"这种现实主义是容纳各种流派的现实主义;这种民族传统是对外来文化的精华兼收并蓄的民族传统",[2] 事实上,这种"现实主义"并不同于传统意义上的属性规定,而是为了区别于启蒙传统形式中的类似消极/积极、颓废/革命的二元形式,这种绕开和回避的思想还是他自己那句话"我大概

---

[1] 王尧:《在潮流之内与潮流之外》,《当代作家评论》2004年第4期。
[2] 汪曾祺:《晚翠文谈新编》,生活·读书·新知三联书店2002年版,第24页。

是一个中国式的抒情的人道主义者"。秉承这一信念,他所创作的"高邮"系列显示出浓厚的"超现实主义",也可以换一种说法表述为选择性地书写片面的真实,正是这种"片面性"体现了个体感性的审美意识,而"选择性"则反映出浪漫精神的根柢。

回顾现代文学中浪漫精神的核心,情感的表现往往是立足个体化的内容凸显出主观化的特质,在汪曾祺的《受戒》,以及后来的《异秉》《大淖记事》中内容和特质都有所转变,渐渐走向普泛的群体塑造,并渗透出客观理性的沉思。这种转向在历史评价体系中呈现两种推论:一部分评论人认为属于"方法论"上的开拓,概括为运用"作画"的技巧、"人称"和"视角"的设计,对生活"改用"或"减法"的"艺术策略";另一部分人侧重于"思想性"的挖掘,承认汪曾祺对传统文学的继承,并且"剥去神的冷漠和庄严妙相,还一个人的温暖情趣世界",属于"过去"的"现实主义",用一种"现代意识"去观照现实世界。[①] 无论哪一种说法都从不同角度揭示了汪曾祺书写高邮那片乡土世界的浪漫精神,而关于这种精神的本质,论者认为还没有完全贴近真实面目。倘若"方法论"和"思想性"决定浪漫的走向,那么20世纪40到80年代,汪曾祺的方法和思想的轨迹变革与小说呈现的浪漫特质是不是保持着同一节奏与境界?《异秉》的改写最能作为检测这一假设的例证,作为同名同题材小说,不同时期的两个版本的差异性的表现正好反映出作者创作心理的变迁。《异秉》最初写于1947年,发表在《文学杂志》二卷十期(1948年3月)上;由于原稿丢失,作者在1980年根据记忆将这篇小说重写了一遍,陆成在《"时态"与叙事——汪曾祺〈异秉〉的两个不同文本》[②] 一文中对这相隔33年的两次写作进行了比较深入

---

① 第一种观点的代表有,邱胜威:《闲中着色 起止自在》,《写作》1983年第8期;汪政、晓华:《回忆的功能》,《文艺报》1987年3月21日;邓嗣明:《弥漫着氛围气的抒情美文》,《文学评论》1992年第3期;杨红莉:《"成长"主题及主体精神隐喻》,《河北师范大学学报》2005年第2期;刘明:《"规避"的辉煌和遗憾》,《当代作家评论》2003年第6期。第二种观点的主要代表有,唐挚:《赞〈受戒〉》,《文艺报》1980年第12期;杨剑龙:《论汪曾祺小说中的传统文化意识》,《当代作家评论》1989年第2期;曾一果:《过去的"现实主义"》,《文学评论》2006年第4期。

② 陆成:《"时态"与叙事——汪曾祺〈异秉〉的两个不同文本》,《文艺理论研究》1999年第1期。

的分析，论者在此将归纳陆成文中的观点并作进一步阐述：

　　陆成认为两篇《异秉》围绕熏烧摊主王二"发达"了，讲述"发达"背后的故事。前期《异秉》选择王二搬店前一天晚上八点至十点作为小说的故事时间，其主干叙事呈现"进行式"特征：着重叙述这两个小时内发生的事件以"现在时"进行，此外作为情节的必要补充，还以插叙形式在文中穿插介绍发生于故事时间以前的有关内容，则以"过去进行时"完成。在这种"进行式"的叙事氛围中，作者经营着一个"平等"的事件链，每一件事都发生于"现在"，因而事件成了各自孤立的一个时间上的序列，没有本质区别，每一个"现在"都是面向过去的提问，"现在"只是为了突出境遇，突出存在本身，而并非为了答案（永远都没有答案），所以"现在"只是一个不断提问的过程，在消解存在原因这一看法本身。作者要证明王二的发达只是生命中的一个偶然，没有原因，所以也不提供意义，本质上是一种——荒诞，取消因果联系之后——存在的孤立与不可解释，由此产生把握存在的方式。作者选择时间作为联系事件的线索，同时也就意味着他放弃了因果联系，时间本身并不提供意义与解释。20世纪80年代的改写，时态的特点就是"回忆"二字，书写对象指向过去发生的事。这种时间距离的出现加强叙述的主观色彩，客观上赋予将过去不同时间发生的事件概括起来的优势，富含主体认识（包括作者态度、情感执行与价值判断）。"过去式"花费许多笔墨说明王二发达的真正原因：因为王二一家团结而且勤劳，也因为王二的摊子地点选得好，"大小解分清"在重写时被处理成一个百姓家常的笑话，充盈着回忆的温馨。两篇小说题材虽同，却表现出截然不同的面貌，显示出作者心态上的重大转移，当然，可以按照陆成的理解，认为与年龄有关，"青年时代容易陷入虚无，而饱经沧桑的老人具有人生的旷达"，然而，年龄本质上只是人生的刻度，它是一种现象和结果的显示，仅仅是一种反映，而不是直接的作用的因素。那么，取代存在"荒诞"式哲学思考的根本原因究竟在哪里？我们再一次回到后期《异秉》的"回忆"叙述中：

　　　　谁也不能去劝……后来还是煮饭的老朱来劝住了。这老朱来得比谁都早,人又出名的忠诚耿直。他从来没有正经吃过一顿饭,都是把大家吃剩的残汤剩水泡一点锅巴吃。因此,一店人都对他很敬畏。他一把夺过许先生手里的门闩,说了一句话:"他也是人生父母养的!"

陈相公挨了打,当时没敢哭。到了晚上,上了门,一个人呜呜地哭了半天。他向他远在故乡的母亲说:"妈妈,我又挨打了!妈妈,不要紧的,再挨两年打,我就能养活你老人家了!"

对老朱独特的地位塑造以及陈相公语言的转述,有一种非常明显的主体介入,是作者不能回避的内心情感,他对高邮世界的关注多了一层世俗的态度,对底层市民怀有欲说还休的爱,这种视角迥异于启蒙意识下的他者审视,也区别于"十七年"文学中的"大众化"聚焦。小说隐含着一种类似"民间"的立场,这个"民间"概念借用陈思和先生在1990年《民间的沉浮》与《民间的还原》两篇文章中所规定的特征及形式,体现为对政治的弱化,进而回归民间生活真实活泼的面貌,将"民间"价值取向与知识分子的精神追求联系在一起。汪曾祺自然还没有成为完全的民间写作者,因为"民间"并没有在他的文本中被塑造为唯一的理想之地,他的潜意识里存在一种不易察觉的犹疑,他只是在自在的民间文化空间中发现精神的寄存意义,作为借宿的载体显现着更为深厚的价值关怀,论者认为以"本土立场"更能贴近他的思维和创作心理。

汪曾祺对自己复出以后的写作有个界定,认为与"西方文学概念"无关,而属于"传统文学的继承问题",论者以为应该是对"个性主义"反思的另一种说法。20世纪40年代在西南联大汪曾祺深受现代主义熏染,《落魄》《礼拜天的早晨》《复仇》等小说以存在主义、意识流为创作理念的风格在20世纪80年代鲜少出现,前后近四十年的光阴到底对这个作家做过什么,会发生如此巨大的反差呢?"文革"始终是一个绕不过去的历史界碑,要用一个词语来归纳那场史无前例的运动,也许用"宗教的泛滥"会适合。按照西方文化的概念,中国没有严格意义上的宗教,因为儒、道文化几千年来为国民心灵遮蔽上一层难以卸下的面纱,只能看到此岸的利益绩效,而无法瞩目遥远的彼岸光辉,而"文革"诞生了一种神话,让人秉承着"红太阳"的理想主义,相信忠贞不渝的信仰以及对信仰的誓死捍卫,偶像、圣徒、教义、经典、语录、呼告、祈祷、忏悔,以及各种繁文缛节的仪式和苦行,模仿着宗教徒的生活,也为教徒生涯而狂欢!没有自我意识的坚持,却有随波逐流的争先恐后,这就是"文革"宗教化的实质。汪曾祺作为亲历者,特别是参与"样板戏"《沙家浜》的编写使他更为清醒地领悟到,在中国特殊的政治环境中,必须寻找到一种更具力量的信仰,来对抗外在世界的颠倒错乱和消解内心的虚无危机。恢复自由写作空间之后,这样的意识引导着他将目光停驻在曾经生养他的乡土之上。从形而上哲学的思考走下来,进入一种形而下的人道关怀,似乎是一种思想的倒退,而回到历史中我们就会理解,对中国的知识分子而言,哪一样都不能少,关键是在特殊的具体环境下,高邮那片土地更能够接纳汪曾祺辗转多年的精神流浪。

除了上述那种主动的依附之外,还有一种客观势力的推动,促成了"本土化"思考。李扬曾经用"广场"来形容中国文学的发生,认为它象征"公众与官方的契合或相异,承担着国家的悲欢与离合"①,从"五四"天安门事件引发的"启蒙文学",到1949年人民政府成立、1966年的"文革"爆发,再到"四五"运动拉开"新时期文学"序幕,"广场"扮演着文学舞台的角色。这种群众性和集体性交织的"合唱"力量,驱遣着作家一次又一次从象牙塔返回十字街口,一方面为创作提供了描述对象,另一方面也成为作家不自觉的依靠。汪曾祺不可能脱离这种历史的惯性,而且作为个人工作的内容,他长期埋头于京剧团的剧本创作,也编辑过《北京文学》《说说唱唱》《民间文学》等大众读物,"广场"的烙印必然形成文字的痕迹,发表于1979年《人民文学》第11期上的《骑兵列传》显示了他向时代主题靠拢的倾向,在那些英雄的壮烈和传奇书写中,掩藏着作者对奇伟、壮阔、险关的热爱。那个硝烟四起的时代并非彻底落入被批判的地位,而是囿于自己的美学品位,汪曾祺没有完全沉浸在普通公众的洪流中,而是对笔下的"人民"进行选择性刻画。实质上,他形成一种

---

① 李扬:《传统的回归与延续》,《艺术广角》1999年第2期。

走出自我观照之后的主体意识，用这种意识去表现他者更具包容性和理解力，这是一种不沉迷也不融入的中介感察，且因为并不是完全地孤立在两者之间，又联系着不同的样态，因此摒除了纯客观的零度评述，获得独特的情感支撑，进而实现"本土立场"的诞生。

作家的任何立场都不是一个简单的因果关联，而是在一连串的影响中逐渐生成，"本土立场"的最终出现和汪曾祺一贯的创作风格、审美意向，包括人生经历和具体的历史环境都有或深或浅的联系，这一立场主导着写作的倾向，反过来，作品也不断深化"本土立场"的内涵。在《晚翠文谈》的自序中，汪曾祺给自己定位为"一个通俗抒情诗人""一个小品作家"，并且在1987年出版自选集时，再次强调自己"所追求的不是深刻，而是和谐"，这些自我认识与本土立场紧密相关，投射到新时期写作的文本中，从表层看来是一种淡出与疏离，显示出异质的一面，深层却蕴含着美学感情的需要，以及在这种情感形态下产生的思索方式。就像他青睐的"回忆"，并不意味着对现实的一种逃离，相反，是承担生命之重的勇气。

二 "本土立场"的精神纬度

对"传统"的不同理解，构成了新时期文学不同的历史叙事。汪曾祺的《受戒》和同时期"伤痕文学"的区别，再次印证了这一特点。"启蒙话语"知识体系的逻辑，形成20世纪以"否定性"推动前进的趋势——对"国民性"的声讨，对"阶级性"的强调，对"历史谬误"的绝不宽恕——把对历史的质疑视为精神觉醒的开始，把对苦难的正视当作灵魂的复苏，本质上是使用"二元对立"的思维去肢解现实，那么，无论是"五七"作家一代，还是知青作家的初期创作，"反思"的文学便又一次陷入精神困境，而且始终难以摆脱。在这个意义上，汪曾祺的写作其实是一种"精神自救"，褪去批判的锋芒，转向对"童年回忆"的凝视。凝视是一种饱含深情的思索，甚至以情感的形式代替思索的内容；凝视转换了"传统/现代"的冲突与矛盾这个20世纪中国文化的基本语境，在人文传统的选择上"化腐朽为神奇"：不信守传统意义上的教条学理，也非陷入传统杂陈不可自拔，而是带着一种知性的眼光，虔诚地对待来自日常的生活——突出日常生活的趣味与情致、智性与灵气，乡村的生活印象不再以现代文明的对立物出现，赋予传统以当代性，这才是对人文传统最完备的修葺。对乡土进行浪漫书写的作家不是在制造乡土，他们所完成的艺术魅力是一种自我的经验性表达。这种自我的经验性表达，又不雷同于现代作家那种对抗时代以求个人存在的曲高和寡，而是用独立的声音将个体还原为社会中的一员。

李陀在《意象的激流》里说汪曾祺是一只寻根小说的头雁，认为他和之后寻根小说的出现存在除了事件前后相继关系之外的一种先行引导作用，更多体现为"在现代小说水平上恢复意象这个传统美学特征"，"营造一种充满现代意识的中国作风和中国气派"，甚至提出疑问："意象这种东西乃是中国人审美意识中一种深层的构成？是否说明它是中国人在艺术地把握世界时所共有的一种原始模型？"[①] 确实，作为一种本土的表现方式，"意象"在20世纪三四十年代之后一度中断，汪曾祺在新时期对传统文化的拾回和重新擦拭，使得"意象"在乡土的浪漫书写中大放异彩，显示出蓬勃的生命力。论者试图以《受戒》为研究个案，发掘"意象"的构成，进而理解汪曾祺的"本土立场"。

小说中最为主体的意象：一是"庵"，一是"和尚"。"庵"是这个地方名字的一部分，起源于"菩提庵"，可是庵名却被当地人口误为"荸荠庵"；而且庵原本为尼姑所住，此地却住着和尚，因此为这种失误找了个理由"大者为庙，小者为庵"；和尚呢，并非同惯常的"出家"僧人一样，却是一种地方物产，像是"出劁猪的""出织席子的""出箍桶的""出弹棉花的""出画匠""出婊子"一样普通。对寺庙的误读与对和尚的认识本质一致，都是源自民间的自在自为，出于天然的人性本身，而非传统礼教中的佛教文化；这种发自本心的平等与无争，区别于为了社会契约而结盟的政治团体所信奉的理想原则，超越了交集在各种"主义"争辩上的冲撞，彰显汪曾祺自由精神的信念。如果说"庵"与"和尚"在能指

[①] 李陀：《意象的激流》，《文艺研究》1986年第3期。

上以规定了对象的庄严、静穆、清净与禅定，那么小说紧紧围绕"庵"与"和尚"还生发出一组和能指几乎相悖的所指，明子的舅舅那一席开示便可窥见一二：

  舅舅说，念经：一要板眼准，二要合工尺。说：当一个好和尚，得有条好嗓子……说：嗓子要练，夏练三伏，冬练三九，要练丹田气！说：要吃得苦中苦，方为人上人！说：和尚里也有状元、榜眼、探花！

  静修无为的佛学沦为世俗事业的进取，这样的训诫看不出丝毫的"佛性"，而完全置换为一种师生之间的授课本质。作为知识分子的汪曾祺将自己熟知的教育程序安排进教念经的场景中，消解着佛家文化的意义，深层意义上指向了佛为表征的一切神像，那些潜伏在中国人心里的敬神畏神情绪所衍生的清规戒律也一并随着神性光照的褪色而无力。庵里的和尚并不做早课与晚课，仅仅是三声磬便代替了；"方丈"不称"住持"，却叫作"当家的"，管理经账、租账和债账；虽说好和尚要求具备三个条件：面如朗月，声如钟磬，聪明记性好，明子的舅舅仁山位居大师父，却一条不占；二师父仁海修行之身却已娶妻；三师父仁渡精通于各种小调山歌；庵里平时打牌也赌博，年下也杀猪……这就是原始意象生发出来的新的意蕴，日常的细腻与温度填充着本应枯寂、清冷的寺庙生活样式，神从高不可攀的佛龛上走下来，还原到人间烟火之中。由此我们可以看到构成"庵"与"和尚"意象的就是一种本性自然的存在和人本的自由意识。

  "庵"与"和尚"意象属于能指和所指之间不断生成张力的类型，《受戒》中还有另外一类意象，本身处于静止样态，随着事件的发展而呈现与原初性质相异的特征，"芦花荡子"就是这样：

  从庵赵庄到县城，当中要经过一片很大的芦花荡子。芦苇长得密密的，当中一条水路，四边不见人。

  ……

  芦花才吐新穗。紫灰色的芦穗，发着银光，软软的，滑溜溜的，像一串丝线。有的地方结了蒲棒,通红的,像一枝一枝小蜡烛。青浮萍,紫浮萍。长脚蚊子,水蜘蛛。野菱角开着四瓣的小白花。惊起一只青桩(一种水鸟),擦着芦穗,扑鲁鲁鲁飞远了。

芦花荡子作为庵赵庄通往外界的必经之路,通往"受戒"所在的善因寺,也是"受戒"的必经之路。当四下无人的时候,明子总是显得无端的紧张,那实质上是生命和自然的谐振——尚未"受戒"的小和尚却朦胧地"受"着身体和周围环境的诱惑和驱遣,以及潜在的不可确定的胁迫与压抑;在"受戒"之后的返程途中,芦花荡子不再像自我检阅和考验的关卡,而成为一种内心理想的向往,一种承载美好与新生的乐土。第一次由明子划船穿过芦花荡,第二次由小英子划进这一场域,作者人为地将"芦花荡子"置放于"受戒"行程中,将地理上的空间关系转换成一种心理上的假设让渡条件,这一艺术想象交代了作者对两位主人公生存环境与精神状态的期待,其中隐含了三层作品文本的主题意蕴:

首先,为了强调说明两位小主人公原本都是独立自为的生命个体:明子为了缓解自己的紧张"使劲"划桨,小英子为了纾解内心的渴望"飞快"划桨,他们融入自然的浪漫行为显示出回归自然原始想象。两次经过芦花荡子截然不同的感受凸显"受戒"的意义——由一个"不受戒的野和尚"成为一个"受戒"和尚最大的更改,是敢于承认自己内心的情感,并为此情感承担责任——"戒"是六根清净,情色为大忌,"情"却在"受戒"之后得到认可,进而取得合法性,足以见出作者对"受戒"本体的反其意而用之。"芦花荡子"场景的艺术世界使主人公从现实困境中重新认识和找回自己,进而得到解脱,是人类本真的灵魂制造加工场。这既是汪曾祺自己的人格理想,也是大多数沉默群体的人生理想——因为"受戒"如果被认为是一种传统人生境界的升华,那么"芦花荡子"则应该被看作一种传统意义的取消,折射出自由、浪漫的精神之光。

其次,为了充分揭示"受戒"作为正规教义的先天缺陷,对"受戒"原义的否定:荸荠庵和尚们之所以会与众不同而特立独行,原因自然是与他们所经历过的"受戒"不无关系(小说中人物活动的主要背景,几乎都与"庵"为象征的寺庙有着千丝万缕的联系)。"芦花荡子"造就了这些荸荠庵式的"和尚"形象,摆脱了"受戒"传统文化的内在制约,使他们向"不破不立"思想观念的现代转型。作者对小英子在善因寺里的叙事尤其鲜明地显示出这一倾向:作者借小英子的感觉描述着"全县第一大庙"的"庄严气象":

庙的门槛比小英子的胀膝都高;
释迦牟尼佛坐在一个莲花座上,单是莲座,就比小英子还高;
抬起头来也看不全他的脸,只看到一个微微闭着的嘴唇和胖墩墩的下巴;
香炉里烧着檀香。小英子出了庙,闻着自己的衣服都是香的;
这些幡不知是什么缎子的,那么厚重,绣的花真细;
这么大一口磬,里头能装五担水;
这么大一个木鱼,有一头牛大……

在小英子的心目中,佛和人的区别就在于"大"一些,所以她按照自己的比例去想象和理解佛的生活结构;佛生活的世界和人的世界的区别就在一扇门,所以站在门外,她能够不顾禁止而大声喧哗,告诉明子自己离去,和明子高声喊话摆叙家常。作者在这里不是"纪实"而是"写意"——其真正意图是以"善因寺"同"小英子"形成两种不同文化的鲜明对比,从而使"小英子"成为人性自然的象征符号。对汪曾祺而言,"小英子"无疑就是理想人性的代名词,也可以将其称为混沌世界的"救世主":因为是她平常却又神奇地把"善因寺"剥离出了封闭沉闷的佛刹环境,是她用健康、率真的心灵为"受戒"的明子注入生命复活的力量之源,是她精心塑造了一个忘记"紧张"(负面传统)的"芦苇荡子"。

最后,为了顺利展开"受戒"走向消解的客观需要:主人公身上"人性"与"俗性"两种矛盾因素的相互冲突,从一开始便埋下了艺术伏笔——"和尚"与"庵":当和尚是为了"吃现成饭"和"攒钱","荸荠庵"原来是"菩提寺"不伦不类的讹称,毫无生命力的神性同美丽而清新的大自然，构成了一种界限清晰的情感色调。而这一点在"受戒"之后表现得尤甚——"当方丈"和"当沙弥尾"统统败给了关于爱情和婚姻的想象。明子能不能娶小英子，并不是文本意义的指向，走向"芦花荡子"而意味着自由的实现，意味着俗性的祛除，意味着神性的消失，意味着人性最终的还原。通过"芦花荡子"最终实现"受戒"的自我否认与自由限度的重新确立。

三 "本土立场"的艺术策略

意象以自由无拘的理念实践反映出汪曾祺"本土立场"的人性尺度，这一尺度不是哲学意义上的抽象共性，也不是启蒙意义上的个性解放，而是活跃在民间的那种自在生命形态，散发着人情味的日常信仰。郑敏认为，"当这个世界日甚一日地跌入所谓现代时，它反而会更加重与迷恋能给这个世界带来情感的慰藉，能在喧哗与骚动中创造一番宁静与肃穆的古典"，所以"意象的骤然涌现也许就是理性的逻辑思维的意识活动与无意识的无限能量相接通的表现"[①]。这种乡土性因素以"意象"为符号，在叙事文本中演化为审美的表现形式，"本土立场"即是生成在乡土文化和乡土审美之间的必然关联。这种立场与态度引导过去或现在的人生体验，使之产生一种自主的精神文化，以生命的本质显现乡土世界。《大淖记事》便是在这样一种立场的关注下完成，大淖上本地人和外地人世代共居，"各是各乡风"——来自下河一带的生意人总是安安静静地"日出而作，日入而息"；打锡为生的匠人重义气、耿直而纯良；挑夫的生活很简单，即卖力气，男女老少世代都靠着肩膀吃饭，他们却更容易得到快乐；姑娘婚嫁自由，媳妇也可以选择"倒贴"，一切标准都是"情愿"——莲子抛下三岁的巧云和戏班小生跑了，黄海蛟没有"大惊小怪"；保安号长破了巧云身子，邻居、姑娘们"并未多议论"；残废的爹在事发生时就知道，却只是拿着十块钱，"长长地叹了一口气"；巧云没有淌眼泪、寻短见，而是继续结网、织席、上街、守着爹——就因为"这种事在大淖不是第一次

---

① 郑敏：《诗歌与哲学是近邻——结构、解构诗论》，北京大学出版社1999年版，第315页。

发生"。作者经营这样一个故事背景,是为之后的"不同寻常"做下铺垫:小锡匠丝毫不懂嫌弃,反而更加爱惜巧云,在被保安队痛打至死的要挟下,也不曾松口离开大淖、放弃巧云、对大兵们妥协,被救活转来时回答巧云的"我值",那两个字言有尽而意无穷;老锡匠由不准十一子与东头来往,息事宁人守着独立的门户,一下子变得坚硬起来,带领锡匠组成沉默的队伍游行请愿,要求惩办刘号长,偿还公道;大淖上的人川流不息地来看望十一子,平时单调而辛苦的生活中不常见的热情和好心一齐被呼唤出来,他们觉得"十一子和巧云做的事都很应该,很对。大淖出了这样一对年轻人,使他们觉得骄傲";县政府受理了这桩沉冤,因为那个古老风俗的沿袭至今仍有威力,民间所认可的法律之外的合理性为百姓提供了依据;巧云把爹用过的筹筐找出来,"和邻居的姑娘媳妇在一起,挑着紫红的荸荠、碧绿的菱角、雪白的连枝藕,风摆柳似的穿街过市,发髻的一侧插着大红花。她的眼睛还是那么亮,长睫毛忽扇忽扇的。但是眼神显得更深沉,更坚定了"。凌宇先生曾在1981年4月,也就是《北京文学》发表这篇小说当月就撰文极为敏锐地捕捉到"我们获得了一种启示:应该如何面对现实生活中的矛盾。它触及一个虽不是永恒,却决不是一个短时期就消逝的问题"[①],这种生活矛盾不是灵魂与肉体的冲突,也不是政治与文学的冲突,不是人民与统治阶级的冲突,更不是传统与现代的冲突,它来自真实的民间生活,是乡土人性自然形态与生俱来的"美",类似于沈从文"美在生命"的命题。沈从文认为美存在于一切有生之中,人作为万物之灵长,其生命的美具有"自在"与"自为"之分,汪曾祺延续老师的这一思想,洞察到"自在"生命的易逝和"自为"生命的难塑,所以作者用下层人民的道德无意识以及乡土的价值取向对这一矛盾做了回答,自强自立的生命韧性和争取幸福生活不断向上的努力,逾越了题材表层的悲泣,具有一种底层生态的"元认知"。这一体认显示出汪曾祺对民间文化的无间认同,区别于同时期邓友梅、冯骥才等人的叙事立场,他从真正的民间生活中看出并揭示了美的感受,改变了以往知识分子新文化立场人

---

① 凌宇:《是诗?是画?——读汪曾祺的〈大淖记事〉》,《读书》1981年第11期。

为地加入统治阶级或主流意识的价值判断,这种态度否定了强加于乡土上的非人性标准,其外延扩展至整个文学领域。

在小说中"爱情叙事"并不是主体,正如汪曾祺引用一个青年作家的评论表达自己对结构的设想,"题目不是《巧云和十一子的故事》",所以前面写了三节,都是记风土人情,第四节才出现人物,1981年汪曾祺回到阔别了四十余年的家乡,一个人去大淖走了几次,见到那里几乎完全变了样:"一个造纸厂把废水排到这里,淖里是一片铁锈颜色的浊流",只有那"清凉的空气"似乎还是四十年前的感觉……正是这种感受激发了他的写作灵感,小时候目睹过的大淖景物与人事,以及沉淀下来的感情和向往,被他重新"组合""拼接"与"美化",① 化作《记事》中特殊的生存式样,也只有在那样的环境里,才有可能出现"大淖"的人和事。因为"这里的一切和街里不一样","这里的人也不一样。他们的生活,他们的风俗,他们的是非标准、伦理道德观念和街里的穿长衣念过'子曰'的人完全不同"。汪曾祺以内在体验还原过去的乡土世界,以外在经验叙述当下的乡土世界,相互补充,以前者为着眼点,对人、对个体本质与价值的肯定成为人类思想文化背景中最重要的内涵之一。作家在作品中所叙述的情景来自个体生命和人生经历的一部分,叙述者既是当事人又是见证者,所以乡土的浪漫书写浸透着作家自身的血脉、体温与性情。这种"在场"决定了作家的归属性,在乡土的叙事中,情感介入方式和价值判断态度共同聚合成"本土立场",也是汪曾祺发现自我并以书写确认自我存在的文化实质。

黑格尔认为"散文"和"诗"是把握世界的两种方式,汪曾祺正是从细致入微、错落有致的市民生活传统场景描绘中,越过"散文生活"之后才抵达"诗之国度"。海德格尔说:"人曾在土壤,今在亲熟寻常之物中间迷行。超越只能指在这寻常事物中回忆不寻常的意义。"② 汪曾祺的小说正是这样,同书写或话语相关联,同个人记忆,尤其"历史中的个人"相关联,在对一切与之相关事物的描述中构建起诗意的想象。20世

---

① 汪曾祺:《〈大淖记事〉是怎样写出来的》,《读书》1982年第8期。
② [德]海德格尔:《存在与时间》,陈嘉映、王庆节译,生活·读书·新知三联书店1999年版,第109页。

纪40—80年代，汪曾祺经历了中国文学本身的两个高峰，在历史的演变过程中建立起自己的"本土立场"，源自乡土本体的价值取向成为创作元素：一方面，吸取从乡土民间积淀的个人体验，转换为精神信仰又寄存于乡土；另一方面，乡土提供的一切文化形式、故事原型又孕育和深化小说的叙述语境和审美意识。"本土立场"是对单向度立场的批判，更是一种美化的超脱，坚持民间形态的独立与自由，旨在自我秩序的重建，创造性地恢复本土文化经验。对乡土的浪漫书写自从有了"本土立场"的介入，就不再单纯的是"向前看"或"向后看"，而是追寻着生命的灵性，一种更为宽容的人性关怀取代了对抗的僵局。1949年以前，乡土书写中的浪漫看不到令人自信的曙光，因为黑暗的压力太过沉重，浪漫的主体为了躲避政治、革命、战争等集体概念，完全是"个人化"的，鲁镇也好，史家庄也好，还是湘西、果园城、呼兰河，都是一种非本体存在，是由能指到所指的延伸，作家与叙事客体之间是一种不在场却属于的关系；20世纪80年代的高邮回归到本体属性，"本土立场"成为联系自我与更广大群体的一个介质，这种异于知识分子本体的质素提供了扩大视野的可能性，也使"个人"的浪漫走向"个体"的浪漫，还原为一种历史场域中的存在。立足于这一点，汪曾祺与"寻根文学"之间的顺承毋庸置疑，洪子诚曾谈道"1985年的夏天，他们便纷纷在报刊上撰文、倡议、宣扬有关文学寻根的主张。在理论阐述中，一些此前发表的作品（主要是小说），被提倡者作为这一文学主张的范例列举。汪曾祺发表于80年代的，取材于家乡（江苏高邮地区）市镇旧时风情习俗的短篇（《受戒》《大淖记事》等），被作为重视民族文化底蕴而取得成功的例证。"[①] 由此能够肯定"本土立场"的出现已经不仅仅是汪曾祺个人写作的标记，它的影响延续到20世纪80年代中后期，可以说它为"寻根文学"中的日常叙事、文化叙事提供一个契机，甚至是在思维上开辟出一条蹊径，郑万隆"根"的宣言里所提到的"要用神话、传统、梦幻以及风俗为小说的架构，建立自己的理想观念、价值观念、伦理观念、道德观念和文

[①] 洪子诚：《中国当代文学史》，北京大学出版社1999年版，第321—322页。

观念"① 和"本土立场"形近且神似。

作为新文化运动的标记"白话文"没有在"革命文学"席卷一切的剿灭中覆亡,负隅顽抗承担起演绎中国人全部生命的意义,然而言说的"白话文"形存而实灭,在"照搬"与"重复"中蜕变成体制化的精神枷锁,锁住了作为"我"的深厚性,也锁住了"人"的丰富性,汪曾祺从"失语"的困境中突出语言和生命的关系,把现代汉语当作一个总体的生命来对待和体验,在乡土的书写中,用语言的自觉表达作为个体生命的差异,用"本土立场"建立起现代汉语的主体性。李锐说:"语言是人认知世界和表达内心的界碑。"海德格尔也认为语言之外并没有自由,也没有人的存在。汪曾祺用自己充满独创性的文本重新理解和认识汉语,也因此有了用自己的语言去叙述和还原人的可能,也因此有了用自己的语言表达和别人不同的生命景观的可能。他没有单纯的幽默或逗笑,那是来自生活情趣的体验与写照,更是寄托本人所有哀戚、悲悯和希望的语言,与生命缠绕——这是 20 世纪 80 年代以来文学界的一个突出特征,当叙述语言逐渐形成一种语境,这一语境能够在多大程度上让读者体会到人的生存处境,便成为判断一部小说是否成功的因素之一。

第四节 传奇不奇:"爷爷"的时代与莫言小说的乡土灵魂

莫言曾评价马尔克斯,认为"他(马尔克斯)在用一颗悲怆的心灵,去寻找拉美迷失的温暖的精神家园。他认为世界是一个轮回,在广阔无垠的宇宙中,人的位置十分渺小"②,在这样的理解前提下,莫言有意识地恢复人的本体,凸显个人在世界中的存在,汇集成作品中黑孩对透明萝卜的憧憬,小虎站在白杨树顶上俯瞰整个村庄的眩晕,"我"想象在高粱地里爷爷牵着父亲的手抵抗惊天动地的狂风那坚定前行的脚步……将个体感

---

① 郑万隆:《我的根》,《上海文学》1985 年第 5 期。
② 王国华、石挺:《莫言与马尔克斯》,《艺谭》1987 年第 3 期。

受放置于"史前环境"中,从文化对生命个体改造的角度,生成"个体"意志,不是仅凭观念简单地勾勒世界,而是背负沉重历史,以自我的良知还原精神底色,造就历史眼里的个人和个人眼里的历史。① 莫言离开高密那片高粱地之后,才看到自己生活在其中的影子,才发现了作为个体的存在。在新时期的批评史里,往往将莫言作为农民的代言人,而忽略了作为家族中最关键的个体存在,实际上,使家族能够施展魅力的重要力量就在于个体的人的作用。个体延续着民族灵魂的统一性,不可否认,莫言在写作立场上坚持了民间阵营,可他捍卫和守护的仍旧是民间中的每一个"人",独立的个体无法代替哪一个群体发言,每一个字都只能是来自心灵的声音。与其说莫言是在寻求思想的反叛与解放,不如说是通过艺术的放逐实现自我找寻的启程,所有的历史叙事都是个体的叙事,一切狂欢的魔幻叙述都是为了突出人性世界的丰富性。

一 熟悉而陌生的魔幻世界

钱理群说过,人的生存状态大概有两种,或者离开本土"漂泊",或者"坚守",莫言不在二者之中,他总想顽强突围时代,却时时感受被压抑,这种生动的感觉使他的写作就像是一个肩挑荷担的使徒,一头悬挂苦难,而另一头是心底的理想主义,托起这副肩担的是他创制"熟悉而陌生"乡土的冲动。

论者归纳"熟悉",源于巴赫金理论:小说中时空交会的定点往往是叙述动机的发源地。在《白狗秋千架》被导演霍建起改编成影片《暖》时,莫言说:"1984 年,我在解放军艺术学院文学系读书的时候,读到川端康成的《雪国》里面的两句话:'秋田的黑狗站在河边,一下一下地伸出舌头舔着河里的热水。'我突然感觉到这句话实际上是一个旋律,是一

---

① 北晨编译:《当代文化人类学概要》,浙江人民出版社 1986 年版,第 88 页。当一个婴儿降生在既存的社会时,周围已充满了等待他去学会的规则、风俗、意义等。就这种意义而言,文化也是外在的,并且是在每个孩子进行文化学习之前既已存在的。然而就另一个意义而言,文化的存在乃是某个特定时期个人心中对文化的实践的总和。换句话说,文化是依靠个人而存在下去的,那么莫言也是通过个体的书写触摸史前的文明。

个调门,也是一幅栩栩如生的图画。我脑海里马上就出现了一条热气滚滚的河流,河边上站了一条黑色的原产于日本秋田的大狗,伸着血红的舌头舔着河水。我马上就联想到故乡——高密东北乡的故事,于是就在《白狗秋千架》的开头写:'高密东北乡原产白色、温驯的大狗,绵延数代之后,很难再见一匹纯种。'"这篇小说第一次出现"高密东北乡"这个文学地理概念,离开故乡之后,对高密爱恨交织的情愫令莫言面对前程踌躇、怅惘,之后莫言很多小说"所谓的故事、所谓的人物、所谓的场景"都在"高密东北乡"这个文学舞台上展开,"高密荒凉的大地"[①] 加工变形,成为寄放精神徘徊游荡的固定场所。

论者归纳"陌生",受到评论家李洁非的启示,"作家自以为抓住了真实的地方,却几乎都只是抓住了形形色色的假象,那些似乎确定无疑的叙述其实是欺骗了所有人包括作者在内的一个个弥天大谎;相反,倒是格利高里、莫尔索、班吉这样的寓言式人物,提供了深不可测的真实性"[②]。从处女作《春夜雨霏霏》(1981)到《透明的红萝卜》(1985)转折进入创作成熟期,确立起"高密东北乡"这个概念,在1985年、1986年莫言创作出《透明的红萝卜》《球状闪电》《金发婴儿》等一系列激烈而动荡的、抒情而温婉的小说,所有风格都指向莫言生存的土壤。乡村文化上的观念外衣在莫言笔下被层层剥离和卸去,祛除实实在在的遮蔽,另外以诡秘灵异、鲜活奇谲的艺术感觉赋予乡土世界回归到原始、遥远得几乎是不能存在之真的魔幻境界中,他在乡土世界找到了种族的血脉,找到自我,也找到自己的故事和自己的语言,用传奇色彩重建了他的意识形态和世界观。

"我爷爷"在莫言的乡土书写中反复出现,像是故事发生的背景,也像是结局的最终隐喻。"爷爷"的身份不断变幻,被叙述者拆解成无数可能的集合,却又还原成一个具有"高密东北乡人高粱般鲜明的性格":"高粱高密辉煌,高粱凄婉可人,高粱爱情激荡。"(《红高粱家族》)回顾莫言的小说,"爷爷"和"据说"分不开,"爷爷年轻时,杀死三个人,

---

① 莫言:《高密之光》,《日报》1987年2月1日。
② 李洁非:《回到寓言——论莫言及其近作》,《当代作家评论》1993年第2期。

放起一把火,拐着一个姑娘,从河北保定府逃到这里,成了高密东北乡最早的开拓者。从此后就爷爷开荒,奶奶捕鱼,把一个大涝洼子的平静搅碎了"(《秋水》)。"爷爷是个干瘦的小老头儿,肤色黝黑,眼白是灰色,人极慈祥,对我很疼爱。爷爷是村里数一数二的庄稼人,推车打担、使锄耍镰都是好手。"(《大风》)无论是冲破礼教、敢爱敢恨的余占鳌,还是占山为王、经营稼穑的农家汉,"我爷爷"抽象为作者对时间和生命的感觉,成为一面镜子,望见我们的过去和未来。

在高粱地里,"我爷爷""我父亲"和"我",就像高粱代代繁殖,"我"的家族也飞扬而显赫,"我奶奶"在将死之前,感动于自己秉持的贞节、正道与善良,她高喊:"我爱幸福,我爱力量,我爱美,我的身体是我的,我为自己做主,我不怕罪,不怕罚,我不怕进你的十八层地狱。我该做的都做了,该干的都干了,我什么都不怕。"紧接着就通过周围景象的聚焦再一次进行"自我"确认——"奶奶觉得天与地、与人、与高粱交织在一起……奶奶真诚地对着鸽子微笑,鸽子用宽大的笑容回报着奶奶弥留之际对生命的留恋和热爱。奶奶高喊:我的亲人,我舍不得离开你们!鸽子们啄下一串串的高粱米粒,回答着奶奶无声的呼唤。"——通过鸽子的认同和肯定,"奶奶"借不同于自己的眼睛反观自己的生命,周围事物的眼睛和她自己的眼睛,断断续续地融合在一起,在心中形成对个体生命格外的爱惜与独特的评价。"奶奶"热爱自己的生命,因为感受到这块土地对她的眷恋;同时,生命越是即将结束,越是显示出珍贵;坚定了"奶奶"自尊自爱的独立认识和"自我意识"[1]。联系"奶奶"对高粱地中自己的身体所带有的两种情感,莫言指出"奶奶完成了自己的解放,她

---

[1] "镜像",这里借用拉康的"镜像理论",他认为"人们一直误认为一个独立存在的个人主体(自我)其实是一个幻觉意义上的想象骗局,从一开始个体就是一个空无,它不过是一个操作性的观念,实质即在于将一个开端上就是假象的镜像误以为真实存在的个人主体"。论者也认为"家族"本身就是一个镜像的虚幻描述,无论是叙述者对"家族历史"的建构还是小说人物作为"家族成员"的描述,都是一种物象化在复调类作品中,巴赫金认为"镜像"与"物象"的矛盾对立,这种"镜像"似的主人公的"自我"认识仍旧符合其一贯坚持的"我与他人"的关系。《红高粱》并非自传,主人公不存在作者和"我"等同的问题,因而这类作品的主人公的"自我"认识可以有极大的虚构自由。

跟着鸽子飞着,她的缩得只如一只拳头那么大的思维空间里,盛着满溢的快乐、宁静、温暖、舒适、和谐"。"奶奶"形象成为"家族"① 实存意义的注脚,莫言希望通过精神乡土的塑造,回到个人自我初始建构的时期,他所需要的也不过是家族的躯体,以此作为个人登台的帷幕——"我爷爷""我奶奶"在本质上来说都是个体的"我"的先驱,当余占鳌和戴凤莲获得独立的生命意识,这时,个人主体才第一次将自己指认为"我"。可是,这个自我的形成不是来自一切肯定性的主体建构,而是根源于"主体在认定一个影像之后自身所起的变化",即在家族先辈的传奇讲述中完成代系关联,也就是所谓的意象关系,在此谱系中个体的存在就是"过去人们自觉不自觉作为个人主体的那个我",却不过是一种想象中的"理想我"②。《红高粱》中对乡土精神的崇尚,借着无拘无束、狂放自在的酒神意识讴歌野性精神,打破乡土小说创作类型中"归来—离去"的二维空间,对个体存在和实现的穷追不舍。

然而透过"家族"的镜像,却会发现个人主体是不存在的——即主体被消解了——但这并不意味着个体概念的放弃。主体作为一个概念的存在尽管不是一种"实存",却是一种"功能性存在",体现为主体性的展现,即参与人事和命运的整合,应用到创作技术层面则使之显露出更广阔的主题和叙述的疆域。包括充溢着宏大不经、泱泱之风的齐文化,于是万物有灵的泛神论崇拜意识植入《丰乳肥臀》《檀香刑》《生死疲劳》等作品中,"受到放达、洒脱和宽容的齐文化的熏陶"③,使高密民间形成具有地域色彩的世俗民间文化:粗野的、原生态的艺术幻象辉映着飞天的耀眼神美,更多地保存了远古神话的幻想色彩,"中土世界的狂欢的场景"终于从

---

① 实质上"家族"给予自我的仅仅是一种虚假认同,因为任何镜像的形成都和情感意志的多重取向分不开,首先叙述人当下来自自身生活环境的情感意志立场,而莫言的这一立场是模糊的,甚至是对立的,仇恨、反叛、调侃和亵渎,在如此之多的情感操纵下,镜里的"家族"蕴含多种不同的特质彼此依赖、相互牵制;其次,对镜子中的对象特征的塑造必须符合"被看"的审美,即家族的传统性。

② 《拉康选集》,上海三联书店2001年版,第63、405、399、90页。拉康认为这个"我",包括笛卡儿作为理性之思起点的那个"我",还包括第一个新人本主义先驱斗士施蒂纳的那个"唯一者"的我,克尔凯郭尔的"那一个"真实的我,海德格尔的"此在之我"。

③ 魏建、贾振勇:《齐鲁文化与山东新文学》,湖南教育出版社1995年版,第246页。

"域外叙述"的桎梏里解放出来,①不再受到儒家文化暗示,超越温存而儒雅的乡村社会,于是"死人与活人之间没有明显的界限,动物、人物之间也没有明确的界限",辽阔的秋夜,五彩斑斓、争食人尸的野狗,无边的高粱地,铺天盖地的蝗祸,漫天的酒气,还有无数冤魂恨鬼,就那么纠缠着,"大部分动物都能变化成人形,与人交往,甚至恋爱、结婚、生子"②,莫言的乡间社会在内在轰鸣中重新焕发生机与活力,就像是狂飙突进运动中诞生的歌德,衔着一枚消失的精魂散发着大气磅礴的力量,将世界的躁动、仇恨、反抗、流血、死亡,以及血色的爱欲、混沌的诗情和无所不在的悲悯重新分配,闪现出他"对世界的一种澈悟的洞察力和诗意想象力",就像是"引导人生获得充实和完美的生命智慧和诗性智慧"③,这种诗意有着"五四"文学的感时伤世,而不断穷尽灵魂的深处,又保留下来乡俗自由而宏阔的笔触,开拓着他的艺术走向,显示其心灵的内觉,升腾起一种极端的精神之美。

我们的过去,总是由"爷爷辈"的老人讲起,"从地理环境到奇闻轶事,总感到横生出鬼雨神风,星星点点如磷火闪烁"(《秋水》),莫言对过去的认知实际上是一种虚构,一方面来自他生长的"聊斋"④源流,另一方面是文学书写的"客观需要"⑤;因此,怀揣这样感觉进行创作,故乡和故乡的故事都属于文学的概念,是作为作者抒发意志而存在的对象。

---

① 孙郁:《莫言——与鲁迅相逢的歌者》,《当代作家评论》2006 年第 6 期。作者认为莫言创作不仅是手法,连同思想都"已远远摆脱了马尔克斯的怪影,是土生土长的汉文明里的魔幻"。
② 莫言:《小说的气味》,春风文艺出版社 2003 年版,第 105 页。
③ 毛峰:《神秘主义诗学》,生活·读书·新知三联书店 1998 年版,第 74 页。
④ 莫言在《我的故乡与我的小说》中谈道:"往往越是贫穷落后的地方故事越多。这些故事一类是妖魔鬼怪,一类是奇人奇事。由于我的故乡离蒲松龄的家乡不远,所以在我们那儿口头流传着许多鬼狐故事,跟《聊斋》中的故事大同小异。我不知道是人们先看了《聊斋》后讲故事,还是先有了这些故事而后有《聊斋》。我宁愿先有鬼怪妖狐而后有《聊斋》。我想当年蒲松龄在他的家门口大树下摆着茶水请过往行人讲故事时,我的某一位老乡亲曾饮过他的茶水,并为他讲过几个故事。"见《当代作家评论》1993 年第 2 期。
⑤ 在周罡对莫言的访谈中,莫言认为,"小说家、诗人的故乡是一个虚幻的东西,我小说中的故乡同真实的故乡相去甚远,我早期的小说,比如 80 年代的小说,人物、小河都是存在的,故事也可能是作家亲身经历过的,小说中是有这种痕迹的。但是随着创作数量的增加,你过去生活资源很快就会被穷尽掉,作家就需要超越故乡,这也是考验作家想象力的事"。见《发现故乡与表现自我》,《小说评论》2002 年第 6 期。

莫言一直强调:"我认为作家在开始创作的时候是寻找故乡,然后是回到故乡,最后是超越故乡——超越故乡是一个非常艰难的写作过程。"① 论者不认为从一开始,莫言就相当清楚自己的写作目的,而是在经年的写作之后,于回顾中才幡然醒悟自己对故乡的追踪,所以,任何一个文本只关涉作者那一时刻的构想,都是在当下时态完成的产物。"爷爷"的出现,是莫言的创造,因为"爷爷"代表了血脉的流传,莫言认为,"我们祖先那一代相对于我们这一代来说,活得更加张扬,更敢于表现自己的个性,敢说敢做敢想,敢跟当时的社会、传统的道德价值标准对抗;就是说,他们活得轰轰烈烈!而我们后代儿孙相对于我们的祖先,则显得苍白、萎缩"②。于是,在《红高粱家族》中将"纯种"进一步延伸:高粱地里"纯种高粱"与"杂交高粱"区别,印证着纯种的好汉与后代的退化。"爷爷"赋予"个体"的存在,这种存在,不是肉体的崇拜,也不是灵魂的虚无,而是灵魂摆脱肉体的撕裂与挣扎,延续着现代文学中"个人主义"的呼唤,更是新时期文化创造的本体需求。只有在"爷爷"的回想中,每每闭上眼,才能够洞察我们深邃的内心,才能紧紧拉住文字的衣角,才能在末法时代中自由地安居;以此为据的浪漫书写将乡土从种种意识形态的桎梏下解放出来,使之从干涸中恢复丰满与复杂。

《秋水》模糊中有《圣经》"诺亚方舟"的影子,而更多的是关于我们祖先的冥想。带着浑身血债的爷爷、奶奶用自己的双手在土地上扎下根,"春去秋来,爷爷种的高粱晒红了米,谷子垂下了头,玉米干了缨,一个好年景绑到了手上。我父亲也在我奶奶腹中长得全毛全翅,就等着好日子飞出来闯荡世界"③,万象更新之时,来了一场史无前例的洪水,水势大且猛,"望着这浩浩荡荡的世界,我爷爷也有些惶然。一会儿心里空隙极大,像一片寂寞的荒原;一会儿又满登登的,五脏六腑仿佛凝成一团"。原始的人类在洪荒面前,只剩下"死亡"或"生育",出路就是用

---

① 莫言:《小说的气味》,春风文艺出版社2003年版,第64页。
② 莫言:《小说创作与影视表现》,《文史哲》2004年第2期。
③ 《莫言文集》第5卷,作家出版社1996年版。所有作品引文皆出自此版本的《莫言文集》1—5卷。

生殖战胜死亡！所以，"我爷爷"在洪水中一直没有放弃寻找生路的希望，奇迹就出现了：月光中送来一个似鬼似妖的女人，她帮助"我"难产的奶奶，并顺利接生下"我父亲"。"我爷爷"以为是仙女下凡，"看见女人的身体素白如练，一片虔诚，如睹图腾"，而这脱俗的人却带来一段江湖恩怨的故事，在大水中巧遇杀父仇人，却错杀无辜。"我爷爷奶奶"、紫衣女人、白衣盲女和黑衣男人，在"人类的审判日"相遇，他们各自背负着与生俱来的罪恶和祈求新生的欲望，因为人性中根深蒂固的误会最终把悲剧画上句号：

"白老鸹吃紫蟋蟀。蓝燕子吃绿蚂蚱。黄鹳鸰吃红蜻蜓"——这是故事的原貌；

"绿蚂蚱吃白老鸹。紫蟋蟀吃蓝燕子。红蜻蜓吃黄鹳鸰"——这却是被人自身改写的结局。

莫言用"洪水开始落了"作为尾声，仿佛一切又有新的开始，然而，死者毕竟已经死去，活着的人在死者的问题中活着，罪恶的意义演变成一个生存论的问题。活着的人与无辜死者共同存在，这样的问题搁置在作者的故事背后，也如同一柄利剑悬在现代人的心上，逼迫灵魂不断反省这个幸与不幸的问题。莫言把历史寓言化为一个江湖传奇，死亡的不幸首先是个人自身主体性的痛苦；他本人在自然灾害中饱受饥饿的煎熬，又亲身在"文革"中目睹和感受人类的反目和相互迫害，解冻时期万物复苏，他却无法冷漠地继续生活下去，对历史必须有一个态度：当人们由生活所迫继续活着时，就必须负起一种责任，这是主体性原则。《秋水》讲述的并不是一个简单的人类起源或者人类族群生灭的故事，而是作者试图给惶然失措、深受伤害之后的世界一个形而上的安慰、思考和认识，也是作者预知了人类的恐怖，投向万恶深渊的一个先遣警告。阿尔多诺认为在奥斯维辛之后，活着的和将要活着的人的生存是负疚的，属于生存论意义上的负疚。莫言身临其境地感受着劫后余生的内在审判，如果被毁灭了的年轻生命在一方，而罪恶的人们在另一方，生存就逃脱不了被质询的下场。莫言深究的不是自己是否在祸乱中伤害过他人，而是凝视着人的无辜负罪对于将来生活的影响。莫言追赴了鲁迅关于"个人主义"的主体性创制，通过对个体意志的反省获得存在的空间；同时又往前推进一步，深刻地认识到除了必然的权益，"个人主义"还将承担的义务，而义务的困境和人的本体交织一起，无可回避也无力推卸。

在《枯河》中，表面冷静，骨子里却异常沉郁悲痛，莫言为何选择一个男孩小虎让"他"承担人生的道义、善良、软弱、恐惧、焦虑、希望、血腥和残暴？作者一直采用第三人称叙述，全知的视角仿佛在故事的开场就知道男孩会死亡，只在开头和结尾处出现了"我"。在小说中选择了"双重视角"，小说的叙事者如同一个传感器，以少年主人公的心灵感受小说所要描写的人物、事件和情景中的人物。主人公小虎被叙述着，同时也作为"我"进行自我倾诉。在一整天的经历中，叙述人目睹小男孩被父亲辱骂，遭受哥哥毒打，连母亲，这个在莫言小说中一向慈爱的角色也遗弃了男孩，遭遇无数的冷眼、嘲弄、鄙视、奚落和无端的残害。莫言惯于运用文字营建充满生活质感的氛围，将人物感觉推向极端境地，造成阅读强大的感染力和冲击力甚至令人窒息的感受。问题在于，为什么这一切竟然都是无端的？他沉静的语调内敛着时刻都要喷薄的情感，从头至尾只有两次流露。

一次在开篇：

> 明天早晨，他要用屁股迎着初升的太阳，脸深深地埋在乌黑的瓜秧里。一群百姓面如荒凉的沙漠，看着他的比身体其他部位的颜色略微浅一些的屁股。这个屁股上布满伤痕，也布满阳光，百姓们看着它，好像看着一张明媚的面孔，好像看着我自己。

另一次在文尾：

> 人们找到他时，他已经死了……他的父母目光呆滞，犹如鱼类的眼睛……百姓们面如荒凉的沙漠，看着他布满阳光的屁股……好像看着一张明媚的面孔，好像看着我自己……

对小虎的死，永远无法漠然视之，在死亡的周边是依旧升起的太阳和横亘不变的荒漠,莫言在这篇小说的初稿中就定名为《屁股上的红太阳》,也隐喻着这样一个生存语境。小虎就是"我"的世界的写照,生存品质已经败坏,形成一条千年不变的"枯河",人类以历史的推动者自居,以新世界的缔造者自居,却连起码的负疚意识都丧失殆尽,最基本的人与人之间的怜惜感都荡然无存,这才是罪恶产生的根源之一。比如表达同一种情绪的《拇指铐》在整体叙述上有意张扬看似平静实则惊心动魄的生活场景。文本反复告诉我们当人的邪恶、丑陋真正暴露出来以后,人的世界、人性的每个角落都令我们无法直面,并且令人绝望至极。小说结局中阿义的梦让人终生难忘:"我还活着吗?我也许已经死了","他鼓励着小妖精们,咬断我的拇指,我就解放了。小妖精,你们有母亲吗?我的母亲病了,吐血了,你们咬断我的手指吧,让我去见母亲"。西边天的一片血红,阿义咬断手指吐出时的那道血光,连同母亲的血一起飞扬起来。莫言让阿义在想象中顽强地支撑着自己的存在,并发出超越他年龄、阅历的幻想与玄思,万般无奈之下别无选择的选择是如此悲壮惨烈,一个年仅8岁孩子的行动能唤醒人类吗?咬断的指头溅出的血的热量会温暖那些不知负疚为何物的人心吗?当人性的隐秘角落被叙事艺术放大之后,我们再一次看到现实世界如此令人惊悚的图像。

实际上,莫言在深味确立"个人主义"的客观历史障碍的同时,也发现了个体的独立所具有的主观威慑,人的天性中对权力、欲望、征战、暴力的本能,一直潜伏在人为制造的各种名义的约束中,那些所谓的教条并不能坚定不移地执行这一规训职能,反而为集团或个人的利益被利用和篡改,于是演变作彻头彻尾的对"个人主义"的倾轧。根源在于"个人主义"所蕴含的两面性,利己的原则与利人的原则的片面性理解,并将其中之一放大到极限。以维护个人自由成为人性堕落堂而皇之的借口,无视他人的存在,也就拒绝了把自己作为一个个体的人的存在,这样一来,象征人性尊严的自由变得苍白、空洞,剩下的唯一内容只是永无厌止的自然冲动。在阿义和小虎的世界里,他们体味的绝望,实质是人类将自我隔离在社会、历史之外,内在的自我客体化为一种内在的奴役力量,全面爆发的"个人主义"无底线的沉沦。历史经验丰富了莫言对以往"个人主义"的认识，在人类对个体独立的理想实现中，除了外在势力的戕害，更深重的灾难或许还在人性本身。

我们脱离不了"爷爷"的时代，像是有遗传密码一样，"我爷爷"时代的一切历史烙印都铮铮地突兀在我们生活的每个角落。《大风》之中，"风过后，天地间静了一小会儿。夕阳不动声色地露出来，河里通红通红，像流动着冷冷的铁水。庄稼慢慢地直腰……"一切都还是那么和谐，尽管在大风里，"我"和"爷爷"饱受着希望与绝望的交叉侵袭，可是，大自然没有提出异议，仍然保持着惯有的背景一样的宁静。自然性的存在从来就对人间罪恶和人所遭受的无辜不幸默不作声，"三百多个乡亲叠股枕臂、陈尸狼藉，流出的鲜血灌溉了一大片高粱，把高粱下的黑土泡成稀泥"，而高粱依旧"浸在月光里，像蘸过水银，汩汩生辉"（《红高粱》）；没有也无从对一切伤害提出指控，更不曾也不能抚慰不幸的悲惨，以至于罪恶和不幸成了自然而然的事。不仅大自然如此，历史也如此，历史的本体——每一个个体的人也是如此。如果人的生息最终是建立在自然或历史之上的，人间罪恶和人的不幸就会是自然而然的，只有超自然、超历史的人性存在，才构成了对人间罪恶的绝对否定，才能抚慰无辜不幸、无辜负罪和无端异死。原始故乡不再是地域文化的独特意指，而是一种无意识的共约。许多乡土的描摹者，当风俗、风情、恋乡、怨乡的情绪都被一一穷尽后，有可能成为土地的"祭品"[①]，而莫言的纸上原乡就是叙述的产物，是"历史想象的结晶"——与其说是重现某一地理环境下的种种风貌，不如说它是展现时空焦点的符号，无疑又开拓了"历史空间"[②] 无限的奇诡可能，穿越时空的创设为莫言"家族"神话提供了恰当的场域，并以小说形式进行独特的诠释，包括心灵记忆、文本记忆。

---

① 吴炫有过这样的问答："莫言会死吗？也许。但我坚信那只是他离开了高粱地的缘故，并且可能是在高粱地里活得太快乐，从而丧失了穿越快乐能力的缘故。"见《中国当代文学批判》，学林出版社2001年版，第231页。

② "历史空间"是王德威的一个定义，指的是作家将线性的历史叙述及憧憬立体化，以具象的人事活动及场所，为流变的历史定位。包括不限于传统那种时与空、历史与原乡的辩证话题，在架空历史（宿命）意义的环境里，将历史空间化、局部化的做法。莫言所催生的乡土情境，落实为历史辩证的范畴。见王德威《千言万语，何若莫言》，《读书》1999年第3期。

故事是作者寻找到的情感载体，进而深化为一种有关世界结构的思辨，拓展着叙事空间容量，并且将历史与个体联系起来。家族成为莫言坚守个人主义的阵地，捍卫着生命个体至死不渝的信仰，为个体摆脱漂泊流浪命运指明方向。在20世纪后期莫言对"个人主义"提出一种超越性认识：必须有一种基本的善与恶的判断标准，只有这种独立判断才能证明个体生命的延续，所谓的圣灵降生更大程度上是自我意识的觉醒与升华，对苦难的担当与无恶的悲悯才是拯救个体的希冀——在太阳照常升起的静寂中才不再感到莫大的痛楚。

二 "爷爷"时代的对抗美学

像是凡·高画笔一样的涂抹着整块的乡村，在莫言浓稠、大面积的飞扬甚至泛着光芒的色调中，显示出一种"高亢"的色彩。在辞源中"高亢"被解释为（声音）高而洪亮；或者（地势）高；还有就是一种高傲的态度。而色彩，如何高亢？论者用"高亢"来归纳莫言乡土书写的颜色，似乎有些不妥，凡·高却说"色彩是无所不能的"。莫言小说运用的色彩并不是事物原色调的搭配，而是用驰骋天地的自由去描绘那些现实中的冲突，表达对乡土独一无二的情感。以色彩制造感觉和印象，"作为文化的载体往往代表某种象征，承担特定的含义"，这种审美方式嫁接在小说的形式中，成为结构的一部分，常常被作为"首要性、覆盖性或渗透性、凝聚性的神秘因素"，或者从它自身直观文本"意义"，由它启示着特定的精神内涵和"寓意"[①]。如许多作品标题《透明的红萝卜》（原名《金色的红萝卜》）、《红高粱》《红蝗》《枯河》（原名《屁股上的红太阳》）、《金发婴儿》《白狗秋千架》《白棉花》，强烈的对比色或近似的红色、黄色、紫色、金色等亮色，传递着他对生活独特的感受。

莫言是生长于贫困与荒凉的一代，也是激烈反抗着祖祖辈辈农民悲剧命运的一代。小学五年级辍学后，回乡务农近十年，1976年参加中国人民

---

① [日]淹本孝雄等：《色彩心理学》，成同社等译，科学技术文献出版社1989年版，第73页。

解放军，1981年开始创作。这一时期大多数作家回顾的是刚刚过去的"浩劫"；即或不置一词，如穆旦，1976年12月写完《冬》，翌年二月死去，"但如今，突然面对坟墓……多少人的痛苦随身而没"，也是以性命承受历史的真实，以更大的沉默面对苦难的结束。还有另外一部分晚生代，在困难时期度过了童年、少年时代，动乱的20世纪70年代正好赶上人生的青年阶段，"过去"不过是失学撒野的生活状态，于无字句处读书，最具体的不是革命斗争，不是阶级政治，而是饥饿，是永无休止的劳动。世世代代种地的农人，最迫切的想法就是吃上"商品粮"，为了改变"面朝黄土背朝天"一辈又一辈"修整地球"的命运，必须逃离土地。莫言在1993年这样说起过自己：十五年前，当我作为一个地地道道的农民在高密东北乡贫瘠的土地上辛勤劳作时，我对那块土地充满了仇恨。它耗干了祖先们的血汗，也正在消耗着我的生命。……当时我曾幻想"假如有一天我能离开这块土地，我决不会再回来"，所以，"当我坐上运兵的卡车，当那些与我一起入伍的小伙子流着眼泪与送行者告别时，我连头也没回。我有鸟飞出了笼子的感觉。我觉得那儿已没有什么东西值得我留恋了"。抱着一种"绝不怀旧"的态度，莫言舍弃了"熟悉的"乡村，他并不憎恨城市，而是恨自己生在农村，这个来自物质危机的逃离动机，使其偶或幸运摆脱农村。当重新反观故土时，不可摆脱地抓住土地上那更为久远的年代，一方面承载生存经验的自然支配，另一方面缓解离开故土后接受现代理性（认识、反思、批判）产生的焦虑。于是，高密东北乡没有轻易地消逝在作者生命里，而是变成了"地球上最美丽最丑陋、最超脱最世俗、最圣洁最龌龊、最英雄好汉最王八蛋、最能喝酒最能爱的地方"（《红高粱》）。那种极端的热爱和仇恨像冰与火纠葛一处，撞击在莫言的心灵上，在相互的撕裂和糅合中又从底部泛出理想主义的光辉。情绪的流动就是色彩的洇染，仇恨、愤怒、痛苦三种情绪色彩使乡土"陌生化"，小说色彩成了小说家转换心态的逻辑依据。

　　文学深邃的审美魅力实质上取决于表现，正如美学家乔·桑塔耶拿所说："在一切表现中，我们可以区别出两项：第一项是实际呈现的事物，一个字、一个形象，或一件富于表现力的东西；第二项是所暗示的事物，更深远的思想、感情,或被唤起的形象、被表现的东西。"① 因此,莫言以绘画的色彩与力量展示人物内在世界,超越生活的表象,书写生命体验,试图从感性世界自身去发掘和建立意义,深化对感觉本质的理解。那些难以用逻辑语言描述的、纯粹原生态的感觉,被转换成夸张而变形的颜色在故事中冲撞和弥漫,使文学作品呈现模糊而隽永的多义性和哲理性。从一定程度上来讲,将颜色作为本体,会是人类艺术表现的最高形式和最终对象。

黑孩被安排去修滞洪闸,在一个秋天的早晨:

> 太阳很亮地照着闸外大片的黄麻,他看到那些薄雾匆匆忙忙地在黄麻里钻来钻去。……看到黄麻地西边有一块地瓜地,地瓜叶子紫勾勾地亮。……地瓜地的北边是一片菜园,……萝卜缨儿绿得发黑,长得很旺。菜园子中间有两间孤独的房屋,住着一个孤独的老头,孩子都知道。菜园的北边是一望无际的黄麻。菜园的西边又是一望无际的黄麻。三面黄麻一面堤,使地瓜地和菜地变成一个方方的大井。孩子想着,想着,那些紫色的叶片,绿色的叶片,在一瞬间变成井中水,紧跟着黄麻也变成了水,几只黄麻梢头飞蹿的麻雀变成了绿色的翠鸟,在水面上捕食食鱼虾……(《透明的红萝卜》)

即使从叙述人的眼中来描绘,也非所谓的"环境描写",这个开头是一个空旷而辽远世界的主观缩写,也是黑孩的生命感觉:父亲的不归和继母的虐待,身体上的打击和摧残,心理上的失落和残缺,性格的扭曲和变化。黑孩比小虎和阿义更加需要自我,却更为无力,或者说用尽全力却走向相反的方向。这个秋季早晨的感觉——在太阳下面,明朗的黄色、紫色和绿色最终都被幻想成水,因为只有水才最接近透明,接近金色,也许更类似无色,代表空洞与乏力,那也是作者正在体验的煎熬,一方面是对受苦和不幸的温存抚慰和默默坚守的理想主义,另一方

---

① [美] 桑塔耶拿:《美感》,缪灵珠译,中国社会科学出版社1982年版,第132页。

面却是犹豫、怀疑与否定。

金色是小说的主色调,所有的色彩都笼罩在金色的光辉之下,所有的色彩也都是为金色的出现而准备:

> 河上传来的水声越加明亮起来,似乎它既有形状又有颜色,不但可闻,而且可见。河滩上影影绰绰,如有小兽在追逐,尖细的趾爪踩在细沙上,声音细微如同氄毛纤毫毕现,有一根根又细又长的银丝儿,刺透河的明亮音乐穿过来。

光明的呼之欲出使各种残断支离的痛苦知觉获得情绪上的和谐,由色彩激活情绪由此生成美感,从而出现那个圣洁而神奇的"透明的红萝卜"。然而伴随老铁匠的独去和菊子姑娘以及小石匠的受伤,文章中的色彩逐渐单一,萝卜,那个"透明的红萝卜",在我们的审美静观中,成了一种被象征的个体情绪特征,既单纯无邪,却也更易被损害,充满了虎虎生气却又缺乏安全感。小说表现了他们在当代中国特定的人文背景下特有的心态,他们心理结构的变化和复杂的心理内涵。因此,作为拯救小铁匠的引子,再次去找寻萝卜便成为这个时代"个人主义"的主题:

> 他双膝跪地,拔出了一个萝卜,萝卜的细根与土壤分别时发出水泡破裂一样的声响。黑孩认真地听着这声响,一直追着它飞到天上去。天上纤云也无,明媚秀丽的秋阳一无遮拦地把光线投下来。黑孩把手中那个萝卜举起来,对着阳光察看。他希望还能看到那天晚上从铁砧上看到的奇异景象,他希望这个萝卜在阳光照耀下能像那个隐藏在河水中的萝卜一样晶莹剔透,泛出一圈金色的光芒。但是这个萝卜使他失望了。它不剔透也不玲珑,既没有金色光圈,更看不到金色光圈里包孕着的活泼的银色液体。

黯然无色的萝卜对应毫无希望的世界,以及迷失自我的个体,色彩—情绪—意义之间的连接反映了人类的原始感觉,"它是一种表达思想和感情的艺术,但不直接去描述它们,也不通过与具体意象明显的比较去限定它们,而是暗示这种思想和感情是什么,运用未加解释的象征使读者在头脑里重新创造它们"①。莫言努力把人的感觉从一些僵冷的文化沉积中解脱出来,重归于热辣、鲜活的自由空间,因此采用了色彩策略,通过对萝卜颜色的更改,更真实地显示出感觉的发展轨迹,反常的色差比规范化的知觉投射出更具穿透力的情感。小萝卜被弃,表达个体存在丢失的恐慌,喻示纯净心智的丢失是人类在社会化过程中的蜕变。当爱一旦丢失,再难以寻回,成为人生成长中的经历,黑孩也不断获得自己难以接受的,失去自己认为美好的,到最后学会了承受和忍耐无奈的命运。《透明的红萝卜》再次用"明晃晃秋天阳光照"为色彩启蒙,让我们思索着那遗失的个体对未来的整体想象,像游鱼穿梭于大海一样的黑孩赤身穿过黄麻地,究竟会不会发现属于自己的安身之所?

透明的萝卜与透明的光照,成了人与意义(生存根基)相互离析的象喻图景,这种分裂必然导致黑孩沦为无"家"之"人"②,当没有"家"为前提,自然敦促黑孩对身体采取漠然态度:砸石头砸破自己的手指,用赤手抓起滚烫的铁钻子,拼命拉风箱炙烤自己的身体……自虐为表现形态的本质是"个体的人"③的感觉退化,产生了对于自己肉体的无保护和侵害行为。虽然金色的萝卜一度唤醒他沉睡的意识,可最终金色的萝卜也只能在这一片阴沉浑浊的底色上熠熠闪光,无法避免他成为故乡宽阔土地上游动着的魂灵。事实上,这是理想主义丢失的后果,理想主义在这里体现为对个体的守护与珍视,为个体的人提供爱的家园,引申为对"家"的坚守。莫言这一代人大都与土地若即若离,对土地的感情进退维谷:他诅咒

---

① [英]查尔斯·查德威克:《象征主义》,周发祥译,昆仑出版社1989年版,第3页。

② 按海德格尔的看法,作为一般具体存在的"人"的意义,是"人"的一种主客、物我、思维和存在不分的原始状态。作为现象存在本源意义上的"人",必然会因为"意义"的析离而失去了"人"的本原,即"人"的"家"。参见叶秀山《思·史·诗——现象学和存在哲学研究》,人民出版社1988年版。

③ 黑孩被成人世界抛弃,又找不到同龄人的世界,便只能被禁闭在自己单一维度的触摸中,根源在于与外物的接触变少,除了本体的"我"再无可以关注的对象,对"自我"异常敏感的同时,意味着无法将他人的个体存在与自我的个体意识平等对待,在这样的对比下,黑孩的"个人意识"才显得更为麻木和原始。

着土地却又植根于它,背叛着土地却又不敢承担忘却的恐惧。土地是人的生存根基,故乡贫寒和屈辱的遭遇又在记忆上折磨莫言,所以才有了"恨乡"情绪,逃离故乡、遁入异乡成为不可拒绝的梦想,"绿色"是一抹触目惊心的疼痛:"土地残酷无情你恨透了它,覆盖着土地的绿色更使你痛不欲生。"(《欢乐》)介于冷暖色调之间的一种色彩感,象征着逼仄、不堪的情绪,同时又符合家的原始描绘,激活原生形态的复苏,渐渐将家族想象的符号在艺术表现中慢慢还原,获得实在的慰藉。

在《白狗秋千架》里边,白狗把"我"带到高粱地,暖为了拥有一个"会说话的孩子":

"她压倒了一边高粱,辟出了一块空间,四周的高粱壁立着,如同屏风。看我进来,她从包袱里抽出黄布,展开在压倒的高粱上。"这块黄布灼灼刺目,它就像是久经风雨后的萎靡不振,又像是随时都会燃烧起来生命意志,暗藏在肉体之下从不曾死灭,"黄布仿佛引燃了骚动的高粱丛,让空气里弥漫着情欲的焦灼"。①

那种焦灼不是暖一个人的情与欲的克制和张扬,而是民族中每一个个体对自我存在肯定的忧患意识。故事的未完成,代表人类处在生命的运动状态中,就像是人类自己的希望,如同诸神处罚西西弗斯不停地把一块巨石推上山顶,巨石千百次滚下山,一个紧张的身体千百次重复一个动作。加缪为此感叹:"我们看到这个人以沉重而均匀的脚步走向那无尽的苦难,这个时刻就像一次呼吸那样急促,这个时刻就是意识的时刻……他超出了他自己的命运。"走向苦难的步伐,演绎为对历史、故乡等精神历程的整合,实现对民族、社会、心理和人的生存境遇进行诗性的求证,追寻"个体"的存在,表达缠绕创作主体灵魂深处的心灵真实。隐含在"个体言说"中,是关于难忍的死灭的感性体验,作家企图仔细地捕捉每一丝被众人忽略和遗忘的情绪,用酣畅淋漓的手笔构筑夸张激烈的表现形式,记录

---

① 吴非:《莫言小说与"印象派之后"的色彩美学》,《小说评论》1994年第5期。

下中国社会最为惨烈的景观和最沉痛的呻吟。作品中没有家园安宁祥和的营建，更多的是哀号与悲愤，宛如撕开一扇血气腾腾的窗口，为何痛感的表现能够遥望见灿烂的自由王国？沉醉在"痛感"中就意味着洞悉现实的一切丑恶真相，毫无躲避，任凭它径直地压过来，碾碎心灵的所有美好。朱光潜在谈到浪漫派文学对忧郁的表现时说："一切不受阻碍的活动都导致快乐，而一切受到阻碍的活动都导致痛苦。忧郁本身正是欲望受到阻碍或挫折的结果，所以一般都伴之以痛苦的情调。但沉湎于忧郁本身又是一种心理活动，它使郁积的能量得以畅然一泻，所以反过来又产生一种快乐。"[①] 莫言被季红真称为"忧郁者"，故乡的荒芜、旷冷催生出一种近乎窒息的压抑，失根的沉沦转化为浓稠得难以释然的伤感，认同的两难使"忧郁"与"仇恨"并行，这就是莫言独特的"暴力美学"。尽管集中在乡民社会的旋涡之中，却处处洋溢着生命个体的纯粹，文字成为流动的、空灵的意象，最终才挣脱逻辑的镣铐翱翔于想象的宇宙。

在《草鞋窨子》的附言中，他说："小说就是带着淡淡的忧伤寻找自己失落的家园。"同时，他又喊叫着"我不赞美土地，谁赞美土地，谁就是我的不共戴天的仇敌；我厌恶绿色，谁歌颂绿色，谁就是杀人不留血痕的痞棍"。令人震悚的荒野是盘亘于莫言内心的苦痛的写照，他不以"寻根"为目的，"对作家来说，重要的不是拯救万民的灵魂，而是拯救自己的灵魂"[②]。就是这种共生性的痛感使他找到了自我的表达方式和存在位置。然而，要真正地将民族的灾难与个体的痛苦联系起来，就是勇敢地面对挣扎着的自我，将灵魂的煎熬与肉体的殉难聚合在一起，将生存的意志

---

① 朱光潜：《悲剧心理学》，人民文学出版社1983年版，第163页。
② 莫言在《创作是痛苦的挣扎》中介绍："怎样拯救自我呢？怎样从痛苦中挣扎出去呢？这与前面的问题是一致的。我个人痛苦的挣扎过程如果一旦解决了以后，我作为作家也就不存在了。只有在痛苦的挣扎当中，才可能显示我的价值。我这种困惑与矛盾，也就是说，如果我的这种旧价值向新价值过渡时期的痛苦徘徊与整个民族的痛苦徘徊产生一种共鸣的话，我可以断定我还是有发展前途的。如果我个人这种痛苦与民族的痛苦产生游离的话，我是没有任何前途的。我不想解决我的矛盾，我想深化我的矛盾，我想靠我的矛盾来生存。我非常希望非常渴望我的痛苦矛盾与民族的矛盾痛苦产生一种合拍。如果我的痛苦与民族的痛苦是一致的，那么，无论怎样强化我的个性意识，我无论怎样发泄我个人的痛苦，我无论怎样把我的一切都喷吐出来，我的个性就得到一种更大的共性，发泄得越厉害，爆发得越厉害，我就越了不起。"见《文学评论家》1989年第2期。

与矛盾的存在结为一体,走向历史回忆的膜拜,"记忆者在过去的光阴里沉湎,并像考古工作者一样,细心地掘开生活的表土,收集着被人遗忘的碎片……从某种意义上说,记忆是价值的存储器——只有通过记忆才能使生活的意义释放出来"①,莫言凭借他天才的想象力和唯美的艺术表现力,作为"曾经的现实—历史的碎片"的提炼者和修补者,他努力地理解并表达记忆中的或心灵体验过的生活事件,于是,对乡下世界的爱怜内化到关于童年、故乡、母亲的诗情里,还原为一种魔幻叙述的快感。

幻想来源于痛感的体验,没有苦难的经历,就没有感情生长的实体。苦难是生命的实质,也是人性的根本,人类越接近成熟,越是饱受苦痛,越是具有接受忧伤的能力,才能在苦难的跋涉中走出一条"爱"的道路,这种爱有别于西方宗教世界的上帝之爱与人子之爱,也不是中国传统知识分子那种天地君亲师的伦理之爱,这种爱植根于沉默的土地,唯一的对象就是生活在乡村里的祖祖辈辈。选择引发痛感的事物作为描写对象,表现个体的压抑,人与周围世界的冲突,书写这种乡土之爱的人一定要具备一个前提——必须"离开"②,只有"不在场"③,这种爱才爆发得炽烈而真

---

① 张锐锋:《先知的声音》,《十月》2003 年第 2 期。
② "离开"如果用莫言叙火车的体验:"50 年代,每天看到火车在胶济铁路上来回穿梭,看到一列火车在原野上轰隆轰隆开过去,傍晚再开回来,有一种心灵上的震撼。就想火车到底要开到外边一个什么地方去?外边的世界是什么样子的?这么一个东西就建立了封闭世界中的少年和外边世界的联系,想象力随着火车飞到很远很远的地方去。在 50 年代,我还有这种想法,那么回到 1900 年,可以想到如此落后的中国,突然有一列火车来回穿梭奔驰,对老百姓的心灵产生的震动之巨大,难以估量。"这种新奇的念头不仅肯定了个体的向往,同时也暴露出个体对安全感的渴望,这些情绪一律地注入了他的写作中,他寻找凸显自我的目光最终聚焦于"高粱家族"。在作家内心深处,有一种乡村精神的自觉意识,编纂着个人的历史,折射为一种"家族镜像",这也就构成了莫言的家族现实世界的图景,即他命名的"高密东北乡"。
③ 恰恰是这种"不在场",推演出"家族"与"个体"的关系:一是个体对自己所属群体统一性的想象性认同;二是从"家族"中获得的自我认同。这个双向的联结正是拉康命名的想象域阶段,尽管是主体误认和错位的结果,但使个体充当了主人,这种镜式的想象认同,"造成了一个只有身体和器官却缺乏一种现象学的中心"的世界,个人至多是一种"镜像与自身的叠加",并不知道在认同于"镜像"的同时失却的正是自己。一面是破碎的真实家族实体,一面是异化的形象,个体扑向异化的影子,在"镜像阶段中欢喜的瞬间,就像偷吃禁果的亚当和夏娃被逐出伊甸园一样,也是踏上去往失乐园的踏板的一瞬"(见福原泰平《拉康——镜像阶段》,河北教育出版社 2002 年版,第 45 页)。在以"红高粱"系列为高潮的乡土作品创作中,莫言越来越接近自我本身,也越发证实"家族"在某种程度上只是一个"镜像"的幻象,就像那喀索斯恋上易碎的水中倒影,终究无法回避死亡的结局,所以个体在家族中的归宿,也逃不开这个类似的隐喻。

挚,绵韧而有力,这也是乡愁的"阉割"本质所在。荷尔德林认为任何一种复归都不能找到主体或自我的原初,这也是莫言所面对的"可见世界的门槛",从这个入口通向自我,同时也是开始走向异化,当"家族"成为主体与他者之间的关系性介体,既不能直接映照性地提供为主体的鲜活言行"成像",又复杂曲折地以意义之网构筑出文化社会主体之"类像"①。从另一个角度实现了新时期"个人主义"的登台与演绎——个人主义普遍的苦难在于试图使个体的整体存在成为其他所有的存在,而又缺乏求求的能力,在此落差中引发的忧伤和悲痛。

---

① "镜子之途的故事"就是镜子阶段的内在冲劲从"不足匮缺"(insufficiency)奔向"预见先定"(anticipation),所以,"对于受空间同一性诱惑的主体来说,它策动了从身体的残缺形象到我们称为整体的矫形形式的种种幻想,一直达到建立起异化着的个体的强固框架,正是这个框架以其僵硬的结构作用并彻底影响整个精神发展"。见〔法〕雅克·拉康《拉康选集》,褚孝泉译,上海三联书店 2001 年版,第 91 页。

第二章

建构:从"发现乡土"到"还原乡土"

第一节 记忆的神话

"选择以情感主义为基础的浪漫主义而排拒了由认识论出发作哲理思索的浪漫主义。"① 这是叶维廉对早期的中国浪漫主义者在思维方式和精神结构上的评价,这样的判断是中肯的,但论者认为应该截至最初的乡土浪漫书写,就有了认识论思考的萌芽。可以这样说,乡土的浪漫书写本身就是对浪漫主义思潮的一种中国化修复,即对主情主义的补充性发挥,"乡土"在提供书写载体的同时,与浪漫精神的结合也填补了理性辨析的欠缺,迈出了个人存在现代思索的第一步。论者用"发现"意图概括20世纪二三十年代小说乡土书写以超验的直觉感知方式,通过感官功能在历史、现实以及虚幻世界的交叉面上切入,建构起自我、他者以及整个人类生活本相和精神实质的意识存在联系的主体特征。而"还原"则针对20世纪80年代寻根时期文学中乡土意蕴被进一步挖掘状态,包含着现代精

---

① 叶维廉:《中国诗学》,生活·读书·新知三联书店1992年版,第195页。

神的某些根本疑难,伴随理性之思的逻辑化与系统化,获得知识的增进,启发多样化观察和讲述角度的结论。

无论乡土被发现着还是被还原着,都同作者的记忆不可分割,所有出生于乡村或居住过乡村的人都有关于乡土或浓或淡或深或浅的记忆。回忆本身构成了对过去发生历史的重构,"因为一件经历是有限的,无论怎么样,它都局限在某个经验的领域;然而回忆中的事件是无限的,因为它不过是开启发生于此前此后的一切的一把钥匙。构成文本机体的既不是作者也不是情节,而是回忆的过程本身"①。那些记忆牵引着发现,反过来发现又规约着记忆,于是过去的某个人、某件事、某座村落,从自然形态的零散漂浮印象统统纳入生产和创作的自觉,直到乡土大地获得重生。

"如果说,在西方传统里,人们的注意力集中在意义和真实上,那么,在中国传统中,与他们大致相等的,是往事所起的作用和拥有的力量。"②古代中国人对过往的追想、怀念以及再现这一强大文化基因遗传在20世纪中国文学创作中最集中地体现为小说中对乡土叙事的浪漫书写。同样是记忆的沉湎,现代文人那里的怀旧多是从个人出发,"所谓回忆者,虽说可以使人欢欣,有时也不免使人寂寞,使精神的丝缕还牵着已逝的寂寞的时光"③。"我也还有记忆的,但是,零落得很。我自己觉得我的记忆好像被刀刮过了的鱼鳞,有些还留在身体上,有些是掉在水里了,将水一搅,有几片还会翻腾、闪烁,然而中间混着血丝。"④ 他们追忆故乡的野菜和乌篷船,父亲的花园,史家庄的竹林和桃园,茶峒的拉拉渡和龙舟,永远也不会繁华起来的果园城和火烧云漫天的呼兰,讲述的是"回家"的故事。当代作家新时期的记忆尽管还是以早年知青生涯或农村生活的经历为蓝本,更大程度上却钟情于古老民族灵魂世界的全面搜索和检阅,俯首可

---

① [德] 瓦尔特·本雅明:《是明灯还是幻象》,张旭东译,云南人民出版社2003年版,第89页。
② [美] 斯蒂芬·欧文:《追忆》,郑学勤译,上海古籍出版社1990年版,第2页。
③ 《鲁迅全集》第1卷,人民文学出版社1981年版,第415页。
④ 《鲁迅全集》第6卷,人民文学出版社1981年版,第63页。

拾的便是民风、民俗、野史、逸闻的种种想象，浪漫的自然奇观渐渐消退，而乡村悠长深厚的历史—文化关联凸显出来。

一 发现·乡土

个人记忆为主导的"发现"，使返乡历程具有日常经验和哲学存在的双重思辨。作为客体的乡土扮演了"家"的实体角色和精神隐喻，成为作家笔下反复咀嚼的对象。主体"侨寓者"，是中国几千年文学史中绵延不绝"游子模式"的现代继承与发展。游子，在"诗三百"中"昔我往矣，杨柳依依；今我来思，雨雪霏霏"忧伤的歌吟倾诉着无法抑制的恋乡情结，铸就了中国游子愁苦与眷恋同时出现的特质。诞生在"五四"的游子更是永恒地感受着别离乡土的哀愁，处在一个文化撞击与融合的时期，使成长在民族救亡与独立的特殊阶段的现代作家创作的"还乡文学"在延续传统文学的同时不断增进新的内涵，呈现更为复杂深厚的文学品格。

从"实体乡土"的参照物"都市"谈起，能够加强对前者的理解。"五四"运动的蓬勃兴起，除了播下文明的火种之外，最大的契机便是增加了国民对革命策源地——北京，这个文化古城同时又是现代文明大都市的向往，城市形成了迥异于乡村的光环，激励有志之士的向往。那些文学革命的积极响应者几乎一律是在20世纪20年代初期，或从浙江的乡下，或从安徽的小镇，或从闭塞的两湖，或从老远的贵州，各自带着满身的土气和对理想生活的憧憬，不约而同聚集信仰的"发源地"。然而，"他们不幸来迟了一步，其时运动之势已如巨浪之巅、强弩之末，所以他们刚刚安身于简陋的学生公寓，还来不及拂去仆仆风尘，做上个恋爱自由、个性解放的美梦，便惊愕地发现自己已被撇在退潮荒芜狼藉的沙滩上了。这些乘兴而来的青年四顾茫茫、六神无主，一切羁旅天涯而又命途多舛的游子都容易怀恋故土、充满乡思，他们在彷徨之余，也情不自禁地带着惆怅的目光，回过头去遥望美丽可爱的故乡，追思无忧无虑的童年"[①]。包括他们的追随者，更确切地说是对城市、对文化输入的热

---

① 戴光中：《侨寓者的怀念》，《天津师范大学学报》1986年第1期。

切渴望者,"我总觉得有一个目的,一件事业,让我去做,这事情是合于我的个性,且合于我的生活的"[1],远离故土的大城市尽管成为实现抱负的所在,然而城市改变传统时间进程这一区别于乡村最根本特征,使人的时间突然加速,"不确定"情绪纠葛着进入城市的"地之子",在这样变化万千的历史进程中,城市生活空间必然产生不适应乃至焦虑、烦躁,于是重新将目光投向遥远的乡村,去寻找乡村独有的土地温度,并将对那块土地的书写看作自我归宿。实体乡土叙事的实践从作家的叙述冲动开始,鲁迅在《朝花夕拾》序言中谈道"我有一时,曾经屡次忆起儿时在故乡所吃的蔬果:菱角、罗汉豆、茭白、香瓜。凡这些,都是极其鲜美可口的;都曾是使我思乡的蛊惑。"由思念而叙述,作家的情感需求,形成了浪漫书写的推动力。

和上述求学这一路径相对的,在现代中国还有一种独特样式:求生存。长年战乱引发的颠沛流离在日军铁蹄侵踏上松花江畔之后达到顶峰,东北沦陷形成了大规模的流亡群体,在这些逃往异地的作家心里,故乡不仅仅是心灵的告慰,更充当精神的支柱。"人们首先视为'归宿'的是'土地'","土地"被赋予一种崇高、神圣的意义,"这是一种自然的联想,在中国与外国的神话传说,也即人的原始记忆里,'土地'就是与国家、民族、历史这些'永恒'的载体联结在一起,并因此给人以'归宿'感。在面临'国土沦丧'有威胁的抗战时期,'土地'对于人们,既是'现实'的,同时又是'象征'的"[2]。这就要求怀乡达成共识——人应当创造一个没有城市喧嚣、没有物质文明和理性文明束缚的生活,让"有生命的或无生命的共在一个整体之中"享有充分的自由,"其间流动不息的精神"使自我情感得以尽情抒发,乡村野地的诗意启示着拯救之路的探寻。

"我们这是去哪儿呵?"

——"总是在回家呵。"

---

[1] 《沈从文全集》第十三卷,北岳文艺出版社 2002 年版,第 358 页。
[2] 钱理群:《"流亡者文学"的心理指归》,见《二十世纪中国文学史论》(下卷),东方出版中心 2003 年版,第 52 页。

这句出自诺瓦利斯的小说《海因利希·封·奥夫特丁根》中的名言，可以用来印证整个现代时期的乡土叙事。然而，家在哪里，路在何方？现代乡愁的生命状态是漂泊——如果"漂泊"是乡土诗学的一个常数，那么乡愁便是对应的基数——诺瓦利斯就此认为：历史由"从前"—"当下"—"未来"构成，"从前"是人类的"黄金时代"，即乐园，那时一切都是统一的；"当下"是失乐园，充斥着异化和分裂，是有待克服的阶段；"未来"则是复乐园，希望之所在。为了确立生活与生命主体的意义，便认为"未来"即是"从前"的再现，只要人重新找到原初的意义，就能获得人的本性。虽然"未来"被定格为过去，但现代中国的特殊语境让"乡土"在记忆力量作用下，成为一个不会重返的时代，因此"过去"和"现在"构成线的两端，浪漫书写不过就是从一个点走向另一个点，永远都是在路上。

记忆构成了"在路上"的意义追寻，记忆中的乡土是作家想象力的产物，区别于一般幻想，而是具有特殊精神的观照力，不为形式逻辑所制约的神秘能力。在这样记忆主导的叙述中，所谓"故土"并不单纯是一个自然地理的概念，它实际指向更为复杂的精神空间——是一种向往，一种诗意，一种价值观念的恪守，甚至仅仅只是一种情绪。现代作家更清醒地洞察自己生存的空间，他们对周围世界的感觉十分敏感，当面对不能诉诸理性的事件，或者是诉诸理性缺乏潜在的能力时，他们就走向怀疑理性能否认知和把握世界的方式这一倾向，这一倾向使得个人的挫败感增强，将原有的感情过滤，或者理解为注入一种深刻的清醒，重新审视人生的真谛。在其修辞的层面上，对所谓的复杂人生可能反倒会以一种"单纯"的面貌出现，这正是"发现"真实性所要承担的任务。在这样一些"单纯"的叙事中，不管是废名的《桥》还是萧红的《呼兰河传》，所有的叙事都经过某种观念的组织，这些观念经由一些叙事技巧显现出来，或者说在选择技巧的背后又存在着某种观念的支持。在这里，"单纯"并不意味着封闭，更多的恰恰是一种开放的或者说是一种对话的姿态。因为对个体来说，社会不是一个纯粹的、外在的客体，个体本身即生成并存在于社会的各种关系之中，现代作家对社会的观察，体验这个社会带给他们的种种意识、观念、情感、生活方式,更多情况下时时体验着对自身的社会和家庭角色的反省,以及对自我本质和个体存在的深刻怀疑,由此甚或产生自我不满。如同鲁迅比喻成"影"的"我","我只有漫游于虚无时才能满意,我只有停止存在才能成为我自己"。作家们运用的这些语词和观念所要呈现的生活形态,又常常会受到习惯经验的拒绝,于是,在观念和生活之间就会产生叙事的分裂。《果园城》的意义正在于进入真正的、实际的日常生活中时,对某些语词合法性的怀疑和重新辨析,甚至全部的现代意义上的解释。在小说中易于看到一种与时代主流观念疏离的姿态。它提供一个思想空间,而不是思想的时间性的完成以及乌托邦的构建。

  回忆诗学就是生命诗学的再现,"在陌生的、现实的混乱局面中,内在回忆的诗歌产生另一个非真实的,但是独立存在的、美的世界"[①]。就像先知受命去解读真实的世界,经历一个除去伪装的过程,旨在使世界重新披上神秘的外衣,以便揭示现实中的"神奇"事物。就像所有的回忆,永远是不完整的,既可能无限接近目标,也可能渐行渐远,"总有忘不掉的,也总有记不起的"——也正是在这遗忘/误解与记忆/再创造的巨大张力之中,人类精神得以不断向前延伸。这种思想的可能促成诗意叙述的可能。《边城》并不是仅仅依赖于天保、傩送的故事,它更多地来自一种整体的叙事,翠翠和爷爷、团总女儿和顺顺家族甚至那个杨马兵,多个故事之间的交叉叙述,留下了诸多的意蕴空白,而且冲淡了观念化的可能痕迹。即使是舒缓的节奏、缱绻的描写,同样的节制和内敛却表达一种对人的存在的深刻认识。在这样的叙述中,纠缠读者的不是真实与虚幻的世界,而是开始显得飘忽和暧昧多义的小说指向,丰富饱满的诗意叙述,即使小小的摩擦,也会引发我们的重新思考。个人不再成为某种居高临下的叙事中心,叙述者更多地向整个世界开放,并积极地与之对话——这种现象还原的丰富性,弥补了常常在强调战争、民生、亡国、阶级、革命等这一面重要性时,不自觉地遮蔽日常的另一面,其重要意义使得所谓的作品

[①] [德]汉斯·罗伯特·耀斯:《审美经验与文学解释学》,顾建光等译,上海译文出版社1997年版,第383页。

公共领域和私人领域也不再简单对立；相反，在私人情感的叙述中，恰恰更加深刻地领略整个社会现实正在发生的残酷剧变。

当个性不同，主观的情感取向和价值追求纷繁复杂，同时客观外在的限制以及内心的恐惧，共同作用使记忆千差万别，残缺不全，所以，怀旧——也仅仅是记忆他们愿意记忆的。一种记忆，轻轻流过，依靠这种记忆，坚韧地对抗现在，温婉绵密的叙事，也许是变形的，或者，根本就是虚构的，这并不重要，重要的是，叙述者只是借这种记忆，表达对生活某种新的要求与寄望。所以，记忆事实上也规定了乡土书写的姿势：告别。告别一方面反映了特定时刻所产生的心智和情感困境，另一方面也喻示着现实个体存在的消亡，只能通过这一沉没，偿还对自身的不满和变更的希望。《桥》的主人公逃离的行为实质上就是召唤生命意志的一种表现：逃离旧有的自我和个人存在是重新燃起生命活力和实现个人意志的第一步。包括《桃园》《竹林的故事》，综合地考察那一系列主角形象，把她们处理成一个形象链条的话，不难发现她们逃离—寻求—变更的行为心理过程，便是一个犹疑和付诸行动的过程。在此行程中，程小林没有因为希望离去而可能抵达一个理想的存在而沾沾自喜，作家的乡土之梦似乎更多的是在等待，在一个关键的时间点上摆脱旧的、分裂的自我和痛苦的存在而离去，去寻求一个合理的去处，尽管整个现代时期都显得如此渺茫和无处可寻，那或许正是艺术独特的力量所在。

在西方现代性思想中，审美理性是走出人类困境的唯一途径，席勒认为审美状态是人走向自由王国的自我教化阶段，处于道德的中间状态；尼采则认为审美就是终极。中国的作家以"乡土浪漫书写"作为人的精神困境的突围，带着拯救意味的审美无法逃离人类苦楚的精神值域，而致力于生命的悖论。由此可见，所谓"超越"并不是刘小枫所判断的除了逍遥便是拯救，在这两个层次之外，发生的还有第三种对话，用浪漫的形式承担救赎的责任，从写作的向度到主旨都透射出浓厚的自救意识。这是作者不愿认同却又不肯离弃分裂世界的必要转化，使对立的世界转变成属己的亲切形态，浪漫的书写通过语言的诗化活动建构起意义世界，用生命的本然取代生命意义：第一，包含在表现对象中的价值范畴，经过观照、反省与认同，达到跟传统的吻合——这便是对现实的政治、伦理的范畴的超越；第二，作家用人类自身的命运意识、理解的态度去对待世俗的或非世俗的世相，从完整、和谐的形式中重新看待不完善的生活本身，则是对自己提出的价值领域的超越。超越并不是一种虚无的态度，超越本身意味着完成了批判与反思。作为人通过精神的建构活动来超越给定的现实，修正无目的的世界，这是人类精神生活的本质。所以乡土书写的现实意义只能在那一时刻的生存实践中浮现出来，当马叔敖迷失在花红尽熟的小城，生存成为自身的精神意向，将现实生命历史中的苦恼和愿望以浪漫的方式表达出来，从而确立自身在历史中的生存意义。尽管"塔"这样一个空无注定了人生永恒的悲剧性：既没有本真的家园，也不存在回家的路，即真正的不归之途，然而浪漫书写依旧提供给乡土居住的人一个超现实的生活空间——一个愿望——依靠这个愿望，利用当下的某一时机，基于过去的形态，构筑成一幅将来的图画。因此，根源于解决文学艺术思维方法以及感觉形式的"现实主义"困境或缓解"价值危机"的乡土认同，最终都指向将彼岸带到此岸来，使读者用新的眼光看世界，使主人公重新找到自我，灵魂与肉体回归统一。

二 还原·乡土

20世纪80年代的乡土"还原"已经不是为了补充、拓展个人记忆中"家"的存在，而是置身某种外在于我们本体的宏大图景，用身体去感受世界的温度，去接纳生命的一切可能性。既不被强大的先在理念所支配，也没有使用革命式的工具；浪漫化的书写就是在文化层面上不带任何先见的虚怀若谷，去超越传统人文历史记忆，是历史与文学想象的混合物。文化记忆成为重返乡土的双桨和航标——和前一次的发现不一样，乡土具备了昭示辉煌而幽暗的可能性，被赋予深邃且智慧的精神花环。乡土不再是"游子的一瞥"，而成为"整体性"的存在，被重新放回了"远方"，作者与对象之间存在着深远的空间，谨慎又恰当地保持适当的距离，获得了审视民族的世界性眼光和开阔性思维。

在某种意义上，我们永远生活在对于过去的记忆之中：一方面，今人的历史、人生、精神、文化各个层面,都被无数的"旧时"所缠绕;另一方面,我们对未来的想象,也是对"旧式"的续写或反写。无论"旧时"还是"旧式",都隐匿在我们生活的每一个角落,是不同于井然有序的知识体系之外的文明碎片,提醒着我们历史永未消逝、潜隐的存在。20世纪最盛大的"破坏圣像"、制造"碎片"运动,非"五四"莫属。"'五四'新文化运动是在中国文化的核心地区发生的","是由那些具有了更广泛的世界眼光和世界联系的归国留学生具体发动的",这带来了"五四"新文化和新文学建构中的"边缘文化"的缺位,"边缘文化"的缺位致使"新文化和新文学有了特定的发展趋向性","也埋伏下新的文化的或文学的危机"。[①] 其不可回避的局限性体现为两个标准:以世界强势国家的强势文化为统一的价值标准,和以本民族固有的文化价值标准为绝对的文化价值标准,甚至凌驾在世界各个不同民族文化之上,走向"狭隘的民族主义文化",而且这两种文化倾向互相催生且互为补充,形成和规范了中国文化现代化建构中的主流文化。压抑在主流文化之外,以碎片形式存在的边缘文化"是一种人的原初性存在,是人的这些不同方面还没有被后来的书面文化和西学东渐之所谓科学及其创造的物质文化所分解的文化,这种文化造就的是完整的人,是同时表现出自己真实的欲望、情感、意志、理性的人,是所有这些都有机地结合为一个物质精神整体的人"[②]。文化记忆与个人的文化归属感密切相关,它意味着文化种群的共享,扎根于特殊的地方意识与情感空间。在新时期之前,文化共同体的建立依靠"阶级"身份维系,支撑"阶级"背后的力量常常是一些抽象的政治教条,当苦难、对立与仇恨随着真实的经济和政治关系的社会变迁而转移和减退时,对个人属性的辨别面临新的观念。民族或族群背后更多的情感、记忆和家园感获得个人意识、自我意识的确认,深远的文化记忆追溯到个人的族群记忆,乃至其族群的宗教与神话记忆。族群的、土地的、部落的、祠堂姓氏、方言母语等唤醒一种根的感受——有所皈依的温暖。记忆

[①] 王富仁:《当前中国现代文学研究中的若干问题》,《中国现代文学研究丛刊》1996年第2期。

[②] 王富仁:《关于左翼文学的几个问题》,《中国现代文学研究丛刊》2002年第1期。

不再是个人经验的对应，而是以与之相关联的、更大背景的民族感受为佐证。为了平衡时代语境产生的归属与身份的这一焦虑，文本开始寻找历史失落的仪式、传统变异的语言，以及时代对自我表述的扩大性抹杀。原生态的、异质的珍贵元素，虽然被"碎片化"也一样保护着整个城市化过程中损伤的那些在文化、时间、历史要素上非现代的东西。这种边缘化的记忆，更多象征性、多义性和深刻性，"发现"介于自然和历史之间的乡土。

这种文化"想象"牵引着记忆走到了叙事最少受干扰的"边"与"远"——这远方既包括"地域之远"，以张承志、邓刚、梁晓声、乌热尔图等人为代表的作品，所呈现的以自然奇观为故事发生地的边疆、雪峰、大漠、荒原……不仅人迹罕至，而且神秘莫测；也包括"时代之远"，秦风汉月、唐征宋战、明史清宫……皆在作家主体支配下，无论湘西苗裔的边塞风情，还是扎西达娃笔下的藏族宗教，民族文化与生命激情融为一体，成为文化的载体；还包括"心态之远"，从意识形态规范巧妙逃逸之后，寻根作家以一种轻松自由的心态编织故事，像冯骥才笔下被现代文明"革"掉了的"辫子"，莫言笔下消失在历史背影中的"绿林土匪"……进入文化遗存、家族野史、村落民宅，享受写作带来的快慰。而"边"则体现为以韩少功的鸡头寨、郑义的老井村、王安忆的小鲍庄、李锐的吕梁山为代表的，远离现代文明的山野村庄……这些有别于现代汉文化的古老遗存，经他们丰富的想象力充盈，放射出神秘的光芒，透示出反抗现代理性霸权的"生命活力"[①]。几乎所有新时期的浪漫书写者都给予"边—远"文化以高度评价，这实际上不是历史感问题，而是对整体主义社会政治压迫的反叛，他们强调民间的、自然的、口语的文学的价值，复活所有被主流文化所排斥的一切边缘形态的文化，实质上都是针对着整体主义文明束缚的出现。

米勒曾以"文学是发明还是发现"来阐释作者所具有的记述、言说和准确表现社会现实的权力，所以作家的主要责任是记述、操控词语，使言

[①] 刘忠：《寻根文学、文化保守主义与山野精神》，《海南师范大学学报》2007年第3期。

语行为发生作用，说出事情的真相，这种说出真相的施行"乃是在适宜的诗人世界之本质中的诗意持存"，是追忆"曾在者"，"创建"① 将来者，记忆与实录之间存在很大差异：文学创作与历史著述，其对于真实性的界定不能使用同一把标尺，只有把人的主观情感及想象力带进乡土，乡土才有喜怒哀乐，才可能既古老又新鲜。文化的发展，一方面是指文化从边缘走向中心成为主流文化的过程，但成为主流文化的文化已经丧失了边缘文化的根本特征；另一方面，由于中国历史和地理共同因素，自然生态和人文环境的差异形成多元化文化，客观存在着边缘文化。因此，边缘文化与主流文化之间，"并不是一个必然的转化过程，而是一个有遗漏、排斥同时又有筛选、过滤和整合（融合）的过程"。成熟的主流文化因为"经典化"，丧失了文化的生命活力，蜕化为外在于人的生命体验的一种装饰，成为无法融合人的欲望、情感和意志的一种点缀；而"被文明遗忘的角落"的文化，恰恰保持着人的"天性""蛮性"和"血性"，它提供给我们的是生命所感受、体验和改变外在世界的文化。② "主流文化"与"边缘文化"之间呈现一种双向作用关系，乡土"边缘化"记忆，目的不再返回记忆本身，而是通过传统文化的镜子反照当代文化的欠缺。"传统提供组织化社会生活的媒介……时间不是空虚的，而连贯的'存有模式'把未来和过去联结起来，并且，传统创造了事物的确实感，它典型地糅合了认知和道德上的因素。"③ 好比作者描写乡民们在社戏、赛会中展现出的生机勃勃与飞扬恣肆，实质沉浸于这种民间礼俗，是从民间礼俗活动之中发现鲜活、张扬的生命状态，借此疏离被压抑的、失去自我的、干瘪的、非人性的异化状态。

这也是面对文化异域的"历史化"与"寓言化"④，前者将文本置于

---

① ［德］海德格尔：《荷尔德林诗的阐释》，孙周兴译，商务印书馆 2000 年版，第 181—183 页。
② 王富仁：《三十年代左翼文学·东北作家群·端木蕻良》（之一至之四），《文艺争鸣》2003 年第 1—4 期。
③ ［英］安东尼·吉登斯：《现代性与自我认同》，赵旭东译，生活·读书·新知三联书店 1998 年版，第 53 页。
④ "历史化"与"寓言化"借用美国语言学家史蒂文·梅卢克斯的诠释方法论。

乡土产生的历史语境中考察,后者是超越特定历史范畴更普遍、更抽象层次的还原,那么如何形成发现？诚如洪子诚所分析的,"八十年代东西方文化碰撞,使文化比较和不同文化的价值观的评价重新凸现,一些作家不仅体验到'文革'等现实社会政治问题的压力,他们会认为,如果以现代意识来重新观照'传统',将寻找自我和寻找民族文化精神联系起来,这种'本原'性的（事物的'根'）东西,将能为社会和民族精神的修复提供可靠的根基"①。

在这种后殖民语境下,重新审视长久以来在西方话语权左右下被边缘化、卑微化的事物的真相,重新发现各民族文化、地域文化的特有价值,对于中国文化而言,这种再认识的重要性如同乔晓光在民间美术考察手记《沿着河走》卷首引言中所说的那样："我们已习惯了从汉字了解中国,从古典史籍、宫殿遗址、文物珍宝、圣贤精英、帝王将相去认识中国。但我们很少从一个农民、一个村庄、一个地域的习俗生活、一首口传的诗歌、一件民间艺术品……去认识中国。"② 实际上,乡土所包含的文化信息无论从质上还是量上,都具有人类生存选择多样性和未来发展道路多样性的文化生态意义。生活在一个文化转型加剧的时代,如何在传统与现代、西方化与本土化的激烈冲突中确认自己的文化身份,是每一个个体无法回避的普遍性问题。作为具体的现实原因,20世纪80年代初期大量的翻译作品涌现,青年作家大多只看到了他们的"地壳",很少看到"岩浆",很难看到"由岩浆到地壳的具体形成过程"。往往"从人家的规范中来寻找自己的规范,局限在十分浅薄的层次里",这种中国的"外国文学流派",实质就像患了"文化失血症"③。直到拉美作家马尔克斯因《百年孤独》一举获得诺贝尔文学奖,这种震动和启示,改变了之前对外国文学从句型到风格的简单模仿,结束了复制和移植"外国样板戏"④ 时代,

---

① 洪子诚：《中国当代文学史》,北京大学出版社1999年版,第323页。
② 乔晓光：《沿着河走》,西苑出版社2003年版,第2页。
③ 林建法、王景涛编：《中国当代作家面面观——撕碎,撕碎,撕碎了是拼接》,时代文艺出版社1991年版,第83—86页。
④ 王尧：《1985年"小说革命"前后的时空》,《当代作家评论》2004年第1期。

确立了文学应以民族的文化、本土的情绪、传统的技巧为根基,而非横向移植外来作品理念,开始重新挖掘民族"自身创造性"[①]精神。另外,对知青而言,他们曾经"一边遥望着革命,一边促进着生产",种地的和革命的本是井水不犯河水。当革命占据那个年代的主体,乡村只是革命漫无边界的辐射地带;除了"大跃进"和"三年自然灾害",乡村一直是革命主角的群体配角,"只是革命兴起时候的必然牺牲和最终成就革命的辽阔地带"。然而,革命只出产激情,并不生产粮食,所以当知青走入乡村,除了深味革命养育激情,激情燃烧革命(毛泽东时代的遗产——精神重于物质),更多地明白了无论如何革命,乡村还是要种地,也必须种地。心目之中的标尺如何建立?没有可以沿袭的训诫,任何修辞都难楔入当初的游戏和而今的痛感。清醒着的人,只能面对早已内化进众人心理与生理结构的噩梦,对自己说:忘记那个时代。"寻根"作家在经过长期的漂泊之后,由"都市文化—乡村文化"的位移深深体悟到一种"文化的苏醒"[②]。这种地方观念,导致他们思考自身在政治坐标上为何不具有令人瞩目的位置,他们除了"反思"到"伤痕"之外,深省到个体血脉中仍有"五四"先锋精神的遗传以及对那种精神的眷恋,这种亲近更加剧他们作为背叛传统道德文化的一种原罪感,于是在类似忏悔和内疚的记忆中,走向恋旧。而且,自从文学前辈汪曾祺重新发表"高邮系列"小说以来,以文化、民俗、风情这类角度切入叙事的做法取得了很大成功,同时带动了一批作家,像邓友梅的《那五》、冯骥才的《神鞭》,包括何立伟的《小城无故事》《雪雾》《白色鸟》这样一些作品的创作,都因"本土化资源"而越出于一般写实作品格局之外,获得新的美学趣味,借助文化色彩的浸染来谋求小说创作从题材到语言,最后逐渐形成对世界的认识。

按照人类文化学界权威说法,"文化"就是"传统","是人类以往行

[①] 李洁非回忆,实际上,还从来没有一位诺贝尔文学奖得主像马尔克斯这样在中国作家中引起过如此广泛、持久的关注。"当时,可以说《百年孤独》几乎出现在每一个中国作家的书桌上,而在大大小小的文学聚会上,发言者们口中则屡屡会念叨着马尔克斯这四个字。"这一事件,提供了一个第三世界文学文本打破西方文学垄断地位的榜样。见《寻根文学:更新的开始》,《当代作家评论》1995年第4期。

[②] 韩少功:《文学的"根"》,《作家》1985年第4期。

为模式的博物馆","是人类赖以生存的根基"(博阿兹语);"是民族的精神"(本尼迪克语);"是一个超机体因素,人类的适应主要是靠文化的方式来达成的"(斯图尔德语);"是神族持续的保证","决定人类行为","怀抱每一代刚出生的成员并将他们塑造成人,提供他们信仰、行为模式、情感与态度"(怀特语)。①"文化制约着人类",阿城这样主张。他试图穿越文化的制约,走出一条由不自由通往自由的道路。《棋王》中的王一生从外在形式上看来,闪烁着类似"道家"安贫乐道、无为而治的理想色彩,而内质里却透着刚强坚韧的行动意识和英雄主义。他代表着阿城的文化认同,希冀"棋王"能够担负起本民族近百年的心理悲剧,能够延伸出民族力量新的凝聚力和新的价值观。在阿城看来,无论是社会的命运还是个人的意义,都由文化潜在规约的某一价值建构,王一生就显示了这一意义的文化担当。正是在这个意义上,应该说"'寻根'的积极意图毋宁说是引入一套传统文化的价值观念参与现实"②。无论民族文化还是民间文化,这样的寻找方向都是希望能从未经阐释的历史中发现重构历史与现实的可能性,从而实现文化身份认同。

走向对乡土文化的皈依与认同,首先进入作家视野的中国某一地域的民俗、地貌和世态,且大多以古文化区域范围加以划分,如贾平凹依恃着"商州世界"所推出的秦晋文化;郑万隆从"异乡异闻"中所采摘的东北文化;越过地理风貌的刻画,所表现的就是中华民族文化整体根性,如史铁生的《我的遥远的清平湾》就在"哦,我的白老汉,我的牛群,我的遥远的清平湾"的深情倾诉中表达了对黄土高原这个种族和文化象征的深度依恋;王蒙的个人生活追思小说《在伊犁》,其中涉及新疆各族浸染的伊斯兰文化,更让人了解到华夏民族传统文化舒展和延伸的灿烂之光。在这种对优秀精神肯定和张扬的内层,同时也流露着作者关于民族传统精神的发扬与当代意识契合的思考。如李杭育的"葛川江系列",从作者对"最后一个渔佬儿"充满深情的抒写来看,他为吴越民间文化吟唱挽歌的

---

① [美] E. 哈奇:《人与文化的理论》,黄应贵、郑美能编译,黑龙江教育出版社 1988 年版,第 73—82 页。

② 南帆:《冲突的文学》,上海社会科学院出版社 1999 年版,第 115 页。

同时，情感的天平明显偏向以天人和谐为生存准则的农业文明。《沙灶遗风》《最后一个渔佬儿》的主人公施耀鑫、福奎对现代文明的看法可谓典型，"打鱼自由自在"的传统农业文明保持固有的自信与镇定，又时刻面对现代工业文明的挑战，施耀鑫朝时髦又实惠的小洋楼吐唾沫，福奎也不无羡慕地看着对岸的灯光，小说隐隐冲撞氛围中显示了李杭育的不安与彷徨。这批经过都市洗礼、重新认知乡土的年轻生命，他们在返乡之后的历程，被质疑的、自我挣扎的、挫败的、与整个社会价值抵抗的种种心路轨迹统统并入"认同"的价值体系，在文明的冲突与对峙中，主体生命意志面临选择，不是马虎与粗暴地用排除思维去解决争议，而是一个漫长的"离开与返回"过程。作家关注个人对当下社会文化的情绪和思想反映，目标在于将个人化的发现引入公共领域，包括王安忆的"小鲍庄系列"、韩少功的"马桥系列"、莫言的"红高粱系列"等，都表现出现代意识与民族文化相互融合的愿望。作品通过"神话结构、象征系统的运用，形式创造和意义开发，使之越出特定民族文化范畴，而达到表现人类文化精神——超文化的境地，有的已带寓言性质"[1]，推动了"还原乡土"的文化反思，深化了"文化记忆"的乡土内涵，从而使乡土的认同辐射出源源不断的哲学思考。

　　成为作家，最重要的"是能否使自己始终置身于发现之中"[2]，"发现"这个语词意味着独特的文学审美力和判断力。作家通过文化记忆"发现"一种"寻找"意识，寻找文化的"根"，寻找新的艺术形式，也寻找自我，寻找文明世界的失落。离开了本位文化，人无法确定灵魂的存在，更无法获得精神自救，"文化记忆"所唤醒的是真实的自我感觉。在这个意义上，生存处境选择了表达方式，而生存经验则决定了"为了忘却的纪念"的话语方式，使得人们不断谈起乡土和乡土上的文化，"记忆不仅仅是工具，也不仅仅是过程，它本身也可以是舞台，甚至构成一种创造历史的力量"[3]。于是，寻找自我与寻找民族文化精神并行不悖地联系到一起，

---

[1] 陈继会：《中国乡土小说史》，安徽教育出版社1999年版，第402页。
[2] 余华：《我能否相信自己》，人民日报出版社1998年版，第154页。
[3] 陈平原：《城市想象与文化记忆》，北京大学出版社2005年版，第8页。

而且,一切文学史上已经出现或即将出现的个人意识和反叛激情的回音都将回荡在"发现乡土"和"还原乡土"这合二为一的联体之中。事实上,更广泛的领域、普遍性的经验也在取代"异域性"的领域。"同质化"的巨大感染力和吞噬性使那些保留下来的地方性遗产,面临生存地盘的蚕食危机,减弱了现实生存的活力而逐渐成为"后殖民"色彩的"博览会",因而,无论"寻根者"是否愿意,他们的诗意书写中总有一种"哀悼"的音调挥之不去。

第二节 《桥》:绝境同希望的悖论阐释

吴福辉为《现代经典文库》写导言的时候,认为"把废名(冯文炳)选进这套带点普及意味的现代作家精品集,实在是一种冒险。废名,自然够得上一个精字,但他又是出了名的难读的作家"[①]。这样的评价代表了历史上文学评论学者的主流观点:第一,认为废名作品晦涩难解;第二,不得不承认废名的文学影响和地位。这两个貌似悖论的评语实则构成废名作品的特质,就如同珍珠的光泽是深深埋在蚌壳的内里,需待学人悉心而谨慎地阅读。在过往的研究史上,往往认同于"没有现代味,没有写实成分,所写的是理想的人物,理想的境界"[②],"作者所显示的神奇,是静中的动,与平凡的人性美"[③],致力于"从人情美的探索到原始民性的探索,是对乡风人情和原始遗风的风俗美的追求"[④],"其诗体小说蕴含着禅趣,所展示的平静恬淡的田园生活是为了表现自己超然尘外的宁静心态"[⑤],这些评论视野的核心观点集中在废名笔下传统的、宗法的、礼俗的中国乡村,传统的乡土中国被当作平和、美善与幸福的所在,成为自然、健康人性和中国传统文化的理想国。基于这种精神优越性的认识,作家努力构建

---

① 吴福辉、陈子善编:《现代作家精选本》第 2 辑,复旦大学出版社 2006 年版。
② 灌英:《桥》,《新月》1932 年第 4 卷第 5 期。
③ 沈从文:《论冯文炳》,《沈从文选集》第 5 卷,四川人民出版社 1983 年版,第 294 页。
④ 杨义:《文化冲突与审美选择》,(台湾)业强出版社 1993 年版,第 201 页。
⑤ 李国俊:《废名与禅宗》,《江汉论坛》1988 年第 6 期。

乡村永恒价值的文化立场和美学态度得到广泛一致的认可。废名的"隐逸性"成为总括传统意义的社会结构和文化特征的农村题材，及其人性优美和风土人情淳朴思想主题的主要特征，认为他表现的既是对中国固有文化传统的挽歌，也是对现代社会的批判。论者无法否认这种观点的存在合理性，可是废名所讲述的故事果真就是如此吗？是消极地抵抗"现代文明"？是积极地躲进"故土之乡"？是真正的"观心看静""无相""无念""无往"？浪漫成为作家和世俗之间"鸡犬之声相闻，老死不相往来"的围墙，这样的理解是不是就真的把废名笔下的浪漫单向度化了？浪漫的表达被如此简化是否符合文本创作的本然呢？带着这样的思维困惑，论者再次走进《桥》。

论者本人的阅读感觉告诉自己，长篇小说《桥》绝不是一首高蹈抒情的田园牧歌，更不是借助于乡土叙事阐明禅学之思的经幡，没有飘逸和洒脱的出离，而是一段饱含着沉沉哀思、举重若轻的唯美叙事。对于浪漫，艾布拉姆斯曾以"镜"与"灯"来揭示现实主义与浪漫主义的区别，他认为现实主义是镜式的视觉隐喻，而浪漫主义则是心灵之光的照耀，"它的全部素材都来自心灵，它的全部产品也都是为了心灵而创造的"[①]，如果把这种判断运用到对《桥》的分析上，应是再恰当不过的衡量尺度。论者认为《桥》的叙事并非以情感主义为基础的浪漫主义，而是由认识论出发做哲理思考的浪漫主义，恰好在形而上的哲理层面上，传示了对人的生存价值与意义的思考，使浪漫主义思潮的哲学、美学的精神旨向在中国现代文学创造实践中达到一个新的表现高峰。

如果仅就表现人性美或自然美的作品层面意义而言，作者的主观努力的确取得了艺术视觉上的巨大成功；但从生命哲学的切入角度来加以分析，作者却是在二元对立矛盾的情感纠葛中承受着精神上的莫大痛苦。这是因为现实世界里的"桥"，与《桥》的想象是一对难以统一的"悖论"关系："桥"永远都是作为过渡之意，"凡由这边渡到那边去都叫作桥"

---

① [美] M. H. 艾布拉姆斯：《镜与灯》，郦稚牛、张照进、童庆生译，北京大学出版社1989年版，第75页。

(《莫须有先生坐飞机以后》),它是两个世界的中介,而《桥》是走出寂寞、忧郁的关卡。当废名通过《桥》一点一点打破心理隔阂坚冰的同时,"桥"却史无前例地横亘于心上;由于"桥"遵循客观世界的存在规律,而《桥》却追求精神世界的永恒法则;所以,废名无法以《桥》跨越心灵距离的"桥",去作别过去、超越自我,那连接到史家庄的"桥"不仅没有使他在《桥》的想象中获取灵魂纯化的生命再生,反而却令他走上了永远无法掉头的旅途。正是基于这样一种感受,论者判定:《桥》不是废名表现人与人之间惺惺相惜的人性赞美,而是人性之中无法抗拒的性格缺陷的命运悲剧,是作者直面自身、坦视众生的人格悲剧。

小说集《竹林的故事》正式出版时,废名曾以法国诗人波德莱尔的散文诗《窗》作为"卷头语":

> 一个人穿过开着的窗而看,决不如那对着闭着的窗的看出来的东西那么多。世间上更无物为深邃,为神秘,为丰富,为阴暗,为眩动,较之一只烛光所照的窗子。我们在日光下所能见到的一切,永不及那窗玻璃后见到的有趣。在那幽或明的洞隙之中,生命活着,梦着,折磨着。

这或许可以成为我们进入《桥》的一个密钥,因为那些看似不写实的生活,以及有意拉开同尘世的距离,一齐印记在文本中成为废名美学观点和艺术趣味的感性表达。作者所写的并不是梦,而是在充满恐惧和忧患现实中的挣扎与找寻。

废名用一个异域的故事开始了《桥》的言说:

"这故事,出自远方的一个海国。一个乡村,深夜失火,一个十二岁的小孩,睡梦中被他的母亲喊醒,叫他跟着使女一路到他的叔父家躲避去",临走,"小孩的母亲又从后面追来了,另外一个小姑娘也要跟他们去"。三个人平安"到了要到的所在",可是"那个小姑娘,她的心痛楚了,她有一个doll,她不知道她把她放在哪一个角落里,倘若火烧进了她的家,她的doll将怎么样呢?有谁救她没有呢?"最后,小男孩迎着火去取回了玩具娃娃交到哭泣的小姑娘手中。"这两个孩子,现在在这个村里是一对佳偶了。"

废名的《桥》,"有趣得很,与这有差不多的地方"。这是被评论家反复分析的一个开头,所达成的共识是渲染少儿的天性自然淳朴,影射程小林和琴子两小无猜的纯粹和纤尘不染。这样的简单对接的象征无法承担第一卷下篇,特别是第二卷中小林和琴子的关系写照,所以,论者认为此故事是一个复合型隐喻——"男孩""小姑娘""doll"及"火"作为四个明确的背景物象:"男孩"意指拯救者,"小姑娘"意指失去内心美好信仰的人类,"doll"意指濒临消逝的人性价值判断准则,"火"意指精神家园的灾难。作者似乎立意明确地要在"男孩"和"小姑娘"之间建立一种共有关系,安排小姑娘跟随男孩,并赋予男孩保护者的身份;对人性原初的状态预知性认定,却无法摆脱使"doll"被"小姑娘"遗失的命运;"火"的出场是一个警示,更是一个促进,成为作者不能轻易肯定和否定的对象。这就使得《桥》从开始就不再是一个单向度的情感表达,而最后小林的迷失、琴子的哀愁、细竹的茫然等情节演绎,都是对作品开端物象暗示的直接回应。

如果仅就《桥》表现了人文生态与自然生态的诗意描写的层面意义,第一卷前边18个章节,将其比喻为"人间净土"或"蓬莱仙境"也毫不为过。废名以家乡湖北黄冈为蓝本的叙事,其故土特征并不明显,似乎是虚构的一个中国乌托邦,将知识地图上的地点移到中国的边缘,一个未知、既在中国又具有某种非中国性的地方。小林最喜欢的是望那塔:

  塔立在北城那边,北城墙高得多多,相传是当年大水,城里的人统统淹死了,大慈大悲的观世音用乱石堆成,(错乱之中却又有一种特别的整齐,此刻同墨一般颜色,长了许多青苔。)站在高头,超度并无罪过的童男女。观世音见了那凄惨的景象,不觉流出一滴眼泪,就在这承受眼泪的石头上,长起一棵树,名叫千年矮,至今居民朝拜。[①]

[①] 废名:《桥·桃园》,复旦大学出版社2006年版,第12页。

这样一眼万年的时空穿行无疑延展了文本的叙述维度,叙事者先于人物明白了故事结局的伤感,在瞬间和永恒的诀别中沉默着生命的灿然。人,无法因为神的赦免而宽宥自己的罪过,背负千年的伤痛正是对自己过往的作别。有着这样的情感基调,所以无论是因为闹学去万寿宫听风铃,还是到家家坟比赛吹芭茅,在童真无邪的故事穿插中,年纪尚幼的小林也开始有一些悲情念头:

> 其实他这时是寂寞,不过他不知道这两个字是用在这场合,——不,"寂""寞",他还不能连在一起,他所经验的古人无有用过而留下他的心目。看这类动物,在他不同乎看老鼠或看虎,那时他充分的欢喜,欢喜随着号笑倾倒出来了。而这,总有什么余剩着似的。(《狮子的影子》)

小林的寂寞还不能成片——承担着众人的希冀,而希望近在手边时却远远飞过,淡然无往地默默相对,在世人看来可笑而荒诞——废名初涉人世的寂寞便在此一说了。这样的寂寞就像墨汁洇在白绢上,模模糊糊变得赫然又隐隐约约。

从《"送路灯"》开始,作者在抒情叙事中刻意加重了悲剧感成分:"送路灯的用意无非替死者留一道光明,以便投射",小林"在自己街上看送路灯,是多么热闹的事",而身在史家庄,"他此时只是不自觉地心中添了这么一个分别",这一别是因为主动地离去,为着什么,"琴子妹妹"么?

> 现在,他的心事无量的大,既没有一个分明的界,似乎又空空的,——谁能在它上面画出一点说这是小林此刻意念之所限呢?(《瞳人》)

废名的乡愁不是在故土,从未停止过的旅程使人的一生充满了无限的等待与绝望,可追逐的天性使脚下的步伐加速,离原点更加遥远,这就是人生"在路上"的悖论。叙事者用旅途上的风景冲淡着别离的愁绪,事实上那种映衬只能使黑的更黑,白的更白,情感的泾渭便是《桥》貌似温婉平和的表层和潜在紧张的角逐。

既然是在路上,小林就开始寻找,寻找最接近于原乡的存在,哪怕再相仿,最后的结局都是——不是。所以"除非更凑近琴子的眼睛跟前,瞳人是看不见的",小林看不见琴子的瞳仁就像他出发去村庙,"太阳远在西方","村庙没有看见,来到这么一个地方",像是陡然而起地出现在眼前,陌生的境地——"这路要到哪里才走?"他试图迈开双腿,转念间又如若灌满万吨之铅,因为"一个事实暗示着,太阳在那边,是要与夜相近,不等他上到高头,或者正上到高头,昏黑会袭在他头上",没有"一切相知","一个人,一掉头,如落深坑,那边的山又使得这边的空旷更加空旷了,山上有路,空旷上有太阳"。他饱尝着一个人的世界的独处,"依然慢慢地迈开步子,望前面,路还长得很哩,他几乎要哭了"(《碑》)。所以旋即发现一块麻石头,认清文字确定是石碑的时候,内心喜悦源自人:同类的存在——人无法抗拒与生俱来的孤独,所以才选择了群居,而这样的生活方式也使人感到一度不自由,为了自由落入无物之阵后,才明白只能从他者的存在中,阅读自我。

桥成为渡人之物,也昭示了距离的永恒;桥是断崖上的修祝,也是希望;而桥通往另一个世界,是不是令人走向重生?程小林曾一度谢绝三哑叔的监护,信心百倍地起誓:"我会过桥的,我总是一个人过桥玩。"(《落日》)在人类的童年都要经历这一过桥,过桥就意味着观念性的告别,对懦弱和卑怯的自我超越;恰恰就是那一次的过桥,小林进入了史家庄,在人生之道上"确立了一大标杆",可从此就是在彼岸世界中徘徊与遥望,记忆中挥之不去、渡不过的桥就跟随着小林的一生。从下篇一开始,小林就不再是"'程小林之水壶'那个小林了",而是"走了几千里路又回到这'第一的哭处'",哭处即生地,因为"人生下地是哭的"。可这不过是废名借助于乡土的魔力使小林返回,实际上漂泊的无根是人无法逃脱的命运,小林在形式上还原到始发处,然而转过一圈的时针就不再是那一时刻了,时间有了新的刻度。所以,小林过的那一座桥是没有归途的桥,是向远方延伸的姿态。叙事者在旧的地点、新的时间安排了旧的人物新的灵魂:细竹。"那一天从外方回来以后第一次从史家庄回来",小林的唯一语言是"我也会见了细竹,她叫我,我简直不认识"。一个"她"字,点染了全篇的色彩与瑰丽。细竹未免不是曾经的小林(也就是废名的两面性),这样的推断似乎过于大胆,打破了历史前见中认为细竹是和琴子相平行的另一种人生伴侣选择,而论者却确信这是最符合作者期待视野的想象。

小林看"送路灯",细竹也要琴子陪看"鬼火",看灯却不是为着见到灯,而是灯点燃了内心关于生命的推想,他们都曾凝望过黑暗中的光明,臆测过和自身形态不一样的生命存在,对彼岸世界的驻足,等待着桥的摆渡。小林教琴子习字,细竹和琴子以写字为乐,"她们自己是面而不见,史家庄的春之夜却不因此更要黑"(《日记》)。细竹把小林一个人留在河上,他突然意识到"寂寞真是上帝加于人的一个最厉害的刑罚",这是小说第二次出现程小林的寂寞,未尝不是废名的寂寞,细竹虽然只是平常的离开,但是心中因离去而空出的一大截显得突兀,不是他者的不在场,而是自我的缺席,这种意识使程小林感到身犹在心不在的失落,他意图抓住什么可以证明自己的物象,"上帝要赦免你也很容易,有时只需一个脚步。小林望见三哑担了水桶下河来挑水,用了很响亮的声音",和三哑叔说话,在寂静之中,人为了显示自己的存在,往往不自觉地提高声音以强调和安抚,并且不自觉地聊起小时候,"小林'从小'这两个字,掘开了三哑无限的宝藏,现在顶天立地的小林哥儿站在他面前,那小小的小林似乎也离开他不远",在于小林希望和三哑建立某种默契以此证实自己的过去跟现在,可以排遣内心的孤独和不在,然而这样的努力,使"小林突然感到可哀,三哑叔还是三哑叔,同当年并没有什么分别!""他想——史家奶奶也还是那样!""其实,确切地说,最没有分别的只是春天,春天无今昔。我们不能把这里栽了一棵树那里伐了一棵树归到春天的改变。"(《杨柳》)在废名看来变与不变并不是客观之物的转移,而在于人内心的迁徙,但人的无根状态将使那种迁徙延续下去。"当细竹去了,三哑未来,他是怎样的无着落呵。""心境之推移,正同时间推移是一样,推移了并不向你打一个招呼。"在这一个历史性的空间中，小林的沉思走向一个顶端："说看山……看不见了。想到怕看不见才去看，看不见，山倒没有在他的心上失掉。"同样，"有多少地方，多少人物，与我同在，而首先消灭于我？不，在我他们根本就没有存在过。然而，倘若是我的相识，哪怕画图上的相识，我的梦灵也会牵进他来组成一个世界。这个世界——梦——可以是一棵树"。"是的，谁能指出这棵树的分际呢？""没有梦则是什么一个光景？……""史家庄呵，我是怎样的同你相识！""他的眼里突然又是泪"，"没有细竹，恐怕也就没有这哭"。（《黄昏》）细竹使小林有了一个检视自我的可能，当人面对镜子中的自己时，所产生的自我认可与怀疑比空玄的冥想来得实在，此刻的小林看细竹较之幼年的自视多了一种经验的目光。连接曾经的家和史家庄之间的桥使得小林认识了细竹（小林的另一种存在样态），人是在离开之后才开始审视、明白自我，以失去原乡为代价的新的认知对人而言，会不会是一个永远都无法重复和弥补的过程？这大概就是废名眼里饱含泪水的感伤缘由。

人生，在路上。

废名《桥》的下篇中居然有一节题为《路上》，细细品读，完全就是在路上的感觉——"往花红山的途中"，"离史家庄四里路"，旅途虽有目的，旅程竟无尽无涯：极目而绿，垂杨夹道，满花的桃枝，清水细沙，"笑尽了花红山"却又忘记了花红山，那就是叙事者的所有，处处是山却又处处不是山，"此刻一瞬间的花红之山，没有一点破绽，若彼岸之美满"，这些投射着禅思的哲学底蕴，并不是废名的传道目的；禅学，不过是一种表达的方式，因为他内心的"执着"与"无骛"。于是，"他的雨意是那么的就在这晴天之中其间没有一个霁字"，以晴之完满想象雨的滂沱便是人生的境界，便是浪漫之无边，是看穿那虚无的坚定。如果废名真的能像高僧一样入定，视《桥》如"桥"，普度无边，那么他的《桥》一定比现在的更易读懂，因为肤浅的往往清澈见底，而我们捧着《桥》却感受着世界是那么的遥远，却又那么的贴近，是那么的难以透彻。

"我将永远是一个瞎子"（《天井》），小林那么感叹着，所以"顷刻之间无思无虑"，"我曾经为一个瞎子所感，所以，我灿烂的花开之中，实有那人的一见"。有谁见过盲人比耳聪目明的人更知晓世间风景？废名情愿做那样的盲诗人——如同荷马和爱罗先珂一样，眼睛失明却描画出更加真实的世界——他斩不断目之所触的情绪，这便是《桥》在美丽与哀愁的胶着中的沉重。泄露这一情感的就是琴子对小林的说笑："你往常从北方来信，说那里总不下雨，现在你说你爱草……"细竹更是快语，"你是一个江南的游子"（《今天下雨》），琴子的话自然可信，因为源于小林的自述，细竹的话本身就是小林的咏叹，仅仅是南北的差异才使得小林辗转大半个中国，回到史家庄？

是什么触碰着内心最不忍的情弦？——"一架木桥"，"这个东西，在他的记忆里是渡不过的，而且是一个奇迹，一记起它来，也记起他自己畏缩的影子，永远站在桥的这一边"，原来废名一直不曾迈过心上的那一座桥，走到外边那个繁华却陌生的世界，尽管他的身体和灵魂都曾很近距离地贴近过那些城市，可靠得越近越是想躲开，无根——那种感受史无前例地蔓延在他的体内，而那也仅仅是一个契机，使他明白生存的状态——不是离去才无根，是"不得不"离去，所以无根，即人的天性里注定无根。尽管桥被山洪冲坍后又再造两次都恢复了原样，保持着当初的形式，"看见了这个桥，桥已经在他的面前。他立刻也就认识了。很容易地过得去，他相信。当然，只要一开步"。然而重造的桥绝不是当初的桥！桥能够重建，而时间却不能倒流，这是作者早已明白了的客观事实。他之所以反复强"桥"与"自我"的共存关系，其真实目的并不在于强调人在时光之中的渺小，而是认识到人的一种先在属性，即为了走向人生的另一种极致，"桥"承担着引渡的功能；而"桥"却像时间的刻度一样镌刻在人的生命意识中，永无过渡。

这就是"桥"的悖论，同时也是"人"的悖论——"桥"一面给予绝境以希望，另一面也注定了人生的不确定。论者忽然想起鲁迅先生《野草》里的那篇《过客》——前面究竟是什么，小女孩说是花，野百合、野蔷薇；老翁看到的则是坟；过客问：走完了那坟地之后呢？老翁不知道，小女孩也不知道。在废名看来无法回避的"成长"便是去往谁也不知道的地方。小林的成长是虚无茫然的，其实已然不是"成长"的故事，而是"存在"的叙事:"我"究竟在什么地方?存在对"我"而言,已经稔熟到了陌生的地步。"桥"就是写作者走到了"不知道"的境地,对"成长"的一种讲法。

当然,不知道也是浅近的不知道。所以,这一步如何挪得开?!他站在那里,看琴子过桥,看细竹站立桥中央,"实在他自己也不知道站在那里看什么。过去的灵魂愈望愈渺茫,当前的两副后影也随着带远了。很像一个梦境。颜色还是桥上的颜色",而当细竹回头时,"从此这个桥就以中间为彼岸",程小林明知"往者不可谏,来者犹可追",却不能忘怀于自我,为何以细竹为彼岸?细竹作为小林实体的对象,是小林完整的一部分,就在具有观照自我功能那一时刻起,细竹和过去的小林就有了实在的区别,那一回望,小林在细竹那里看到一个熟悉的自己逐渐模糊、生疏。过了桥,在望见对岸时发现"简直是二十年前的样子",于是他开口道:"这个桥我并没有过。"这是废名反复强调的一种意识,在小林返乡后看三哑叔和史奶奶的时候就遵循着那样的思考逻辑——废名希望通过事物在心灵世界的不变而完成客观世界和主观世界的永恒同一,"那一棵树还是同我隔了这一个桥","我的灵魂还永远是站在这一个地方"(《桥》)。不断加深这一意象,比如小林对狗姐姐的想象:"当初他一个人跑到放马场玩了一趟,何以竟没有多走几步得见竹林庄?而现在狗姐姐在竹林庄住了如此的岁月了。伤感,这让人实有的,只是若行云流水,虽然来得十分好看,未能着迹","我在一个沙漠的地方住了好几年,想这样的溪流想得很,说出来很平常,但我实在思想很深,我的心简直受了伤,只有我自己懂得"(《枫树》)。令人留恋的不是两性相悦的情爱之思,而是和自己有关的异性之间,镌刻在他者身上自我的笔录,他者成为提醒自己的一个镜像,狗姐姐不是记载一个女性,而是实录下一个时代,一个曾经走过来的时代。我们对过去的凭吊,往往依托的不是自己的躯壳,而是依附着他者作为旁观者的眼光。

既然不是自身的写照,叙事人在放弃了这一念头后,还原了细竹的本真身份,从《梨花白》开始,小林的情感陡转:"顿时他启发了一个智慧似的",细竹大约是有比自身更远见,可分明瞥见细竹究竟也是自我而不是大千世界时,"很怅惘","地狱之门一下子就关了",得到一个"空虚的感觉",这里耐人琢磨的是"怅惘""地狱无门"和"空虚"的联系,其间应该是叙事的省略,省略一个"我"的欲望:几乎认定细竹作为跟自己对等的个体存在,并赋予其独立声音的同时,却发现离开个人世界之外的一切,更加虚无。色即是空,分辨的行为就证明没有超脱,只能不去计较才色空一体,而我们的主角明辨:"执着"——这就是其痛苦的根源。"昨夜我做了一个很世俗的梦,醒转来很自哀——世事一点也不能解脱。"(《树》)这里就道出废名貌似洒脱的叙事背后深层的凝重。实质上,废名用概念式的人物,组成一个封闭的世界,其展现的一切,正是为了把人类与生俱来的情感和争斗表现出来。这种概念是对符号化的一种阐释,同时又是进一步的升华。落实在文本中,只有角色的组合才是真正的主人公。琴子、细竹和小林,包括即将出现的大小牵牛,轮番地扮演着作者内心的征战角色,在第二卷中有更加明晰的表现,那种寂寞之感弥漫得更加浓重。当叙事人将细竹渐渐从小林的身边移开,并使小林重新面对细竹和琴子的同盟,"不由得很有一个寂寞之感,他在这姊妹二人跟前顿时好像一个世外人","也很孤寂地站在门外"。叙事人闪现出两个世界,此岸和彼岸的世界,到底是哪一个世界之外?小林读着自己的心语"我好像风景就是我的家,不过我也最有我的乡愁","眼前见在,每每就是一个梦之距离,造物的疏忽最为绝对的完全了"(《水上》)。这里应该是全文最核心的黑洞,在这里我们看到叙事的失重:废名的乡愁不在回家,而是在路上,必须直面人性的本来。"而世间一个最大的虚空也正是人我之间的距离",包括小林身边的细竹和琴子,在小林面对自我的时候,"一个记忆的海洋,也便是海洋的记忆,忽然又很是冷落了,琴子、细竹的影子很孤寂的未能与这个海映在一起","鸡鸣寺的几个女子,做了他的情爱的落日,咫尺山光不干眼明了,——意中圆此明净,却是面目各自,灵魂各自,仿佛说得人生的归宿无须以言语相约,虽梦想亦不可模糊了"(《行路》)。这样的寂寞是伴随人的出现而凸显的,废名在物我两忘和现世挣扎中努力构建起一个永在的孤独感、内在的欲望和情感的依赖所组成的现代精神世界。

艺术问题首先是人生问题,艺术观也是人生观。废名认为,"创作的时候应该是'反刍'。这样才能成为一个梦。是梦,所以与当初的实际生活隔了模糊的界。艺术的成功也就在这里……莎士比亚的戏剧多包含可怖的事实,然而我们读着只觉得他是诗。这是因为他是一个梦"[1]。所以废名使用了碎片式的叙事,用意在以碎片的方式去反击整体性叙事,作家内心的秩序是自然的、没有整饬修剪过,"不连贯的似乎总比一些被歪曲的秩序要好一些"[2],那些碎片像是出土的彩陶,隐藏着丰饶的意义。譬如"流水所以忙,流水所以不忙。是的,我们看天上的星,看石头,看镜子,看清秋月,看花,看草,看古树,这一件一件的启人生之宁静,宁静岂非一个担荷?岂非一个思索?大约只有水流心不竞了。流水也是石头,是镜子,是天上的星,是月,是花,是草,是岸上树的影子"(《牵牛花》)。这种由零散意象带来的诗意是"碎片化"叙事的表征,往往是将整体的情绪逐一分解,通过部分与部分之间的停顿获得一种情绪的延展,从而实现具体意象和抽象意象的转换。

实质上,这种情绪的分节是一种变相的压制,通过抑制性的叙述建构一种表面的平静,这不是心灵的宁和,会将人物拘囿于自我世界的狭隘中,在《桥》的第一卷比较明显。到第二卷,便逐渐将情感从形而下的现实之中释放出来,跳出自我,化被动为主动,由实入虚,让内心中空无一物,在形而上的沉思中皈依本心的寂静,即真正永恒的寂静。这种寂静不是"枯寂"的"死灭",即使是"厌世",也一定"安乐",在他看来,"至少他是冷静的"[3],不能与悲观绝望者相混淆的,后者对现实不存希望,对未来失去理想,沉溺于绝望之中,他在一首名为《梦》的诗中这样写道:"我在女子的梦里写一个善字,我在男子的梦里写一个美字,小孩子我替他画一个世界。"所以,小林认为母亲和孩子的世界"虽然填着悲哀的光线,却最是一个美的世界,是诗之国度,人世的罪孽至此得到净化"(《钥匙》)。存在的苦难只是废名小说的潜在构成,"刚才我一个人

---

[1] 废名:《说梦》,《冯文炳选集》,人民文学出版社1985年版。
[2] [法]罗兰·巴特:《符号学原理》,李幼蒸译,生活·读书·新知三联书店1988年版,第22页。
[3] 废名:《中国文章》,《冯文炳选集》,人民文学出版社1985年版。

这样想,我们这些人算是做了人类的坟墓,并没有什么了不起的事情,然而没有如此少数的人物,人类便是一个陌生的旷野,路人无所凭吊,亦不足以振作自己的前程"[1]。小林对自我价值的认识才符合废名言说的目的——"向死而生"的生命原则。"死亡的问题"成为小说《桥》的潜在结构,从文中对"坟"这一意象的反复摹写就可看出一二,这也是废名展开哲学翅膀,思索生命悲剧意识的推动力。"艺术品,无论它是一个苦难的化身,令人对之都是一个美好,苦难的实相,何以动怜恤呢?""我知道,世间最有一个担荷之美好,雕刻众形,正是这一个精神的表现。"(《窗》)从史家庄到老儿铺,小林"每每站到桥上望一望就回头了,实在连桥也很少过去",他想象着琴子和细竹踏出一片一片的春草,"一切路上的草总共留给他一个绿,不可捉摸,转瞬即逝"(《箫》),而莫须有却能够深深诧异于自己的勇气,呆立桥头,做一番"是我不是我,是这个世界不是这个世界"的灵魂拷问(《莫须有先生坐飞机以后》)。这种"过桥",充其量只是一种愿望的达成,废名深知每个人都必须过一座桥,而作为"奇迹"的产生,莫须有不如小林直面生存的残酷,回避了生存的尴尬,实现了情感的补偿与替代。

《桥》中的乡村世界存在的可能性让人怀疑,因为同时代大多数的乡村书写者都还在将鲁迅"走异路"的"逃离"作为告别旧式生活的手段,而废名在此模仿中已经有所突破,他在对时代宏大主题的梳理中,深化着自己关于"出走"的思索。废名放弃对现实生存客观秩序的复制,从生活的真实中进行审美提升,探索人类某些可能性的生活,展示了梦的机会和空间。将乡村的真实场景虚化在《桥》中,特殊化的乡村人生成为现代人孤独、焦虑灵魂对栖息之所向往的普遍性写照。和当时另外一类乡土小说相比,异于那些只能在社会生活表层上艰难地匍匐,死死扭住农村不放的批判言说。他觉察人的根本困境,通过特殊的观照和表现,使乡土具有形而上意味,使他的作品成为中国文学史上一个卓尔不群的存在。作品的潜在结构指向生命存在的苦难,不仅是时代性的艰难,更是人永恒的精神困

---

[1] 废名:《桥·桃园》,复旦大学出版社 2006 年版,第 141 页。

境,即"生的寂寞与孤独"和"死的荒凉与虚无"。所以废名小说绝不是一个乐于称道的精神乐土,仅仅注视外在的和谐、冲淡是浅显的,更应体察那些苦难和悲哀的内里。废名穿透现实的表层直达存在的真实性境遇和精神困境,揭示生活事实:人生作为苦难的舞台,上演的终极实在就是死亡,生命过程从一开始就注定了走向死亡,所以死亡是内在于人生之中的东西。废名小说力图以生命的悲剧意识为情感推动力,以存在的苦难为起点,通过审美之维和哲学之思实现对苦难困境的双重超越。尽管没有寻找到栖身的精神家园,甚至是从一开始找寻,家园就早已废弃,然而,废名用文字构筑美的艺术世界,用语言弥补现实世界残缺的空间的努力,已经显示出深刻的价值。

第三节 轻之沉重与沉重之轻
——论师陀果园城的"诗"与"思"

在20世纪中国文学的版图上,鲁迅的"过客"形象成为任何一个后学者都无法绕过的标识,"过客"与特拉克尔所谓的"大地上的异乡者"有着一样的东方阐释,是一种人类对于生命诗意生存境界的追思过程。海德格尔曾经将其理解为"异乡人",根本上意味着:"往别处去,在去某地的途中,与土生土长的东西背道而驰。异乡者先行漫游。但它不是毫无目的、漫无边际的徘徊。异乡者在漫游中寻索一个能够作为漫游者安居于其中的位置。"[①] 师陀就是不安于现实的灵魂,充当着最先也是最后的觉醒者,在他的果园城开始这种追寻存在意义的生命律动,体验着漫游中位置的冲撞。1936年7月底,师陀从北京赴上海的途中,绕道到河南郾城县城住了半月,那里的所见所感唤起他系统描写乡土中国的冲动,回到沦陷区,在他自称的饿殍墓里,差不多用了8年时间完成系列小说《果园城记》(包括18篇小说)。在抗日救亡的宏大时代主题下,师陀却把目光聚焦在从清末到民国二十五年的果园城,如同《清明上河图》般仔细地描摹

---

① [德]海德格尔:《在通向语言的途中》,孙周兴译,商务印书馆1997年版,第28页。

城里的一切人、事与物，在思想情调上远离20世纪30年代的文学主流，连乡土性都和往常的小说书写似乎有着明显的不同。师陀1936年5月出版了第一部短篇集《谷》，并获得京派文人主持的《大公报》文艺奖金，这使"芦焚"成为文坛上颇受瞩目的新秀，且处于创作旺盛阶段的他刚刚完成"浮世绘"样式的《里门拾记》，田园牧歌的抒情意味正浓，那么，为什么会转到写下这样一个似是而非的回家故事呢？有人说，《果园城记》是师陀"未完成的返乡"[①]，意在揭示"浪子返乡的三个结局"；还有人说，在做"亡国奴"的日子里，因为"消沉和感伤"，所以是在写一个"绝望"的悲剧。[②] 但论者觉得，师陀要描写的，绝不仅仅是一个小城在时代变迁中的悲剧，而是有着更为深广的社会内容和心理内涵，这和中国现代文学发生期的知识分子情感与使命有某种神似的地方。"只要这个老中国的铁屋子没有从文化和心理上真正打碎，这样的悲剧仍然会一幕一幕地以不同的方式继续演下去"[③]，师陀走得更远，将对社会的批判、对历史的审视以及对个体生命的体验，都沉入自己的灵魂和意识，体现独特的、向内转的"故乡思维"。

一 时间是否存在

果园城的形成是现实历史的意向时间不断转化为精神文本的结果，同时，过去历史中的精神文本也在不断转化为现时历史的意向时间，历史时间和精神文本之间依靠某种潜在的对话联系。这种潜在的对话联系反映在"果园城"中，实质上就是意义的双向显示过程，既显示出历史生命意向的意义，也显示出现时文本中的意义，最终，小说将"过去"和"未来"都融入"现在"之中。然而"现在是没有丝毫长度的"[④]，现在就像用来显示和区分过去与未来的一个假想点，"仅仅是由于我们在现在中预期了

---

① 马俊江：《论师陀的"果园城世界"》，《中国现代文学研究丛刊》2003年第1期。
② 尹雪曼：《师陀和他的〈果园城记〉》，见《师陀研究资料》，北京出版社1984年版，第251页。
③ 孟庆澍：《无政府主义与五四新文化》，河南大学出版社2006年版，第284页。
④ [古罗马]奥古斯丁：《忏悔录》，周士良译，商务印书馆1963年版，第244页。

未来,我们因此便拥有了未来,仅仅由于我们在现在中追忆了过去,我们就拥有了过去"①,如同鲁迅所说:"现在的地上,应该是执着现在,执着地上的人们居住的。"② 因此,进入果园城,首先就要进入果园城的时间。很难相信,在叙述者那里,果园城的时间没有了三段或者两段式的区分,而以异常静止的形态呈现——不变。

"你总能看见狗正卧着打鼾,它们是决不会叫唤的,即使用脚去踢也不;你总能看见猪横过大路,即使在衙门前面也决不会例外。它们低着头,哼哼唧唧的吟哦着,悠然摇动尾巴。在每家人家门口——此外你还看见——坐着女人,头发用刨花水抿得光光亮亮,梳成圆髻。她们正亲密的同自己的邻人谈话,一个夏天又一个夏天,一年接着一年,永没有谈完过。"

"它永远繁荣不起来,不管世界怎么样变动,它总是像那城头上的塔样保持着自己的平静,猪仍旧可以蹒跚街上,女人仍可以坐在门前谈天,孩子仍可以在大路上玩土,狗仍可以在街岸上打鼾。"

"一到了晚上,全城都黑下来,所有的门都关上……于是佛寺的钟响起来了,城隍庙的钟响起来了,接着,天主教堂的钟也响起来。它们有它们的目的,可是随它在风声中响也好,在雨声中响也好,它响它自己的,好像跟谁都没有关系。原来这一天的时光就算完了。"

"房子里仍旧像七年前一样清洁,几乎可以说完全没有变动,所有的东西,——连那些大约已经见过五回油漆的老家具在内,全揩擦得照出人影。"

"放在妆台上的老座钟——原来老像一个老人在咳嗽似的咯咯咯咯响的——不知几时停了。"

"那女仆送上茶来,仍旧是老规矩,每人一只盖碗。"

---

① [美]蒂利希:《永恒的现在》,见《二十世纪西方宗教哲学文选》,上海三联书店1991年版,第1834页。
② 鲁迅:《杂感·华盖集》,《鲁迅全集》第3卷,人民文学出版社2009年版,第52页。

论者随意摘录果园系列第一篇中关于时间的表述,透过这些字句,给人的感觉就像是主人浓浓地沏了一杯酽茶,却忘记抿一口,叶片早已充分吸水、冲胀、沉沉地垒在杯底,水面结成一层膜,轻轻地覆盖着那个凝固的世界,仿佛稍一触碰,那陈年的腐败就会翻腾出来。果园城也被时间的膜静静地阻挡在倏忽万变的世界之外,创作主体只有充分地体验时间,即与人的生命及其价值相关的时间,才能诗化时间、诗化人生,使生活的结构诗化。结构主义者霍金斯认为:在结构的思维方式中,"事物的真正本质不在于事物本身,而在于我们在各种事物之间感觉到的那种关系"[1]。在当人的精神世界里一切常识提供的价值介于摇摇欲坠与土崩瓦解之时,作者的体悟将客观物理时间转化成充分体验后的心理时间、文学时间,这与师陀的感觉和写作有着一致的成形:"我感到一种痛苦,一种憎恶,一种不知道对谁的愤怒。"[2] 他结构时间企图让一切旧有的事物获得新的意义。小说的叙述语言将现实世界以及时间的关系变换为——生活是不真实的,只有人的精神才是真实的——不变的时间,更多的是在文本中创造出一种内在时间,赋予时间的虚拟与实在化并存,体现出人的生存状态,并且在诗化的时间中,捕捉、感悟到一种迷离、模糊的瞬间感受,时间固有的意义被取消,从而生发出对人生的价值、意义、永恒、失落诸问题的哲性思考。由此,实现创作主体对表层现实的超越,获得关于世界的真理性答案。一种是永恒的、散发着穿透力的、给生命以审美的愉悦和发现的旷达,它如钻石一样坚硬而璀璨,昭示着存在的精神力量;另一种却是停滞的、弥漫着衰亡气息的、在僵化中渐渐趋于疼痛与麻木,它如板结的土地,再也无法播种和耕耘,灵魂和肉体共同走向枯朽。正是这种悖论性的时间,使果园城显示出一种潜在的张力,这种貌似对抗的异质因素,形成作者犹豫不决的情绪,生发出乡愁的多义性,同时也暗示了小城命运的不确定性。

乡土性在师陀的笔下一方面是具有地方特色的风俗与风格,另一方面

---

[1] 霍金斯:《结构主义和符号学》,上海人民出版社1990年版,第8页。
[2] 师陀:《果园城》,见《师陀全集》第1卷(下)短篇小说卷,河南大学出版社2004年版。全文所有引文均出自此处。

是乡土中国社会生态的整体观照以及人生的终极形态的把握。接受者可以沿着叙述人零散的意识流动（这种意识表现为追忆与当下的重叠）构成的语言方式，在人物的有限时间中感受一种生命个体的存在方式和状态，同时也感受着这一生命个体的终止和时间的暂停。比如素姑，凡有桃红的人家都有少女，凡有孟林太太这样的母亲都有这样的女儿，凡有果园城的地方都有孟林太太这样的女性，那么，"果园城"，这个"假想的名字"，真正扮演着"中国小城的代表"，是拥有"多么动人的名字"，却"是个有多少痛苦的地方"。千千万万的素姑，一年又一年绣着穿到老都穿不完的女红，一辈子都在为他人做嫁衣，年龄已经没有实际的意义，不能代表人生的阶段和价值，只是累积，累积成消失的现在。从20世纪初，凌叔华《绣枕》中的大小姐一直绣到《桃红》中的素姑，绣掉的是逝水年华，绣掉的是不断错过，绣掉的是个体对自我的浑然不知与全然不觉的戕害。孟林太太那种规避痛苦的极端意识扼杀着人性的自然，同时她也承受着更大阴影的胁迫，那种胁迫，作者没有用伦理价值去判断，而是痛惜于性格的怯懦与残疾对自我的摧毁与埋葬。少女们准备种来染指甲的凤仙花——"现在在开它们最后的花朵"，这个全文最沉重的句子无情地陈述着生命的本质："现在"即是"最后"——人的时间性便是人的生存性——果园城的人就是在有限的生命时间中无限地重复，比如贺文龙，"一个小学教员，他累了、病了或是死了，跟别人有什么关系？"所以，他辉煌的事业就是从今天推到明天，从明天推到明天的明天，而真正的人生就是在推延的日子里融化，困窘、多子、杂务的烦琐、生活的日渐贫寒，"脖子好像被什么东西给勒着，贺文龙要透不出气了"，这从鲁迅《故乡》中的闰土就开始有的生活轨迹，果园城里一遍遍上演，"被毁伤的鹰呵，你栖息在小丘顶上，劳瘁而又疲倦。在你四周是无际的平沙，没有生命的火海，鹊族向你丁喙，鼠辈对你攻击，万物皆向你嘲笑。你生成的野物毅然遥望天陲，以为丁喙、攻击与嘲笑全不值一顾……"这只展翅的鹰最终被周围更广大的沉寂和黑暗吞没，"希望、聪明、忍耐、意志，一切人类的美德无疑全比罪恶更难成长，它们却比罪恶容易销蚀，容易腐烂，容易埋没"。果园城悄无声息地将鹰的最后希望擦掉了，就像是风轻轻吹散了云，也许贺文龙"会重新想起他的文稿,很可能以为只是当初一种妄想,一时的血气冲动。不过还有一个更大的可能,他也许——自今而后也许永不会想到它",其实,在对"个人主义"的追求与实现的艰难行程中,自我的放弃才是最可怕的敌人。师陀就是这样一步步走向对于一个人和一个时代的颠覆,贺文龙从来就不是一个真正的理想主义者,无论是鹰被遗忘还是从来就没有发生过,"文稿"也许就是一个所谓的理想主义者借来装饰一个理想主义不断滑落的时代的语言花环而已。在小说简捷、彻底的描述中,师陀表现出了一个真正的理想主义者的痛苦——渴望解除贺文龙的枷锁却无力,而自我又回避了历史和人生的许多关节点,在"未竟的文稿"之后编造的许多灵魂得救的故事,事实上是果园城的"我们"放逐了"灵魂"。也许有一天,"我们突然感到,人的伟大正在于他的灵魂,没有灵魂的人其实是不堪一击的,终于有一天,我们发现,没有灵魂的'贺文龙'是不幸的,没有灵魂的我们同样是不幸的,因为无论在现实中还是在艺术里,我们都不会再得救"。作为现代精神生活的见证,《果园城》讲述"我们"总是"追求深刻,对浅薄深恶痛绝,可是又没有勇气过深刻的生活,深刻的生活于我们太过严肃,太过沉重,我们承受不起"。而在生命中达不到的东西,在艺术里更加无法达到,这就是生命和艺术的最后限度。

叙述者对生命的怜悯和叹惋统统化作零度的文字。是不是只有用表面的平静才能掩饰内心无边蔓延的虚空?所以,葛天民"他是别人的父亲,别人的丈夫,会应付任何风浪,将来很可能活到八十五岁,然后安静地死去"。作者在小城的生命中去把握个体归宿,不是猜测和揣度,而是一种态度和倾向。这种安排也绝非中国传统的"乌托邦叙事"[①],他扬弃中国传统农业社会和传统知识分子心向往之的那种世俗和睦的人间社会意义上

---

① 乌托邦(Utopia)意指一个虚构之所,其词义是"没有这个地方"(nowhere),从字源上看是一个空间化的概念。中国较早的"类乌托邦"叙述可以追溯到《逍遥游》的"无何有之乡"、《桃花源记》封闭自足的"世外",这种存在于世界和历史之外的空间性,构成理想家园形态。师陀在现代性历史语境中成长起来,对本土的东方乐园理念有了超越空间性的理解,"'乌托邦'不再是一个前述的空间状态的旧地理名词,而转变成一种新的历史行动……因此创造一种'时间性'的悼念,而非'空间性'的乡愁,实质上是使乌托邦的实践和冲动最终形成一种时间化概念。见颜忠贤《"乌托邦化"的身体与城市——荒木经惟的摄影地》,《空间》1999年第122期。

的群体性乌托邦,意图指向个人意义上的人类终极理想;师陀从一开始就否定了那种"乌托邦时间"① 存在的可能性,过去与未来的界限消失了,未来已在过去之中,过去包容了未来,现在时间似乎是静止和永恒的。对时间的解构和处理,过去—未来的对话成为一种叙事密码,成为整个人类生存的极限坐标,成为人类无法摆脱困境的永久象征。能否在有限时间内创造和充实有限人生,继而打破客观世界为生命设定的边界,最终实现主体对现实的超越,这是师陀这部小说关于存在的遐想之一。

二 故乡是否存在

整部"果园城"系列小说由 18 篇独立成章的故事组成,多层次、多视角、多场景、多隐喻主题的放射结构恰似一首变奏曲,不同的旋律都是同一个主题的变化,而不管怎样变化,都离不开"还乡"这个主题。叙述者反复地强调"时间在这里毫无意义",这种强调使"还乡"出现了阻隔,来自故乡是否存在的怀疑。"说真的,你在果园城,还有什么可忙的?"在遇见阿嚏之前,这是叙述者对自己的判断,在果园城无所事事,身体停留在这里,灵魂究竟在哪里?当乘上小渔夫的舟子,被告知"我们不能没有目的地乱划",进而问到去向时,叙述者再次证实自己的心理状态,"当真,你要到哪里去呢?你这个浪漫派"。为什么要以"浪漫派"来奚落自己,因为"我根本不知道我要去的地方",而家的渴望却那么强烈,浪漫派最大的特征就在于执着追寻人生的彼岸关怀、存储精神层面的终极光芒、构建超拔于现实之上的心灵世界。因此,潜意识里作者坚定自己寻找和行走的信念,所以,和小渔夫同去找阿嚏。然而,阿嚏却不过是一个传说,一个爱开玩笑的水鬼因为被老渔夫踢了一脚,告诉他说他的儿子会中举人,于是老渔夫将预言奔走相告,在对未来的欢喜憧憬中发狂了;自然,儿子依旧是渔夫。水鬼还骗过一次贪财的地主,告知他去某地挖元宝,越挖越多的元宝居然是骷髅所变,财主累死了。还有一个秀才也

---

① 按照乌托邦逻辑,无论是回到过去,还是寄望未来,一切都是先定的,使时间成为小说结构的重要因素,认为经时间之流,能够抵达"黄金时代"。

上过水鬼的当,误认为他是女人……总而言之,阿嚏所产生的语言魔力发生了奇幻功效,所以果园城里的人生活在偶然性的语言中,而这更像是一则寓言,喻示生命就是在语言的途中,生命的被改写和语言的发生与传播是同契相生。传说中阿嚏沿江而下到了码头、娶了老婆、生了孩子,小渔夫坚持认为阿嚏也会回来,因为"要老待在这个鬼地方,他感到气闷,出门跑跑;在外面待久了,果园城是他的老家,他干么不回来看看",自然也得到了作者的认同:

> 有时候,当他高兴或有所怀念的时候,他自然跟我们一样,反过来,或是说我们跟阿嚏一样,我们也同样想看看我们的故土。一种极自然的情感,人在空闲中总爱寻找少年时期的旧梦,这梦虽然是破碎的冷落的,同时又酸又苦,十分无谓;可是它在人的心里,却又是花、香、云和阳光织成的一片朦胧……

所以在马叔敖和葛天民辩论究竟哪一样更能代表果园城精神的时候,叙述者选择了阿嚏,异乡人的身份唤起了对阿嚏的心理感应,而且也意识到寻找旧梦的落寞与孤独,那种孤独是由精神和文化上的清醒造成的,比对生命和时光流逝的哀伤更为抽象,思索和洞悉着人类从诞生之日起就面临的乡愁悖论。

作为果园城精神的另外一维,塔,在文本中有两个视角观察的写照:

> "这就是那个人家认为永不会倒的塔,果园城每天从朦胧中醒来就看见它,它也每天看着果园城。在许多年代中,它看见过无数痛苦的杀伐战争,但它们到底烟消云散了;许多青年人在它脚下在它的观望下面死了;许多老年人和世界告别了。一代又一代的故人的灵柩从大路上走过,他们生前全曾用疑惧或安慰的目光望过它,终于被抬上荒野,被埋葬到土里去了。这就是它。现在它正站在高处,像过去的无数日子,望着太阳从天际从果园城外的平原上升起来。"

> "它是从神仙的袍袖里落下来的,有天他打果园城上空经过……

事情发生的当天,西王母开过宴会……这个糊涂仙人,……从不贪杯,这一回却鬼使神差喝得烂醉,并且在酒席上夸下海口,声称他治理下的人民——例如果园城人——都是好人,遵守伦常,知道安居乐业……(在归程中)伸手要去摘果园城的好水果时候,馋痨鬼竟出了一身冷汗,并且吓呆了",那里根本就是不知廉耻、不讲道德的混乱之地,与他吹嘘的乐土有天壤之别,他害怕西王母查问,惩罚他献出无数宝贝,"因此他要偷水果的手软绵绵垂下去,宝塔也就从他的袍袖里掉下来,掉在城头上了"。

前者来自马叔敖的感官直觉以及心灵投射,后者由葛天民从代代流传的故事中,花了"整整十年"时间推绎出来。显然,在异乡者的目光里,"塔"曾经沧海早已不为世事所动,冷静,甚而冷漠,接近无情,既无怜悯他人之心,也无反观自我之心,是无数时间摞起来的一个符号,隐喻着小城精神;而葛天民这个世代土著,尽管接受过现代科学知识,可是对于人文思想毫无关怀,懂得反思传说的逻辑,却不过是弥补那些技术上的失误,就算是还原了事实的真相,也不过是无动于衷地接受真相的不堪。"唉哟,我的老天爷:你的意思是教果园城悔过还是怎么的?"他否定这种荒唐的说法,并解释说,果园城人是生来就无可指摘,生来就这么完美的,在他们眼中,犯过错误的哪怕是全世界,过错都不会属于他们自己,"即使他们明明知道自己满身罪恶,他们可仍旧满心地自以为应该","他们自以为世界生来就是为了使他们痛快,为了满足他们的欲望的,哪怕没有欲望",所以塔让他们感受到上天的眷顾,满足他们对自己生活环境的假想。将两者关于塔的意象叠加,我们发现有重合的部分,那就是不得不承认:塔的出现和小城的环境是相得益彰的,塔和小城的人共属一体。

为了加深塔与小城的联系,作者第二次讲述"塔的故事",员外第三个女儿终成闺怨,结着青丝一样缠绵的忧愁,郁郁死去。而死因就是员外的自作聪明,更深层的原因就是员外的自私,用自己的标准衡量女儿的幸福,所以幸福之路南辕北辙。对三女儿的死,果园城的人家家户户老幼皆知,可是没有任何一个人质疑过,也没有任何一个人反省过,甚至连些微的同情都没有流露过,他们就是那么把塔的故事流传下去,如同他们的生活不断地重复。用塔的故事为自己立一个标识,却不管这个标识的意义如何,只是为着存在这么一个符号而自我认同,用"夸大的言辞"和"天赋的想象力"制造一个符号,仅仅这一点特色已经足够使果园城人认为"世界上只有'一个'——没有第二个果园城!因此,在外边做客的果园城人,便自然而然常常害怀乡病了",这就是作者的一种自我解剖,行文至此,要说的潜台词便是——哪里还有美好的故乡,哪里还有乡愁的存在啊!可是,马叔敖这个异乡人心里那点空落落的地方,到底要用什么去填补呢?漫游是为了展示漂泊的游子在回忆中返回家园,并非一个人在现实世界中的自我完善,相反还有可能是愈加清醒地认识到自我和世界的缺陷或者丑陋,所以叙述者经历的只是在回家的路上,将要从世界的某个角落返回到故国,从无家可归到重归故里的"过渡年代"。

阿嚏也好,塔也好,其实质是归一的,两者的组合就是果园城的存在样态。师陀笔下的乡村有一个隐含叙述人,以乡愁为本体展示着乡土的原生形态,故事被讲述得很传情,似乎"死亡也能够复生"。然而叙事者却不动声色在一旁揭示故事显现的残忍,这样说不是否定隐含叙述人的真实性,而是想说明乡土始终分裂着,就像师陀内心的争斗,从未止息。楚楚动人的谎言,却是"此岸世界"的真实,作者被这个"真实"折磨着。普鲁斯特曾经把谎言比作世界的一扇窗户,认为通过谎言人类能够看到新的或未知世界的东西,唤醒人类对世界懵懂的沉思;师陀笔下的谎言却让他自己惊悚,永无宁日,所以想用"彼岸"的想象来安放漂泊的灵魂,可是那种想象被小说里的最初叙述者用无声的悲剧人生破坏了,所以这两则构成果园城主体的逸闻,散发出浓郁果园香气的传说,充溢着诗意抒情的意象,最终都化作师陀生命意识里难以摹写的沉重,紧紧地贴附在每一个轻灵的文字之上。

三 自我是否存在

杨义曾把师陀称为乡下的"多余人",这个感觉很像师陀自谓的"乡下人"与郁达夫的"零余人"意蕴的组合。实际上,杨义是想用这个定义概括师陀的精神状态,但论者认为"多余"还不够贴切,因为"多余"存在一个指向问题,意指乡土对师陀的排斥,而论者从文本中读到的却是师陀自我的放逐。在鲁迅的《故乡》中,乡村还不是叙事的主体,而是知识分子眼中的客体;师陀突破了这一他者视角,通过乡村自身的参照,表现生活的日常状态不再由"矛盾"或"事件"构成,更不是生存或者死亡这样的二元命题考验,在这种原生状态中,最真实地展现乡村精神的是由逐渐走向衰亡的几乎无事的悲哀构成。深味着乡土不可遏制地走向灭亡的姿态令师陀一次又一次驻足在果园城,"这是个有许多规矩的、单调的而又沉闷的城市,令人绝望的城市","人可以随便丢掉灵魂,只有丢钱是大事情","进了果园城,首先他就找不到自己了"……从头到尾都充斥着这样的自我提醒,所以,当徐大爷、徐大娘追着出门送"我"的时候,"我"心里说着"永远不回来了"!真的可以不再回来,不再想着回来?就像《一吻》中的大刘姐最后一句话"回去,回车站去"?"火车站"在小说里饰演一个不可取代的角色,载着人来人往,意味着离开,也意味着返回,可以选择逃离,但是期待的心理却永远擦拭不掉。

  第一个出走的人是孟安卿,这是师陀抛弃文化选择中的城乡对立观念,从乡土内部自身开始寻找"出走"的原因。"孟安卿想起这是个爱用秤杆子教育姑娘,专门出产能干老婆的城市,幻梦才深深受了伤。并不是他不爱她了;恰恰因为他仍旧爱她,她的每一个小动作仍旧能牵动他的神魂——那么他怎么能忍受这种打击?怎么能眼看着他的幻象破碎,看着他的偶像跌倒下来。"这种生命理想的破灭不是来自外来文化的侵蚀,而是人性中纯粹的一面苏醒过来,恢复了自然属性的孟安卿选择了对世俗工具理性的躲避,只是他经历的地方都无法满足对单纯的向往,所以漂泊十二年,由空虚到荒凉,转而想到出发点。"他根本没有细想回来的目的",只是一种本能的需要,一种对故乡的需要,一种精神慰藉的需要,所以他返回了。只是时间对他开了一个玩笑,果园城对他回乡的答复是"根本没有这个人"。多么黑色幽默的故事啊,在诺瓦利斯看来,时间与空间是同一的,所以空间的重叠可以找到归程,然而在师陀这里无异于刻舟求剑,他从时间上把一个人的轨迹抹去了,他用凝固不变的果园城做了反例,证明他所认为的时间不可重复性,"千万别再回你先前出发的那个站头",所以孟安卿的堂兄弟孟季卿"永没回家",这也预示了师陀对自己归途的绝望。乡愁在他这里已经演变为生存的指向,也许在更大程度上是一种否定性指向,这种冷峻和中国传统文化以及文学观念整体呈现出"向后看"的乌托邦倾向截然相反,①"文学退化与整个文化乃至文明进化交错之悖论","是中国古代文学思想史特有的书写模式"②,师陀颠覆了中国古代乡土文学的书写范式,也为现代乡土书写开拓出一个更为深广的领域。叙事者试图借孟安卿姨表妹之口提出这样一个疑问:"假如他当初不走开,他们的情况又当怎样?"这不禁使人联想到张爱玲《金锁记》中的曹七巧在生命最后时刻对自己的追问,假使当初嫁给卖猪肉的荣禄,或是她的追求者中任意一个,那么又会怎样呢?生命绝不会提供假设的机会,因为时间无法逆流,实际上,人的另外一种推测不过是对自己当初选择的怀疑,对现有生活境况的否定,因为"我们生来喜欢后悔,常常觉得先前我们错过的是最好的……"师陀为了发掘那片被混乱所蹂躏的土地上残存的美好,没有后悔对人生道路的坚持,正是这种坚持注定了他永远流浪。

20世纪30年代的农民离乡进城,主要基于生存压力下的被迫与无奈,他们和乡土之间是一种物质的、功利性的需求,而马叔敖之流,包括叙写马叔敖的作家一类,他们多是因为知识者气质,为精神追求、灵魂安顿,出于个人自由的选择。在果园城里这样的选择结局却是,一身傲骨的愤世家最后成为果园城的"隐士",油三妹那样接受了新文化熏陶的果城少女的归宿不过是"遭嫁","这样简单的叙述使我们惆怅","我感到一阵被命运播弄着的沉闷,一种压迫。我们怎么来说明她们的遭遇——几乎是完全相同的遭遇呢?不管我们用多美丽的言辞,不管我们说得多婉转,这在我们总难免残酷之感"。漂泊者的归来,不是证明当初出走的失误,而是再次证明了故乡的不可皈依。这种双重的绝望感觉是形成乡愁的导火索,

---

① 美国神学家保罗·蒂利希曾经把"乌托邦"区分为"向前(未来)看的"和"向后(过去)看的"两种。见[美]蒂利希《政治期望》,徐钧尧译,四川人民出版社1989年版,第171页。

② 夏静:《文质原论——礼乐背景下的诠释》,《文学评论》2004年第2期。

"于是一阵悲愤统治了我们。在我们四周,旷野、堤岸、树林、阳光,这些景物仍旧和我们许多年前看见的时候一样,它们似乎是永恒的、不变的,然而也就是它们加倍地衬托出了生命的无常"。恒定形态的自然加剧了叙事者对易逝的感伤,这已经不是当年"子在川上曰,逝者如斯夫"的平静和怡然,而是切肤之感的大悲恸——任何一个漂泊者都晃动着作者自己的影子,作者是千千万万漂泊者中的一个,那种个体悲剧和群体悲剧相碰撞的共鸣,使叙事者发出疑问:"为什么这些年轻的,应该幸福的人,他们曾经给人类希望,正是使世界不断地生长起来,使世界更加美丽,更加应该赞美的他们,为什么他们要遭到种种不幸,难道是因为这在我们的感情中会觉得更公平些吗?"如果说鲁迅给予理性读者的是疗救希望的自我拷问,沈从文凭乡下人"活下去"和"怎样活下去"的观念叙述给理性读者以勇气和信心,那么师陀依靠什么来支撑起他的文化策略和精神世界?"我们被苦痛和沉默压着。从上游,从明净的秋季的高空下面,远远地露出一片白帆的帆顶。从树林那边船场上送来的锤声是愤激的、痛苦的、沉重的响着,好像在钉棺材盖。""棺材"是对果园城的埋葬,是对故乡记忆的埋葬,也是返乡的结束,更是人生重新起程的开始。

小说中一个重要支点便是——生命,人的存在与时间紧密相连:当人的存在意识处于蒙昧状态,他的世界里,没有记忆,也没有时间;当人的感觉被唤起,时间概念就恢复正常;而当人进入了历史,也就进入了永恒的时间之流;《果园城记》讲的是一个人的存在的故事:人与时间的消失—人的存在意识的唤醒—唤醒后的困惑、探寻—找到归宿以后的平静与安宁(或者是一种在绝望中继续前行的执着)。

四 "果园城"的存在

《果园城记》不能仅当作故事来读,它蕴含着象征的、哲理的意味,这就是师陀在写了《里门拾记》之后,还要在类似的素材基础上再写"果园城"系列小说的原因所在。小说在浪漫艺术(即论者所说的"浪漫书写")上也进行了许多自觉的实践,论者认为在师陀书写乡土的文本中,浪漫并非仅仅体现为单纯的"美"与"和谐",从现代意识的层面来看,更是一种不完整的形态,一种异常冷静的审视,带有哲学意味的沉思,进而达到思维的澄明境地。另外也还有"写实与象征的结合","叙述、描写、分析的交叉运用","隐含作者的隐显变换","中心意象的营造与转移"等技术手法的运用,实现小说"诗性"建立。在文学的共识性中,诗是人类的原初精神方式,所演化的一切形式都具有本体论的意义,力图表征人类存在的精神意象。构成乡土浪漫书写的感知方式、生命境界、语言意象等无一不蕴含着诗化精神的象征和表达,"诗"就像是"存在的歌唱",原初地、直接地将生命形式翻译为言语,使人自身的存在精神性地转化为具体可感的内容。在特定时代民族生存危机笼罩下,横向的矛盾完全掩盖和替代了历史的转折,这就使得民族情感立场空前高涨,在单向的民族情感的价值范畴中,人们普遍关注的是救亡图存的民族主义主题,完全代替了文化的理性逻辑。师陀式的生存抗拒与人性主题,是理情策略和文化话语中的写作,是艺术神话中的写作,同时代保持着鲜明的距离,恰恰是差异性产生的紧张感和超前性,给予了写作的力量。

思想必然要体会"诗的言说",那是人类价值存在的确定方式和体验方式,它饱含着人类生活的全部诗意,因为无法找到一种和时代相安无事的中介,冲突就成了作家和笔下人物的命运,冲突并没有形成浪漫书写的表层结构,而是潜在地隐藏于诗意的抒发之中。审美逻辑在一定的价值范畴内建立,这些被揭示的价值对立并非逍遥的审美,大多从一些基本的方面涉及人类的生存问题,这本身就超越了一般社会学的表述。小说并非仅仅是传统与现实的对抗,更大程度上是理想与现实的疏离和周旋,乡土浪漫书写从这种存在的对立中获得主体的超越。"果园城"与大地、乡土具有相同的语义空间,它在作品中虽不脱离极具体的经验背景,却主要指向一种价值世界,指涉生命获取自身意义和个体存在的本源,照彻着师陀小说的冥暗与荒凉。作为一种解救和慰藉,希图通过和"肉身回家"相对应的"精神返回"实现平衡,然而,长久地沉浸在那种"去—留"之间的灵魂撕裂体验很可能会超出生命所能承受之限,就像是"娜拉"的"出走"与"乡下人"的"回来"绝不是历史的顺应,而是文本对历史的质问;不是文学与时代的巧合,而是文学对时代的寓言。要在荒凉的人生中呈明意义，只能以不断洞彻、追问人之生存困境作为他们的自我救赎，凭借意义的充盈使土地还原为可供栖居的家园——变无根的凄惶为诗意的栖居，是人类生存普遍意义上的永恒根基。

第四节　精神围城中的现代构思

进入20世纪80年代，由于中国的特殊国情，新时期文坛形成了"知青作家群"和"五七战士作家群"（泛指1957年被打成"右派"而押送到农村劳改的一批作家），这些作家把抛洒过青春的边塞乡村看作永远不可忘怀和解脱的精神故乡，他们称为"第二故乡"。乡土文学一直是中国新文学一个非常重要的文学现象，同现代作家相比，知青作家并非土生土长从农村突围出来的知识分子，而是经历了"城市—乡村—城市"的位移过程，他们没有"五四"成长起来那一代作家所拥有的那么强烈的乡土归属感，同时也不会对城市文明产生刻骨铭心的异己感。所以，他们内心的冲突不是两种文明的决然对立，而是将自身的漂泊经历投射到文明的流传迁徙之上，以一种超越了个人情绪记忆的距离和田园牧歌的现代理性精神去反观乡村世界。那是当代知识分子形而上思考中的乡村，充满了文明的各种象征与隐喻，成为知识者言说现代人文化选择的场域。

以"知青作家"身份开始创作的韩少功，对"故乡"倾注了无限情感，其所有文学意义的建构都不能与此分离。"出现在韩少功笔下的，一直就是湖南的一小块地方，大约是湘、资、沅、澧流经的那些田野和村落，他的人物，除了农民，便是知青。这些颇能使人联想到福克纳的世界：密西西比河畔的一个县，黑人和穷白人。"[①]"湘、资、沅、澧"流域便是他的"乡土"，当韩少功远离乡土旅居法国时，曾在一篇题为《我心归去》的散文中写道："乡土"意味着故乡田野上的金麦穗和蓝天下的赶车谣，意味着二胡演奏出的略带悲怆哀婉的《良宵》《二泉映月》，意味着童年和亲情，意味着母亲与妻子、女儿熟睡的模样，甚至意味着浮粪四

---

① 李庆西：《他在寻找什么》，《小说评论》1987年第1期。

溢的墟场。故乡当然有时也叫人失望，但那失望也将是泣血的杜鹃。由此可见，所谓"乡土"已不仅仅是地理环境意义上的风土人情画面所在，也远不仅仅是一个具体地域的词语指称，它已经组成韩少功的肌肤和血肉，融入他的精神和灵魂。书写故乡从最显见的意义上讲，是笔耕乡土发掘其深厚的文化外延，更是为了文学寻根的内涵。"寻根"即探寻文学在乡土文化历史土壤中的根须——根系的开掘，一方面引领"寻根文学"进入历史积淀、文化遗存的河床，拓展文化反思的视域；另一方面也增加新时期文学的历史感和民间性，使文化的介入与人性的探究趋于同步。韩少功说，"希望在立足现实的同时又对现实进行超越，去揭示一些决定民族发展和人类生存的迷"[①]，描述湘西形胜、僻壤风情、神话传说、方言俚曲，在于展现湘楚文化的神采与风韵，进一步揭示湘楚地区传统的生活习惯、思维方式；而文学之根，更应该深扎在人类古老悠远的精神层面上，文学寻根，最终还必将探寻到人类茫茫无际的精神地层中。

那是一片梦幻中的乡土，是他的精神家园。实际上，在粉碎"四人帮"以后，虽说有形的政治桎梏已经打碎，但无形的政治情结依然缠绕着作家，用文学担负起对历史的反思和对现实的批判成为当时很多作家创作的内在驱动力，韩少功的初期代表作《月兰》《西望茅草地》等在一定程度上也呼应了时代潮流，用"文革"作为历史背景展示人的心灵创痛和悲欢，应和了当时社会政治心理；同时，他早期的写作中也有不同于一般伤痕—反思小说的倾向，包含着对历史的不信任，显示其独立思考的能力。尽管那一类文学仍属于政治意识形态的写作成规和话语系统，却因为作者超前性的"家园预设"，摒弃了功利性的实用追求，从而使文学在本质特征上保持了作为艺术自我的本质属性。真正脱离盲从，"吹"响艺术视角转向信号的是《风吹唢呐声》。这部小说政治视角逐渐淡出，文化视角则呈淡入之势。二香淳朴温良、勤快顺从、善解人意，是美好的神性象征，小说以德成的自私、自大、好逸恶劳隐喻农垦民族文化心理上的劣根性，哑巴（德琪）作为和哥哥对立的一种意义出现，是乡土上最单纯的存在

---

① 韩少功：《文学的"根"》，《作家》1985 年第 4 期。

（也可以理解为后来寻根思潮中的"优根"）。自从二香来到这个家庭，就成为平衡德成与德琪之间的一种力量，她将宽容和关怀平均地给予兄弟俩，然而，却因为无法生育后代主动和德成离婚。她的"离去"是作者潜意识里安排的极具文化意味的出走：作为扎根在大山里、陈旧不堪的腐朽观念，深深地毒害着德成这一代，二香已经预感到这种文化累积和冲撞必将使山寨走向衰败，自己逐渐丧失了保护"优根"的力量（因为无法生育，所以神性的力量不能传承和延续），供其生存的人文环境终将不复存在。于是，她选择了出走，而德琪也在她离去之后坠山而亡，只剩下没有主人的唢呐，被一群孩童吹得不成腔调，"像婴儿支离破碎的哭闹"①。乡村回落到一种蛮荒与破败，不仅令人想起沈从文谈湘西的神巫时说道："它的庄严与美丽，是需要某种条件的，这条件就是人生情感的素朴，观念的单纯，以及环境的牧歌性。神仰赖这种条件方能产生，方能增加人生的美丽。"② 二香不是巫，却具备了巫的灵性与品德，和整个乡村的命运与前途息息相关，这也显示出韩少功精神性中的巫性文化思维，可见，早在那份"根"的宣言发表之前，他就开始思索民间亚文化形态，《风吹唢呐声》为他四年之后提出向民族传统文化寻根奠定下写作实践基础。

他关注"乡土"，关注"乡土中国"的传统文化，在他看来"乡土是城市的过去，是民族历史的博物馆"，那么博物馆里是否就保留着那些已经遗失或正在遗失的事物呢？韩少功开始找寻，《蓝盖子》可以看作这一时期的精神轨迹写照。在苦役场抬石头的陈梦桃承担了埋死人的差事，因为一次埋自己对床睡的熟人的任务之后，因内疚变得莫名其妙的敏感，为了缓解内心的负疚，想为工友做些力所能及的事。然而他的帮助被别人误解为不怀好意的举动，于是在一次请人喝酒的时候，开启瓶口丢失了盖子就成为他精神失常的开始。陈梦桃去苦役场劳动，属于"冤案错断"，可历史就是那么颠倒是非地让好人罹难；埋死人属于没有选择的选择，因为抬石头的工作超出了他正常的身体能力范畴；就是这种异化情形，使人的

---

① 韩少功：《风吹唢呐声》，《暗香》，中国社会出版社2005年版，第221页。
② 《沈从文文集》第4卷，花城出版社1982年版，第387页。

心也变得异常坚硬和麻木,所以埋人的劳作也被当成生活中最"真实"的一部分,也是完成生存基本活动的必需;埋一个熟人唤起了陈梦桃内心最深处的惊悚和紧张,亲手埋葬他人加剧了自身犯罪心理的恶感,同时也兔死狐悲地联想到自己的将来,不似黛玉葬花般伤情,却是实实在在的恐惧;恶感刺激了他的向善,畏惧加速了他的敏感,然而那个"人埋人"的环境却不是他所能改变,生命成为最珍贵却又最低贱的存在,得到最大限度的漠视,同时又是更为变态和疯狂的自卫,人人自危不断给戒备的心设下重重关防,丢失了人性中纯洁的美和简单的温暖;他不能选择从众,更无力接近那些装在套子里的人,所以只好走向一种虚无的"寻找"。盖子毫无生命,陈梦桃却在这没有生命的物体上寄托人生的希望,这就是一个悖论;"这个人非常平静也非常随和地开始去找那个永远也找不到的盖子",尽管后来也有人出于好心或恶意给过他形形色色的盖子,可是"都不是","不知道他到底要寻找哪一个"。每一个瓶子只有唯一相对应的一个盖子——就像乡土之上,最适合人的居住和生存的也只有一种精神,文化兼收并蓄,而最优秀的文明却孤独地闪耀着。

在《文学的根》中韩少功提出"以前常常想一个问题:绚丽的楚文化到哪里去了?""那么浩荡深广的楚文化源流,是什么时候在什么地方中断干涸的呢?都流入了地下的墓穴么?"在《寻找东方文化的思维和审美优势》中又说:"东方文化自然有很落后的一面,不然的话,东方怎么老是挨打?因此寻根不能弄成新国粹主义、地方主义。要对东方文化进行重造,在重造中寻找优势。"于是,"乡土中所凝结的传统文化",更多的是那种"不规范之列"文化底蕴成为他的写作态度和情感基调,也成为他的寻找途径和力量。作为蚩尤的后代,他的文化视野关注于湘西山地尚存的楚文化浪漫精神及顽强生命力,是 20 世纪 30 年代沈从文呼唤楚魂的现代回应。在化外之地湘西,韩少功苦苦寻觅活泼生命力的巫楚文化。同一时期的《诱惑》不再是如同陈梦桃一般失魂落魄地寻找不确定的某一象征,而是确定不移的探索,"大瀑布"的存在遥远地召唤着我们,为我们困顿的物质生活和无望的精神期盼充当了心灵最踏实的补偿和慰藉。"诱惑"人的不再是桃花源般的诗情画意,而是磅礴恢宏的壮丽、野性不羁的神秘，仿佛是经历了千万次劫难才铸就了大自然的鬼斧神工。在通向"大瀑布"的路上，知青们好像穿越过几百万年的历史，让我们看看这次时间之旅：

> "枝干多是细长，但披挂纷繁——杂有很多藤葛，交错纠缠，扭手扭足的。大概山中无比寂寞，以致他们都被憋得疯狂了，痉挛出这些奇怪的模样。"
>
> "常有小山一样的大石头，赫然横在溪涧，看得出是从山壁上分裂并且滚落下来的。但山壁断裂处往往已复生土层和草木，似伤口已经结疤，已长出新肉，让路人难辨那次惨痛的断裂究竟是如何的久远。"
>
> "水下就只有一片绿色了，绿得越来越浓，是一种油腻的绿，凝重的绿，轰隆隆的绿。你也许会觉得，这一片绿一定是千万座青山的翠色，全部倾注在这个深潭，长年淤积和沉埋，才生出这个碧透的神话。"
>
> "我看见了头上一线天空，还有一只飘忽的岩鹰，突然感到空空的一声水响中，自己已经经历了万年。"
>
> "朽树旁还有个半埋在土里的破瓦罐，圆溜溜的，鬼鬼祟祟，像一只硕大的眼球——想必它曾目睹了太多的旧事，才有了破口里可怕的黑暗。"[①]

类似这样的描述处处皆是，似乎只有在山中才触摸得到时间遗留的痕迹，才感受得到生命的伟力，也许"很多历史不是失落于瘟疫和战争"，而是被"苦蕨这种极低等极古老的植物掩盖覆没了，吃掉了"，"也许这里已没有了生与死的界限，它们的躯体吸收聚合了漫漫岁月，才有如此的硕大"，是不是在这里才能抛却尘世的乌烟瘴气，感受人本来的原始和真实？韩少功在人类原始生命的出发点发现了一种"永恒"，并将其作为人类精神提升的

[①] 韩少功：《归去来》，春风文艺出版社2006年版，第123—131页。

制高点,隐喻了个体生命和自然的同根性。历史的动态发展与变动,在今天的人看来是一种静止凝滞的状态,他希望从这种科学理性之途返回注重自然与生命活动之内在关系的人文之途,通过文学活动拯救自然从而拯救人类精神。作者试图给我们展示为人熟知的大自然的另一面,和明丽瑰秀无关的一面,"花草像飞虫一样张牙舞爪","虫豸青翠得如枝如叶","万物混混沌沌一片",像这样的文学言语,其诗性特征为人类超越现实的理性束缚开启了窗口,赋予其放飞心灵的诗意羽翼,引领其直抵精神之域。

当人与自然初次相遇的瞬间,自然以其本然的方式向人诉说。这就是东方文化的思维,这就是原始思维中的万物有灵论,同时,也是由"亲切"走向"神秘"的一个转折。[①] 西方象征主义的"契合论"强调自然是一个有生命的主体,这个主体正在亲密地注视人类,主体的自然与主体的人是两个平等的世界;肯定自然的神秘性,将意识扩展至人的主体理性认知之外,走出日常生活的尘俗,回到宇宙的亲切怀抱,用灵敏的心耳去倾听,用清澈的心目去细认,只有这样的审美才有利于文学性创造和人类诗性精神的留存。据此,我们才说,文学的复杂性、丰富性,或者说,文学的生命活力来自然界的丰富性。自然生命的呈现与命名为文学创作提供了源源不断的灵感,文字如野花野草一般的自然存在,为文学理性与秩序的获得提供了真正的生命活力。当"我们"在绝望中行走、攀缘,"一级比一级更加艰难","我感到命运已不在我手中,而被谷底那块狰狞的巨石掌握着,但不知它在刹那间会作出何种判决",这样的叙述才体现了作者的意图——自然即生命之源!他意图揭示出现代理性是建立在对其他物种生命的抑制与芟除之上的,在此基础上文学理性的获得也根源于对他者生命的抑制,依据人类的实用性角度对自然生命的掠夺与漠视直接导致了文学创作的萎缩和改变,只有还给自然话语权和意志力,才能恢复"文学性",才能完成"文学寻根"。

[①] 中国传统文化中人与自然天人合一的境界,传递了人与自然"亲近"的一种心态,其实只是社会生活中的人对自然的一种移情反应;事实上,人将自己作为主体的宇宙观察,使自然从属于自我,无法还原世界的真相,因此,必须承认自然对等的主体性,承认认知的有限性,也就是认可自然的神秘性。

第二章　建构:从"发现乡土"到"还原乡土"　165

　　"我们终于听到了轰轰轰的声音",大瀑布在我们和自然的对等相处、和谐相容中出现了:

　　"那来自上天的银色飞流,翻腾着,扑跃着,越来越壮大,也越来越清晰,连颗颗水珠也可看得真切。它被当中的一块石头劈成两匹,又被再下面的两块尖石割成三股。水雾像云烟一样升起来,扬上去,大把大把的砸在石头上,撕咬着,拼杀着,挣扎着,像是遍体鳞伤却依然扑向锋刃,头颅落地却依然紧掐着对手的咽喉。骨头在嘎嘎嘎地裂响,肉块和血的泡沫在一次次腾飞,但仍然一排排前赴后继投入这场金戈铁马鼓角震耳昏天黑地的殊死战争。周围的树林全是湿漉漉的,叶子晶晶闪亮,不时抖动着,似乎也受到了惊吓。一轮又一轮的彩虹是从那里升腾出来的,仿佛是为了纪念一次战争而升起的各种凯旋门。"

　　像这样的语言闻所未闻、见所未见,令每一个读者都情不自禁地试图捂上耳朵,却又睁大眼睛,扑面而来的水的凉意和湿气,仿佛眼前就是那盛大无比的瀑布景观,震慑在自然力量的搏杀中,只剩下惊叹与折服。"精神即语言"[①]。"精神"徜徉于人与自然的初次相遇之际,产生审美震撼力,当我们直面大瀑布:欣赏者与作品相遇只有超越"我—他"的对象性关系,进入"我—你"的"之间领域",在其间,"精神"才会逗留,因为,精神"非是循环于你之体内的血液,而是你时时承仰呼吸的空气","精神不在'我'之中,它伫立于'我'与'你'之间"[②]。瀑布只能在自然的怀抱中野生方才见出其气势,文学也只能将自然作为对应的独立个体时,而不是通过"人类中心论"去规范自然、将自然对象化,才能获得

[①] [德]康德:《判断力批判》,邓晓芒译,杨祖陶校,人民出版社2002年版,第120页。康德认为,人与自然遭遇时的那个直接被给予的经验就是判断力的领域,也就是审美的领域。我们的审美经验、理论知识和实践行为都诞生在这个基础经验之上。这一观点在现象学美学家杜夫海纳那里进一步衍生为审美对象必须为"感知中的艺术作品",感知中限定了主体的意向和艺术作品同时进入一种意向领域。

[②] [德]马丁·布伯:《我与你》,陈维纲译,生活·读书·新知三联书店1986年版,第56页。

"根",拥有发达的根系才能健全生命的勃发。韩少功忠实地记录下这个积淀并承载着深厚历史的自然文化,对自然的寻找和重新认识,代表了有别于中原文化的生命形态。

"我们"在兴奋之余,想要刻字留念。这个平常而普遍的行为是所有旅者和读者最为熟悉的场景,可是,叙述者却让"我们"发现了早有人留字于此,告诉在这个巨型瀑布上还有更为壮观的瀑布。"这是一道闪电,把我们都击倒了",击倒众人的不是字体本身,而是留字的"秦克俭",他让我们突然领悟到人永远不能凌驾于自然之上,自然总会给人意外。只有平等地对待自然,才会感受真正的美。"诱惑"立足自然本体,"秦克俭"变成一种充满象征性的文化符号,为这场"文学寻根"写下了开场白:自然不在人身之外,而是人身居其中的巨大生命场域,人对自然的对象化和标准化不仅意味着行为的统一化与情感的简约化,还引发人类抽身退出自然之后的一种精神贫瘠。文学中抽象化、概念化的理性特征是阻碍人类直面自然特性与人类本性的屏障,招致审美情趣和艺术创造的败落,结果必然是现代社会生活结构性的生态失衡。返回自然才能寻找到文学魅力所在,才能解读人性和命运的谜团,拓展悟性的空间。鲁枢元曾说,艺术的生殖力得之于大地的生殖力。尊重自然万物生命的独特性,让自然万物自然呈现,发掘和还原人与自然之间亲切而浪漫的关系是当代生活中的命运的某种救渡。正如韩少功自己在《遥远的自然》中表述,人在自然之中。只有"找寻个异,找寻永恒,找寻万物与我一体的阔大生命境界",才会找寻文明的终极价值。他也只可能在自然中找到他的"精神之根"。

即使浪漫的找寻与想象为乡土似乎打开一条通往光明和永生的道路,"寻根"以探索为本的出发点不可能产生疗救的功效,所以乡土在寻根的名义下不会刮骨疗伤、实现新生,而是呈现一种多样生存样式和多义性。2004年张均对韩少功做过一个访谈,其中谈到是否可以用"寻根"(着眼在"寻根"宣言)来约束、引导及概括寻根时期的所有创作,韩少功当即否定了那一说法,"寻根关注的只是一点,而创作作为一个整体是由很多因素决定的,不可能因为一个观念就产生一系列作品。寻根文学的提法把事情简单化了。其实当时我关注的问题不限于寻根,比方说'85'新潮一个很大的内容就是关注现代主义,关注确定性、独断论以及理性主义本身的弊端。在'85'以前,我们的作品中的因果关系很明晰,世界是由好人和坏人、进步和落后组成的。'85 新潮'就是要打破这种因果链。当时出现了那么多不合逻辑的句子,从某种意义上说,是在语言形式上对逻辑霸权的怀疑与挑战"①。这种意识投射到乡土的书写上就改变了以前那种文明二元对立的看法,而是用一种更开放的视野和非确定性的意识去审视文明本身。《归去来》的那种"归乡/寻根"叙事模式被当作知青文学的延续,而事实上作者倾心的并不是言说一种归来或离去的情绪特征,而是就这一状态阐明他对文明、人的主体性和人与世界的关系认识的某些观点。现在就文本进行一些细致的读解,来证明论者的这一判定。

我们并不清楚小说主人公"黄治先"是怎样出现在乡土背景中,叙述者只是交代似乎是一次别后的探访,又似乎连自己也弄不清什么目的的远行,就是在这样一种模棱两可的前景下展开后文。这个都市青年男子来到陌生的山寨,但奇怪的是不知为何会对周围的景物似曾相识,而且竟然有一连串神秘的预感被证实,那些茅草屋、未老先衰的水牛、雷电击毁的大树,哪怕是一些小小的细节,"似乎都在我的想象之中"。特别是在当地风俗"饭后洗澡"仪式结束之后,"我"突然产生了异样的感觉,好像这身体很陌生,"这里没有服饰,没有外人,就没有掩盖和作态的对象,只有赤裸裸的自己"。所以当乡民把一件件关于马眼镜的故事安置在我身上时,"我"接受起来也是那么自然,甚至心安理得。这实际上隐喻了"我"作为一个异文化的外来者已经进入这种原始、本然、野性的巫楚文化,也反映了城乡文明及中西文明冲突极为剧烈的时期,在现代性与传统的思想碰撞中一代作家内心回归的渴望与强烈的情感焦虑。就个体而言,传统总是以集体无意识的形态决定着人们的心理结构,正如阿城所说"文化制约着人类","我"是一个前文化的接受者,在排除了对城市文明的完全认同和对于西方文化的全盘接受之后却对这种潜在的约束感到不自在与叛逆,所以当另一种文化形态出现之时,"我"产生了理解与认同。韩少功是知

---

① 张均:《韩少功——用语言挑战语言》,《小说评论》2004 年第 6 期。

青作家群体中的一员，20世纪80年代中期是走向成熟的转折，一方面参与民族话语抒写，发出了属于自己的声音；另一方面，也期望在民族文化资源的寻找中，找到一个时代的"文化标志"。事实上，与王蒙、刘心武等"五七"作家相比，知青作家没有强大的政治信念和社会理想作为精神支柱，因而当他们理想遇挫、现实受阻时，急需寻找一个属于自己的世界来证明他们存在的意义。为了弥补社会阅历有限、文坛资历不足的劣势，"利用起自己曾经下乡接近农民的日常生活的经验，并透过这种生活经验进一步寻找散失在民间的传统文化的价值"①，他们借用民间亲身经历的优势，在历史遗存中找寻，到地域文化中打捞，甚至即使在现实中找不到，也力图到想象中去寻找，并透过文化之根的发掘，实现民族自我的重铸，完成身份认同及其个体自我的重构。

在整个精神游历与神秘体验过程中，"我"始终在"黄治先"和"马眼镜"两个角色间摇摆：当山民们众口一词派定，那种外在于"我"的社会大镜子把"我"变成了"非我"，于是一种整体承担就要求承认自己是"马眼镜"，陷入一桩无头案；可是，当"我"被这种"非己化"现实伤及个人利益时，趋利避害的本能命令"我"去"努力断定，我从来没有来过这里，也不认识什么矮子"。否认，意味着失去他人的情感、信赖，"一个人只有在其他自我之中才是自我。在不参照他周围的那些人的情况下，自我是无法得到描述的"。"我通过我从何处说话，根据家谱、社会空间、社会地位和功能的地势、我所爱的与我关系密切的人，关键地还有在其中我最重要的规定关系得以出现的道德和精神方向感，来定义我是谁。"② 因此，伴随山民对"马眼镜"强烈的集体认同——他用自己的知识和能力帮助人们，甚至还杀过一个恶人，他是这块土地上的英雄，深深地融入这一文化场域之中，享受着人们的拥护和爱戴——这一形象虽然不是黄治先，但它唤起黄治先自我认同和重构的冲动。尤其当山寨人以"我"为"马眼镜"复生时，那种起初的犹豫和矛盾就消失了，代之而起的是确信不疑的自我确

---

① 何言宏、杨霞：《坚持与抵抗：韩少功》，上海人民出版社2005年版，第72—73页。
② [加] 查尔斯·泰勒：《自我的根源：现代认同的形成》，韩震等译，译林出版社2001年版，第9页。

认。这种归属感是对于一种充满传统文化底蕴的正义感与和谐美好的人性的渴求,是对人类本质的真实向往,类似于沈从文思想中"爱与美"并存的创造性的人生形式。被叙述者想象的"马眼镜"也许才是更加真实的"自我",而那个庸庸碌碌的"黄治先"则更像是假的"自我"。

如果仅仅到此为止,黄治先就取得了假想的幸福,而文本似乎也符合了社会期望——得到一个文明的优胜低劣的判断,作者却用意更深。在"马眼镜"身份暗示下,当艾八指点"我"去看"以前住过的老屋"时,"我"就分明感觉到自己听到了故去的三阿公亲切的声音,并与他展开了一场深情的心灵对话。这种身份认同催化了心智判断:本非"马眼镜"的"我"便可以对一声"小马哥"的称呼"答应得毫不慌张",可是,当"我"俨然已成四妹子她姐眼里的负心情人,并真心地向四妹子表达着忏悔与补救之意以后,突然"我几乎像是潜逃"。冒名顶替亡人的情人,承担"背信弃义"的罪名触动了"我"内心潜伏的先在文化意识,几乎被取代和遗忘的价值理性如潘多拉的盒子打开,一切幻与真、意识与潜意识、个体与群体、现实处境与历史文化制约等多重矛盾开始疯狂地扭打、纠缠、冲突,正如"寨口那棵死于雷电的老树,伸展的枯枝,像痉挛的手指。手的主人在一次战斗中倒下了,变成了山,但它还挣扎着举起这只手,要抓住什么",文明的没落并不能全盘否定所有的文化因子,固有的"优根"亦吞噬着"劣根",正是因为海水淹没了大多数的陆地,剩下的土地才显示出珍贵。

情感的难以趋同引发"我"理性的苏醒,"整个村寨莫名其妙地使我感到窒息,我必须逃",逃离以"梦"为载体:"梦见我还在皱巴巴的山路上走着走着,土路被山水冲洗得像剐去了皮肉,留下一束束筋骨和一块块干枯了的内脏,来承受山民们的草鞋。这条路总也走不到头。我看着手腕上的日历表,已经走了一小时,一天,一个星期了⋯⋯可脚下还是这条路。"梦境中的颓败山道隐喻传统文化巨大的沉默力量,和坚韧与顽强的生命形态,扮演着文化子民母体的肃穆;始终在跋涉的"行者"意象构成了"我"与传统文化之间终究难以决裂的象征。"我"无法回答"世界上还有个叫黄治先的?而这个黄治先就是我么?"因为"重新确认自己的认同,这不只是把握自己的一种方式,而且是把握世界的一种方式",为了生存理由和生存意义,"新的信仰和自我认同需要新的社会制度作为实践条件,因此,寻找认同的过程就不只是一个心理的过程,而是一个直接参与政治、法律、道德、审美和其他社会实践的过程"[1]。"我"无法与整个山寨环境产生一种良性的互动,内体里的文化残留和山寨文化现实的差异加剧了一系列自我与他者、记忆与遗忘、怀疑与确证、认同与拒绝的矛盾冲突,"我"从噩梦中"惊醒"意味着对传统文明的逃逸与叛离,尽管当"我"打长途电话由想问牌桌上的事情,出口突变为替四妹子咨询招生考试的事,一定程度上又有回归传统文明精神的倾向。然而这一迹象并不是作者能够寄托的希望所在,不过再一次彰显了小说叙述者"我"作为现实性的人物形象,在两个"自我"之间转换的艰难和尴尬,故而结尾处的"我累了""妈妈"感叹其身份认同的困难和自我重构的焦虑。

把这次痛苦的自我确认与自我建构的心路历程作为《归去来》的终极意旨去理解,可能还没有最大限度地理解作者的全部意图,应该看到在"归—去—来"这个链条中,"我"由离开,到返乡,到逃走,并不是线性发展的,三个动作意象形成的是对"精神围城"向心力和离心力共同形成的折射运动。"围城"借用于法国民间戏谑婚姻的流行谚语,论者以"精神围城"定义韩少功乡土书写,突出"乡土"这个具有扩张性与散朴性的审美意象。乡土如何演变为一座精神围城?大多数的知青作家出生于城市,最先接受的是现代启蒙主义思想,走上文坛时接触的也是西方现代派文学,"他们之所以会走向文化寻根,一方面是出于身份认同的需要,另一方面也是出于现代主义试验遭遇意识形态制约后的逃逸策略需要,试图借助民族传统包装,含蓄表现正在形成中的现代意识"[2]。当站在传统与现代、历史与现实的边界,把自己想象为民族与历史话语的主体,参与当代文化和思想的对话,可跨越现实进入历史时,被放大成为集体的、时代的和民族的记忆一下子缩小为个人的情感和经验事实,进而成为阻挡主

---

[1] 汪晖:《死火重温》,人民文学出版社2000年版,第404页。
[2] 陈晓明:《表意的焦虑》,中央编译出版社2002年版,第98页。

流意识形态长驱直入、简化和更改个人写作的阀门。"精神围城"在韩少功的创作中不仅仅体现为一种具体的思想矛盾,更是一种站在传统与现代界面上怀疑与诘问的哲学意识。也可以从更加宽泛的意义上把它理解为对现代性的反思,即包含在现代性机体内部的自我质询与自我批判。之所以如此,是因为"现代性面对的是既不明确又难以预料的未来,没有任何的传统参照对象可以为其未来道路的选择作保证,因为现代性不断地制造断裂,任何建立在科学基础上的知识都不能辨别它们,因为它的行动本身就提高了不确定性的程度"[①]。面对乡土,"我"的返回同样是一种对不确定未来的探索和追逐,从故事叙事中,可以发现"城里人"似乎本是为香米和鸦片来山寨的,但小说最后又说"其实我要香米或鸦片干什么呢?似乎本不是为这个来的",这样的自我否定增强了独立思考依据,"是一种对民族的重新认识,一种审美意识中潜在历史因素的苏醒,一种追求把握人世无限感和永恒感的对象化表现"[②]。由此,作者陈述了一个现代人的围城悖论,留下诸多意蕴空白。故事停止在一个未知方向的驻足中,冲淡了观念化的可能痕迹,使小说的指向开始显得飘忽和暧昧多义,也正是在这样的暧昧之中,所谓的"归去来"诗意叙述才显得丰富、饱满,从这里开始,韩少功所发起的寻根运动可以理解为一种对现代性的反思。

《爸爸爸》在乡土人情的表达上用了一种更为极致的温情,尽管这部作品已经被普遍地看作国民性的批判主题,即作者是在把丑恶的揭露给众人看;然而论者认为叙述者只是把更深厚的感情隐藏在小说的行动表层,而透过那些简单甚至是非常态的日常琐事却可以逐一展现。用"寻根"不能完全地遮盖住这块神奇的土地,正如韩少功自己所说:"我们使用概念的时候必须明白,概念只是一个临时性的约定,而不是事实本身,事实要比概念丰富得多。"就让我们来发现《爸爸爸》到底讲述了怎样的事实,真相究竟在哪里?

丙崽和母亲之间的关系实际上是最值得揣摩的,母亲"那把剪刀剪鞋

[①] [法]伊夫·瓦岱:《文学与现代性》,田庆生译,北京大学出版社2001年版,第119页。
[②] 韩少功:《文学的"根"》,《作家》1985年第4期。

样,剪酸菜,剪指甲,也剪出山寨一代人,一个未来",可是丙崽却被她剪得从一出生就晚慧,趋近衰老。尽管一个是山寨的接生者,具有起祖意义;另一个是先天的羸弱,处于待保护地位;可是母子俩在村子里都得不到关怀和照顾,有时反而被当作奚落和捉弄的对象。在这样的生活环境中,仍然没有改变一个女性作为母亲的天性,"夜晚,她常常关起门来,把他稳在火塘边,坐在自己的膝下,膝抵膝地对他喃喃说话。说的话语,说的腔调,甚至说话时悠悠然摇晃着竹椅的模样,都像其他母亲对待自己的孩子"。丙崽并不理会母性的宽厚和温存,只是兴冲冲地顶撞,"母亲也习惯了,不计较,还是悠悠然地前后摇着身子,竹椅吱吱呀呀地呻吟"。看看那样的对话,叫人心里暖一阵、酸一阵:

"你收了亲以后,还记得娘么?"
"你生了娃崽以后,还记得娘么?"
"你当了官以后,会把娘当狗屎嫌吧?"
"丙崽娘笑了","对于她来说,这种关起门来的模仿,是一种谁也无权夺去的享受。"

尽管母亲知道那只是一个模仿,是一个永远都无法实现的假想,可是她沉浸在自己的幻想中,她需要那样一种身为母亲的所有义务和权利,更离不开亲情的维系。通过母子之间的关系刻画,韩少功企图喻示传统文化的母体从来没有因为继承和成长过程中出现遗传的变异就放弃和毁掉变种的后代,文化的血脉无法割断。丙崽娘去溪边擦洗被空气熏臭的衣物,却因为过度饥饿晕倒在恶狗分尸的路上,死里逃生回到家中,想到生存环境的恶劣、孤儿寡母的艰难,内忧外患加剧了她的愤怒和恐惧,忍不住伤心地号哭。"丙崽怯怯地看着她,试探地敲了一下小铜锣,似乎想使她高兴",于是"她望着儿子","慈祥地点头",又开始了母子间的对话,当情绪过激,脱口要儿子杀了德龙(父亲),"丙崽不吭声了,半边嘴唇跳了跳",她也不再追究是否一定要丙崽弑父,"吾晓得,你听懂了,听懂了的,你是娘的好崽","丙崽娘笑了,眼中溢出了一滴清泪"。这是文中第一次叙述丙崽父亲的故事,也是在这一瞬间丙崽似乎恢复了正常人的理性,也是丙崽和娘唯一的一次交流和沟通。

那个会唱歌的德龙就像是母子俩得到复活的药引,可是德龙走了,具有"巫"①的神性的德龙离开了这个家庭和村寨,远走他方不知去向,母子二人失去了被救赎的希望,宣告了传统文化的穷途末路。在哭诉完丙崽父亲的抛妻弃子行为之后,母亲挽个菜篮子上山为丙崽寻找食物,却一去不返,"丙崽一直等妈妈回来。太阳下山,石蛙呱呱地叫,门前小道上的脚步声也稀少了,还没有见到那张熟悉的面孔","丙崽含着指头,在鸡埘前坐了一阵,想了想,走出了寨子","妈妈曾带他出去接生,也许妈妈现在在那些地方。他要去找"。没有智慧也没有文化,没有是非分辨也没有道德判断,没有一切世俗观念的丙崽被叙事者赋予唯一的亲情意识,尽管很模糊的存在,并不能清晰地对应母亲的感觉,可是丙崽找妈妈的念头来得那么迅猛,那么炽烈与坚决。他克服身体的疾患"不知走了多久","不知走了多远",这是一个前所未有的跋涉和寻找,只是发现另一个孩子的妈妈,他也靠着这个很像妈妈的女人睡了。传统文化被新兴的文明攻击和威胁,在革命者的义愤中几近颠覆,造成了寻根者言说的"文化的断裂"。然而,文化的河流是无法被截断的,但作为曾经扼杀过母亲的后代子民,血液里流淌着疑惧,制止不住产生沦为无源无宗的弃婴的后怕,强烈需要文化的拯救者或替代者,所以,作者虽然没有明确地给那个孩子的母亲安排任何身份,仍旧制造了一种更加隐忍的文化温情。

乡土的诗意闪现在三次关于丙崽和母亲的温情叙事中,和这一浪漫书写相应和的是文尾鸡头寨老人的集体自杀,那种于无声处腾升的崇高与之前的温情交织成一种特殊的情调,刚柔相济地控制着小说的叙述张力。仲裁缝充当了决定山寨命运的角色,"除了几头牛和青壮男女留下来繁衍子孙传接香火",为了保证他们的口粮供给和减轻他们迁徙的负担,老弱一律喝下他用毒草雀芋熬成的汤水"殉古道":"裁缝知道哪家有老小残弱,

---

① 在《韩少功的寻根小说与巫楚文化》一文中,龚敏律将"德龙"隐喻的本体"巫"进行了细致的阐释和还原,论者认同并借用这一观点。见《中国文学研究》2005年第2期。

提着瓦罐子，一户户送上门。老人们都在门槛边等着，像很有默契，一见到他就扶着门，或扶着拐棍迎出来，明白来意地点点头"；元贵老倌临行前想铡把牛草，"颤颤抖抖地走了，又颤颤抖抖地回来。接过瓷碗，喉头滚动了两下，就喝光了。胡须上还挂着几滴水珠"；另一位老人给孩子换了新衣，"先给娃崽灌了，自己再一饮而尽"；"罐子已经很轻了，仲裁缝想了想，记起最后一位"，那位老人几乎已经老得连时间都遗忘了她，"她也明白什么，牙龈勾一勾口水，指指裁缝，又慢慢地指指自己"，"裁缝知道她的意思，先磕了个头，再朝无牙的深深口腔灌下黑水"。这些老人平常都闲散在整个山寨的角角落落，他们是那么的不起眼和微不足道，可是竟以老朽之躯承担起最沉重的使命——用个人生命的消逝换取山寨新生的可能，没有任何人犹豫彷徨，更没有任何人将自己看作扭转乾坤的英雄，甚至不确定自己的牺牲是否会出现预期的奇迹，只是默默地履行自己认为应该担负的责任。他们从容而淡然，不是不珍惜生命才轻易舍弃，正是因为过于珍视，才不再附加过多的怀疑、追问，增添丝毫的累赘、牵绊……我不能再继续解读和分析下去，再多一个字就是对死者的亵渎，就会玷污那神圣的祭台。我只能摘录下那段每读一遍都止不住全身战栗的文字在此：

> 所有的这些老人都面对东方而坐。祖先是从那边来的，他们要回到那边去。那边，一片云海，波涛凝结不动，被太阳光照射的一边，雪白晶莹，镶嵌着阴暗的另一边。几座山头从云海中探出头来，好像太寂寞，互相打打招呼。一只金黄色的大蝴蝶从云海中飘来，像一闪一闪的火花，飘过永远也飞不完的青山绿岭，最后落在一头黑牯牛的背上——似乎是世界上最大的一只蝴蝶。

不用去计较古道的价值几何，究竟值得殉身与否；死亡本身不能写成神话，而是赴死的大义塑造了这肃穆和悲壮；如果老龄的表象使他们具备文化落后的喻义，在这一刻，叙事者悲情的书写也为那文化的本体附魅了。当我们的灵魂忍不住震撼，发出颤抖的声音时，会不会为这没落的文化吟唱哀歌？

鸡头寨的人要开始"过山"了，"一座座木屋，已经烧毁，冒出淡淡的青烟，暴露出一些破瓦坛子或没有锅的灶台——贪婪的黑灶口，暴露出现在看来狭窄得难以叫人相信的屋基——人们原来活在这样小的圈子里吗？"这样的反思对乡土的书写意味着一种挑战，人对个体生存环境的选择动摇了乡土社会稳固和静止的形态；村人离别前"唱简"，从祖先姜凉一直唱到远古洪荒的流浪、迁徙和定居，唱到如今告别祖先、告别生养的土地，这是一次和史前所有境况都不一致的流亡，而且也是在没有"其他人"(the others) 干预下的出走，是主体自动选择离去。当真实的存在境遇刺激着人类的感官，那被假想出来的历史的辉煌便开始脱落，对自身的反省就会追加到对周围这个世界的拷问。可是鸡头寨的人并不明白目的地究竟在哪里，或者说，目的地本身就转换成了怀疑的对象。在这个时候，"离开"这个词开始产生分裂，而所有的困惑、怀疑或者自我怀疑、重新寻找乃至无所适从，所以他们才唱"抬头望西方兮万重山，越走路越远兮哪是头？"尽管他们暂时更多的可能还只是一种情绪和感觉，或者仅仅是某种于他们过去生活中难得一见的伤感，然而，这种麻木生活的暂停和内心开始起伏波动的萌芽，也同样可以折射出即将出现的"大时代"的某种症候。这种症候，也许正是令作者不安的心理因素，异常真实地呈现在读者面前。对于"目的地"的重新思考是否会缓解我们"离开"时候的怅惘？

故事并没有结束在离去的阵痛中，韩少功似乎有意在捕捉跳跃的情感，他要将叙述逼至极限。"男女们都认真地唱……一首明亮灿烂的歌"，他们骨髓和灵魂的深处都遗传下来的崇拜情结，转移了他们对当下生存困境的哀伤，于是专注于对传承文明的景仰和虔诚，于是泛起作为鸡头寨文化传人的激动情绪："毫无对战争和灾害的记叙，一丝血腥气也没有"，"人影已经缩小成黑点，折入青青的山坳，向更深远的山林里去了。但牛铃声和歌声，还从绿色中淡淡地透出来。山中显得静了很多，哗哗流水声显得突然膨胀了。溪边有很多石头，其中有几块比较特别，晶莹，平整，光滑，是女人们捣衣用过的。像几面暗暗的镜子，摄入万象光影却永远不再吐露出来。也许,当草木把这一片废墟覆盖之后,野物也会常来这里嚎叫。路经这里的猎手或客商,会发现这个山坳和别处的没有什么不同。"这就是他们秉性中的文化遗传,是不是他们的祖先也如他们一样,一直不停地前行却从不疑惧他们行走的目的地,所以才没有留下曾经在文化战争中任何败北的痕迹。这种盲目的前行隐喻了文化的演变和发展轨迹,不知道作者最后将丙崽孤零零地置放在山寨是不是刻意为之,是否希望他作为一枚文化的活标志记录下这段文明的陨落,可是丙崽的语言能力能否复制这需要铭记的一切?

就像山寨的村民掩盖了搏斗,韩少功在他的小说创作中也从来没有凸显过两种文明的厮杀。当然,前者是一种文化潜意识的制约,而后者并不是故意躲避优胜劣汰的抉择,在韩少功的价值判断守则中,冲突和对抗是任何文化形态都会经历的检验过程,曾用某一个细节显示过这种观念:某乡镇在偏僻的山村中修建了豪华酒店,电热水器、马桶等一律是进口产品,可是乡下电压低,下水道也未疏浚,所以"城市的器官移植到这里,都死亡了。方可只能在死亡的器官的围困中度日"①。当现代文明和传统文化在其各自轨道上正常运转时,散发出独特的魅力,然而改变它们存在的环境、样态和性能,自然就发生变异;他不强调某一瞬间的文化裁决或定论,而是用一种更宽泛的目光关注整个延迁的趋势。譬如在1986年写作的《重逢》中,他就显示出这一心理征兆,"我常常感到一种不知所措和不知所言的窘迫,面对着阻隔在现在与往昔之间的长久的时间,我好像是来寻找什么的,见面了,却又发现找不到","我们既然有过一段共同的经历,心里就埋藏下了一种让我们永远寻找的东西,也是永远也找不到的东西。即便在最平庸的人们心中,这种东西也在——它在不可名状的形态中逐渐死去"②。论者在这样的文字中,读出了比"优根—劣根"的矛盾书写更丰厚的意蕴,不能不说韩少功走出了"寻根",走进了一个更深邃、更广博的乡土书写:文化和时间的同质性渐

---

① 韩少功:《暗香》,中国社会出版社2005年版,第126页。
② 韩少功:《归去来》,春风文艺出版社2006年版,第36页。

次浮现在小说叙事表层。

尽管小说《女女女》继续沿着城市和乡村两极的背景展开,主题却在悄悄发生转移。幺姑没有娃崽,按照当地的民风,或者将此作为耻辱自杀,或者远走他乡,幺姑属于后者。按照老阿婆的讲法:"老屋没有了,回来做什么?又没有后人,回不来啰,回不来啰。"① 可幺姑在年老中风之后苦苦地惦记起早年离开的乡村,于是,"我"将她送到乡下"珍婴"家中。叙述者借用学者考证"婴"的观点——原始群婚制的印记,至今对妻女姐妹姑嫂统称"婴"体现对伦常秩序不加区分的规范——隐射了家乡人作为楚的后裔的文化源流。幺姑的返乡,是对文化积习而成的风俗的违背,在珍婴家的奇怪行径更像是沿着文化长河的溯流之行。最后幺姑由人而猴,由猴而鱼,由鱼就变作了现代人所不认识的某种生物,大概是历史距离现在太久远,村民无法了解幺姑的真实含义,所以她在日益陌生的环境中死去。叙事者用幺姑身体的变化寓意人的变迁,体现人类在时间的流逝中对"过去"(the past, prehistoric,"史前文明")的冷漠,以及因为漠视造成的隔阂,希望用幺姑这个活化石标本唤醒沉睡的文化意识,包括乡土上的"我"(叙述者曾在文章第一节描述"我"第一次回老家,在船上听到"极纯粹极地道的家乡话。一瞬间,这使我强烈地感受到家乡是真实的,命运是真实的,而我与这块陌生的土地有一种神奇的联系",因此确认自己"身上带着从这里流出去的血——从这山河这村寨流去的,与周围这些船客包括这位老阿婆在内所共有的血",血脉同宗将使乡土与"我"永生无法分割),可是作者认为幺姑的死亡只换来了更大的沉默——"碗边,是一个空虚着的位子,是整个黑夜的边沿……位子还是空虚着",幺姑的虚位否定了乡土从内体的苏醒,所以只能寄望"外力的摇撼"。幺姑的忌日成了地震日,韩少功运用了驰骋狂放的想象化作他最熟悉、最拿手的文字展示那个开天辟地、寰宇崩塌、万象更新、无穷无尽的场面,"终于震了,后来人们说老边墙竟是震得全无了,一点残迹也被荡得干干净净"。而崭新的未来,也不过是"一切播种都是收获不是收

---

① 韩少功:《暗香》,中国社会出版社2005年版,第40页。

获,一切开始都是重复不是重复",时间的巨大吞噬力量让起点和终点成为一种循环,文化也不会静止在过去或将来的某一辉煌顶峰,乡土必然要经历文明的覆灭和重生。

这样的时间观念取代了现代性所主导的时间观、历史观及价值观。依据哈贝马斯的说法,随着现代性确立而衍生了一种不断前进的时间观,肯定了进步、革命、发展的合法性。包括歌德所表达的"浮士德精神"以及黑格尔所信奉的"世界精神",都是以不断前进的价值取向为根本特征。然而,韩少功从乡土的文化变迁之上看出了那种勇往直前的疲惫与软弱,也意识到文明必将超越无限增长的生产模式和未来优先的时间观,才能在这个地球上继续生存下去。他所有乡土的叙事正是在表达这种超越:《人迹》中躲到山里的大脑壳再次回到墟场几乎被人当了熊黑,虽然生活环境发生了巨变,但传统文化熏陶的品性以及根植在他内心的道德价值观并未随之丢弃,可是当另外一种文明形式介入这一质体,粗暴而简单地统一规划到同一标准下,大脑壳的生存却面临前所未有的困境,最后只得逃跑,生死未卜。杨二小姐唱戏成名后离开了马坪寨,知知在她曾经居住的老屋沉浸在对过去时光的想象中:

> 他在天井一角捡了个破灯盏座子,觉得分明有个人,曾经在这盏灯下等人,想起了什么伤心事,默默地流着眼泪。他看到后院荒草掩盖着的一条石板小径,觉得分明有个人,曾经在这里跑着捉蝴蝶,笑声碎碎地装满一院子。汗津津的肩胛在那边的枣树上不知倚靠过多少回。他又发现一口废荷塘,全盛着泥干粪,长满茅草,有个癞蛤蟆跳了一下就不动了,胸有成竹地盯着他。他猜想当年这里定有一湾碧水,半池莲荷,映着蓝的天白的云,映出塘边一件红衣衫。塘边有块青石板特别平滑,当然是曾经有一双柔嫩的赤脚,经常踏在石板上,踏出了这一直流到今天的平滑。①

---

① 韩少功:《暗香》,中国社会出版社2005年版,第158页。

那纯净、透明、静谧的老院子守护着少女的天真、纯粹与温婉,历经劫难的杨二小姐再次回到山寨,只剩下满口卫生文明、社会主义觉悟、心灵美等空泛而毫无生气的词汇堆积起来的躯体。知知曾经为了假想中的杨二小姐挨批斗,甚至不惜以汹涌奔腾的鼻血洗刷众人泼到杨二身上的污点,当杨二小姐走到现实中来时,知知不觉再一次感到鼻腔有热的液体流动。两次鼻血作为叙事者的有意安排,尽管显得神秘而荒诞,却是最真实的感情抒发,在一定意义上说,以文化寻根为起点的乡土书写表现为抵抗工具理性而做的赋魅行为,依托感性、诗性和神性的文化特征,无声地擦拭掉现代性价值理念在大地上肆无忌惮的横行足迹。

季红真认为文化是改造小说艺术的手段,[1] 对文化的思考开启了作家们寻根时期的乡土创作,韩少功在答美洲《华侨日报》记者提问中也谈及自己对文化的理解。"一切原始或半原始的文化都是值得作家和艺术家注意的",在民族文化的转型和建构过程中,他将自己的目光投向那些需要重新思考的文化领域,"文学思维是一种直觉思维——我不是指具体的文学作品中的文学,具体作品中总是有理性渗透的;而是指作品中的文学,好比酒中的酒精——这种文学的元素和基质是直觉的。原始或半原始文化是这种直觉思维的标本"[2]。基于这种东方模式的洞见,他的写作对乡土上遗失和尚存的文化因素给予更多的关注,将文本指向化外之地的感官神秘主义,从中获取想象的飞升空间,"离去"和"寻找"成为他小说中富有深意的寓象。他把审美重心从世事变迁、人物命运转移到更为厚重的文化追思上,伴随着寻根的一步步还原,韩少功发现自己陷入了一座"精神围城",这种奇怪的现象和感觉刺激了他对现代性的反思。不再以文化优劣作为写作的依据,而是思考文化优劣背后的转换及演变形式,他不以静态文化的较量为小说背景,描写人物、叙述事件、营造氛围一律指向人的本质和处境。乡土在时间的销蚀中,它诞生的文化怎样进行抵抗,怎样妥协,怎样接受和消化时间的摧枯拉朽?乡土怎样在文化里记下自己最终的

---

[1] 季红真:《忧郁的灵魂》,时代文艺出版社1992年版,第31页。
[2] 韩少功:《答美洲〈华侨日报〉记者问》,《钟山》1987年第5期。

失败和沮丧？又是怎样藏匿起又时不时闪现出自己的隐痛？这些成为韩少功小说触及的更深范畴，用多义性的文学探源寻求因果链条的非线性超越，他否认了物质发展和精神倒退的必然联系，瓦解了线性发展时空观，也使得一些主题性观念（如本质、典型等）和乌托邦意识随之崩颓，"但这种瓦解未必是消极的，一旦人们从乌托邦的幻梦中苏醒过来，对存在本身的注意力往往能更充分地焕发。而这种注意力本身就预示着某种新的问题，它可能会激发出某种希望与创造的激情，新的渴望与新的发现"[①]。文化这棵古树的根也许就在于每一片嫩叶不舍昼夜地呼吸，用一种更为成熟的视角看待事物和现象的当下存在以及发展走向，这应该是韩少功乡土书写最大的成就。

---

① 王晓明编：《人文精神寻思录》，文汇出版社1996年版，第136页。

第三章

"浪漫书写"的情感世界

第一节 情感性:神性・人性・本性

乡土浪漫书写改变着文学想象中国的方式。对于中国人来说,有家才有根,有故土才是家,乡土、家、根关系着个人的安身立命,是几个具有内在相关性的话语形式。组织这三种概念的是写作者情感,在写作中叙述者情感或许能被有效掩饰,但文本却会泄露情感的真实,这些被控制的情感受到来自神性的、人性的及本性的影响。神性的情感往往补偿性地出现在现实缺憾中,是人对自我不满足的表达,向往着至臻与永恒;人性的影响更多是针对意识形态指挥下的出离,迥异于政治的、阶级的、非人道主义主流,是确立个性自由的前提;本性的,也可以理解为人的本性,是先天所得,在恢复那些固有品性的同时,人开始检视自己,思忖存在的意义。同时,这三类情感性的作用并不是孤立的,甚至是不断交互融和、承接转换。

浪漫主义文学在欧洲产生于中世纪宗教文化的某种变相复活,神的信仰力量和宗教神话思维给浪漫想象提供了思路、方法、激情和素材。而中国文化则由于最终统一于实用主义、工具理性而缺少上述因素,宗教文化与信仰形式的未完成使其难以成为艺术发展的潜在力量。在中国的土地上竖起神的经幡,并不借助"外来的和尚",而是本土的神灵,在沈从文的笔下是"人中之神"(龙朱),在汪曾祺笔下是"僧中之人"(明海),前者代表主体的人对神话中爱的力量、美的力量的渴求,沈从文的"神"是"美与爱";后者选取世俗的对象来理解神,一方面重现了人的本然存在,另一方面认可存在的合理性。《受戒》演绎佛教的世俗化其实就是佛教的人情化,只要是合乎"人情"的,总能够符合"神意"。"神性"在世俗生活中被溶解,世俗生活也有"神性"的发现。如果说信仰是对神性的敬畏,那么当王一生痴迷于"吃",献身于"棋"的时刻,那种宗教般的虔敬更显示了"神"与"人"的转化,实际上,中国文人秉有的情感性,是建立精神信仰的一个基台,也是调整个人价值观念的一道秘诀。

从"五四"开始,中国文化走向繁荣,社会革命正是最激烈、最频繁之时,政治斗争让中国最早的知识分子目光要转向社会空间。因此,个体的物质生命需要在他们的学理中反而成为极其次要的事情,常常受到压抑和否定。在那样一个急剧社会化、政治化的历史时期,这种物质生命的关怀很难获得精神的价值和意义。同时,个体的物质生命及其存在形式与社会的、政治的存在形式又完全不同,后者是整体的,对它的思考也是整体结构形式的思考,前者作为文化载体,任何思想的压制与迫害都不能使之消亡。所以,那一时期也为知识分子创造了一个相对开放的空间,提供反思的可能。在宏大叙事的世界感受和文化感受中体验时代给予人的一切,才能还原真实的需要。文人的情感性使他们在整个现代时期的处境似乎都和时代隔了一层,尽管居于历史潮流和民族生活的大背景中,仍倾心于文学的审美本性,将乡土浪漫和个体生命的自我体验联系起来,走向一种形而上的文学实践。反过来也正是这种独立,才成全了情感的纯洁与透彻。也许对真正的美文来说,孤独是难免的,作品和作家一同寂寞着。这种美文意识通过诗化来表现,强调文学艺术的叙述形式本身的审美功能,一方面,体现为作家对小说叙事方式的不断探索;另一方面,是作家对小说语言内在张力的挖掘。两者构成了乡土书写的唯美形态,这种浪漫精神或态度影响现代中国作家面对复杂文化背景和社会现实的选择：坚持文学的本性，坚持文学的表现形式，不断地探索与寻找一种最契合主体表现个性的形式与风格。

这种情感在内部处于不断转换的态势，对外保持着对抗的静默。浪漫书写不是温文尔雅的蜗居者，而是一种灵魂和肉体一样深刻的对抗，如同陈敬容翻译"比冰和铁更刺人心肠的欢乐"（波德莱尔），它是个体生命感受的唯一表达，现代浪漫主义是自由精神贯彻到情感领域的产物，也是中国历史文化中特定的精神象征。海涅认为浪漫主义本质是暗示无限，那是一种超越思想层面，深入情感层面之后才出现的审美感受；在这种审美追求引导下，作家书写乡土的浪漫品格展现为多种样态：汪曾祺讲故事，几乎从不概括，而尽是详详细细、认认真真地叙述很日常的过程；"很少感情用语，什么都是平平常常、实实在在地去写"，"人心里有时会有的那一股微妙曲折的情绪。他像不经意地去写似的"。[①] 师承于沈从文的汪曾祺迥异于前者最为显明之处就在于自由的由己及人，而不是前者那种透过对象的附庸。自由最明显的体现莫过于寻根时期"家族"小说的萌芽以及后来"新历史"小说的兴盛。孟悦认为《红高粱家族》的出现与《狂人日记》一样"带给我们的是一种震惊，一种完全不同的震惊"，"我们不是惊怵于伤痕——灵魂深处致命的、不可测及的创洞，而是震动于生命的辉煌——高密东北乡人任情豪放的壮丽生活图景，烫灼着我们这些习惯了黑暗和创伤的眼睛"。[②] 在某种意义上，这部小说是莫言为摆脱乡村荒野的沉沦而进行的自我心灵救赎和精神归属找寻。这种灵魂回家的"寓言式书写"得力于一种乡土想象：想象中的历史，即重新复活历史，以现在的时间为背景，重构历史叙事实现对文化之根的重新寻找，获得一种伽达默尔所说的"效果历史"式的结果。面对历史，他们"觉得历史的事情，是不好去讲错和对的"，于是作家自觉"规定了一条路……从现代出发的，是从逆向上去找，就是说我们中国人今天会变成这个样子，究竟是为什么呢？"[③] 这种历史主义的态度，几乎构成了《小鲍庄》系列小说的基调，

[①] 王安忆：《汪老讲故事——故事和讲故事》，浙江文艺出版社1991年版，第184—186页。
[②] 孟悦：《荒野弃儿的归属——重读〈红高粱家族〉》，《当代作家评论》1990年第3期。
[③] 王安忆：《你的世界》，《文学自由谈》1988年第3期。

那种自由的书写涉及在食、性、生育制度、婚姻关系中体现出来的特有观念形态与集体无意识,对历史的理解过程本质上是将历史视角化的过程,于是浪漫的主体将自己的态度隐藏起来,仅仅作为精神客居者,默默地返回家园。

阿城认为,小说就是故事已经知道了,还可以再读,再读往往不是读故事,而是读文学,艺术当中吸引人的因素,可以重复去看。支撑那种重复阅读的力量——便是情感。情感主导着内容和形式两个方面,内容上论者借用汪曾祺评阿城的话语"阿城的小说结尾都是胜利",语言上则引用陈炎的评价"弱者的哲学"。同一个时代两位大家对阿城小说做出截然不同的判断,在此一并挪用,取二者的张力来印证阿城写作情感的双重性。

汪曾祺说,阿城道出了"人的胜利"。《棋王》的结尾,王一生胜了。《孩子王》的结尾,"我"被解除了职务,重回生产队劳动去了,但是他胜利了。他教的学生王福写出了这样的好文章:"早上出的白太阳,父亲在山上走,走进白太阳里去。我想,父亲有力气啦。"教的学生写出这样的好文章,这是胜利,是对一切成规的胜利。陈炎认为,阿城曾经是时代的弃儿,走出人生的低谷之后,回顾坎坷的命运,用"棋"(精神上的丰富)来抵抗"吃"(物质上的匮乏),不过是阐明一种弱者的生存样式。事实上,季红真理解"痛苦的时代易于产生超脱的哲学。……王一生以有所不为而有所为的人格操守,在没有正当实践可能的时代,完成了一次人生价值的积极证明,最集中地反映了阿城对一个时代痛苦的超越"①。最接近现代人对自身所面临的生存困境的自觉超脱。只是,如何超脱?作家的情感同语言的调和达成了怎样的契约?

阿城不以"哲学"②胜,作家出版社的一套"文学新星丛书"附有作者小传,如下:

> 我叫阿城,姓钟。1984 年开始写东西,署名就是阿城,为的是对

---

① 季红真:《宇宙·自然·生命·人》,《读书》1986 年第 1 期。
② 赵园:《"重读"二篇》,《当代作家评论》1991 年第 5 期。

自己的文字负责。我出生于1949年的清明节。中国人怀念死人的时候，我糊糊涂涂地来了。半年之后，中华人民共和国成立。按传统的说法，我也算是旧社会过来的人。这之后，是小学、中学。中学未完，"文化革命"了。于是去山西、内蒙古插队，后来又去云南，如是者仅十多年。1979年退回北京，娶妻。找到一份工作。生子，与别人的孩子一样可爱。这样的经历，不超出任何中国人的想象力。大家怎么活过，我就怎么活过。大家怎么活着，我也怎么活着。有一点不同的是，我写些字，投到能铅印出来的地方，换一些钱来补贴家用。但这与一个出外打零工的木匠一样，也是手艺人。因此，我与大家一样，没有什么不同。

这样的自白规定了作家笔下人物的原型模式。吃与下棋，在棋呆子王一生那里，归结到"衣食是本……终于还不太像人"，紧紧围绕"人"的基本问题；肖疙瘩承认伐木是生活必需，但落实到砍树上，萌发了农人对植物生命的保护。而当凡人到了一定的极致，便不是凡人了，王一生"对吃是虔诚的，而且很精细"，他下棋"同样是精细的，但就有气度得多"。他师傅说："为棋是养性，生会坏性，所以生不可太盛。"肖疙瘩守住的那棵树，是一棵实实在在生物意义上的树，又是一棵人格化了的树。人树合一，其大无比，荫庇万物，它庄重深邃，具有人的血脉肌理和感情。这种情感性，往往能够"化常为异"，同时又能"化异为常"，可以"化实为虚"，同时又能"化虚为实"。树王有双重的身份，它是肖疙瘩，又是那棵真正的大树，人具有树的风骨，树具有人的灵性。王一生把命放在了棋里搏。《孩子王》里字典是重要的故事叙述动力，小说中写道："走着走着，我忽然停下，从包里取出那本字典，一笔一笔地写上'送给王福，来娣'，看一看，又并排写上我的名字，再慢慢地走，不觉轻松起来。"老杆儿没有讲过什么大道理，用自己的办法老老实实地教孩子们识字、作文，只是希望孩子们上完学回家到队上以后干什么事情都能写清楚，因而反复地强调学就学有用的，教就教有用的。阿城有意识地叙述平常之人，认为"普通人、小人物当然是主题人物，而且，他们之中常有一种英雄行为。

他们并不逞强,但环境、事件造成了,他们便集中全部能力拼一下,事后自己都有些害怕,别人也会惊异发生过的事。当然更多的是他们日复一日的毫无光彩的劳作,地球于是修理得较为整齐,历史也默默地产生了。"①包括《溜索》中那位首领和一群汉子,写他们对精神价值的注重,在赶牛队过怒江的险境中表现得从容自若,也透着人性中令人神往的一面,王蒙认为是那个特殊的时代"对人的智慧、注意力、精力和潜力的一种礼赞"②,蕴蓄的强力是阿城小说的灵魂,也是强调脱俗处所在。

阿城的叙述平静如水。他摒弃了那种让人喘不过气的悲壮和沉重,语言少有冗长拖沓,更无大量铺陈,常常是镇定的,很难激动,总是慢条斯理地讲述一个又一个小的细节。《棋王》中阿城对王一生吃相的描绘传达了他面对特殊岁月的坦然以及独有的生命意识和对生活实实在在的态度。情感的表现既"节制",又有"分寸",显示了"耐心",这种叙述的耐心标识文学"成熟的气息"③。季红真说阿城"一再选用'无字棋''无字碑',这样的意象,赋予平凡的生命以大的魂魄"④,《树桩》孕育了美丽的山歌,每一首歌都留下一个美丽动人的故事,每次赛歌都会竞争出一个民间的诗人、天才的歌唱家。但是,"太淡太直"的语录歌最终强迫天籁止息,山村由此失去了诗意和生命。山歌和语录,正是两种语言的象征,"写作不是对社会现实的表达,而只是表达自身,表达语言自身。它不会成为社会现实的力量的承载物,它只是作为感性的、美学的语言而存在"⑤。语言暴露了小说家心理那么多曲折、微妙、深挚的困惑和无望,以一种"文化的记忆",也可以是以一种无意识的形式表现出来。正如郑万隆的《异乡异闻》回到黑龙江畔"一个汉族淘金者和鄂伦春猎人杂居的山村"。他在浓重的独特文化氛围里,写出那里的人们"在创造物质的同时怎样创造了他们自己","表现一种生与死、人性和非人性、欲望与机

---

① 阿城:《一些话》,《中篇小说选刊》1984 年第 6 期。
② 王蒙:《且说〈棋王〉》,《文艺报》1984 年第 10 期。
③ 曹文轩:《20 世纪末中国文学现象研究》,北京大学出版社 2002 年版,第 255 页。
④ 季红真:《棋王·序》,作家出版社 1998 年版。
⑤ 陈晓明:《论〈棋王〉》,《文艺争鸣》2007 年第 4 期。

会、爱与性、痛苦和期待以及一种来自自然的神秘力量"。作者讲述的不是乡土，讲述的是离开了生命的文化，不是活的文化这个道理，所追寻的是理想的人的本质。在一种自然平淡的表达中达成了"复古的共同记忆"，摆脱了直接文化标志和简单民族认同的那种文学意向，从而为历史提供一种平静的反思性语境，也实现了对文化背后的生命审视。

寻根的文化之旅莫若说成是一种情感的觅踪，是恢复一种情感的真实面目。对乡土的"浪漫化"情感重于认知，认知往往通过历史指向未来，或者对现实进行隐喻，而情感的体验是艺术体验的一种自然发散，仿佛心灵之光的洞彻与照耀。当然，认知也能够固定下来，演变为一种情感体验，它调节和支配人的态度。乡愁的书写过程，就是作家从生活着的感性个体的内在感受出发，主动把生活的种种关系和基于这种关系的经验结合起来，不断体味自己的生活，力图把握生活的意义和价值的旅程。其中，情感体验所具有的这种穿透力量使文学成为持久性存在。那个时期"诗人的天职是返乡，唯通过返乡，故乡才作为达乎本源的切近国度而得到准备"①，荷尔德林追问"在一个贫乏的时代，诗人何为？""在路上"的宿命并不能阻遏作家精神返乡的冲动和相关的尽情言说。"人生如寄"原是自古以来中国文人面对当下种种不堪而生出的苍凉感叹，事实上也洞悉着人生的本质，而20世纪作家的乡土书写和古人最大的区别就在于"在家感"的营造，也只有通过关于"家"的形而下到形而上的思辨，才能感受到与本质切近的愉悦以及灵魂的安妥。

第二节　悲悯：湘西世界的守望者

沈从文为英译本《湘西散记》作序时对香港重印《散文选》做过这样的评述，"这四个性质不同、时间背景不同，写作情绪也不大相同的散文，却像有个共同特征贯穿其间，即作品一例浸透了一种'乡土性抒情诗'气氛，而带着一份淡淡的孤独悲哀，仿佛所接触到的种种，常具有一

---

① ［德］海德格尔：《荷尔德林诗的阐释》，孙周兴译，商务印书馆2002年版，第34页。

种'悲悯'感。这或许是属于我本人来源古老民族气质上的固有弱点,又或许只是来自外部生命受尽挫伤的一种反应现象。我'写'或'不写',都反映这种身心受过严重挫折的痕迹,是无从用任何努力加以补救的"[1]。这是沈从文第一次以文字的形式反顾自己写作历程的"常"与"变",延续在整个创作中的浪漫书写分裂于"力图忘我"和"无法忘我"的难言之隐,具体体现为"新旧对峙""生命消逝""抉择之难"和"理解徒劳"多个方面,其中又以人与人的隔膜为根源和终点,沈从文一直陷于洞悉困境又试图穿越困境的挣扎,在出离的超脱中显示出作为思想家的精神之旅。

1923年沈从文"为着城市秉有的引力吸附"诀别湘西,"不断加深对新式文明认识的六七年来",情感"还未完全地平衡在新旧文化形态之中"。1936年11月由上海良友图书印刷公司出版的小说集《新与旧》,其中选编的11篇文章以"新""旧"冲突的萌芽最先反映出这种失衡的心态。其中的乡土雅歌不再雷同于早期写作中清澈无杂质的感性抒发,泄露出'悲悯':既"走不出情感的湘西",却又无法避免地,用自己都不易察觉的异样目光度量乡土上的成规旧矩,小心地蠡测着闯入古老大地上的新事物。

> 萧萧做媳妇就不哭。这女人没有母亲,从小寄养到伯父种田的庄子上,出嫁只是从这家转到那家。因此到那一天这女人还只是笑。她不害羞,又不怕,她是什么事也不知道,就做了人家的媳妇了。[2]

这便是萧萧的出场,只有湘西那块土地上才会生长这样不谙世事、不知忧愁为何物的小儿女,所以就算破了惯例、坏了族规也不会落得沉潭,当然即使沉潭也不会引起内心的震动与悲恸。这和萧红《生死场》中忙着生、忙着死的人不一样,那是对生活的麻木与无可奈何;"萧萧"们不是

---

[1]《沈从文全集》第16卷,北岳文艺出版社2002年版,第394页。
[2]《沈从文全集》第8卷,北岳文艺出版社2002年版,第251页。

被动地逆来顺受或忍辱负重地等待、造就命运的改变，而是人生价值观的使然，楚地民风特具的天人合一，浑然不觉地感受生命的自然。他们由着人性的直曲判断个我的行为，最后"萧萧正式同丈夫拜堂圆房时，儿子已经十岁，已经能看牛割草，成为家中生产者一员了。平时喊萧萧丈夫做大叔，大叔也答应，从不生气"。这种生活理想在灵魂最深处引诱着独坐孤城的沈从文，使他切切向往的不是对乱伦秩序的崇尚，而是生命无压抑、无拘束的原始与率真，这便是理想中的本然存在。

文中贯穿的"女学生"作为"萧萧"的映衬，何谓"女学生"？她们近于"另一个世界"，祖父"说笑话要萧萧也去作女学生。一面听到这话就感觉一种打哈哈的趣味，一面还有那被说的萧萧感觉一种惶恐"，这个典型的心理特征中，可笑处是因为迥异于惯常，自觉本身才是正宗，显出物以稀为怪；而"惶恐"便是值得揣摩的一份情绪：害怕被同化，还是一种潜在的认可？就像背负着千年硬壳的蜗牛探出头看到多彩世界后对蜗居的自我怀疑，但又懵懂着不知动摇到何处去，一切都源于固守、不了解。

与行动茫然相对应的是萧萧的梦：开初梦到和女学生一起走路，却尽是在乡下的谷仓或田野上；而后想象着自己也把辫子剪掉，做女学生一样的扮相；最后迷上花狗的山歌，有了身孕，睁着眼梦到奔向有女学生的城市。在沈从文的小说里，梦是一个常见的描述对象，往往是泄露作者压抑性感觉的载体，关于梦的自白他说："我心里想，灵魂同肉体一样，都必然会在时间下失去光泽与弹性，唯一不老长青，实只有记忆。有些人生活中无春天也无记忆，便只好记下个人的梦。雅歌或楚辞，不过是一种痛苦的梦的形式而已。一切美好诗歌当然都是梦的一种形式而已。但梦由人做，也就正是生命形式。"[①] 梦，由形式上的趋同发展为内容上的一致，于是，对"女学生"有了更为丰富的诠释——"女学生"并不只是现代文明的产物，更不是背离于人性纯真的概念模式，而是一种戴着新式面具的旧式传承，未婚先孕成为表达自由的形式之一。同时，"乡野的古旧"抚慰着都市生活中层层掩埋的情感，唤醒着迟钝心灵的潜在复苏，在这一

---

① 《沈从文全集》第10卷，北岳文艺出版社2002年版，第369页。

点上，沈从文的乡土和城市的边界模糊了，体现着前行者的勇气与承担：他并不认为"新旧"争锋的价值在于胜负的判定，而是感性地先见到任何一方败北都将有的伤害。沿着《萧萧》行文模式的创作在后来出现过《旅店》《一个母亲》《七个野人和最后一个迎春节》《雨后》《阿黑小史》等多个故事，那些纯净无比的情感成为沈从文内心最美丽的神话。

可以说，《新与旧》小说集是沈从文跨入文坛后，首先面临的一个思想关隘写照，新文化思想的承袭不得不在那一冲突中加剧本原存在的消失，那一时期大量的作品都显示了这一态度倾向。如《媚金·豹子与那羊》媚金对爱情的承诺，豹子对媚金的诚信，乡土之上两个热血青年用死亡书写了对生命的慎重。《夫妇》中佩戴在女子头上的花环，成为横亘在璜心中挥之不去的生命力的呼唤，将蹩脚而笨拙的、不合时宜的思想驱赶出粗犷、野性的肉体。可是，这种来自生命本体与外在世界的矛盾难于统一主体和主体对客体的认识。比如四狗不认字，所以当前一切却无诗意。然而"听一切大小虫子的叫，听掠干了翅膀的蚱蜢各处飞，听树叶上的雨点向地下的跳跃，听在身边一个人的心跳，全是诗的"①。刘小枫认为"诗是内心世界的表现"，心灵的理解远远不是文字的习得；阿姐看到地上的枯草，想到自己"只是一朵花。真要枯。知道枯比其他快，便应当更深的爱"，这样的理解不仅仅停留在出走的"娜拉"为了意识形态而追逐的"平等"，青春勃发的阿姐是为着生命的短暂，故而珍惜情与爱。《山鬼》里那神秘的癫子，"为了看桃花，走一整天路；为了看木头人戏到别的村子住一夜"②，癫子的"癫"正是在于尽着生命自在地燃尽，做着常人敢想不敢做，甚至连想都不敢想的事。那么，一味地尽着生命自为，是对悲剧降临的坦然，"命运是什么？就是忽然而来的一种祸福。命运是什么？是凡事均在人意料以外"③。就像《石子船》里面的八牛，就像《阿金》里面的管带，就像《堂兄》里面的万林，就像《初八那日》里面的伐木工……这种必然与偶然，用沈从文在《爹爹》里的语言来陈述"这

---

① 《沈从文全集》第 3 卷，北岳文艺出版社 2002 年版，第 276 页。
② 同上书，第 336 页。
③ 《沈从文全集》第 2 卷，北岳文艺出版社 2002 年版，第 145 页。

里有了这样一条河,天生就的又是许多滩,就已经把这个地方的许多人的命运铸定了"①。这样土生土长的观念并不是沈从文走出故土、遥想湘西时候的杜撰,宿命的种子深深埋在血脉的涌动中,一代又一代传承,也演绎成沈从文对"湘西民族"的"预言",他洞悉"美的极致",像是烟火尽着自身的燃烧所放出最夺目的光辉,于是作者手中的笔,将一切苦痛与挣扎,统统演化为悲悯的爱,所以才有那么透彻的生动,无影的凝重,每一处抒情的想象都被镌刻上个人孤寂的记号。

表面的和谐无法真正湮没内心撕裂的阵痛,"新"与"旧"的本质差异毫无掩饰地裸露着,《菜园》就是作者正视了文化的悬殊,依旧一厢情愿地用带血的歌喉吟唱旧式乡土凄美的篇章。让人稍稍诧异的是,小说主人公由湘西土生土长的男女换作打京城逃难流落各地的旗人,不一样的少数民族其共通处在于生命并无二致的歌与哭。田园诗情的极致在文本中得到前所未有的舒展,不同于边境风光的还有人物的性格面貌,玉家母子吟诗作赋跟最初的苗人经验已有不同,诗词歌赋那样的中原儒学文化并未蔓延到边地,沈从文进行这样的剪接和拼贴力求一个完备的文化母体。他的心灵寄托上还是认为"做人不一定有多少书本知识。像我们这种人,知识多,也是灾难"②,"我们"是怎样的人?——旗人的血统、各种政治界别划分都无法涵盖的阶层、流离失所甚至无根地漂泊在大地的任一处、性格中热情胜于理性、属于自然的人,那么"知识"怎样融入大地?

当少年将北京的"知识"输入边地,做母亲的三年来"属于美德的没有一种失去","所有新获得的知识,却融入了生活里,找不出所谓痕迹",原本以为的相安无事,却终究只是作者有意识的悬置,最后走向爆发——年轻人突然被县里来人请去,从此没有再回家。倘若将此作为结局,并不能彰显作者对知识的态度,因为对沈从文而言,虽然错过了如火如荼的革命时期,然而五四运动所提倡的自由与解放,在他生命体验里并

---

① 《沈从文全集》第2卷,北岳文艺出版社2002年版,第227页。
② 《沈从文全集》第8卷,北岳文艺出版社2002年版,第279页。

不陌生,他所能给出关于"自由"和"解放"的诠释更为生动和有力。那场新文化运动为什么能被塑造成丰碑,必定与"知识"的吹捧和宣教不无联系。在乡下人看来,理论操控下的行为是毫无新奇的,而城里人一旦用"知识"装裱,所有的行径都成为富于思想性的,使外来者陌生和畏惧的。为什么乡下人的那一套经验就不足挂齿,甚至被当作落后的加以对待?作为知识分子自身在担负文化传播的任务时,扮演了怎样的角色?——沈从文思索的应该是这样的问题。北京城来的媳妇留下一院子菊花,玉家菜园从此成了玉家花园,成为地方上有势力乡绅宴客作诗的地方,而那妇人"沉默寂寞地活了三年,到儿子生日那一天,天落大雪,想这样活下去日子已够了,春天同秋天不用再来了,忽然用一根丝绦套在颈子上,便缢死了"。媳妇宛若新文化的传播者和代表,那满院的菊花代表知识的结晶,菊花对比白菜,正像是精神对抗着物质,"知识"所提倡的那些高蹈的、如梦似幻的未来成为缢死老妇人的丝绦;老妇人用坚定的心守护着菜园,用宽容的心接纳外来的一切文明影响,最终逃不掉彻底摧毁的命运。

死亡,回答了"新""旧"之战难以回避的恶果,隐喻了沈从文对整个"五四"新文化运动的质疑——他没有得出解决的方案,也无法解答究竟是什么决定了生死的必然——是那块土地上不适应生长菊花,还是白菜真的就不如菊花?生命作为获取知识的代价,是否就真正让人无怨无悔?直到《三三》文中城里来的白面少年的死,作者的思想才进一步成熟和完善。进而证实《边城》中爷爷的死是不可挽回的,他认为花园不适合人的基本生存,对"人"是有限制的,起码是"纯粹的人",即没有受到现代文明改造的人——死亡不是"旧"对"新"的剿杀,更不是"新"对"旧"的扑灭,所谓的文化对立和城乡冲突,也只是一种表现形式,根源于人与人之间的隔膜。

三三以为乡下那些熟悉的面孔便是世上所有的人,对城里的了解也和萧萧一样,是一种概念化的模糊信息传递,是异己立场上的揣测。由陌生感引发的恐惧和自卫使三三莫名的敌意蔓延,甚至当管事先生开玩笑城里人将会娶三三,并且以碾坊为妆奁时,三三只是孩子气地认为鸡蛋比碾坊更贵重。年龄并不是决定价值观念的条件，三三成长的世界直接决定着爱与憎的价值体系，以及简化的逻辑判断。乡土庇佑三三，同时也增加三三与城市的隔膜，所以一旦觉得有被入侵的胁迫，会生出与平实生活完全两极的念头。当母亲去总爷家送鸡蛋，三三等候母亲，久等不回来，"心想莫非管事先生同妈妈吵了架，或者天热到路上发了痧？……心里老不自在"。这个猜想同翠翠在城里丢失了爷爷感到慌乱，最后竟冒出"假若爷爷死了"的古怪想法如出一辙——精神上的忧虑，实质上是一种乡土危机的潜意识——自身得不到理解，同时也对所谓异己者的"妖魔化"以及自我的"被迫害化"，双重的误会最终导入一种文化的怀疑和迷惘：

> "从前有人告诉她的话，说这水流下去，一直从山里流一百里，就流到城里了。"她想"什么时候我一定也不让谁知道，就要流到城里去，一到城里就不回来了。但若果当真要流去时，她愿意那碾坊，那些鱼，那些鸭子，以及那一匹花猫，同她在一处流去。同时还有她很想母亲永远和她在一处，她才能够安安静静的睡觉"，可当母亲召唤她时，她一面往回走，一面却轻轻地说"三三不回来了"。

这段话是最能够看到作者心理情感纠葛的一个入口，通过三三的意识流动，城里和乡下成为一个可转化空间，文化形态的时间距离被换位成空间的转移。因为只要"一条河"从乡下就可以到城里，事实上，河水单向的传递，象征了人与人之间的理解往往是从自我延伸出去，无法逆流的那条河注定了自我的孤立与无望，以为向着外面的世界走去就能缩短距离，而内在的差距却越来越大，城乡的永无通约便意味着人与人沟通可能性的失去，所以三三并不是面临"城市"（与白面少年的婚约）或"乡土"（与母亲相守的理想）取舍，而是存在于一个隔膜的世界，既是与周围世界的不可对话，又是内在宇宙的失衡。沈从文用三三的困境隐喻整个"民族和人类的共同性以及生存状态"，表达了"灵魂深处对人生所抱有的恐惧感"①，在三三的内心深处，排斥着城市的同时也潜在地怀疑着乡土，或许后者还没有被意识和觉察到，因此三三才会幻想用来自乡土上的力量去抗拒和制服那一切，白狗成为乡土力量的象征。然而真实世界对沈从文而言，寄望白狗实属一个无奈的选择，人已经失去了原有的野性，多了世俗气，精神上的猥琐亟待一种热血情绪的振奋，可是梦境的双重陌生注定了预期的悖论。

沈从文一直视"湘西世界"为生命安放的家园，但置身大都市，辗转北京、上海等高等院校，逐渐缩短和知识阶级的距离，包括更加频繁地和现代文明的传播者们的交往，反复地追问自身原有的价值判断，使他不能再仅仅用苗汉文化的对立涵盖文明形态的疏离。《凤子》是代表这一转型的重要研读文本，题记中"虽时代真的进步后，被抛掷到时代后面历史所遗忘的，或许就正是这一群赶会迎神凑热闹者。但是在目前，把坚致与结实看成精力的浪费，不合时宜，也就很平常自然了"②。这句话说在《凤子》截稿后的第四个年头，算是沈从文对自己这篇小说以及本人在那个时代的一个认识：错位。作为"自述之谜"的《水云》，文中他也孤寂地说："用一支笔来好好地保留最后一个浪漫派在20世纪生命取予的形式。"这种无可奈何的感慨和不无感伤的"错位"认识，使他写下这样一段话："我还得在'神'之解体的时代，重新给神作一种赞颂，在充满古典庄严与雅致的诗歌失去光辉和意义时，来谨谨慎慎写最后一首抒情诗。"③ 实质上，"误读"是沈从文难以摆脱的命运，也是他自身心态转变中一个内在冲突问题，在汉文化繁盛的大民族主义的背景之下，他日益清醒地看到自己为一种民族的焦虑苦恼并不能开释心中对外界世界的陌生感和难以排遣的冷落，即使在知识分子同盟的内部，抑或对个人自我的反思都充斥了难以被理解的障碍。而沈从文又无法像鲁迅用"绝望的反抗"那样诉求理解，自身的性格、家庭、经历及审美倾向都决定了他始终是内倾地用旁人不易察觉的"悲悯"刻画对"理解"的渴望。

---

① 凌宇：《从边城走向世界》，岳麓书社2006年版，第510—513页。
② 《沈从文全集》第7卷，北岳文艺出版社2002年版，第80页。
③ 《沈从文全集》第9卷，北岳文艺出版社2002年版，第294页。

歌词温雅、情绪缠绵的《凤子》之歌,将沈从文从一时一地的民族情感中牵引出来,看到人类共同的神性以及生长神性的乡土,现代文明与传统文化两种形态的胶着最终熔铸成沈从文内心重塑的民族意识,从自我民族身份的建构逐渐走向人性重造。创作于1937年的《贵生》和1930年的《丈夫》形成一种回应,进城的丈夫带回城里做娼妓养家的妇人,贵生放火烧毁阻碍幸福的城里势力的家宅,从负隅顽抗的硬气到深思熟虑的反击,这种一跃而起的行为在文本中以留白的形式出现,而在沈从文那里是更长久的沉默和叹息,他不能遏制住内心对人性固有陋习的反感,又无法寻找到抵制劣根性的法宝,甚至他所追求的"美与爱"在苍白世界里都有不断沦为猖獗病态社会作为借口剿灭人性善的危难,所以他的守望是孤独的,以一种乡下人的憨直和固执表现出来。

《长河》尽管没有完结,作为书写的第一卷仍旧可以窥见沈从文主体动向,他曾说:"作品设计注重在将常与变错综,写出'过去''当前'与那个发展中的'未来'",作者相信"人事上的对立,人事上的相左,更仿佛无不各有它宿命的结局",所以在"希望"和"黯然无光"的分配之上,显示出作者内心的惶惑与抗拒。故事的构思和写作延续了十年之久,在单行本发表的题记中他回忆:"十年前是一个平常故事,过了将近十年,还依然只是一个平常故事。"毫无变化的隔膜世界钝化着人类的心灵,预示着人类世界的不断荒原化。《长河》所描述的湘西世界面临全方位的挑战和威胁,乡土中国在现代化进程中的主体性挣扎,本质上就是人的生存的挣扎——《边城》结尾的"明天"是人的未来设想的延宕,《长河》力图直面这个"人类"的明天,答案却是夭夭生活时代的全面滞后和不以为然,无论萝卜溪的人遭遇异质的"现代"时种种反应如何滑稽,都在浅笑中迸发出作者难以隐藏的、浓浓的无奈感。将湘西现实处境作为近代中国历史的写照,《长河》中乡村与城市、乡民与政权之间的交锋,作为中国与西方帝国主义抗争的缩影,归根结底却是人与自我、人与他者的问难和磨合。

《长河》无法替湘西寻找一个未来,小说也无法把握现实,作家感到自己的过时,却无法放弃为主人公寻找理想人生的希望,以及为乡土中国寻找光明未来的使命。更重要的是洞见人类最脆弱的内在根性之后，苦苦追寻的希腊神庙再如何重造？他只能用"烛虚"的方式作一种独语，在20世纪60年代他说自己的文学只是一种"抽象的抒情"也源于此，《长河》的无法完结与后期小说创作的枯竭也可以在此得到解答。这种悲悯不是单纯的抱残守缺，而是高屋建瓴地看到了新生代改革的无效后，产生的一种客观清醒却又是潜伏着的隐痛。在《小砦》中他这样述说：

> 至于年纪较轻的，明白那个"过去"只是一个故事，一段老话，世界一去再也不回头了，就老老实实从当前世界学习竞争生存的方法……一切事在这里过细一看，令人不免觉得惊奇惶恐，因为都好像被革命变局扭曲了，弄歪了，全不成形，返回过去已无望，便是重造未来也无望。①

就如同《芸庐纪事》里那些青年学生去审视乡土时也是无限隔阂了，任何的赞美或者鄙夷都没有事实依托，来自他们假想和生硬概念的搬套。所谓的变化有几种情况：自我的固守而周遭世界的更迭，抑或自我的重构同时外在世界的恒在，或者两者都在改变，而速度和程度持不同节奏；沈从文浓墨重彩地渲染大先生的天真和稚气，也显示出他意欲对变化所产生的隔膜进行主观纠正，但无论怎样解释和澄清，都不能实现真相的还原。也许真的就如同沈从文自己所言，现实中人的存在是非在，现实中的非在，即抽象中的存在，恰恰是最为本质的存在，最终，人在把握自我与把握世界以及把握两者关系的无能为力上，陷入沉重的悲剧感。

这也是生命的本来，如何使这个"本来"更接近于人的自然——只能走向"重造"。《摘星录》里他看到了"坟"，对生命而言，"坟将埋葬些什么；一种不可言说的'过去'，一点生存的疲倦，一个梦，一些些儿怨和恨，一星一米理想或幻想"②。是不是人类最终的需要或命运？"好像有

---

① 《沈从文全集》第10卷，北岳文艺出版社2002年版，第188—189页。
② 同上书，第345页。

两种力量正在生命中发生争持,过去或当前,古典和现代,自然与活人",沈从文深知"个人生活正在这种古典风格与现代实际矛盾中",所以当"她"看完多年前那些"抒情的"记载时,"勉强笑笑,意思想用这种不关心的笑把心上的痛苦挪开。可是办不到。在笑中,眼泪便已挂到脸上了"。这应该就是整个乡土世界所有想象的根柢,抒情的歌者是生命最大的怜悯者。

从对大地的思索走向人的终极感受,由写实的乡土转向抒情想象的浪漫书写之后,沈从文对湘西的思考,对自我的拷问,对中华大民族的探讨,对整个人类生存哲学的冥想,一一得以实现。"纵生活在一种不可堪的庸俗社会里,精神必尚有力向上轻举,使生命成为一章诗歌",可是"上帝关心人的肉体,制作时见出精心着意,却把创造灵魂的工作,交给了社会习惯",而"一个人有一个人的这所谓命运,正是过去一时的习惯,加上自己性格上的弱点而形成的"[①]。当假设的前提无法产生实质有效的影响,客观上就形成了文本的悲悯感,主观上便是作为叙述人的绝对孤独。实际上,苍鹰双翼的展动频率急而炽烈,因为距离太远人们才认为它翱翔平缓与从容,沈从文乡土写作的思想深度也往往在民族性差异的比较中、城乡或现代与传统的对立辨析中被客观遮蔽起来。只有走进乡土的世界用心灵去倾听歌哭,才理解在以某种最低限度的深自内省和极有节制的反思为特点的心理特征中,他的主观创作模式和他固有的孤僻、民族性的忧郁协调在一起,成为营建希腊神庙的情感基石;才懂得正是这些循序渐进对人的发现,构成了情感与作者自身民族属性以及来自对生命本性的洞见。

第三节 拯救:呼兰河畔的未亡人

一年之中三百六十日,

[①] 《沈从文全集》第10卷,北岳文艺出版社2002年版,第373页。

日日在愁苦之中，

　　还不如那山上的飞鸟，

　　还不如那田上的蚱虫。

　　这是萧红小说《朦胧的期待》中在反复吟诵的一首诗，诗句中将忧伤的目光远远地倾洒在想象的山野和田畴，渴慕成为"飞鸟"和"蚱虫"，鸟儿为何可以那般自由地飞翔，小虫缘何能够这般快乐地鸣唱？因为它们生长在自己的故乡，而失去故乡的"我"，日复一日，年复一年与"愁苦"结伴。哀愁爬上心蔓，纠葛在眉间，只为了那永不相见。像这样的文字填满了萧红短暂的一生，几乎是从生命的发端就开始了这种寻找，最后只好把生命寄托给文字，让文字盛开、绽放在乡土之上。

　　出走，是萧红命运的开始，也是她笔下文字的起源。在现有史料记录里，对萧红的离家归结为是为了逃婚，自然，逃婚并没有逃脱命定的悲剧，当她流落在哈尔滨，潦倒不堪之际偶遇其胞弟，弟弟恳请她返回呼兰，她回答说："那样的家我是不能回去的，我不愿靠着与我立场极端不同的父亲的豢养……"① 这里，才泄露了最真实的缘由：自幼便无从得到家的温暖——"父亲常常为着贪婪失掉了人性"②，母亲是一个"恶言恶色的女人"，在《家族以外的人》一文中她叙述了对母亲的畏惧，她感觉"既无母爱，又无父爱"③，家不过成为一个符号的代指，并没有实存的港湾性质的关怀。十岁之前缓解这种"父母缺席"状态的是她的祖父，从祖父那里"知道了人生除掉冰冷和憎恶外，还有温暖和爱"，并"向这'温暖'和'爱'的方面，怀着永久的憧憬和追求"。④ 所以，祖父之死对萧红来说意味着"家"的彻底丧失，逃婚只是对家里不满的表达，并不是萧红自身对婚姻与爱情成熟的判断。为了找寻真正的"有爱的家"，她选择了"离家"，"在战争的生与死中，在寒冷、饥饿、病痛和情感的多重折

---

① 萧红：《萧红经典作品》，当代世界出版社2004年版。
② 萧红：《永久的憧憬和追求》，《萧红选集》，人民文学出版社1981年版。
③ 萧军：《萧红书简辑存注释录》，黑龙江人民出版社1981年版，第20页。
④ 《萧红文集》（散文诗歌及其他），安徽文艺出版社1997年版，第188页。

磨中，从一座城市漂泊到另一座城市，从一个男人流浪到另一个男人，渴望温暖却常常一个人走路"①，最后客死他乡。那是一种主动的、内在的流亡，无论在生存领域还是精神领域，萧红都怀有浓烈的对"家"的渴望和对"家园"的念想，然而身体和灵魂都处于和本己土地被迫分离的异在状态，丧失"爱"的意境，加剧了流亡。海德格尔诗学阐释荷尔德林的名诗《返乡——致亲人》时认为："家园"，"意指这样一个空间，它赋予人一个处所，人唯在其中才能有'在家'之感，因而才能在其命运的本己要素中存在"②。萧红自始至终没有一个具体实在的"家"，一生都在流亡，外在的流亡和内在的流亡交困，所以用哀伤的笔触在心灵的深处用文字构建了一个精神的"处所"，以此作为"家"的替代与慰藉。

　　萧红离开哈尔滨到青岛前的三个月内，创作了《蹲在洋车上》《镀金的学说》和《祖父死了的时候》，在散文《决意》中写下了她当时的心态：离开哈尔滨对萧红"好像一件伤心事"，她一边自我安慰"流浪去吧！哈尔滨也并不是家"，一边却"满眼充满了泪水"。哈尔滨不是家，那哪里是家呢？之前在哈尔滨还从地理上靠近故乡，而今远走他乡不免伤感。萧红想起了童年所崇拜的二伯父，想起了第一次失家的恐惧……萧红在《蹲在洋车上》清晰地表达了一个儿童迷路失家的时候无边的恐惧。文中诉说"我"六岁时第一次独自走出家门去买皮球，迷路于十字街头，突然面临陌生的、奇特的情况：晴朗的夏日下，街上的行人好像每个要撞倒"我"似的，就连马车也好像旋转着。陌生的面孔、奇怪的一切使"我"顿生莫名的恐惧，小女孩急切地想回家，"可是家也被寻觅不到。我是从哪一条路来的？究竟是在什么方向？"第一次对家的无限依恋和对失去家的焦虑并行潜伏在萧红的心灵深处，成为萧红生命意识的底色。学界将萧红纳入"东北作家群"的一员，认为她是浸着故乡沦陷的哀痛与血泪，从东北的黑土地流亡到关内，并流亡到左翼文学的中心上海。随着民族战争的推进，特别是随着他们的文学恩师与精神导师鲁迅的逝世，他们又从上

---

① 梅林：《忆萧红》，见《萧萧落红》，人民文学出版社2001年版，第117页。
② [德]海德格尔：《荷尔德林诗的阐释》，孙周兴译，商务印书馆2002年版，第15页。

海到武汉,最后一部分奔向延安,一部分由重庆转道桂林,抵达香港。萧红属于后一部分,她一步步远离故土,在不断的生离死别中深化对战争苦难和人生境遇的体验,漂泊流浪成为她不可逃脱的宿命。可是在个人的心理体验上,萧红却认为"那块土地在没有成为日本的之前,'家'在我就等于没有了"[①],她总以一个无家人自称,在组诗《苦杯》中说:"我没有家,我连家乡都没有。"在她的生死歌哭与艺术呐喊中饱含的是呼唤"精神家园"的声音,只是当东北的沦陷和个人情感的失落引发谐振的时候,她才写出了《生死场》。而那也是和萧军《八月的乡村》不一致的地方,后者把浓得化不开的乡土情结、炽热的民族情感、北国的血泪,还有不屈的剑与火凝聚于笔端,写出了既富有东北地域色彩又质朴粗犷甚至充满野性力量的乡土小说,萧红却是把连天的炮火和破碎的国土当作一种背景,其细腻的笔触纠结在生命的苍凉之中。就像她自己辗转流亡中成为无边孤旅中的异乡人,而亡国的焦虑只是客观的环境,失家的伤痛才是她本质的存在。这种矛盾首先表现在《生死场》前后结构的不相一致和主题思想多重阐释的可能性上,实际上她不自觉地操持两套话语:一方面跟随民族主义话语致力于试图表现抗日和反战的主题,对"国破山河"荡气回肠的书写;另一方面在国家民族的反省中控诉战争、解构传统社会和审视以男性为中心的民族兴亡运动对女性各种各样文化、政治和社会的总体压迫。《生死场》的情感记忆具有很强的原生性,所以其叙事话语的精神指向是模糊的,运用碎片式的女性命运受难图,试图寻找出超越所处时代的解决意志,以此参与到时代召唤的民族国家想象中去,同时,它独有的生命意识和对人的精神状态的关注又被庞大的国家话语所吞噬。"没有沉浸其'爱'与'恋'的遐想和梦幻之中,追寻自我的超越,或是陷入无限眷恋的思乡之情,从生活的外部冲突演绎其乡关之思的人道主题,她没有这样重蹈窠臼去寻找'五四'新文学的审美线索……她勇敢地选择了另一条道路,在一个世纪性的现代文化思考线索行将中断的时候,在人们都千篇一律地由对群体文化社会结构的反思转而匍匐于民众脚下齐唱赞歌唯恐不及

[①] 《萧红文集》(散文诗歌及其他),安徽文艺出版社1997年版,第197页。

的时候，当狂热的时代行将宣告'死去的阿Q时代'的时候，她以其沉静的思考和有力的审美表现闯入这一中国现代文化思想的困惑点，使这条行将中断的思考线索得到进一步的拓展而引起了足够的震动……超越了'五四'新文学的美学思考，在个性主义与人道主义交叠的文化视点上，创造出了使'乡土文学'和'问题小说'都远为之逊色的艺术杰作。"①因此，一部《生死场》胡风读出了"萧红笔下的人物都有着很深的精神奴役的创伤"②，而林幸谦读出了"整体上形成一个更广大深层的'生死场'，表现女体作为一种生理空间、文化空间和精神/生命空间等各种形态的特质"③。绿川英子则认为"萧红走在一条民族自由与女性解放斗争的道路上"，"除了面对长久的贫困和疾病之外"（国家话语），"她也面对结婚的道德义务和女性怀孕生产的十字架"（性别话语），然而"从不曾被胜利的曙光沐浴过，却带着伤痕死去了"，"她逃出了东北故乡的日本铁蹄，却又在千里之外的异乡，在东南孤岛上……背着十字架走过了她短暂的一生"④。《生死场》正是这样的写照。在对王婆、金枝、月英等乡村女性人物的日常生活的书写中，萧红凸显了她们生命意识的麻木与心灵的绝望，并努力去实现时代意识与审美意识的完美结合。至于创作结果如何，在当时的文坛和社会舆论中取得的反响已经赞誉不断，而那些溢美之词是否真正填满萧红空洞的心，是否给予她家的温暖，是否让她惦念起逝去的祖父和久违的呼兰？我们从历史中找寻答案。

　　1934年9月完成《生死场》的写作的六年之后，萧红创作了《呼兰河传》。在国破家亡、人们自觉投入抗战救亡的时代潮流里，《呼兰河传》的出现让那些把萧红的创作视为"民族寓言"代言的批评家不解，甚至一度招致责难。从茅盾的评价里便可略知一二，他认同《呼兰河传》虽然承续了《生死场》的生命主题与文化批判格调，但比后者更为"明丽"，萧

---

① 皇甫晓涛：《萧红现象：兼谈中国现代文化思想的几个困惑点》，天津人民出版社1991年版，第23页。
② 胡风：《〈生死场〉后记》，《胡风全集》第2卷，湖北人民出版社1999年版，第431页。
③ 林幸谦：《萧红小说的女体符号与乡土叙述》，《南开学报》2004年第2期。
④ 王观泉编：《怀念萧红》，黑龙江人民出版社1984年版，第68页。

红在苦难的另一面发现了生命存在的"欢欣"。在她笔下,"除了因为愚昧保守而自食其果,这些人物的生活原也悠然自得其乐"①,由此显出不少生命的亮色。他们以为萧红从此"轻盈"了。而事实上,《呼兰河传》是对《生死场》更进一步的阐释,她的"沉重"必须得到释放。那份沉重就来源于她对"家"深入骨髓的渴望,尽管是早已选择被故乡放逐,明知"家"已然不存在,还一直抱定"回家"的信念,甚至临死前还要求骆宾基送其北上。"我要回到家乡去"②,作为一个少女时代就离家出走的女作家而言,萧红即使在穷困的时候都不愿,也始终没有回头向家人伸手求济,那么,她的家在哪里?

一生都在流亡。与萧军的结合曾给萧红带来幸福,但这幸福后来却改变航向,甚至最终转化为痛苦,1936年与萧军关系极度恶化成为萧红远渡日本的直接原因。东京的生活使独在异乡为异客的萧红再次尝到无家的痛苦。她开始思念起上海的小家,更忆念起呼兰的故家,在诗作《异国》中表述了自己睹物思乡的感情:"夜间的这窗外的树声,/听来好像家乡田野上抖动的高粱","日里:这青蓝的天空,/好像家乡六月里广茫的原野"。萧红在对呼兰老家的怀念中接连写下《家族以外的人》《王四的故事》《永久的憧憬和追求》等重要作品。在对昔日同伴的音容笑貌和孩提时天真烂漫的行为的刻画中,重现了自己童年生活的场景,并在乡土的回忆中重新发现了自我——也正因为自我的发现,萧红爆发出一种创作的井喷状态,完成了《呼兰河传》的前期准备之作。开始回答哪里才有家?哪里才有由物质与精神的实体升华为灵魂的栖居之所?哪里能够卸下她乡愁的负荷?然而"沉重"仍旧没有找到出路,因为她所要返回的"后花园","也许还是年年仍旧,也许现在完全荒凉了"③。

《呼兰河传》以两种类型为对象书写浪漫乡土:一是风物,二是人物。前者的描摹侧重于对外物的模拟或白描,衬托作者的心理图画,是心理意象用文字表现的一种想象力;后者的叙述倾向于一种类比性,主观的感觉

---

① 茅盾:《茅盾论中国现代作家作品》,北京大学出版社1980年版,第292页。
② 骆宾基:《萧红小传》,北方文艺出版社1982年版,第99页。
③ 萧红:《萧红小说》,浙江文艺出版社2000年版,第359页。

其实是对生命意志的投射或重复。开篇就描绘了北方冬天的严寒与荒芜:"严冬一封锁了大地的时候,则大地满地裂着口。从南到北,从东到西,几尺长的,一丈长的,还有好几丈长的,它们毫无方向的,便随时随地,只要严冬一到,大地就裂开口了。"这样的情感记忆符合了萧红当时孤身一人客居香港的心境,人对气候的感应在很大程度上来自心理温度,选择从冬季为起点的回忆,符合外在环境的协同性。好比在《商市街》:"这就是'家',没有阳光,没有暖,没有声,没有色,寂寞的家,穷的家,不生毛草荒凉的广场。"① 在欧罗巴旅馆,在她眼中,狭小的房子在寓意上就像生命或命运的"广场"一般的荒凉(空间形态)。

> 窗子在墙壁中央,天窗似的,我从窗口升了出去,赤裸裸,完全和日光接近,市街临在我的脚下,直线的,错综着许多角度的楼房,大柱子一般工厂的烟囱,街道横顺交织着,秃光的街树。白云在天空作出各样的曲线。高空的风吹乱我的头发,飘荡我的衣襟。市街像一张繁繁杂杂颜色不清晰的地图,挂在我的眼前。楼顶和树梢都挂住一层稀薄的白霜,整个城市在阳光下闪闪烁烁撒了一层银片,我的衣襟被风拍着作响,我冷了,我孤孤独独地好像站在无人的山顶。②

对城市的摹写,喻示着抽离出现实世界的女性飘向天空大地,和城市结为一体,但对文中的叙述者而言,融合的整体没有缓释隔绝的孤独,让她在想象中孤零零站在无人的山顶——孤独就像一种空间形态,在香港——达成另一种空间的连接,"呼兰河"以话语的形式公开而完整地浮现,这使萧红在世的最后一个空间(香港)和最初的空间(呼兰河)有了某种程度的混淆。从本质看来,文字、记忆和幻想侵吞着萧红的现实生活,香港作为一个现实空间,开始出现无法弥补的裂痕和缝隙,这种空间的相互重叠和彼此渗透,显示出一种相似的寂寞和焦虑。

---

① 萧红:《商市街》,河北教育出版社1994年版,第49页。
② 同上书,第27页。

北方严寒对大地的肆虐,如同世事冷漠对女性心理的蚕食,"天再冷下去:水缸被冻裂了;井被冻住了",是不是心也被冻住了?千里冰封,"这里是什么也看不见,远望出去一片白。从这一村到那一村,根本是看不见的。只有凭了认路的人的记忆才知道是走向了什么方向",而萧红凭着什么样的记忆,才穿过时间的尘埃和空间的阻隔重写呼兰?对"大泥坑子""十字街""东二道街""西二道街""扎彩纸铺"等的特写所用心处在于突出"变"与"不变",一个生命的结束,一桩惨案的发生都不会改变呼兰镇里平静的生活步调,"除了染缸房子在某年某月某日死了一个人外,其余的世界,并没有因此而改动了一点","讨饭人的活着是一钱不值了","卖豆芽菜的女疯子,虽然她疯了还忘不了自己的悲哀(爱子夭折),但是一哭完了,仍是得回去吃饭、睡觉、卖豆芽菜","生了就任其自然地长去,长大就长大,长不大也就算了"……就是这样的童年世界是否牵动着天边的游子呢?不能吧,因为"在小街上住着,又冷清,又寂寞","这一点点似使人感到空虚,无着无落的",也许这才是萧红对人世最早的理解,也是最深刻的想要忘记却无从遗忘的。

在香港写作《呼兰河传》,这在时间和空间上都已距离原始的故乡很遥远了,萧红却从一年冬天写到第二年的冬天,从白天写到黑夜,第一人称"我"的叙述蕴含着两种视角:一为成年的"我"追忆往事的眼光;二为被追忆的童年的"我"过去正在经历事件时的眼光。"这两种眼光可体现出'我'在不同时期对事件的不同看法或对事件的不同认识程度,它们之间的对比常常是成熟与幼稚、了解事情的真相与被蒙在鼓里之间的对比。"① 事无巨细的絮絮叨叨,用那些文字填补着心灵的"大泥坑子",在第一章的文尾:"一年四季来回循环地走,那是自古以来就这样的了。风霜雪雨,受得住的,就过去了,受不住的,就寻求着自然的结果。那自然的结果不大好,把一个人默默地一声不响地就拉着离开了这人间的世界了。至于那还没有被拉去的,就风霜雨雪,仍旧在人间被吹打着。"于是,《呼兰河传》就化作这仍旧被吹打着的人对这个风霜雨雪的世界的一点毫无作用的挣扎。

---

① 申丹:《叙述学与小说文体学研究》,北京大学出版社1998年版,第187页。

萧红彩笔绘就的"后花园","太阳在园子里是特大的,天空是特别高的","凡是在太阳下的,都是健康的,漂亮的"。对太阳的憧憬表达了作者对温暖的向往,在萧红的生命意识中"后花园"是属于她唯一的净土,是精神的家园。"不知哪里来了那许多的高兴",是高兴吗?还是回忆的错觉?用曾经的笑容来代替当下的哭泣——笑,才会被装饰到无以复加的程度?一到后花园里,立刻就是另外一个世界了——绝不是房子里狭窄的世界,而是宽广的、人和天地在一起,天地是多么大,多么远,用手摸不到天空,而且地上所长的又是那么繁华,一眼看上去,是看不完的,只觉得眼前鲜绿的一片。这里的"宽广"与"狭窄"相对,不仅是空间的,更是心理的。宽广而鲜绿的"后花园"既是童年萧红逃避肉体惩罚的避难所,也是她消解精神寂寞的伊甸园。在"后花园"这个融自然万物为一体的众生平等的生命空间里,童年的萧红寻找到了完全属于自己的人生欢乐,使她能够抵御遭受亲人厌弃与惩罚的心理恐惧,暂时忘却亲情匮乏的孤独苦闷,并在放纵自我中体味到精神人格的绝对自由。"后花园"这片纯净的天地,也就成了生命欢欣与精神自由的象征。然而,"秋雨之后,这花园就开始凋零了","刮了风,下了雨……在我却是非常寂寞了",后花园的短暂恰如幸福对于一生都在逃亡中的萧红的转瞬即逝。

为了强化这一思索,叙述者用了"荒园"意象:"东边堆着一堆朽木头,西边扔着一片乱柴火。左门旁排着一大片旧砖头,右门边晒着一片沙泥土","没有什么显眼耀目的装饰,没有人工设置过的一点痕迹,什么都是任其自然","愿意东,就东;愿意西,就西",这样的句式和口气在《呼兰河传》里是数不胜数的,通常在评论家看来是萧红对"自由"的向往,而笔者认为那是一种对不确定的无可奈何,人生无定数,所以连离家都是不确定的;比如"砖头"的喻示:用来修炉灶和炕洞子的砖头任其堆放在门前,"风吹日晒,下了雨被雨浇",看似没有用途了,"可是目前还是有的。就和那堆泥土同时在晒着太阳,它陪伴着它,它陪伴着它",仅仅只是那种似有似无的陪伴与依靠,都让读者热泪盈眶。作者把心里最不忍的那一点,淡淡地写入她的"后花园","说也奇怪,我家里的东西都是成对的,成双的,没有单个的",这句话的潜台词是不是就是"除了我之外"吗？是的，除了作者自己，这世上的一切都是成双成对了，"我"只剩下无尽的等和盼。"我的家是荒凉的"，所以，"三间破草房……它单独地跑得那么远，孤零零的"，"那粉房里的歌声，就像一朵红花，开在了墙头上，越鲜明，就越觉得荒凉"；"我家的院子是很荒凉的"，所以，"（他们）并不是一往直前的，并不是他们看见了光明，或是希望着光明，这些都不是的"，"他们看不见什么是光明的，甚至于根本也不知道，就像太阳照在了瞎子的头上了，瞎子也看不见太阳，但瞎子却感到实在是温暖了"，"他们就是这类人，他们不知道光明在哪里，可是他们实实在在地感得到寒凉就在他们的身上，他们想击退了寒凉，因此而来了悲哀"；"我家的院子是很荒凉的"，所以，"街上虽然热闹起来了，而我家则仍是静悄悄的"，"不但不觉得繁华，反而更显得荒凉寂寞"。

对意象的合并、叠加甚至派生、并置，不是萧红独有的创制，蔓延在整个现代时期的乡土浪漫书写者，都具有这一浓厚的兴致，他们用单一的、双重的或者多项视角的目光使想象凝固为某一特别的印象，涂染他们强烈的感情色彩，将抽象的情思形象化，创建起具体、丰富的意境。他们之所以选择"意象"作为乡土书写的浪漫工具之一，最首要的原因就在于艺术思维的作用。以个人记忆为想象乡土出发点的创作模式，青睐于把理性、概念膨胀为一种神秘的、超然的东西，既不一味地陷于形象思维，也非完全的逻辑思维，而是通过美学"意象"来完成对"表象"[①] 的认识。

[①] 《辞海》中将"表象"定义为："在知觉的基础上所形成的感性形象。感知过的事物在脑中重现的形象叫记忆表象；由记忆表象或现有知觉形象改造成的新形象叫想象表象。记忆表象是在过去对同一或同类事物多次感知的基础上形成的，较有概括性。既有反映某一事物特性的个别表象，又有反映一类事物共同特性的一般表象。由于记忆表象的概括性，它不仅是事物形象的重现，而且是关于事物的感性知识，尤其是对客观世界的直接感知过渡到抽象思维的一个中间环节。"由此可见，表象只牵涉认知系统一部分的心理机能，如感知、记忆、知觉等，它的最大特点是直接反映客观事物的外在形态，并以知识经验烙入人的记忆中。它一旦被激活而物态化便失去了自身应有的功能，尽管形诸文字之前，记忆中的表象对物象成为意象起到一定作用。而"意象"则是知、情、意综合活动的产物，它除了具备表象的诸多特点外，还含有表象所不具备的审美特性，如感情的渗透和理念的介入等。另外，事物的表象往往是立体的，因而具有多层次性及多侧面性，往往随着创作主体心态的变化，同一物象可以幻化为不同的意味情态。意象则相反，更多地给物体以非同寻常的表现，使它沉浸在一种新的意绪与氛围中。表象属于感觉手段，往往以"具象"形态刺激感觉；而意象则是生成为艺术生命体的基本单元。

对"后花园"的诗意书写不仅仅是童年记忆的复现,更主要的是安顿漂泊灵魂的梦中家园;包括我家的"储藏室",也扮演着装点"后花园"的角色。女主人公无比地热爱那装着各式各样新鲜却又陈旧物品的角落,尽管已经被大人冷落到某个角落,"因为那些东西早被人们忘记了,好像世界上已经没有那么一回事,而今天忽然又来到了他们的面前,他们受了惊似的又恢复了他们的记忆",就像这呼兰河,在萧红的生命记忆中伴随着文字的完整逐渐复苏,可苏醒不过是面对更加冷漠的现实。那陈年的故旧被"我"发现了,穿越时空的再生却不过是一切过往都缥缈着,过去的事情现在看来是另外一种渺茫。"家里边多少年前放的东西,没有动过。他们过的是既不向前,也不回头的生活。是凡过去的,都算是忘记了,未来的他们也不怎样积极地希望着,只是一天天地、平板地、无怨无尤地在他们祖先给他们准备好的口粮之中生活着",在那些毫无生命的物品之上,萧红也看到了自己命运的同类性,所以虽然它仿佛如同一首永远吟唱不尽的"田园牧歌",而基调却永远是"寂寞"与"荒凉"。

萧红描写任何一个悲情的对象,目光内倾都会不自觉地关联到自身,包括她的祖母。"我不喜欢祖母",而文中却用大段的语言描写祖母的过世,祖母也很"可怜",事实上是萧红的一种"自怜",尽管没有明确的可比性,但潜意识里,萧红却从当年的祖母身上看到了自己现在的影子——不受人喜欢,不被人爱。这种意识会使她的整个叙述都像泄了气一样,因为不是被叙述的他者触碰到了自身最软弱的神经,而是自我的写照闯入了千方百计掩饰的空虚。祖母的死亡对"我"而言,像一个历史的标识横亘在往昔的回忆中,成为"我"走向更远世界的潜在起点。家里来了许多亲戚看望、帮忙,"人越多,我就越觉得寂寞",连祖父也没有时间陪伴着我,所以留下我一个人在后园。我发现一个酱缸帽子,"酱缸帽子"这个物象的书写很特殊,"我想这缸帽子该多大,遮起雨来,比草帽一定更好",幼年的我想象着一个可以遮风避雨的港湾,所以面对缸帽子的条件反射是对它实用性的猜测,而非像一般小孩一样只是当成玩具来欣赏和摆弄;"我顶着它,走了几步,觉得天昏地暗",然而寻找庇佑却是那么吃力和困难,实在走不动了干脆坐下来,帽子把我扣在里面,

"里边可是黑极了,什么都看不见",尽管小屋黑暗、沉重,可我"还是在自己的小屋里边坐着","这小屋这么好,不怕风,不怕雨",一个年幼的孩子对一间属己的有安全感的小屋的渴望竟然如此深入骨髓,不能不使人感受到写作《呼兰河传》的萧红在当时有多么可悲的心境,"酱缸帽子"并没有实现她可怜的小小愿望,而是被"父亲一脚把我踢翻了,差点没把我踢到灶口的火堆上去。缸帽子也在地上滚着",并且在被迫走出缸帽子般的小屋后,祖母死了。那之后我就开始和除了祖父之外的人接触,到除了后花园之外的地方玩耍。

"酱缸帽子"实际上可以看作乡土对作家的意义,或者换句话讲,酱缸便是回忆者对乡土的缩影隐喻,充当了"返乡"的动力机制,也昭示了"返乡"的永无可能。平桥村看夜戏的那艘舟子,程小林骑过三哑叔牵的那头牛,三三看护的家门前的那口池塘……这些对象共有的特征便是担当起叙述者过去与当下情感的连杆作用,把这些对象称为"文学意象",它们在文本中以待解读的话语节点存在,以语词及其所唤起的心理视象(即语象)为依托。在世界、作者、文本、读者的多向对话中生成变化万端的精神内涵和文化密码,在语象背后隐藏的潜在视域,表达的是诗人主观之"意"与客观之"象"的特定关系。最终被建构起来的、具有超言越象特征的独特艺术形象呈现一个完整的艺术境界,即乡土精神世界。意象作为基本单元参与小说意境的创构,尽管意象单位的空间相对较小,而组成的精神空间却大得多,乡土世界便是由单个或多个意象元素扩张而成。

祖父教我学《千家诗》,为什么我记住的第一句竟是"少小离家老大回"?为什么一想到"我也要离家的吗","心里很恐惧"。萧红不断地提示读者,也在问自己,到底是怎样的离去啊!从来没有过交往的同伴带着我,"离开家了,不跟着家人在一起","我是从来没有走过这样远","我站在街上,不是看什么热闹,不是看那街上的行人车马,而是心里边想,是不是我将来一个人也可以走得很远?"那样的念头从出现开始就不断深化着我对外在世界的恐惧,作者是带着畏惧,还假装着勇敢不断往人生的前面行进的,而那么想的时候,"我"是不是也可以留下,不必走呢?仿佛有不能言说的苦哽咽在喉,不得不离开的痛楚湮没在历史的记忆之中。

这成年后的感觉寄生在童年的时间里：还是走了——"问他们：到了没有？他们说：就到了，就到了"，我就在那样的宽慰和假想中一步一步远离，不是走向圣地，而是"更远的，什么也没有的地方，什么也看不见的地方，什么声音也听不见的地方"。祖母的死，叫我明白自己人生的归途，就仿佛祖母并不是在我们这一个世界离去，而是我在同另一个世界告别。

全书七章，第二章往往被评论家当作"当地人风俗习惯"加以解读，因为叙述者自己说："呼兰河除了这些卑琐平凡的实际生活之外，在精神上，也还有不少的盛举。"所以历年来这些"盛举"就不断被重复和展列。而在笔者的阅读中，看到的却是凝聚在那些狂欢场面中的静默：首先是讲述跳大神，为了"治病和祈福"，虽然鼓被二神敲得非常得"响"，大神唱得分外得"好听"，可是在请神的那一夜"实在是冷森森的，越听就越悲凉，听了这种鼓声，往往终夜而不能眠的人也有"，"特别凄凉，寡妇可以落泪，鳏夫就要起来彷徨"，"那鼓声就好像故意招惹那般不幸的人，打得有急有慢，好像一个迷路的人在夜里诉说着他的迷惘，又好像不幸的老人在回想着他幸福的短短的幼年"，这是不是也是《呼兰河传》如泣如诉的感受呢？在盂兰节的庙会上放河灯是顶大的"善举"，可是这种对人生好意的祝愿仍旧撇不开现世的矛盾，河灯从"繁华"流到"冷静"处，最后流到极远的下游显出"荒凉孤寂"时，"看河灯的人们，内心里无来由地来了空虚"，就好比读这些热闹的文字，于文字的转角处我们感受到心的陡然一落，那才是作者的神来之笔。再说说求雨谢天的野台子戏，那也是家家户户难得的庆典，说媒的、探亲的、交友的……总之是人和人聚集的盛会，可是关于聚后的散，"关于别离了几年的事情，连一个字也不敢提"，"那都是你的命（命运），你好好的耐着吧"，作者不敢继续去描绘了，笔停下来而心却被放飞了，在异域的天空中不能止息地飞翔，越用力，离家就越远了。萧红在文中不断地强调欢乐的开始，那么读者就该预期到下一瞬间感伤的到来——叙述者越是竭尽全力去营造她的快乐家园，家园就越是提前显示出颓败。那是作者心里很明晰的事，正是因为她经历了一次又一次家的幻灭，她才能自如地以呼兰为衣，裁剪她对家的思念。一个离开故乡的人无法改变时间的流程，而故乡的空间却已经因时间的流徙而变更,所以离乡的人只能在异乡游历,永生无法回到故乡,成为"感伤的旅行者"。"他们在任何地方都没有故乡感,他们是永远的漂泊者,虽然总在思念某个故乡,却不仅不可能甚至不可以找到这样一个故乡;因为不如此,他们内心的'乡思'就会顿然平息,他们感伤的泉源就会随之枯竭。故乡与思乡者之间是一种全然风格化的关系。在此关系中,故乡的现实含义已荡然无存。"① 萧红在理性上对自己无家可归的处境有着比任何人都清醒的认识,但那并不能阻遏她对家园的想象。她用回到后花园里的童年,企图最终达到对家园的回归。

《呼兰河传》在后面五、六、七章里,把这一荒凉同寂寞升华了,往往先运用一种乡土符号象征起兴,才讲述人物的故事,在故事上关联起叙述者和家园的共生关系,各章之间虽然没有一个主线或人物贯穿全篇,但是不同的故事重复同一个主题。在艺术欣赏中总是将自然审美观点,从心灵化意象产生物态化意象,又将物态化意象转为自身心灵意象重合又相续接地再造心灵意象。最后由这两个方面轮转交替地运动,使精神不断得到伸展、深入、上升。

第五章是团圆媳妇的故事,起首却渲染了"蒿草"意象:"我家满院子是蒿草,蒿草上飞着许多蜻蜓,那蜻蜓是为着红蓼花而来的。可是我偏偏喜欢捉它,捉累了就躺在蒿草里边睡着了","蒿草里边长着一丛一丛的天星星,好像山葡萄似的,是很好吃的","我在蒿草里边搜索着吃,吃困了,就睡在天星星秧子的旁边了","蒿草是很厚的,我躺在上边好像是我的褥子,蒿草是很高的,它给我遮着荫凉"。"蒿草"就像是不说话的贴己存在于"我"的世界,我并没有觉察到它的意义,喜爱它却忽略它,它可以是红蜻蜓,也可以是天星星,更可以是褥子和凉伞,只是"它"不是"它"。小团圆媳妇呢?对家庭来说,她是可供使唤的劳力,也可以是传宗接代的工具,更可以是婆婆们消遣解气的靶子,他们疼她,却忽略她"是一个小姑娘",为了所谓的规矩——"都说太大方了,不像个团圆媳妇了"——不惜痛打;他们疼她,却忽略她的"病"的来源,破财耗神地

---

① [德] 海德格尔:《荷尔德林的新神话》,孟明译,华夏出版社2004年版,第110页。

一次又一次跳神捉鬼,加重病情;他们疼她,却忽略自身的意欲、贪婪和残暴,美其名曰不能"见死不救","东邻西舍的善人们","大动恻隐之心",纷纷出策献计,却把她活活烫死——"小团圆媳妇还活着的时候,她像要逃命似的。前一刻她还求救于人的时候,并没有一个人上前去帮忙她,把她从热水里解救出来",可是此刻"大家都跑过去拯救她,竟有心慈的人,流下眼泪来",小团圆媳妇是"被拯救"还是"被谋杀"了?"害她的人竟是爱她的人",这才是作者心中最悲哀的症结,也是她自身经历的写照,那些昔日爱她的人,是用怎样的方式让她走到如今的地步来呢?小团圆媳妇变成了白兔,充其量不过就是在她说她要回家的时候,路人若说:"明天,我送你回去……""那白兔子一听,拉过自己的大耳朵来,擦擦眼泪,就不见了";"若没有人理她,她就一直哭,哭到鸡叫天明"。作者呕心沥血的《呼兰河传》,她的眼泪要怎样去擦干?有没有一个人来允诺她,"送她回家"?

第六章讲有二伯的故事,以传闻"天上的那颗大昴星,就是灶王爷骑着毛驴上西天的时候,他手里打着的那个灯笼,因为毛驴跑得太快,一不加小心灯笼就掉在天空了"。开始,"我就常常把这个话题来问祖父,说那灯笼为什么被掉在天空,就永久长在那里了,为什么不落在地上来?"祖父回答,"天空里有一个灯笼杆子,那才高呢,大昴星就挑在那灯笼杆子上。并且那灯笼杆子,人的眼睛是看不见的",而有二伯坚持"你二伯虽然也长了眼睛,但是一辈子没有看见什么。你二伯虽然也长了耳朵,但是一辈子也没有听见什么。你二伯是又聋又瞎",所以,那被遗弃的就是我们身边的,有二伯的归宿尽管在呼兰河,却时时处在旅途上,在物质上脱离着那个家族。就像童年的我,在精神上不属于那个家族,因为无归属所以自由,那种漫无目的的忙碌,一个寂寞而敏慧的心灵在被家族忽略之后,紧张地逃避着"精神的奴役"的折磨。

最后说冯歪嘴子和王大姑娘的悲剧,整部《呼兰河传》凡所涉及的人物无一不是用生命画上悲剧的句号。冯歪嘴子在磨坊里,外墙上面"丝蔓的尖顶每棵都是掉转头来向回卷曲着,好像是说它们虽然勇敢,……但到底它们也怀着恐惧的心理",当"园里一天一天地荒凉起来的时候",王大姑娘住进了磨坊,这个人见人夸的好姑娘和冯歪嘴子成为夫妇之后就更改了人们对她的所有评价。一个女性追求自己的真爱,不计较伴侣的外在条件,被世人说成是一件极为低下的事情,想必作者是有着深刻的体会的吧,要不怎么会那么包容地说"他们家是快乐的",彻彻底底羡慕那快乐,却让幸福夭折,安排了王大姑娘的难产死亡,是不是也预示了萧红对自我命运的悲观展望?在同时代和后来者追忆的评价中,反复出现"她断不该离开拯救她出苦海的男作家","在生性孤傲、需要别人哄(骗)以及爱听好话的背后,我们见着了萧红的另一个侧面,或者说是她生来就有的致命弱点:酷爱虚荣",她对自我的命运的审视被称为"病态的呻吟",甚至她个人的情感选择叫作"自食恶果","满世界几乎没有一个人赞成她与他的结合"①。这样的文字几乎掩盖了萧红真实的心灵,"七月一过去,八月乌鸦就来了",八月过去就没有了,"乌鸦究竟到过什么地方去,也许大人知道,孩子们是不知道的,我也不知道",童年的"我"留在呼兰,所以叙述者不知道乌鸦的来去就像萧红不知道自己漂泊的去向,看上去"勇敢",却也"恐惧"哪!她的勇敢在于"他一定要生根的。要长得牢牢的",而恐惧无影跟随,"他在这世界上他不知道人们都用绝望的眼光来看他,他不知道他已经处在了怎样的一种艰难的境地。他不知道他自己已经完了。他没有想过"——萧红想过,萧红清楚,萧红却不能说,一旦萧红说出口,就回不去那个家了!

小团员媳妇也好,王大姑娘也好,在萧红的创作意识里,都有一种深刻的认同感,她们都是为了寻找到一个家,建立一个属己的家。返回一个可能的家而生命陨落,她用女性的、个体的话语对家的想象与回忆表达了对生命与存在的沉思,当现实的家之建构由失望到几乎绝望的时候,她试图不断在文字里进行精神返回,由家的渴望进至家园想象。马塞尔认为存在主义哲学家绞尽脑汁探讨的"存在"概念,实际上就是"上帝"。这里的上帝便是信仰,那么,"存在"就是信仰的另一个名字,一个哲学式的名字,这种信仰把人从悲观焦虑和绝望中拯救出来,找回自我,确认自

---

① 秋石:《萧红与萧军》,学林出版社1999年版,第432页。

我。《呼兰河传》的信仰就在于"家"的修筑，不仅是一段同过去的对话，也不完全在与未来对话，而是在当下的乡土话语中的深刻自绝和女性言说自我的否定。作者笔下的女童敏感于"温暖"和"爱"的感知，尽管用清馨的笔触对后花园各种动植物进行童话般的观察，但"荒凉"和"寂寞"无尽的复沓遮掩不了现实情景中家园已不可返的无奈——那才是一个对"爱"和"温暖"抱有无尽向往却无功而返的女子对于"家园"的终结性想象！雅斯贝尔斯在《存在与超越》中曾指出，人的生存意识，诸如焦虑、烦恼和畏惧等状态，表现了精神所受到的约束，只有进一步的超越，才能使人认识到真实的自我，在内心深处获得心灵的安宁。这个小女孩用自己独特的体验重新组合了这个世界的事物：如梦如烟的往事一切按照萧红十几年后对童年的感觉进行组合和排列，通过十几年的沉淀和过滤，她抓住了那些留在记忆中最深刻的感觉碎片和回声，让它们重新显现。

回忆本身照亮了过去，使个体生命发源地显得如此熟悉而陌生，进而使过去的生命融入此在的生命。萧红在她的乡土上扩张、反顾和审视其个人经验，也是一种对起源的追寻。逃离和拯救在中国乡土文学的浪漫书写中，始终是一个挥之不去的此岸与彼岸。呼兰河的呓语所透露的是渴望摆脱现状的纠缠，渴望有一股逃离的力量将自我解救出来。人因信仰得到拯救，信仰就是一种意志，"离开"的意志具有不可更替和非移动性。萧红的思乡不是简单纯粹的感情回旋，"回到起点也就是离开起点"①，返回"呼兰河"更深刻的意义则是她远离时空对所生活的环境的一种深刻自省与反思。这是人性中普遍的东西，它制约着人的存在和发展，仿佛是一种心理惯性，使人沉溺其中而不能自拔。那个心灵深处的"我"也意识到自身的有限性，特别是在死亡意识中，认识到个人生存境况的有限性。作为一个"走异地"的现代人，在几度漂泊几度挣扎中，看到了呼兰河外面的世界，获得了呼兰河人所缺乏的现代意识情感与思维。认识有限性对意识

---

① ［法］埃德加·莫兰：《方法——天然之天性》，吴泓渺、冯学俊译，北京大学出版社2002年版，第17页。

构成的限制,在远离故事人物、环境的时空中形成的距离感令她更冷静地审视事物对象,并使人认识到无限的超越者,即不可超越的存在者,那就是信仰的最高境界。萧红自始至终抱定"回家"的信仰,与此同时,对信仰的超越、在善恶之间的自由选择以及以"爱"为中心的道德原则,使萧红这个慧根深厚、命途多舛的女性有了接近于宗教的生命体验。"萧红的家园意识由个体经验转化为群体经验,由世俗意义升华到了宗教意义"①,在《呼兰河传》里,萧红几乎竭尽全力地抓住一个又一个童年的细节,将细节作为一种向回忆沉溺的方式。记忆从时间之流、从无从逃避的衰亡速朽中拯救了个体身上存在的某种永恒的东西——对童年"家园之爱"的回忆是对过去的沉溺,找回过去的自己,更是对现在的"我"的一种救赎,扩大至人类的一种救赎。艾略特的荒园意识是对现代人类精神特质的一种写照,萧红用尽一生凝眸的"后花园"为那些背井离乡、漂泊无依的现代人灵魂作了传记。她的怀乡世界构成了人类生存方式以及人类集体记忆的缩影之一,充裕意境深远、含蕴丰厚的人类感与历史感。

---

① 谭桂林:《论萧红创作中的童年母题》,《中国现代文学研究丛刊》1994 年第 4 期。

第四章

"浪漫书写"的审美选择

第一节 "含魅"的艺术策略及演变面貌

人对世界的把握方式和认识能力，被人类学家分为理性的（或者被现代文明称作科学的）、宗教的（具有神学精神的衍生）及艺术的（这种方式与想象力有关，特别是人类原始思维）三大种类。生命存在的最本质特征属于第三类，它是个体与自然及社会之间非理性、非规范、非逻辑的一种独特的对话方式。"我们的体内有这样一种东西，它不向往理，而向往神秘的事物……"① "艺术与审美"中最本质的存在就是这种人与世界的神秘联系，无法用言语来明确的氛围与状态，其特定的氛围与状态在很大程度上决定着文化和人类的发展走向。正如本尼迪克特所言，每一种文化都有自己的文化理想，它投射到文化的各个方面，使得该文化总体上带有自己的特征，即形成特殊的文化个性，这种个性造就了该文化特有的情境，尤其在学术与艺术方面表现出来，在审美标准上，也因为特定的文化

---

① ［德］雅斯贝尔斯：《存在与超越》，生活·读书·新知三联书店1988年版，第50页。

理想和个性而造就了审美意境。人类学家费孝通先生在晚年总结自己的人类学思想时提出一个重要的观点：审美与艺术作为人性的不可或缺，必然要求文化在满足人类物质生存需要的基本功能之上，进一步使人类得到进步，向一种艺术化的方向发展。这种"艺术化"的属性和生命存在的第三种形式本质相通：以超现实的想象实现表述欲望的企图，再对想象中的关系、功能及形象的模拟完成补偿缺憾、抚慰心灵的任务。体现为以自我制约的敬畏心理面对一切超越自我力量的意志表达。

　　破坏这种敬畏心理的历史可以追溯到 14 世纪的西方，发起于 14 世纪末 15 世纪初的文艺复兴和 16 世纪的新教运动，除去了宗教神学的神圣光环，确立起世俗生活秩序的彻底合理性，由此开始了社会彻底理性化过程。伴随人文科学和自然科学领域依靠"理性"[①] 破除原始思维等神秘事物的实践努力，即"那些充满迷幻力的思想和实践从世上的消失"[②] 的过程。现代语境下的"祛魅"，源于"五四"启蒙思潮的涌入和传播。中国启蒙运动有别于康德所认为的"人类脱离自己所加之于自己的不成熟状态"，而"不成熟状态就是不经别人的引导，就对运用自己的理智无能为力"[③]。在康德看来，人类尚未摆脱宗教神学的蒙蔽之前，是因为没有"启蒙"，所以无法自由地运用自己的"理智"从而"脱离"宗教神学的"引导"，这种思想构成了现代性思想体系的基础。中国"五四"启蒙思想的基本特征是"批判的态度"，即对"固有之伦理、法律、学术、礼俗"等"封建制度之遗"的彻底批判，实际上就是"去蔽"的写照。正如他们信奉的"启蒙"，崇尚"科学的方法从大自然的领域扩大到人的领域，可以把男男女女都解放出来"。但没有看到，"科学的了不起的成功依靠的方法，只能应用于那种可以毫不含糊地观察和精确地测量的现象。而

---

① 这个理性，导致宗教信仰的死去。紧接着，工具理性走向僵硬的例行发展道路，消解价值理性，从而导致工具理性所持有的计算理性横行于俗世。见［德］马克斯·韦伯《新教伦理与资本主义精神》，于晓等译，上海三联书店 1987 年版，第 39 页。

② 这便是马克斯·韦伯所说的"世界的祛魅"（the disenchantment of the world）。见［英］尼格尔·多德《社会理论与现代性》，陶传进译，社会科学文献出版社 2002 年版，第 43 页。

③ 康德最先在哲学史上对"什么是启蒙"做出正面回答，他的代表思想见于《历史理性批判文集》，何兆武译，商务印书馆 1990 年版，第 22 页。

艺术和人文学的传统对象——信仰、价值观、感情对艺术的各种反应、人类经验的暧昧模糊性以及社会相互作用的复杂性——却不是容易地可以用这种方法来研究"①。导致片面的科学激进主义形成，必然造成文化价值的部分真空，"那种理性主义、科学主义、启蒙主义是祛魅的。祛魅对于个人自觉、社会自觉、历史自觉是有好处的，功不可没的，但是对于文学来讲，祛魅本身就是一种伤害"②；不同的文化系统孕育了自己的神话、传说、巫术和民间礼俗，而这些本民族的原型文化意识又对各具异彩的审美文化特征起着决定性作用，文化真空致使这一系列审美功效的运转中止或运转失常。

  作为新文化运动口号的"重估一切价值"使"五四"同人坚持了决绝的反传统姿态（论者在此不是强调运动是否形成"断裂"结果，而是就运动本身的倾向证明"祛魅"的普遍性），势必把"传统"推向"过去"，进而把"过去"的原始思维推向否定的场域。文化维持社会生活的进程和满足社会成员的需要，依靠的是文化事象背后隐含的一套繁杂规则与价值规范，包括组成文化精神核心的文化成员能力和行为的基础、自我的观念和情感的表达方式。在民族传统文化里面蕴藏着大量的这种思想源泉，"五四"重估价值的标准是什么呢？从历史文献看出主要由两方面组成：其一，来源于西方的文化价值尺度，在中西比照下中国文化日渐失去其正当性；其二，在于是否能够从现有的困境中解脱出来，实现世俗的幸福，"幸福"成为衡量中国文化价值的标准。然而，幸福本身就是一个相对概念，按照叔本华的欲望是无止境的说法，那么现实欲望的满足就是浅薄而短暂的。但新旧转型期的中国革命引导者片面地将欲望的满足作为人生的目标或者作为一种新文化的指向，丧失了文化生命力。在这种对传统的批判和新文化的建构中，由于对形而下世界的过分认同，从而使启蒙主义陷入危机，同时也给20世纪文化建构和文学发展带来了难以回避的诸多问题。无论是现实政治层面看不到未来而产生内在的空虚，还是道德

---

① ［英］阿伦·布洛克：《西方人文主义传统》，董乐山译，生活·读书·新知三联书店1997年版，第250页。
② 孔范今、施战军：《关于人文魅性与现当代小说的对话》，《小说评论》2007年第2期。

形而上缺失所带来信仰滩涂的恐慌,在击碎传统文化体系后,思想启蒙运动必然在分化中落潮,被科学理性"祛魅"所伤害的文学感性特征和作为审美文化生成的特质在分化中渐渐获得相对的独立发展机遇。

以上只是从一个历史层面解释了文学在"启蒙"落潮之后走上"返魅"之路的外在因素,接下来论者要阐述的是从文化自身这个角度来理解文学"含魅"的内在根源。弗莱曾说:"无论社会条件如何变化,每一个心灵都是原始的心灵。"心灵需要的不仅是描述某一种特殊情况的语境,而是需要用一种没有限制意义的方式表达所有的特殊情况,这源于人类心灵的本然需求,只有"艺术的神话化"能够适应现代人表现心灵原始秩序的要求,实际上这也"是艺术提升自己的职能,发挥某种哲学与宗教作用的表现"①。人与自然、此岸世界与彼岸世界的联系在人类历史发展的长河中始终存在,它为人类的宗教、哲学、价值观与终极关怀的产生提供了基础,弥合这一联系始终是人类的梦想,这是一种上承"天下一家""天人合一"的理想境界的途径,也是下接"个性自由""平等博爱"的文化选择。文化,包括人类生活所必需的技术、知识、制度、习俗等,为人类的生存提供了稳定有序的形式,使人类脱离了动物的仅仅靠本能生活的状态;而人性也只能在文化所界定的舞台上才得以展演,脱离了文化就没有所谓的人性。在马尔库塞看来,艺术与审美的主要作用就是对现实和物质世界的超越,一旦这种作用被取消,人也就失掉了宝贵的精神世界,被物欲、肉欲所牵引而无法达到真正的自由,成为单向度的人。由于政治和思想上的原因,在中国百年追求现代化的历程中,多数时间里对传统文化持批判和否定的态度,使中国文化特有的审美意境走向衰微,人与自然之间这一神秘的联系也被工具理性的思维方式所打断。为了延续人类本性中走向原始的感性特质,人再次转向对非理性的感性活动关注,这种关注吻合精神慰藉的本能要求,是对现代商品拜物教的反叛,人们希望从遥远的历史中、从被工具理性忽视的身体感性存在中寻找思想武器。同时也是对启蒙思潮的文化反思,他们把目光聚焦在古老的生存智慧中,寻找那些包含着感性

---

① 叶舒宪:《探索非理性的世界》,四川人民出版社1988年版,第10页。

的、直觉的、整体的思维方式，倾向于个性化和情绪化的体验，落实到文学中就是"含魅书写"的感性体验、直觉领悟、直观感受。

论者把"魅"① 扩展到由非宗教的力量建立起来的那种一体化的神圣性，更多的是用一种审美的态度来探寻人与世界的联系，建立界于野性思维和工具理性间的平衡状态。符号的创造能力在人类原初时代就跟制造、使用物质工具能力同等重要，因此原始艺术在具备功利性质的同时也具备审美价值。这种由原始巫术、神秘事件等为依托的诗性思维，改变以往以精英文化为主要研究对象的特点，打开雅、俗之间的界限，提倡对民族文化、底层文化、边缘文化的调查了解，寻找被主流文化和主流美学所忽视，仍以鲜活的生命力存在于民间的中国传统文化、审美文化加以发掘和发扬光大，重新认识到民间文化、少数民族文化的意义。

人类对于"失根"的恐惧无法逃避，"寻根"的渴望同样强烈而执着。对于每一个言说者而言，他们"回家"的路径并不相同。海德格尔的诗学传入中国后，"家园"的形而上内涵得到普遍认同，它的使用也相应由经验层面上升到精神层面。"从'技术'的观点看，在浪漫主义文学中，'家园'的内涵经常是通过对自然的编码得以呈现"②，自然统括了人

---

① "现代化"的过程是理性不断"魅化"的过程。首先，哲学意义上的非理性，在20世纪具有实在的指涉对象，以现代心理学的进展作为基础，具体指人们的意识活动中，理性所无法统摄的潜意识与无意识领域。与弗洛伊德学派有着师承与反动双重联系的荣格集体无意识理论，更为重视人类心智中残存的种族记忆，于是赋予了非理性中相当程度的文化因素，而使理性的外延扩大到了主体的认知思维方式方面。简言之，非理性主要是指人类思维方式（或称前逻辑更贴切）阶段的状态，在这个认知的前提下，从历时性的角度看，理性的觉醒（其前提是对非理性神学的反抗）导致了"含魅"的衰落，而理性所造成的危机又导致了"含魅"的复兴。但前后两个"含魅"的概念，已有了明显的变异，前者是狭义的原始神话故事，后者则是广义的，包括原始思维方式在内的形式和内容两方面的"返魅"。"含魅"总是有意识地对抗和质疑启蒙思想体系中的科学主义，被人们看作迷信的、荒诞的民间礼俗文化却是对生命最认真的态度，催生出最具魅性的文学书写。清丽朴质的风俗书写使小说中的启蒙话语一次次面临自我解构的危机，然而，在过去与现在，看与被看二元对立之中，神秘性作为生存内容得到最大限度的认可；面对现实进程，神秘主义作为认识世界的方式，其存在合理性无奈被否定；人文文化的承担和小说的艺术性隐含着无法调和的双声部。如是观之，对非理性的发现正是人类理性的进步，对无意识的洞悉则是人类意识的飞跃，实际上，非理性、反理性更具向上超越的力量，将理性精神往前推进——"含魅"证实了人们借助非理性的思维方式，表现更为深刻的理性内容。

② 王又平：《新时期文学转型中的小说创作潮流》，华中师范大学出版社2001年版，第47页。

类已知的生态和未知的宇宙,因此这种浪漫以"含魅"的审美形态运用到创作中,最大的体现者就是民间信仰与科学的遭遇:新文化语境中的民间信仰是"在长期的历史发展过程中,民众自发产生的一套神灵崇拜观念、行为习惯和相应的仪式制度,是流传在民众中的信仰心理和行为"①。其核心是"超自然观",主要体现为鬼神崇拜,本质上传承远古时代的原始宗教形态,偏重于巫仪活动,建立在神人交合的灵感思维与神话传播的基础上,而且跟日常生活紧密地联系在一起,具有原始性、世俗性、功利性、多元性。往往杂糅口口相传的神秘色彩和故意误解的成分,它具体包括的内容就有祖先崇拜、岁时祭祀、占卜风水、符咒法术等。中国由氏族社会进入古代国家以后,并非所有民族都摒弃原始宗教,形成全民统一化信仰的创生型宗教,取而代之的是一部分地区仍旧保留了大量的鬼神崇拜、自然崇拜,特别是天神、祖先神崇拜和圣贤崇拜等信仰形式。虽然缺乏秉承一器的宗教整合,且淡薄明确的彼岸观念,然而民间信仰根植于民众种种具体现实的愿望,贴近人的世俗情欲,在一定程度上却起到了精神慰藉和解脱的作用。在原始思维逻辑里面,包括人在内的万物都是有灵的,即万物有灵(有灵的万物相互联系、相互渗透),运用这一逻辑进行创作的主体,相信自己与周围世界处于神秘的交感状态,而且认为通过祭祀、供奉等其他象征性的方式可以达至与某事物或控制某事物的神灵形成一定的纽带关系,这种认识世界对待世界的方式是"巫觋式"的,将引导文本内容在俗与圣之间时显时潜,常带有迷离深奥的色调和韵味,使得文学浪漫书写具有人物互化、梦境迷离、生死无间的奇幻诡异的艺术表现。当世界日益受到工具理性和实用主义伦理支配,压抑个性导致诗意和幻想的缺乏,复归原始则意味着找回失落已久的、诗性的、智慧的美妙世界,恢复起人与自然万物之间的原初亲缘关系。"在永恒的忘却以及偶存的记忆间,鬼魅扮演了媒介的角色,提醒我们欲望与记忆若有似无的牵引"②,在中国文学近一个世纪的理性启蒙进程中,甚至在潜在的现代主义美学取

---

① 钟敬文:《民俗学概论》,上海文艺出版社 1998 年版,第 124 页。
② 王德威:《魂兮归来》,《当代作家评论》2004 年第 1 期。

向的文学价值要求下，民间信仰里面传奇幻魅的因素悄悄渗入当代的乡土书写中。从民间信仰开始进入乡土的浪漫书写，创作主体的立场就倾向一种潜在反映民众世俗欲望、人性人情的浪漫抒写，通过这一立场转换建立起新的自我启蒙、自我解剖、自我审视的文学意象和艺术手段，民间信仰在"寻根"文学中的参与，接续和深化了现代文学幽魅神秘的美学色彩。这些人、鬼、神共同组成的既是一个虚幻的世界、想象的世界，又是一个现实的世界、人间的世界，由这个错综复杂的世界透射出人类社会的诸多面相，散发着浓郁的人间趣味。书写"民间"的自由，实际上是为人的信仰自由辩护，期望能给人找到一个精神栖息的世界，在小说文本中，那些各种各样的迎神赛会、村戏社戏的文化形式正是一个自由驰骋个体意志和虚构想象的空间，更是一个能够找到自我、实现自我的世界。

　　含魅，实质上是一种对于按图索骥、肢解概念的纠偏。作为乡土浪漫书写的一个审美选择，"含魅"离不开一个现实的契机，即文学与启蒙关系的松绑。就在新文化运动走向低谷，同年，新文学界对文学的解释出现了新内容。周作人就不无兴奋地大谈西方人类学的价值，而且由此写了大量关于神话、鬼故事和民间礼俗方面的介绍和研究心得方面的文字，并且说："'人生派'这派的流弊，是容易讲到功利里边去，以文艺为伦理的工具，变成一种文坛上的说教。正当的解说，是仍以文艺为究极的目的；但文艺应当通过了著者的情思，与人生的接触。"① 茅盾也开始注意中国审美文化的特点，"大凡一个人种，总有他的特质，东方民族多含神秘性，因此，他们的文学也是超现实的。民族的性质，和文学也有关系"②。相应地，"文学是思想一面的东西，这话是不错的。然而文学的构成，却全靠艺术。……由此可知欲创造新文学，思想固然要紧，艺术更不容忽视。思想能一日千里的猛进，艺术怕不是'探本穷源'便办不到。因为艺术都是根据旧张本而美化的。不探到了旧张本按次做去，冒冒失失'唯新是摹'，是立不住脚的"，"最新的不就是最美的最好的。凡是一个新，都是

---

① 周作人：《新文学的要求》，《晨报》1920年1月8日。
② 茅盾：《文学与人生》，《文学研究会资料》（上），河南人民出版社1985年版，第89页。

带着时代的色彩,适应于某时代的,在某时代便是新;唯独'美''好'不然。'美''好'是真实(Reality)。真实的价值不因时代而改变"①。这些对文学的时代性与超时空性价值等问题进行的重新阐释,为浪漫含魅的复苏提供了生长土壤。特别是一年后茅盾对文学"国民性"问题所作的新阐释:"所谓国民性并非指一国的风土人情,乃是指这一国国民共有的美的特性。……我相信,一个民族既有了几千年的历史,他的民族性里一定藏着善美的特点;把它发扬光大起来,是该民族义不容辞的神圣的职任。中华这么一个民族,其国民性岂遂无一些美点?从前的文学家因为把文学的目的弄错了,所以不曾发挥这些美点,反把劣点发挥了。"② "国民性"批判作为启蒙文学的基本主题,也是乡土文学借以立足的一个基本点,茅盾对这一核心概念作出异向性的全新解释,可见启蒙思潮所引发的极端化的、不现实的甚至达到某种宗教狂热程度的对人类情感和激情的表现,已经得到重新认识,在论者看来,这是由情绪化宣泄转向真正审美的萌芽。

除开启蒙反思引发的对文化批判承袭的传统本身形成否定性叩问,还有两个方面推动文学民族性问题提上新文学发展议程。在作家方面,因为贴近现实人生后所得的感受日渐丰富,使得这些离乡者的怀乡情绪与之一拍即合;在文化输入方面,西方的人类学观念和其他人文文化见解的广泛引介,无形中提供了矫正思维的依据。"新文学作者的写风俗,常有文化批判的动机。鲁迅、萧红不论,即使沈从文,也为了以那生命的炽烈强盛,映照他所以为的'城市人''文明人'的孱弱矫情。上述作者的民俗发现,都有本世纪以来西方文化输入的显明背景。"③ 由对被启蒙者悲剧性文化生存的批判性揭示,转向对启蒙者身心发展的文化溯源,由全知型的启蒙叙事转变为知识者对未知精神世界的探寻和非主流文化的限制性言说,夏志清认为:"现代中国人'摒弃了传统的宗教信仰',推崇理性,所以写出来的小说也显得浅显而不能抓住人类道德问题的微妙之处。"④

---

① 茅盾:《小说新潮栏宣言》,《小说月报》第 11 卷第 1 号。
② 茅盾:《新文学研究者的责任与努力》,《小说月报》第 12 卷第 2 号。
③ 赵园:《地之子》,北京大学出版社 2007 年版,第 179 页。
④ 夏志清:《中国现代小说史》,传记文学出版社 1979 年版,第 12 页。

正是这种叙事态度的改变激发了文学本身的创造性，才出现了"理性推崇"之外的小说，对"人"的表现才真正落实到了创作主体自身。

20世纪中国知识界的主要课题还是对"五四"新文化运动的不同叙述与阐释，因此不同的阶段呈现共同的指向，小说的创作承担了洞察社会历史本质和趋向的任务。20世纪二三十年代，在"科学主义"兴盛时期，"含魅"实质上是对"科学"的另一种解读，沈从文在《湘行散记》中记述的"落洞少女""放蛊婆""赶尸"等奇闻逸事，这本身就是以民间习俗为载体的作者个人想象的释放，通过传奇的讲述，宣扬的是生命的自然现象与自为形态。作者并不着意探究自然的神秘，写作的宗旨也不是为了寻找答案，而是建立起从形而上对命运追索的文化背景。新时期的"含魅"秉承那一原则，"含而不解"，允许非理性的存在，纠正世界前景如此明朗，人类未来如此必然的观念。尤其在后工业时代，人类自认为掌握了认识世界终极秘密的钥匙，真理只会按照预想的那样发展，即使不是万无一失，也是十拿九稳。当西方文学越来越走向不确定书写的时候，20世纪80年代中期以来，以马尔克斯、博尔赫斯为代表的拉美魔幻现实主义对中国文学产生了极大的影响。拉美魔幻现实主义文学的一个最突出的特点就是在对民族历史与现实的描述中表现出浓郁的含魅意向，这种含魅意向与作家们所处的本土文化语境的关系十分密切。一部分觉醒的小说家们不再相信小说能够原原本本地再现事物客观的真实，他们放弃了轻而易举、纤毫毕现的刻画。

20世纪政治斗争的信念，也构成了20世纪中国学术史、思想文化史的不同层面，"二十世纪已经过去，但知识分子只要打开窗户，就会感受到'五四'的日照。我们现在能够返顾自身、返顾历史，并且在返顾的历程中获得对未来的启示，很大的程度上是因为我们思想的蓝天上悬挂着'五四'的太阳"[①]。就像"五四"之后的20世纪二三十年代文学对其有一定程度的反思与拨正，新时期文学在"文化大革命"之后也具有了相仿的影响（论者认为二者完全是两种本质不同的运动，只是承认两个源流的

---

① 王尧：《彼此的历史》，山东文艺出版社2008年版，第45页。

变迁有雷同性，试图通过"文化大革命"对"五四"思潮上的逻辑衍进，挖掘新时期文学和20世纪二三十年代文学的某种联系，"含魅"叙事也是在这样的背景中重新出现的）。现代化是20世纪世界的共同语境，也是中国不能避免的一个语境。我们无法离开现代性的语境来理解20世纪中国的进程。然而，中国的本土经验是什么？在共同的现代性语境之下，如何表达本土经验？较之"现实"来说，"传统"还处于一种边缘的状态。"反传统"和"现代化"互为表里，共同将启蒙这个"五四"以来一直未能完成的话题推到了文学思潮的中心地带。无论是伴随"五四"落潮的20世纪20年代，还是刚刚解冻的20世纪80年代，知识分子都是在启蒙话语支配下进行人文思索。在激进话语成为主流的时代，知识分子感召于理想主义的光辉，内心却又无法排遣彷徨感、虚无感，因为不知该往何处去，那种精神承担无法成为操作可行的方案，所以只好选择一种可以实现内心乌托邦的路径，浪漫乡土的出现无疑承担了这一使命。"伤痕"或者"反思"的说教和眼泪，只是满足了现实和人伦的故事，且仅仅是一些生活原理，并不能让读者的心灵震颤或有更深领悟，只有走向浪漫，才能开启追问存在意义和寻找超脱体会的帷幕。浪漫不单依靠抒情而形成，因为情感的堆砌并不能代替思想的倾泻，情感越是克制和内敛，传达的力量才越是强大，"含魅"恰恰满足了这样一种内敛的需要，走上新时期文坛。1978年以来，随着改革开放的深入，人们大多以一种向前看的眼光憧憬着未来，想象着现代化将对社会产生革命性的飞跃。同时，对于一个前现代化国家来说现代化已经显露出来的理性膨胀和人性危机，在这种矛盾语境下，寻根作家更多是在理性上主张现代化，情感上依恋传统，以审美的方式回应半个世纪之前，沈从文所讲的"既要自然，又要向上努力"的预言。然而主观上的悲剧感已经被逐渐淡化，表现出一种平和的坚毅。就像生活在高度现代化、工业化城市的罗兰·巴特所向往的"在远离城市的村庄，在听不到城市一切喧嚣的地方，在昏暗的油灯下，让神思在心灵与宇宙之间自由地穿梭"，成为20世纪80年代"含魅"书写的背景写照。

含魅饱含着一种痴迷，一种不为外界所撼动的执着：马原可以将生命匍匐于冈底斯的泥土上，扎西达娃可以把灵魂编织在雪域的每一寸冻土，但他们的眼光与任何一位旅行者都不同,因为他们不是过客,他们与西藏的土著一起担心过、生活过,有过一样的忧虑和欢欣。这样的质素让他们面对更"魅"的异域,也不会显示出丝毫的好奇与敏感。而大多数飞往所谓"光明"前途的兵团或乡下的年轻人,却有一根隐形在自己内心或是有形的家庭关系的政治束缚,那么列车搭载而去,才意味着最后的挣脱。那是一个可以轻易决裂的时代,亲情显得微不足道。激动与神往降低家人告别的分量,"来自各方的男男女女集聚在一个个知青点,许许多多穷乡僻壤几乎都被来自各大城市最有活力的千千万万青年所占据。这是城市对农村的包围,是另一种星星之火可以燎原。关键是那时候的我们,都是那样年轻,年轻单纯到如一张张白纸。那是一种只有'毛泽东气魄'才写出来的历史,以后不再会有这样纯净的青年,不再会有千千万万青年经受这样从身体到精神的磨炼,也就不再会有这样令人难以忘记的记忆了"①。在这种普天同一的改造之下,天天想的只能是"吃"(不是什么评论家所谓的道家思想,也不是欲望理论,而是最为基本的实在),因为除了睡觉时间以外,肚子全天都在和这个人较劲。那个时候不会是用精神食粮填补物质饥饿的写照,太理论化,包括莫言《透明的红萝卜》在内,对"吃"的描述都传神,就像杰克·伦敦《热爱生命》中那个被营救出来的人,一辈子都生活在饥荒的恐惧中。他们靠着讲述食物、想象食物以果腹。寻根文学的叙事中心是回归民间,民间具备发达的文化根系,生发为小说中地域风情和人物故事所具有的隐喻或象征修辞功能,它们将引申和对照出现实社会中个体生命的委顿和精神的贫乏,其意义指向自己失落的家园。这种对"含魅"的追求,艾恺归结为"对乡村社会、乡民和中世纪(常常包括宗教在内)等的加以提升和歌颂,在浪漫文化民族主义思潮中几乎是无处不见的主题"②。"含魅"作为文学审视世界的特殊视角,作为文学把握世界的特殊手段,这其中有拉美文学的影响,更有着历史和现实的生活依据,处于文化裂变和转型时代的现代知识分子的内心创伤,难免会通过

---

① 朱伟:《下乡第一年》,见《七十年代》,生活·读书·新知三联书店2009年版,第82页。
② 艾恺:《世界范围内的反现代化思潮》,贵州人民出版社1999年版,第91页。

"含魅"的思绪曲折表达,特别与作家生活的地域文化有着密切联系。楚地巫风源远流长,从沈从文到韩少功无一不受其感染,[①] 沈从文笔下的"巫"从事巫术职业,具有禳灾祈福功能,是体现神的意志的实体的巫师形象;韩少功讲述《爸爸爸》创作时承认有意使故事的时间和地点模糊不清,有意把不同的几个少数民族的成分混在一起,时空的混淆充满神秘与自由,使情感或主观性得以表达,正像在古代的楚文化里一样,"楚人的'合一人神'视现实的生民世界与非现实的鬼神世界为同一的整体,从而泯灭了人神的界限。在这种思维定式影响下,楚人也可以泯灭物我的界限,因此我们才可以看到屈原与鬼神同畅游、庄周齐物而逍遥的自由美妙世界。在这个世界中,虽然仍然存在着二元的两极,如人与神、我与物、生与死、福与祸、对与错等,但它们的关系已不是对立而是对等,尤其是已没有不可逾越的鸿沟,二者之间可以自由地转换"[②]。贾平凹的记忆里也驻扎着中国文化的一脉,以商秦鬼文化为代表的神秘文化,认为人与人、物与物可以互相渗透,灵魂可以不灭,可以转移,这也是中国民间文化形态中最具代表性的原始逻辑。莫言的故乡高密离蒲松龄的故乡不过几百里,莫言在《檀香刑》后记中也谈到这种"聊斋"影响:"我小时候经常跟随着村里的大孩子追逐着闪闪烁烁的鬼火去邻村听戏,萤火虫满天飞舞,与地上的鬼火交相辉映,远处的草地上不时传来狐狸的鸣叫和火车的吼叫。经常能遇到身穿红衣或是白衣的漂亮女人坐在路边哭泣,哭声千回百转,与猫腔唱腔无异。我们知道她们是狐狸变的,不敢招惹她们,敬而远之地绕过去。"童年的生活经历无疑是他创作的资源,而鬼火、狐狸、女人、戏也一次次地出现在他的作品中,构成了莫言"含魅"叙事的一部

[①] 谭桂林认为,"20世纪80年代中期以来,以马尔克斯、博尔赫斯为代表的拉美魔幻现实主义对中国文学产生了极大的影响。拉美魔幻现实主义文学的一个最突出的特点就是在对民族历史与现实的描述中表现出浓郁的含魅意向,这种含魅意向与作家们所处的本土文化语境的关系是十分密切的。魔幻现实主义对鬼怪的描写源于作者对世界的一种观点,鬼怪本身包容在现实之中。正是这样一种与现实融合在一起,并且构成情节本身的鬼怪叙事才具有含魅的意味"。巫风与魔幻本来有许多相通之处,正是拉美魔幻现实主义的影响激活了地域文学巫诗传统的生命力。见《论新时期湖南小说的含魅叙事》,《湘潭大学社会科学学报》2001年第2期。

[②] 陈仲庚:《合一人神:楚文化思维模式与韩少功之演绎》,《福建论坛》(人文社会科学版)2002年第2期。

分。无论是王安忆为小鲍庄选择"赋魅"之途,被迫替仁义"祛魅",最终导致"失魅"的客观创作困境;还是沈从文用生命拥抱"含魅"书写,依靠原始思维形式以及独特的民族视角和神性眼光为湘西精神呈上诗性画卷,却在《长河》中结束"魅化"的演变。对于这样的主动选择,被动放弃,或者客观消失,"含魅"作为思想和文学表达方式,衍生和消亡都具有背后的原因,作者对"含魅"并非一个粗疏的、直接的取舍态度,在书写的过程必然蕴含着复杂性,对这个审美现象不应单一地、孤立地看待,更应关注与此相关的一些弥补策略和建构的独特方式。

"含魅",具体在写作中究竟是怎样的形态?——它是一种生长着、繁衍着、增殖着的存在,通过对边缘文化的复兴,拓展文化支流,使已经断流或接近枯竭的文化河床重新焕发生机。它又是一种枯萎、干竭、衰亡着的存在,因为时时面临现代文明的胁迫而不断挣扎,固有的异质性使内部矛盾永无停息。同时,它还是一种感觉、一种情绪、一种意向、一种心动、一种回味,代表对神性的景仰与崇尚,同时也是对鬼怪的妥协和退让。既有强力意志——向外部现实物质世界辐射的魔力、神力,也有怀疑意识——向内在精神宇宙的追问和探索。在形式上,运用语言的歧义、挪借等造成语汇的独特释义;运用环境的变形、夸张等烘托氛围的奇诡灵异;运用情节的重复、交错等导致叙事的光怪陆离;运用感觉的串位、转移扩张生命的神秘变幻。包括"神话"的故事框架、题材的多义性,象征的模糊性,人物的预感等非现实的、超现实的、假想的、怪诞的手法纷纷出现。"含魅"既是形式,又是内容;既可以是一种表现手法,又可以是一种生活体验,一种对于世界和人生的把握,一种哲学的认识论。"含魅"即对于"祛魅"的背弃与怀疑,作为非认知性的重写,实际上成了一种虔诚的倾听,倾听来自世界深处那些未定性的静默,进而为那些未定性的东西做出见证。

重返魅性世界,并不是一种简单地、平面化地解构启蒙或解构现代性的过程,它所建构的多义性也不是以多元共存掩饰的无主题本身,而是人类以每个个体生命特有的精神禀赋,来重建历史主体性的精神标识和价值谱系的合理秩序。季红真认为"寻根文学"使"新时期文学"基本上完成了艺术嬗变,[①] 论者认为其核心因素就在于"含魅"主导着整个寻根思潮,实现了叙事变革与历史返魅,意味着历史主体性精神标识本身的赋魅,还同样意味着一元化历史精神的颠覆与瓦解,新的审美观念中,人作为个体成为本位立场。"含魅"过程,也正是文化强力意志退场或萎缩的过程,是创作主体对自身独立自治的精神空间和审美理想的获取过程。它表现了历史整体性书写时代的结束,统一性价值规范和审美体系的破产,体现了公众权力意志和国家权力意志在文学变革中的逐渐减弱,创作主体的个人声音及其精神标识的不断增加,文学话语的内部开始实现权力的重新分配与分享。"含魅"以解构的姿态体现了"另一种历史的主体性",一种对生命主体的充分认同与高度尊重,对个性价值的重新发现,对存在内部的独特探讨。所以"含魅"离不开作者的精心安排,或者是出人意料的光鲜明媚,或者是超乎想象的生猛野蛮。精心安排代表一切不在最初意图之中的东西都小心地驱逐出去,一切都是特殊的意图和对世界的特殊想象。这里面包含了一种世界观,即世界是可以从感觉或感情出发来寻找的。这种民间思维方式否定了从一个概念、一个理论的东西出发,沈从文在那样一个纷乱的年代里能够很平静包容地看待世间的万物,贾平凹开始找到他的写作态度和视点也是从自己脚下的大地开始。通向故乡的道路便是寻找自己的根的道路,一个人只有珍惜自己的生命和体验,建立起自己和脚下的土地的联系,他的艺术才有可能获得生生不息的活力。

"含魅"与乡土大地的结合,从更本源的来看,是乡土大地在更早的初民时代就诞生了"魅",浪漫书写只是一个"返魅"的历程。"含魅"对新时期小说艺术观念的转型所做出的不可磨灭的贡献——它促成了传统的功利载道型创作向现代审美愉悦型价值观念的回归。构成20世纪中国文学内在矛盾的一个根本的问题就是功利与唯美之间的冲突,可以说"含魅"的诗性思维提供了一个新的审美判断。"含魅"作为浪漫书写的主要方式,成为20世纪浪漫精神走向新生的有力支撑,既没有覆灭在传统的现实主义之中,也没有彻底滑向现代主义。而最具有跨时代意义的价值在

[①] 季红真:《忧郁的灵魂》,时代文艺出版社1992年版,第31页。

于"含魅"提供了小说时空观念转变的场所,由传统的一维平面走向了现代的多维立体空间,让小说走向了现代化。传统小说遵循的是黑格尔历史时空观,在黑格尔看来,时间是线性发展的,空间是平面展开的,这种一维平面的时空观被当作艺术真实性的前提和基础。"含魅"起始于"当下"感受,将历时性的线性时空共时化,这种艺术上强烈的超越意识也体现了作家对人的存在的理解与尊重。

第二节　仁义叙事:双重陌生的困境
——《小鲍庄》的"魅"化解读

1991年5月上海,在王安忆自己的住所里,她和两个学生交换了自己小说创作十年来的一些细节及背景,关于《小鲍庄》她这样归纳,"我的基调是反讽的。那个结尾很重要:许多人都因捞渣之死,改变了生活",所以,"捞渣是一个为大家赎罪的形象。或者说,这小孩的死,正是宣布了仁义的彻底崩溃!许多人从捞渣之死获得了好处,这本身就是非仁义的。当仁义需要制作榜样时,仁义是否已经岌岌可危?""其实《小鲍庄》恰恰是写了最后一个仁义之子的死,《小鲍庄》是写仁义的堕落。"进而否认了自己的创作动机:"我创造时根本没想到去寻根。"[①] 此后,这个注疏就像是为《小鲍庄》作了盖棺之论,于是评论家们结束了长达七年的争议(《小鲍庄》创作于1984年,在1991年之前引发过大量"仁义"与否的论争)[②],相信了这个来自创作者自身权威的告白。伴随着争鸣的寂静,《小鲍庄》多重意蕴的探讨也就此搁浅,事实上王安忆人为地给小说"接

---

① 王安忆、斯特凡亚、秦立德:《从现实人生的体验到叙述策略的转型》,《当代作家评论》1991年第6期。
② 典型的观点例如,吴亮认为"源于它知人识世的达观态度,源于它藏而不露的深厚的人道精神"(《〈小鲍庄〉的形式与涵义》,《文艺研究》1985年第6期);风子驳证"作者对小鲍庄人行中步的生存状态是持批判态度的,而对造成停滞、凝固状态的原因之一——体现在捞渣身上的以'仁义'灭人欲的道德准则却有点赞赏,这使人有些遗憾"(《〈小鲍庄〉再辨析》,《当代作家评论》1986年第5期);持两种意见的还包括,汪政、晓华《〈小鲍庄〉的艺术世界》,《当代文坛》1985年第12期;洁泯《〈小鲍庄〉散论》,《当代作家评论》1986年第1期。

受阶段"画上一个句号,并不能遮盖她创作的原始背景和文本本身承载的意蕴,笔者认为小说并非简单地对"仁义"判以极刑,而是围绕"仁义"展开了一场社会道德文化力量的角逐。小说不是对"仁义"的否定,而是对"角逐"的深思和困惑,如果以标点符号来比喻《小鲍庄》,应该是一串省略号,而不是一个干净利落的感叹号。然而,王安忆出于怎样的考虑,为什么宁肯改变其小说的阅读命运也不愿意面对小说获得更为丰厚价值意义空间的可能呢?

更令人匪夷所思的是,2007年在张新颖与王安忆的对话录中,后者居然重新申言"寻根"和《小鲍庄》的联系:1983年参加"国际写作计划"回国之后,因为找不到写作的意义,所以"大半年时间没有写(作)","碰上寻根运动",觉得自己"运气好","这两个事情简直结合得是天衣无缝,就等于说,正好是在我开始怀疑自己的时候,寻根运动来临","寻根运动其实对我的帮助是很大的,说是找了另外一个角度也好,立场也好,背景也好,总之是,推开了一扇门,门里面又一个新天地"。① 为了补充这一说法,在访谈中再次提及"我记得当时阿城跑到上海来,宣传'寻根'的意义。他谈的其实就是'文化',那是比意识形态更广阔深厚的背景,对于开发写作资源的作用非同小可,是这一代人与狭隘的政治观念脱钩的一个关键契机",也许是"寻根"让"那些散漫的细节似乎自行结构起来,成为一个故事,这就是《小鲍庄》"。② 前后16年,作者本人提供的证词居然相去甚远,不能不说《小鲍庄》意义的阐释更加复杂和扑朔迷离了。值得肯定的是,美国之行和寻根运动对王安忆写作《小鲍庄》的影响不可忽视,而彼一时掩盖、此一时宣扬背后的隐衷又是什么呢?

历史存在于文本中,文本也在历史中重建其意义。《小鲍庄》成就于"寻根文学",之间发生了怎样的纠葛,才使其一度被疏离而后又重回其麾下?"寻根"运动的发起者们对于"寻根"的阐释以及"寻根"的一些代

---

① 王安忆、张新颖:《谈话录〈三〉"看"》,《当代作家评论》2007年第3期。
② 王安忆、张新颖:《谈话录〈六〉写作历程》,《西部》2008年第1期。

表性作品中充满了对于"寻根"的分歧，使得"寻根"本身成为一个相当含混暧昧和游移不定的概念。① 同时，这种由"现代派"到"寻根"的转变是此前作为一种共名的"现代派"出现分歧：这一方面是因为"'现代派'在1983年、1987年'清污'和'反自由化'运动中'负面化'形象。担心因言犯忌的人们宁愿采取'寻根''先锋'这样中性的说法强调自己的'准现代派'态度"；另一方面也是因为新时期对"现代主义"的接受过程本身就一直存在着多样的、混杂的理解，而这种理解和接受上的侧重点和差异性导致了"现代主义"实践的分解。② 所以，"寻根"运动的出现，表面上看起来好像是对前期"现代主义"实践的一种反拨，但是事实上"寻根"并没有因为回归民族和传统而脱离20世纪80年代的"现代主义"潮流。相反，对于"寻根"运动所"寻找"的"民族文化"，已经有不少论者指出了它的含混与矛盾之处。③ 应该说20世纪80年代后期便进入了"寻根文学"经历短暂的喧嚣后的冷落期，以李㸆1989年在《文艺评论》第3期上发表《心灵的怪圈——新时期文学心态描述之四》为标志，算是对繁华一时的"寻根文学"作了悼文。文章指出，"我们总是难以摆脱民族精神深处的阴影的追逐，一种心理意识的基本结构决定着创作的基本特点"，总会在其基底里显出一种"预想的整体背景"或"预想的完满性"，体现在"摆脱政治桎梏而又企图替代政治，向往理性却导向了伪理性，叛逆传统却回到了传统"三个方面，甚至点名作品《小城之恋》，明显地含蕴了一种"迷狂"，一种性的非理性冲动，是从对"理性"的崇尚中，热衷于精神分析学而衍生出来的。面对"寻根文学"的城门失火，作为《小鲍庄》的创作者王安忆是不是也有了"殃及池鱼"的忧患？20世纪90年代初期，王安忆发表了《叔叔的故事》，写作时已经有一年没有动笔，我们可以想象她是处在一个怎样的焦灼和煎熬状态里。在后来的回忆中，她自己这样说道："《叔叔的故事》想表达的是对没有前辈的恐惧，对前辈的缺席的恐惧。有

---

① 李杨：《重返八十年代：为何重返以及如何重返——就"八十年代文学研究"接受人大研究生访谈》，《当代作家评论》2007年第1期。
② 程光炜：《二十世纪八十年代的"现代主义"文学》，《文艺研究》2006年第7期。
③ 李陀：《意象的激流》，《文艺研究》1986年第3期。

的时候我们真是,就像张承志他必须去找到一个伊斯兰教牢牢地抓住,要强迫自己戒猪肉,自觉遵守一些纪律,都是想要找到一个承前启后的精神链接,好纳入自己的认识。张承志有伊斯兰教,我有什么呢?我继承什么呢?我往哪里去纳入自己的思想与虔信呢?……所以《叔叔的故事》写下来其实是很沉重的……这种沉重到今天好像也没有释然,而且更加渗透,变成一个日常化的问题。"① 这种为自己"寻根"的潜意识抹杀了文学创作的"寻根",所以宁可选择《小鲍庄》读解意义的中断,也不再接受"寻根文学"这片昔日沃土的营养,落入文化复制的阴影之中。而那样的言论紧接着就导向了批评界的另一种声音,"人可以无文化之根而不可无存在之根","不存在,即无文化","文化并非绝对内在而悠久的历史性规定,相反,作为存在者状态上的文化倒是处处对人显出它的外在性和陌生感,不然,何以那么多人一致大谈文化荒芜呢?""文化可'寻',不正说明作为存在之结果的文化有时候也可能丢失","我之所以说《小鲍庄》是模仿和应景之作","她不是寻什么文化之根,而是要寻生命之源,存在之根"。② 恐怕这样的扭曲性拔高理解在王安忆本人看来也有些啼笑皆非吧,是一些作家或作品文本酿就了时代的潮流,还是时代潮流重新建构甚至定义了文本,有时还真难以说得清,在论者看来,还是时代潮流的力量要强大得多。伴随着时间的流逝和作家自我认识和建构的不断丰富,"寻根文学"在21世纪获得了时间沉淀之后的历史澄清,有了更为客观的评价,"是当代文学想象范式转变过程中的一个重要的文学现象,它最重要的意义是寻回被历史边缘化了的小说美学传统,即重视从个人意识、感受和趣味出发想象世界的传统,而不是在对中国民族文化的发掘和想象性重构方面取得了什么了不得的进展"③。"实际上不知不觉地调整了20世纪80年代单纯的反传统态度,对于传统文化不再是简单的、全面的极端否定,而是开始呈现复杂的、多元的评价,并且开始形成了对于现代化的某种情感上的怀疑和并非自觉的否定。"④ "寻根文

---

① 王安忆、张新颖:《谈话录:叔叔的故事》,广西师范大学出版社2008年版,第282页。
② 郜元宝:《作为小说家的"本性"——重读王安忆的小说》,《上海文学》1991年第12期。
③ 王光明:《"寻根文学"新论》,《文艺评论》2005年第5期。
④ 旷新年:《"寻根文学"的指向》,《文艺研究》2005年第6期。

学"尽管在当时并不是公开地、理直气壮地却暗含着提出了文化的特殊性和传统的问题,与这种外来的现代化和普遍主义潜在地对抗。类似这样大家之言,产生的舆论效应是可以估计和观测到的,随后"寻根文学"20年纪念便在文学家和文论学者中间展开,王安忆也以温婉的文字出现在大批的回想录里。她终于打开了尘封的回忆:"《上海文学》在杭州开会,其时,我在徐州探亲,眼看赶不上会期,心中十分失望。在作雪的阴霾里,悻悻地走回,只觉得寂寞和荒凉。而此时此刻的江南杭州,则热气腾腾……1984年和1985年之间,第四次作代会上,有一日听说,阿城要来拜访贾平凹,这两位'寻根'领袖的会晤,使我们很是激动……也是在这一次会上《中国作家》编辑和主编冯牧,与我谈《小鲍庄》的修改意见。会后不久,我的《小鲍庄》便在《中国作家》第2期刊登。"[①] 现在反观"寻根"的代表作品大都是后来指认的结果,按说,这进一步印证了先有大批量作品而后才有潮流的真实性。毕竟,作为一种思潮的诞生和流行,总是不可避免地引入概念化的和整体化的口号或理论,而作品是实在、具体的事物,具备无数个性化特征,又怎会落入同一性的潮流?这看来就难逃文学发生的悖论。缺乏潮流的历史(也即是文学史)是没有力量的,无法形成宏大、普遍的文化。我们都生长于特定的历史语境中,任何个别行动都会不自觉地表达出整一性和普适性,这就是历史意识不断沿袭和滋生的所有理由。《小鲍庄》所代表的"寻根文学",既是对这种意识的仿效和实践,又是对它的趋避和掩饰,从而最有效地建构起小说本身的内在矛盾和深厚的寻根意义。

　　本书并非怀疑或否认《小鲍庄》的艺术价值或美学意义,恰恰相反,即使离开了寻根,它依然具有自身作为文本的那种意义和价值。因此,笔者依然要努力找到文本顽强地自我存在的那种品格和力量。文本依靠这种质素去介入历史,并获得一种文本自主性的思想,在历史语境中被解释,以它的方式激发历史建构的想象。反过来,这种想象再次形成文本的审美光环,在这里,我们不仅注重读解《小鲍庄》作为个别独立文本所具有的

[①] 王安忆:《"寻根"二十年忆》,《上海文学》2006年第8期。

文学性特征，同时也看文学性如何与时代潮流形成一种互动关系，如何被历史语境建构那种想象关系。

一　含魅：文化母体的现代言说

塑造并奠定《小鲍庄》含魅氛围和基调的文字要数"引子"，讲小鲍庄发洪水，"不晓得过了多久，像是一眨眼那么短，又像是一世纪那么长"，烘托出主要意象洪水、浮在水上的树及树上的长虫。这里很明显借喻了大学者顾颉刚曾经关于"禹是一条虫"的考证，随后在"还是引子"中讲述小鲍庄的祖上便是治水的，而且在传说中就是大禹的后代，有了与"禹"相似的故事。自然，整个小鲍庄人也都成了"禹"的后代，由"洪水""禹""小鲍庄"的结盟推演了一个雷同于神话的背景。在原始人类那里，世界是赋魅的、不可解的，充满了神秘和神圣，王安忆试图模拟出一个古代人的视野，"最惧怕的还是水，唯一可做的便是修坝。一铲一铲的泥垒上去，眼见那坝高而且稳当，心理上也有依傍"，坝被后来的人称作鲍山，"把山里边和山外边的地方隔远了"。这样的寓言式开端呈现"小鲍庄"的象征意义：人类亲手将自己封闭起来，画地为牢并以此为安，形成一个年代久远、固定不变的文化家园。对都市知识者、沐浴现代风潮成长起来的人来说，"传统"渐渐成为一个难以理解的、异己的"他者"[①]。在小鲍庄这个魅化的世界里边，"仁义"恢复了昔日的辉煌，像一种无形的力量在冥冥中主导着每一个人物的命运。为了实现这种操控的有效运转，作者采取了两种方式：其一，在叙述的结构中轴心式的辐射，体现为向心力含魅；其二，叙述内容的闪回，体现为爆发式含魅。

首先关注这样一种轴心式的结构，《小鲍庄》全文包括引子和尾声总共40个片段，组成10个小节，平均下来每节包含4个片段，每一个片段实际上讲述一到两个人物，几乎每一节里面就是上一节人物的循环和故

[①] 比如，曾经作为传统文化精髓的"天人合一"对现代人来说，无疑已经十分陌生和难以理解，作为古典的象征在现代人眼中被异化为一堆机械的、毫无生命力的东西，人们更不会认同已经死去的人还活在现实世界中。古代中国人十分熟悉、倍感亲切的万物有灵，在现代人看来，可能已经转化成了一种充满鬼魅气息的、令人恐怖的不可理喻。

事的延续。第一到五节，都是以捞渣为起点，依次出现：〈第一节〉捞渣（鲍五爷）—拾来（大姑）—鲍仁文（鲍彦荣）—鲍秉义（鲍彦山家的）；〈第二节〉捞渣（鲍五爷）—鲍秉德（疯妻）—拾来（大姑）—小翠子；〈第三节〉捞渣（鲍五爷）—北京、上海（无人物）—拾来（大姑）—鲍仁文—大姑—小翠子（文化子）；〈第四节〉捞渣（鲍五爷）—大姑—鲍仁文、拾来、二婶—小翠子—鲍秉德（疯妻）；〈第五节〉捞渣（鲍五爷）—唱古（无人物）—拾来、二婶—大姑—小翠子。论者这么不厌其烦地罗列出人物出场的顺序，在于强调作者有意识地安排了一个轮回环线结构，以求凸显"捞渣"的向心力："鲍彦山家的，在床上哼唧，要生了"，"捞渣满地乱爬了。小脸儿黄巴巴的，一根头毛也没有，小鬼似的，就是笑起来的模样好，眼睛弯弯的，小嘴弯弯的，亲热人，恬静人。大人们说他看上去'仁义'"，"捞渣歪歪扭扭的能走了，话也能说不老少了"，"捞渣会给鲍五爷送煎饼了"，"耕读老师来动员捞渣上学了。捞渣七岁了，该上学了"。以上是第一至五节的首句或首段，无一不是以捞渣起兴，似乎故意营造出"捞渣"的核心存在，将捞渣放到叙述动力的位置上，暗含了捞渣所具有的神奇力量。这种叙事准备使原本自然发展的事件和人物在某种程度上转换成了捞渣个人化的衍生，捞渣成为小鲍庄最内在的集聚力，其"仁义"品性才登上母体地位。

　　从第六节开始以捞渣的死亡为转折，叙述的顺序中不再是每一小节居于首位，而放置结尾处仍旧突出了捞渣的压轴地位。似乎捞渣不出现，那一节的所有铺垫都毫无价值。捞渣的死在文本卷起了一股比形式上来得更猛烈的神风，所到之处万物复苏，打破了小鲍庄原有的秩序。正视捞渣的死，实际上就绕不开小鲍庄本身存在的一系列"问题"，并且在第六节之前，所有的问题都是在逐渐扩大并处于险势，大有一触即发的危机。首先被称作"文疯子"的鲍仁文，一个"疯"字已经显示出被大众刻意离间出的距离，这个秉持着自我信仰不屈不挠的文学青年，正在为自己的梦想苦苦挣扎：他去采访鲍彦荣无功而返，"影子在霉湿的墙上扭着，忽而缩小，忽而扩张起来，包围住整间屋子。人坐在影子底下，渺小得很"（第一节）。这样的静物描写即便客观而冷峻，也无意中流露出叙述人对角色的情感距离：她是怜惜他的。影子象喻性地代表了村民对鲍仁文的冷漠和误解，笼罩着这个寻找文学圣殿的使徒。尽管叙事者清醒地意识到鲍仁文需要被同情，而手中的笔并没有为他铺设平坦的道路，反而更加崎岖："（精神病院的提议遭到冷遇）鲍仁文长叹一声，立起身，走了。傍晚的太阳，落在地沿上，把他的影子拉得细溜溜长，孤孤单单地斜过去了"（第二节）。"（传闻中作家的来访原来是子虚乌有）他落寞地哭了"，"这时，他特别想往什么上面偎靠一下，温暖一下，安慰一下自己这颗破碎而孤寂的心"（第三节）……无论是等作家的到访还是等待投稿的回复，鲍仁文都被安置在待拯救的关隘，一再地失望宣判了他等待外力的救援是无效的，他需要真正的救助。另外几个人物几乎是同样的境遇：拾来和大姑的冷战不断升级，鲍秉德的妻子一如既往地生下死胎，拾来和二婶的婚事反复受阻，疯掉的妻子闹出悬梁等各样的悲剧，小翠子不肯圆房而远走他乡……这个村子在等待什么来扭转这可怕的命运？

洪水铺天盖地而来。"雨下个不停"，"一片水，哪有个人啊"，"水撑着人，哪还有个庄子啊？"小鲍庄的人畏惧水，而此刻水却带来了福音，他们还未察觉到即将出现的翻天覆地的变化，而那些厄运似乎正在悄悄退避。为救鲍五爷，捞渣的生命消逝了，鲍仁文猛然醒悟："我不能像众人那样过下去！"这个时候，文化子也意识到"小翠子对他的希望其实也是她自己的希望"，"自己是喜欢小翠子的"，鲍秉德终于再婚了，"睡得踏实，睡得实在"……突然之间，捞渣便以学名"鲍仁平"的名义出现，从个体的死亡走向群体的复生，因为他不再属于鲍彦山一家，更不属于小鲍庄一个村子，而是无限大地扩展着，从县里到省里，从省里到全国。这样的连锁效应就是鲍仁文终于见到作家了，自己的文字变作珍贵的铅字；鲍彦山的新房建起来了；建设子的提亲逐渐多起来；文化子和小翠子终于看到在一起的希望；鲍秉德当爸爸了，还会有一个、两个很多个小孩；拾来、二婶、鲍彦荣……都变了，脱离了先前的困扰，走向了新生。以"一老一小静静地躺在筏子上"为圆心，小说第六到第十节展开的复式叙述扇面更宽，作者让捞渣还魂在村子的每一个角落，如同上帝将圣子派往人间，把肉体分享给众人，告诫人类"信奉，则永生"："仁义"需要追随者，叙述者也在刻意制造一个信仰。王安忆巧妙甚至故意地操纵洪水的来去以及生命的有无："这次大水闹得凶，是一百年来没有遇到过的大水。可是全县最洼的小鲍庄只死了一个疯子、一个老人和一个孩子。这孩子本可以不死，是为了救那老人。"捞渣怎么能够活下来呢？捞渣必须死，使逝者成为施行效果的魔法，这是作者精微操作过程的最终结果，由它去达到那个崇高的结局。诱使读者相信一个与现实没有明确对应的虚构物，让读者沉醉其中，搁置自己的怀疑态度。正如亨利·詹姆斯所说："从成功创造出他们伟大的那一刻起，从不是要求人们凭空相信你的那一刻起。简约地创造几乎一切，这是表现艺术的真正生命，而要求读者凭空相信——即便是最谦卑的要求——也是艺术的死亡。"[①] 由此，《小鲍庄》神灵附身一般出现在我们的视野中，我们无法用任何现代的价值条约去否定和怀疑它的存在。作者通过向心力的含魅设计出一个文本，利用死亡的施行功能产生另一种再生，尽管这样看来像是作者撒下的弥天大谎，既与事实相违背，也缺乏客观对应的指称物，可依旧被读者所相信。因为那样的信任，打开了我们无法知道的世界，看到崭新的、未知的东西，唤醒我们心中沉睡已久的感官与记忆。

所谓的"爆发式含魅"是指通过一个潜在的铺垫达到情节的逆转，而这样的转折跟之前的伏笔形成一个相似性的呼应。拾来的故事表现得尤为突出，可以说为了追求一种魅性书写，叙述者反复地使用爆发点，在连续的爆发点中才恢复了事实的本身。几乎是在一出场，拾来和大姑的关系就显得不同寻常，"这双脚已经在这峡谷里沉睡了十五年了。他感觉到那峡谷最底层、最深处，有一颗心在跳动"，这种异样的感觉使拾来隐隐地畏惧，所以找来凉床架子"和他大姑分床睡了"，"到后来，他见了大姑就要躲，怕似的，又像是恨似的"，这种没来由的赌气，让拾来拒绝了大姑的好意，而逼迫大姑独自一人外出替他换床。"拾来眼睁睁看着他大姑上了路，心中又十分的后悔起来"，悔意渐渐扩大，变为一种不安和自责，

[①] [美] J. 希利斯·米勒：《文学死了吗》，秦立彦译，广西师范大学出版社2007年版，第161页。

到对灾难的假设性推想，这一系列的心理活动使大姑再次出场的时候拾来突然觉得两人能够再次回到那种暧昧的阶段。新床和新被使拾来觉得温暖，"可是，这暖和又和那暖和不一样。拾来想起那温暖的峡谷。那柔软的暖和是非常特别地包围着他的脚"。这种遐想偶尔也使读者抱有和拾来一样的想法，究竟是一种怎样的情感联系在二人之间？《小鲍庄》的写作年代里乱伦的故事已经不属于禁区了，早在《雷雨》里繁漪和周萍的非血缘恋爱就耳濡目染，悖情悖理中有常情常理，情所必然，势所必至，总得写到那个份儿上。可作者就不让情节符合读者的期待视野，拾来离开冯庄，剩下"大姑耳朵跟前，老有一只货郎鼓在响着，叮咚，叮咚，叮咚，叮咚"，拾来的归宿却在遇到二婶，"他咋在这轻烟里看见了大姑的脸"，"他像是在哪里见过这么双手"，叙述者暗中强加着一些意象，让读者扼腕感情的中止，哪怕是非理性的情爱，也应该自然地奔涌啊。所以，无论是身体上还是心理上，二婶一定程度地成为大姑的替代。当二婶接纳拾来之后，大姑就再也没有听见货郎鼓响，"一夜睡得安恬"。出现这样的心灵感应，使二人情感的传奇性更加浓厚了，所以在捞渣用精神的力量改变这个沉闷的村子的时候，拾来回了冯庄，结果当然是继续和大姑错过。除开拾来感情线索这一条含魅叙事之外的是拾来的出生含魅：冯庄的小慧子要饭回家领着一个孩子"说是路上拾来的"，这就是拾来的所有身世介绍，密不透风的叙述中只出现过一个"货郎鼓"与此相关，一次是拾来小时候偶然一次玩货郎鼓被大姑制止，一次是成年后的拾来接过大姑小心藏起的货郎鼓走向小鲍庄，在"收"和"授"两个行为中体现出命运的不可抗拒性，当读者心领神会地认同叙述者是要告知宿命论的时候，"老货郎"出现了，拾来听唱古的牛棚里面，"看见了一双老眼"，"觉着有点眼熟"，"再瞅了一眼，就挪不开了。两双眼睛远远地对视着"，这一命运在尾声处再作点染就戛然而止。这一刻的爆发才揭示了——拾来不是天生的卖货郎，而是卖货郎所生；这个身世的爆发更点燃了情感谜团的暴露——并不是乱伦的爱情不能叙述，而是亲生的母子不允许有血缘内的性爱。论者做这么大篇幅的解析也不是为着阐释一个"爆发式含魅"的概念，而是这段情节的含魅和捞渣形成一个更大连接的远程爆发：必须以这连串的爆发才可以触及捞渣的爆发，用一个更专业的术语就是"行动元"。在拾来故事含魅爆发的链条中，老货郎的出现位于至关重要的环节。为什么老货郎会出现？因为拾来的名气大了；为什么名气大增？因为第一个抓到捞渣的尸体；为什么尸体的魅力如此巨大？因为死亡是"仁义之举"。王安忆真是苦心经营着这个"仁义"的传说，不惜用一层又一层神的魔力附加，她希望传达给阅读者一个最大的信息——仁义改变了小鲍庄。作者通过这些含魅叙述隐喻着一个深刻的主题：信仰主义在20世纪80年代的精神荒园上复活了，而唯一的出路是通过含魅获得一种谎言的真实。如果说王安忆含魅叙事依据的世界观念是对原始封闭环境中保留下来的道德理想的憧憬，体现着现代人对历史观念和意识的一种反思与重建，那么这种建立在传统认识基础上的对现实主义的超越，能否承担起《小鲍庄》的意义本身？

二　祛魅：人性此在和文化寻根的替换

当王安忆用神秘主义的手臂托起"仁义"的崇高，构建出一个附魅的小鲍庄，实质是在弥补她内心潜在的乌托邦情结。她和所有20世纪80年代的寻根者一样，心底相信永远有一个实在的彼岸在遥遥向他们召唤。捞渣于是燃烧着自己的生命，在宿命的燃烧中化为灰烬，用精神的召唤证明了生命在不可抗拒的苦难中毁灭，也在不可抗拒的创造中永恒。对她而言，毁灭和创造就像是一个不断的自我循环，生命却在这循环中无言地挣扎，甚至沉默。在这种观照下，人常常会产生一种战胜苦难的豪情，但永恒的苦难又给人带来更加深刻的悲观。所以，一方面她肯定了含魅书写作为一种审美手段和审美对象存在的可能性；另一方面不自觉地又产生了另一种视角，这个视角不是那么清晰，它是隐形的，但它更加清醒和理性。

作为"仁"字辈的一个特殊人物，"文疯子"被许多评论家看作"现代文明"的接受者和传播者，进而推导出捞渣用"仁义之死"成就了他的文学事业，所以是传统文化对现代文明的胜出。事实上论者的阅读感觉正好相反，论者认为鲍仁文不过是用现代知识青年的身份掩饰了他骨子里根深蒂固的传统文化血脉。他为鲍秉德写了一篇广播稿，宣传对精神病老婆不离不弃的阶级感情，虽然文章不伦不类，可是这样的仁义之举被放置到小鲍庄那个仁义之村的背景中,鲍秉德原本没想再娶,"这下子,就是他想离也离不成了。就这么凑合过吧,只是鲍秉德一日比一日话少,成了个哑巴。他心底深处,很奇怪的,暗暗的,总有点恨着鲍仁文"。鲍秉德生活在某种极强的群体性"仁义"氛围中,也许不需要对仁义进行多么透彻和精辟的理解,只是在心理上对仁义意志的绝对遵从。而鲍仁文却充当了一个监督者和规训者的角色,使鲍秉德产生了对偏离群体的恐惧感,在维持既定的群体利益需要的满足同时,无视甚至抹杀了个体更高层次上的需要。他的"恨"是常态,否则就真正变态了,堕入了"仁义"形式主义的变态。因此,鲍仁文实际上就是捞渣"仁义"的宣导员,换一个说法也就是第二个捞渣。类似的状况也发生在拾来和二婶的身上,鲍仁文老调重弹地为他们写了一份《崇高的爱情》,将他们推入和鲍秉德一样的境地,使得两人在"仁义村"里奉守着"礼义孝廉",生活再次走向异化。小鲍庄人对"仁义"并没有自我经验的体会和解释,只是在情感上从众地依附于这个源远流长的心理定式,这就决定了他们在认识活动中崇尚和维护群体意见的一致性。然而单纯性地执行"仁义"使自我道德约束滑向社会舆论约束,在捞渣死前村子里所有的问题似乎都是由对"仁义"的坚持造成:鲍仁文不能随心所欲地实现文学创作,拾来不能明媒正娶二婶,小翠子不能越过童养媳的地位爱上老二文化,鲍秉德不敢离婚再娶,"仁义"就是这么一个否定了理想、否定了爱情、否定了亲情甚至否定了传宗接代的可能性的一把斧头,把人性和人的自我存在齐刷刷地斩去。那小鲍庄就像一座死火山,地底的岩浆沸腾着翻滚着,眼看就要喷薄了,那遮盖住这一切的"仁义",就像是脆弱地壳面临被撕裂。

所以,洪水必然出现——洪水带走了捞渣,也就带走了捞渣的仁义象征——捞渣如何能够不死呢?他必须死!必须用他去祭奠仁义的逝去。所以,当鲍秉德再婚生了一个大胖闺女之后,他走过捞渣的坟,不禁想起自己神秘失踪的疯妻,"没准是捞渣把她给拽走了哩。他见我日子过不下去了,拉我一把哩……都说这孩子懂事。这么小,就这么仁义"。众口一词所推崇的"仁义",却不过是用"仁义"的名号实现各人心底的欲望。曾经一度被推上光环之下的"仁义",此刻面临着一个祛魅的仪式,与现代文明无关，是人的自我需要和人性的真实写照。

祛魅伴随着"捞渣"的谢幕和"鲍仁平"的登场开始，从字面上看"祛魅"是自然的非神秘化，即"驱除魔力"，从根本上讲"它意味着否认自然具有任何主体性、经验和感觉"①。《小鲍庄》在深层结构里一直受非自然形态的统治，对"仁义"的顶礼膜拜走向极致之后呈现的问题是"仁义"大获全胜怎么办？——"仁义"形成了一个新的阴影：文化子突然觉得母亲对捞渣的追忆很陌生，无言以对那些被扭曲的怀念；鲍秉德有时候看着新媳妇的背影，"不由得会看到一个苗苗条条的背影，一条大辫子在背上跳着，长虫似的。他的心，就会像刀剜似的一疼"；鲍仁文看到报道中对捞渣事迹的描述似乎偏离了自己原先的本色时，隐隐有些"失落的感觉"；纪念的文字铺天盖地、越来越多，题目越来越大，内容越来越空，涉及的人物越来越宽泛，而能够支撑起"仁义"本身的材料却越来越有限，这根源于整个"小鲍庄"都没有一个完整的"仁义意识"，连捞渣的日记也因为传统"少年鬼"的习俗烧掉了——隐喻传统亲手扼杀了"仁义"的存在。所以，当"仁义"含魅的结局走向本身的"祛魅"时，也是个人自我实现对中国传统人情观的一种回应，更是对作为"他者"的"传统"的一次探险。反过来，对于作为与世隔绝的"传统"的载体来说，"仁义"同样也是一个"他者"的存在，对他们来说，"仁义"和"传统"是完全非统一的。在价值指向上，对"仁义"附魅就是将落满尘垢的理念粉饰和装扮为那种高高在上的、一体性的权威统治力量，而在这一含魅的同时又会受制于另一种力量。这就是返魅的两面性：既是建构唯一的过程，也是解构唯一的过程，或者说，返魅的结果必然产生一个"祛魅"的过程。

王安忆和《小鲍庄》的诞生是同一性的，处在一个全球化和后殖民文化语境中，被动地走在身份的确认和文化的认同这个既定路线中，而寻根运动对本土化价值的追溯造成了时代性的"价值焦虑"或"选择焦

---

① ［美］大卫·格里芬：《后现代科学——科学魅力的再现》，马季方译，中央编译出版社1995年版，第2页。

虑",在这种焦虑的影响下,作者不自觉地隐藏起"主体性的焦虑",即对自我存在的拷问。虽在表面上同前现代、现代、后现代高扬的"回归""反思""间性化"主题都有关联,可视为一种"现代性"的焦虑,根柢上仍未超出"主体焦虑"的场域,只要细察深究就会发现在实质上——王安忆的焦虑首先表现为历史对生存压迫的焦虑,进入她文学视野的是中国沉默的大多数的生存状态,在她看来这是一个理想主义的(乌托邦主义的)、高度含魅的、不断美化的、表面上理性偏执而实质上严重非理性和无序化的人的异化的历史。历史依靠一系列"理想—价值"模式和"群体机制"建构了一个封闭的王国,无形之中压抑、扭曲甚至排斥人性,换言之,漠视和否定了人的"生存"。历史演绎是狂想的、非理性的、有意识的叙事,而生存则是依自然而生的、受环境限制的、服从无意识叙事。前者是历史决定论或文化决定论,后者则是自然生态决定论、本能决定论,从文化进步的意义看,它是被动的、宿命的,王安忆首先关注的即是生存环境对人的限制。表达了历史和生存的"双重困境"的真理,指出生存的困境之因既来自历史,又来自它本身,都隐含着一个困境中的"主体",或主体的困境——困于"虚无之境"的主体。因为,历史不能没有"主体",生存也必然是"主体"的生存。但王安忆无法解决一个虚无的"主体"或"主体"的虚无的交错存在,结果竟导致"主体虚位",作品也无法实现应有的理想诉求,深陷一种"虚无"的深深的焦虑之中,其轨迹是:历史焦虑——生存焦虑——个体焦虑——无主体焦虑。而最后又不期而然地回到"仁义"理想主义叙事,即历史叙事上来,又回到"历史的焦虑"之中,形成了一个焦虑的封闭之环,其核心则是主体虚无的焦虑。

文本中以"坟"的意象折射出作者的焦虑:原本建在大沟边的坟"长了一些青青的草,在和风里摇摆着",自然而和谐的存在却因为政治意识形态的需要而"迁坟","捞渣的棺材从大沟边起出来,迁到了小鲍庄的正中——场上。填了十几步台阶,砌了一个又高又大的墓,垒上砖,水泥抹上缝,竖起一块高高的石碑,碑上写着:永垂不朽","现在,鲍庄最高的不再是庄东的大柳树,而是这块碑了","捞渣的墓……再不会长出杂草来了,也不会有羊羔子来啃草吃了"。在传统文化中讲求的"入土为安",为了弘扬"仁义"的需要就算惊扰死者也不惜;肉体的解散和消逝于泥土,融入生态链的自然结构中才是永生,如今却只能生硬地留下岁月可以带走的碑文;庇荫着整个小鲍庄的大柳树曾经是小翠子的港湾,更是拯救鲍五爷的诺亚之舟,现在被这个徒有其表的墓碑所取代;而那些接受和吸纳了真正仁义精神的青草,再也无法给迷途羔羊一样的人类享用。我们可以看到在王安忆的《小鲍庄》中有一个认同和揭露双重困境的主体,而这么一个自觉地、不懈地追问人类困境的主体,却是她最后安身立文之地。

三 失魅:《小鲍庄》的歧义与命途

产生于 20 世纪之初,又一度活跃于 20 世纪 80 年代的"东西文明大交会"的理论,让现代知识者把自己想象为有东西方两个家园可供选择归去的流浪者,实际上现代知识者的真实生存状态既是乡土中国文明的叛逆者,同时也无法真正进入异质的现代西方文明。就其最本质的意义说,当我们把东方的传统文明实用性转化为人生的审美意义时,才能够公允地对待现代/传统的二元对立;而对异域文明的理解中,形而上的精神意义不再被转化为形而下的实用价值,才是实现它对于每一个具体接受者的意义大于对国人整体的意义的出路。这正如鲁迅所谓:"人往往以神话中的普罗米修斯比革命者,以为窃火给人,虽遭天帝之虐待不悔,其博大坚忍正相同。但我从别国里窃得火来,本意却在煮自己的肉的,以为倘能味道较好,庶几在咬嚼者那一面也得到较多的好处,我也较不枉费了身躯,出发点全是个人主义。"[①]"寻根"无论是把目光聚焦至远古,或者放眼未来,都有一个这样的问题无法回避。这不是时空的选择,而是贴近人生存的本来面目,当小鲍庄的生者对逝者开始重新阐释和解读的时候,王安忆显示出了空前的无奈——因为"他们"越是想超越它,越是找不到他所能认同

---

① 鲁迅:《二心集·"硬译"与"文学的阶级性"》,《鲁迅全集》第 4 卷,人民文学出版社 2009 年版,第 214 页。

和接受的理想，或者在他的心底根本就不认同"任何理想"，这样，他们在根柢上就必然被因理想（或信仰）缺失所造成的虚无所有。这就是"小鲍庄"的问题所在——既怀疑"现代性"，又拒绝"乌托邦"；既不愿"祛魅"，又不愿认同"含魅"，结果使自己深陷无理想认同的身份危机、历史危机和信仰危机的无物之阵。

新时期文学书写中，人性越来越向着世俗的生活复归，既非神性亦非英雄性，而是某一个普通人的世俗性，或叫实在性，就此而言，《小鲍庄》讲述了一个当代的神话；在被发现的平凡新生活面前，悲剧精神、崇高概念和仁义理想已被认为是虚构的、造作的、浪漫的，并且远离普通人的现实，由此看来，《小鲍庄》同时也在讲述一个历史的神话。祛魅建立在一种新的非理性主义之上，力图摆脱理性操作所带来的悖论。但祛魅造成的结果却是：只进行操作，缺乏任何论断。它所预设的是让理性在操作过程中自我解构，而自己又不进行任何建构。因此，这种非理性主义不是以一种在场的非理性建构取代理性建构，而是让理性在自我批判中充分展示其破坏性和不确定性。如同小鲍庄的洪水在改变生存处境的同时也带来了灭顶之灾，给绝望以生机的时候却证明生存的结果就是死亡。在这种生命对象化的过程中，便产生了"意义"的寻找。自我和他者构成意义的双向循环，一方面，生命在对象中得到意义升华，另一方面对象又产生意义导引作用。捞渣和洪水之间的渊源就形成一种自我否定，作者一方面努力运用自然形态的洪水来成全"仁义"尊崇地位的彰显，另一方面又不自觉地让"仁义"的肉身消失在洪水的目的性之中；捞渣就从精神意象的受奉者跌落至物质文化的被塑造者，寻找意义于是沦为寻找对象：小鲍庄分裂为仁义丧失的含魅和仁义归来的祛魅，这一裂变的终极结果就是仁义世界处在了失魅状态，"仁义"成为一个无法言说的话题，只剩下沉默和失落。

王安忆用一种超验的、理性的、认知的感情审视中国文化传统中的人文精神，似乎是对历史哲学和艺术哲学的双重怀疑，表达了寻找理想却失落在寻找理想的路途中的迷惑，一个具有"大禹治水"神话原型的故事的引子被作者反其道而用之。对于农业文明来说，"水"是关键，"水"给人的恩惠和加于人的祸患都是引起人们崇敬、信仰"水"的客观依据。因此,"治水",无疑是在部族社会里获得崇高社会地位和政治地位的象征。大禹身上的矛盾主要体现为事业与情欲的冲突。如果说,由于先民寄寓在大禹身上更多的是一种社会理想,从而使得大禹的情欲和家庭观念淡化(三过家门而不入),那么,小鲍庄祖先所生三子一女而具有的凡人的生命欲望,终使这种冲突更富有了悲剧性。小鲍庄没有得到最后的拯救,始于洪水,终于洪水。王安忆曾经说过,也许正是因为等待永远不会有归来,我们才选择了等待;正是因为生命充满了痛苦,我们才选择了生命。《小鲍庄》尤其显示了这个创作悖论,王安忆同时又显示了化腐朽为神奇的能力,在她的笔下,一方面否定神秘主义作为认识世界的方式存在的合理性,另一方面又肯定了神秘主义作为一种审美手段和审美对象存在的可能性。《小鲍庄》的当代意义和价值也并不是为我们开拓了精神家园独特的新资源或新路径,而是全面地重现了"家园困境"的严峻性。

第三节 制造:商州之子的两难

从获得全国第一次小说奖的《满月儿》起,贾平凹就对自己正式冠以"山里人"称谓,开始展示出他一系列商州风情小说。他说,"这水使我灵醒呢?要不,我什么也写不出","我是棵小树苗,我的每本书就是每片叶子。如果说我的叶子绿得可爱的话,那是我让它吸足了山间泉水的缘故"。[①] 充分认识到自己创作源头的贾平凹却并没有为那个背景所拘囿,对客观历史的生成更有一种豁达和透彻,在 1985 年 10 月 26 日接受《文学家》编辑部负责人采访时他这样说:"城市生活和近几年里读到的现代哲学、文学书籍,使我多少有了点现代意识,而重新到商州,审视商州的历史、文化、传统的和现实的生活,商州给我的印象就相当强烈。"这种现代意识在他的创作活动中愈演愈烈,延续至《高老庄》写作完成,他在《后记》中回顾,"长期以来,商州的乡下和西安的城镇一直是我写作的根据地,我不会写历史演义的故事,也写不出未来的科学幻想,那样的小

[①] 刘建中:《人、作品及其他——贾平凹印象记》,《当代作家评论》1986 年第 4 期。

说属于别人去写,我的情结始终在现当代"。"现当代"的情结孕育出"典型的商州民间传统文化和西安官方传统文化素养",这样的历史观念一方面纠结着他的内心不断返回农民的世界,另一方面这种力量又促使他目光不仅仅聚焦在小说主人公的故乡,不知不觉抵达一种民间感觉的精神状态,像是命中注定要发生的社会文化冲突的反思。

通常评论界将1980年之前的作品划归为贾平凹的早期创作阶段,在这个时期"与其说是重在客观地描写山区的人民生活,不如说是重在抒发一个青年知识分子的主观思想情绪"[1],在1982年笔耕文学组所开的贾平凹创作讨论会上,他自己也对自己的创作做过极简略的剖白,认为初创阶段的境界是单纯入世:写《山地笔记》前后,当时年龄小,心灵单纯,以童年的眼光看取生活,作品写得单纯而抒情,多写生活美,但比较浅。[2] 笔者不是以深浅来界定作家的小说成果,而是认为进入20世纪80年代之后,伴随着时代发展和作者主观倾向的改变,文学创作较前期有了明显的变化,特别是寻根运动展开之后,文坛整体创作形势和作家之间的相互影响不可忽视。而且,正是这样的一种内外推动,贾平凹笔下的"商州"才显示出朴拙与苍劲并驱的古老,及其在这一氛围中的挣扎。

一 生命智慧中的原生意识

在乡土的浪漫书写中,贾平凹区别于鲁迅和沈从文,也不同于莫言与王安忆,最大的特征在于凸显一种主观意识的"变",这是一种清醒的坦诚、一种毫无隐藏的流露。作为"第一代入城者"[3] 的他在行文中无数次地倾吐对乡村之外"异文化"的追求和向往,真实而不加修饰地表达渴慕之情,炽烈而赤裸裸地抒发走出商州的痛心疾首;在那些饱含深情的文字背后又静静地守着他的心理底线,不用灵魂去拥抱都市,不做和现代文明

---

[1] 刘建军:《贾平凹论》,《文学评论》1985年第3期。
[2] 《记"笔耕"组贾平凹近作讨论会》,《延河》1982年第4期。
[3] 1989年李星曾在评论文章中把贾平凹界定为"农裔城籍"作家;《小说评论》2003年第6期,李遇春访谈贾平凹,《传统暗影中的现代灵魂》,称其为"在农村生活了20年,做过地地道道农民的贾平凹"是"第一代入城者"。

的深度交换。这是一种可怕的自卑和自负的胶合,更是深深地为他文本留下"自闭地开放着"的烙印。

首先来看小说《商州三录》和《商州》中叙事人对写作宗旨的陈述,在《商州初录》里作者呼唤更多的人关注商州,认为虽然不如外面的世界"交通发达,工业跃进,市面繁华,旅游一日兴似一日",然而拥有"难得的清静、单纯和神秘",并不是众说不一的"贫困、落后、古怪、恶劣","商州到底过去是什么样子,这么多年来又是什么样子,而现在又是什么样子,这已经成了极需要向外面世界披露的问题,所以,这也就是我写这本小书的目的","我的写这本小书的工作,只当是铁路线勘测队的任务一样,先使外边的多少懂得这块地方,以公平而平静的眼光看待这个地方。一旦到了铁路修起,这一小书就便可作卖辣面的人去包装了,或是去当了商州姑娘剪铰的鞋样了","为生我养我的商州尽些力量,也算对得起这块美丽、富饶而充满着野情野味的神秘的地方,和这块地方的勤劳、勇敢而又多情多善的父老兄弟了"。而《商州》的写作目的明显迥异于"三录",对文明世界的向往,"这种向往竟然获得了实现","他在十九岁那年终于走出了商州,到了省城,在那里的一座学校里学习了三年,三年之后,又在那里工作了五年。八年的省城生活,他的见识多起来,思想也渐趋成熟;但是,他却意想不到地慢慢产生出一种厌烦,感到生活得太累,时不时脑子里横翻出商州山地的野情野味的童年"。前者是通过自己介绍商州,带着主观情感勾勒山川河流;而后者却是通过商州来认识自己,反映出客观环境的改造和倾轧力量。

《商州》以年轻后生的返乡游记搭建起故乡叙事的框架,卷首陈述了对"官道"的认识:那是叫作"长坪"的一条公路,"公路为什么叫长坪,村里人讲,它始于省城长安,终于河南西坪",搬家移居到长坪公路边后,公路上来来往往的人竟然成了后生报复继母数落的力量,川流不息的车辆化作了对省城的无限向往。那种来自生命体验的感受加剧了都市的诱惑,刻骨铭心地催化着梦想的实践,后生对路的感激和渴求延伸为对路的尽头的闯入:但是后生的心上,并没有"皇恩浩荡"的幸福,却感觉到城墙有如商州四山周匝的沉闷,"不知何时,他甚至感到自己作为一个文人的可悲",于是,"这位商州后生,就思念起商州山地,想起那连绵不绝的群山众岭,想起那明月之下的丹江流水",然而,"他也十分清楚地明白,世界的发展趋势应是城市化、商业金融化,而中国正处于振兴年代,改造和放弃了保护落后的经济而求以均衡的政策,着眼于扶助先进的经济、发展商业及金融,政策是英明的"。(这种认识是叙事者灌输给主人公,还是叙事者八年的城市居住所得?)所以,他不知道回到那闭塞而偏僻的商州会有什么在等待着他?"这种等待似乎庄严而伟大,一边是山,森林,是赫赫洪洪荒荒的太阳,是一块古土。古自五行八卦以前,古自汉时云秦时月战国的鼓声以前。一边是他,是在省城闹市,是人和人工建造的莲湖,假山,楼,机器组合的四堵城墙内的地方的他。八年里,是二千九百二十天的乡愁,他的魂魄,已经化成了一只雕鹰,向着商州的山地扑去。"叙事者自觉地把自己划归到对立于远古洪荒的都市世界,便证明在都市化进程中自我的同化已是势不可挡,他愿意把自己比作一只孤独的鹰,在文尾处看似闲笔地写到那只鹰,居然有如出一辙的相似命运:"它在笼子里的时候,是有向往着蓝天的宏志,但正因为我在笼里养了它五年,它出了笼子,却再也没有飞上蓝天的羽毛了!"这就根源于"那许多不习惯,又清清楚楚知道这种不习惯是一种可怕的惰性",就像这个后生,"十多年前,他走向省城的时候,是张着两只向往的渴慕的翅膀。那种单纯的、质朴的、热情的情绪,和现在是截然的不同。匆匆一月的旅行,必须返回省城上了。他不能不返回,因为他的户口在西安,西安有他的工作单位。有他的妻、女俱备的小家庭;他的这种返璞归真的商州之行是有假期来限制的,假期一到,他就得走了"。这就是人生的悖论,也是围城的规律,更是乡愁产生的必然,这种情绪导引的是一种更加复杂的哲学思考:"中国之所以是中国,它有它的历史传统,它有它的道德观念。而往往以道德代替法制,势必又会出现许许多多的问题",那么,"商州和省城相比,一个是所谓的落后,一个是所谓的文明,历史的进步是否会带来人们道德水平的下降而浮虚之风的繁衍呢?诚挚的人情是否还适应闭塞的自然经济环境呢?社会朝现代的推演是否会导致古老而美好的伦理观念的解体或趋向实利世风的萌发呢?"现在的他,只凭直觉感到在这"文明"的省城应该注入商州地面上的一种力,或许可以称作"野蛮"的一种东西吧。至此,行文才明确了编撰小说的症结之处。

　　注入一种"野蛮",对野性的张扬,并非"文明"的初衷。习惯定式将"文明"丰满的翅羽规整剪断,认定文明的必须是新式的、优雅的甚至可以只是停留在形式上的完美,剪除一切旧有习俗风尚,剥离所有传统特性依附,宛如襁褓里的新生儿。如此的设计和允诺,自然就加深了古老大地上年轻后生向往的热情。起初我们分析过年轻后生对"路"的感激,那种感激还可以扩大为一种群体性的崇尚或是信仰,"十六户人家就又共同筹资修起山路,修了半年,方修出八里路,但他们有他们的韧性,下决心继续修下去,说这一辈人修不起,还有娃辈。娃辈不成,还有孙辈,人是绝不了根的,这条沟说不定还要修火车呢"(《商州初录·莽岭一条沟》)。修路的念头如何产生?修路的决心如何坚定?这些都源于对"在地"(local)发展同自身需要的矛盾刺激,更是对域外文明的一种隔膜性信任。所以,他们认定"路可以说是最勇敢的,又是最机智的,能上就上,能下就下,欲收先纵,转弯抹角,完全是以柔克刚,以弱争强,顺境适应,适应了而彻底征服","故在这一带,山民们最崇尚的,一则是天上的赫赫洪洪荒荒的太阳,二该是地上的坚坚韧韧黏黏的山路","对山路的崇高,区别于太阳的是渗透了日常生活之中,每个家庭里或男或女,总有两三个名字与路有关,阿路,路拾,麦路,路绒,叫得古怪而莫名其妙;无知无畏的孩童,什么野皆可撒得,却绝不敢在路上拉屎拉尿,据说那会害口疮红眼;出嫁的陪妆家具只能从路上抬走;送葬的孝子盆只能在路上摔打;民事纠纷,外人不可清断之时,双方要起誓发咒,也只能是头顶着燃烧的如油盆一般的太阳,脚踏在路口中心;做了亏心之事想虔悔赎罪吗,上老下少有了七灾八难不能禳解吗,断子绝孙不能延香续火但求后生积德积福吗,去,修路护路,这比到菩萨庙里娘娘庙里关帝庙里磕头烧香、上布施、捐门槛效果更好!"(《商州世事》)这种对路的信仰超过了我们熟悉的祖宗崇拜、图腾崇拜,是一种现代意识对古老大地的渗透,即使不明白路在他们的生活和生命中意味着什么,但是路起码证明了他们对幸福的向往是有径所依的,可以按图索骥。

如果仅仅是依凭这种筑路、护路、恋路的热情，那么山地和城市的距离即使再遥远也不会永远无法抵达，使这种距离无限延长的原因来自牢不可破的"土地情结"。哪怕地里的产出再有限，食不果腹；尽管地上修不起砖瓦屋舍，衣不蔽体；他们依旧含着与生俱来的脐带关联，"农民是黄土命，黄土只要能长出一点庄稼，农民就不会抛弃黄土的"，"他们并不曾嫌弃过这块地方，并无什么遗憾"，"劳动是他们生存的手段，也可以说劳动是他们生存的目的。这湾里都是老庄老户，熟知所有供劳动的土地，哪一块土深，哪一块土薄，了如指掌。湾里所有的男女，老老幼幼，甚至出嫁去的姑娘，订婚尚未过门的媳妇，喜怒哀乐，每一个人无有不知，犹如自己一口的门牙、槽牙，哪个疼哪个不疼，眼睛不看，感觉也感觉得出。天亮了，从墙上取下犁铧，牵上老牛，老牛在坡田上踏犁沟走，人看着牛的屁股走，大声地骂牛，给牛说话，如训斥着自己的老婆儿子"（《商州世事》）。土地、劳动和身体接连为一个整体，熔铸成一个源源不断的生命流淌。于是，掀开了土地对路的争战，在贾平凹的乡土世界里，针锋相对的不是高不可攀的现代文明和腐朽迂缛的传统文化，那些概念化的东西统统没有进入他的文本，而是通过身体的切实感受所感应到的生命内部的冲突，书写卑微的却普遍的生命力量存在。

与此相对应，叙述者所流露出来的城乡比较也多是一种生活化的辨析：商州的第一个地方黑龙口，作者借一群游客的身份用了一种"他者"的眼光去关注。黑龙口作为商州的出口，在地势上最先接触了山外的文化，最先沾染上山外的文化气息，所以有了私人面铺和食堂、招待所的区别经营，而留宿旅客的乡民又显示出憨厚朴实的大山气息，当问城里来客索要高考复习资料的时候又显示出一种对自身命运的不认同感和欲求改变的意向。那么，在知青下乡之前，土地上人们的生活、生存是数千年的集合；苦难并非是愚昧的结果，随着知青这个真正的羁旅群体介入后，苦难被重新书写。回城是不会更改的命运，正如乡村是种地的乐土；事实上，城市和乡村集市即使没有人的流动，也不会永远相安无事，发生交流是社会进程的必然。但知青的离开，使土地上的农人明白，外面的世界，与其等待命运，不如改变命运，试着逃离。可是不管逃到哪里，都是乡土轨迹的延伸,写作,成为平衡这些力量的砝码,成为遥挂在未来的光明。就是这种错综复杂的情感交织在商州的每一个角落:在冯家湾邂逅的那个摸鱼捉鳖的年轻人,听到他关于城乡差异的见解,"城里的人喜欢吃这些乱七八糟东西,他们就有了挣钱的门路","我们忘不了城里人的好处,是他们舍得钱,才使我们能有零花钱了",尽管"我"充当了另一种声音,"话可不能这样说,应该是你们养活了城里人。不是你们这么辛苦,城里人哪儿能吃到这些鲜物儿",但这样的反驳显然没有多大气势,湮没在年轻人冒着捉鳖的危险也要挣钱娶老婆的梦想中(《商州初录·摸鱼捉鳖的人》)。"全商州最能跟上时代的,不是离西安省城最近的商县、洛南,往往却是龙驹寨",这样的繁华中心模仿着一切大城市里的"水泥街面""路灯""公路两边的饭店大楼""三间一套的单元房""吃水有龙头,养花有凉台",他们甚至在各自判断中已经把自己区别于龙驹寨周围的"乡下人",而以"城里人"自居(《商州初录·龙驹寨》)。那不是被迫接受的商业观念,而是主动地顺服在它的荫庇之下,对优良生活环境的一种接纳。所有的商业行为都源于对土地的背离,1949年之后农民分得一次田地,各项政治运动和阶级斗争的展开使土地政策并不稳定,1978年之后的政治体制改革,农村土地所有制开始实施,于是才从制度上动摇了小农经济的实体,才会使祖祖辈辈靠地吃饭的农民有了和以前不一样的生存方式和价值观念。"过去是没有土地,共产党给了农民土地,现在有了土地,共产党又要让农民眼光不要局限在土地",黄家老汉和儿子发生了置业冲突,老者认为应该坚持自己的手艺做木碗,而年轻人不免以收效缓慢、消费市场缩水不为所动。作者带着主观情感,赋予年轻后生特异功能,既捡拾到村人不要的"羊猪"(按习俗来看,这样的羊托猪生是喂猪的忌讳,叙事者似乎就是要暗中帮助这个不信老理的观念,羊猪使年轻后生挣下第一桶金),又突然具有辨识母猪的天赋,还卖羊奶、饲养荷兰种鸡、栽甜叶菊、种桐树苗、买拖拉机跑运输,最后做长途班车经营,干一行火一行,为乡里捐了一所小学校。这样的农民发家致富故事背后作者又推出"一个省政策研究所的,一个县农科局的,一个是大学毕业生"三人合力的支助,正是这些信息和指导才改变了农民的命运(《商州世事·木碗世家》）。这种传奇性的讲述背后，已经折射出贾平凹"城市人"的立场，这些提法首先就是一种都市观照，但他秉性中又深受农民亚文化的感染，这种文化精神的重要特质就是务实——重感觉，重经验，几十年来生活的切肤之痛使他们拒绝乌托邦理想主义的谋划，而是沉入自己的生活轨迹，用踏踏实实的苦干换取生命的馈赠。

像"世外桃源"一样的桃冲，一家三代都深恋这块土地，尽管一次又一次地遭遇天灾人祸，甚至远走他乡，但从未动摇过要在桃冲活下去的念头，他们有农民的智慧，同时也有农民的品性，所以无论烧石灰窑、摆渡、种白麻，都是墨守小农经济的成规，并未实现真正的大规模工业化生产。在这个历史背景下再看叙述者的心理背景就更加明显，那是小农经济对抗商业经济的魔力俯身，村民以往对居住桃冲的老汉一家的驱逐是"因为老汉垮了，一个令人起嫉妒火的角色从此没有了，要穷都穷，这是他们的人生理想"，而现在对返回桃冲的这一家的接纳是为了共富，这种千百年未变的均贫富观念才诞生了"桃花源"（《商州初录·桃冲》）。贾平凹从来没有在他的小说中真正建立起一个城市格局，他所有的新世界观念都是一种乡土世界的改装，就算偶尔出现了城乡互为参照的对比叙述，这种理性也不是现代文明的驱遣，而是对传统文化的自省和翻新，"他们虽然不像城市人那样向现代化迈进的节奏迅速，但你却热羡这里水好，用不着漂白粉，这里的空气好，用不着除尘器，这里的花草好，用不着在盆里移栽。城里的好处在这里越来越多，这里的好处在城里却越来越少了"（《商州初录·镇柞的山》）。对山里人来说，现代文明只是一种装饰，一种炫耀的资本，一种还没有被完全认识和开发的资源，所以，传统乡土并不是与现代都市截然对立，而是两者无法真正契合到一个发展的平衡点之上。前者对后者以表象的占有为目的，并无实践性利用，而后者对前者只有那种陌生的理解，所以才使得导引性的作用转换为疏离的结局。

检视作者的写作思路，往往对新世界侵入的描绘停留在乡土世界的主动靠拢，例如"去了××地"，"读了××书"，"认识了××人"，这种主体后天经验的获得建立在先天性格中的开拓之上，所以论者以为，传统文化在贾平凹的心理态度上并不是一种消极抵抗的位置，那种以己为傲的精神根源在秦汉先民的血液中,延续在山地边民的子子孙孙里面。"从远古以来,这里一切都是自产自供,瞧瞧建筑,便足看出人的性格:从来没有院落,住屋又都是四四方方一个大间,以门槛为界,从不向外扩张。阴阳先生的择屋场风水,原则只有一条:就是深藏。一般从不结村聚庄,一家一户居之,即使三五集而一起,必是在背风洼地,从不像陕北人的村寨或县城总是在高山顶上,眼观四方,俯视众壑,志在天外。"(《商州初录·镇柞的山》)当感受到所居之地切实变化时,那种心理产生的不是落差,而是山里一天一天发生着现代的变化,山外一天一天也认识着这块土地的神奇和丰富。那是一种相互介入的过程,不是单向的侵略,如同一部分评论者所说的"被动改造",贾平凹的这种写作立场改变了大部分作家笔下"现代文明的陌生化"书写,打破了现代文明和传统文化在乡土大地上的冲突,这也是他农民身份写作的必然走向。在这一行为方式和思维方式影响下,作为农民一员的贾平凹自觉地摒弃了意识形态写作而直逼感性认知,对本土文化的依恋成为沟通本族读者的经验,甚至是倔强地追求自己活法即个性化的存在方式,所以,他没有高蹈地把农村和城市的脱节夸大描述,而是依靠一种农民自身的力量去叙述,这大概也是他所不同于其他作家书写乡土的地方。在一定程度上,他不可避免地受到鲁迅以来"片面的深刻"摹写中"影响的焦虑"(弗洛姆语),同时他又跳出那种既有的价值判断态度之外,发掘民间文化与生命智慧在原生意义上最芜杂的真实,不是"中国式脊梁"的写照,确实由乡土知识与民间品质形成的复杂内涵,这一异质因素体现了农民式最渺小、最微弱同时又是最强大、最坚韧的生命力量。因此,仅凭理性的力量去思索,故乡势必走进一种绝境;然而感性的、符合生命逻辑的思辨,故乡又重新复生在作家的笔下。

二 民族文化品格与乡土想象

贾平凹寻根时期的文学创作其实可以用他二十年后小说《秦腔》的写作心理去把握,他在台湾版的序言中曾质疑:这本书,农村人或在农村生活过的人能进入,城市人能进入吗?陕西人能进入,外省人能进入吗?怎样去读懂和理解书中的另一群人和这群人的生活状况与情绪?"进入"实际上就是寻根的一个关键词，进入不是一个过程或结果，而是一个立场，一个宽泛而深厚的质素，它取决于民族精神与民族文化对乡土中国存在的想象方式，也是作家自身的表达方式，更是读者的解读方式。

李陀为《商州三录》作序的时候，提出要以霍去病墓碑上的石刻为读解的参照，认为只有那样的共生性阅读才能延续作品的生命。在笔者的想法中就是公开了贾平凹反复引用、杜撰和记录历史故事与民间传闻这一事实的缘由：在城市化的进程中，作者不仅仅是站在一个向前或向后的方位上采取一定的情感倾向，而是一个站在此时此刻的当下，面对寂静的山川和沉默的人群，感受自我内心的压迫和不知所措。发表在1980年第8期《上海文学》上的《空谷箫人》，似乎写照了那样的心境："我患了病，工作没了心思，心里常常忧郁，在城里便住得腻了"，"到乡下……虽然人少，空气也好，但还不是宽心的地方"，手里的箫没有知音，口中的箫声更缺乏和者，邂逅山谷里的砍竹姑娘，为她待在荒山野地烦闷而感到不值，不料对方却认为找到自己"适当的地位"就是人生的幸福。当问及她是否住过高楼、吃过巧克力、看过芭蕾舞，得到否定的回答。"她还是不懂我的啊！"究竟她不懂我哪一点呢？我没有"到那最高峰看过日出，吃过山里的露水葡萄吗，问砍过这做笛儿、箫儿的竹子"，这就是我们之间的隔阂？这种隔阂来源于主体的自动离开，源自时间的自我对抗，源自两个空间的差距，是一种此在对自己的怀疑和适应，是一种存在对消逝的祭奠和怀念。但是，在中国的现代化语境中，贾平凹没有选择精神的漫游，而是具体着力在形而下的描写，用具体的象征和整体的意象着意于形而上的思辨，他对乡土文学所有成规的重构就在于用历史的逆向眼光表达从而符合一种日常生活的真实。

整个寻根时期的文学创作，贾平凹构建起一个明显的美学原则，即注重艺术对自我的主观表现。一方面重主体性认知，重视文学主体性的要求。对人物内心的抒发刻画，必然要求作家要具备对世界独特的内心体验。如《商州三录》，作者的创作目的是要用中国传统文化—心理来观照、理解和表现世界。因此，作者主要是让创作主体浸入中国文化精神来写世界，而不单是写大千世界的中国文化，也就是说中国传统文化是作家内在的修养，而不一定是他外在的表现对象。进而言之，如果说这部小说中弥漫着一股中国文化气息，那么这股"气"主要不是得力于作者对外在事物的描写，而是生发于内，是由于作家自己底气的贯注。另一方面，注重整体思维，这是一种典型的东方思维。东方文化思维方式是直觉，东方思维的传统是综合，是整体把握，是直接面对客体的感觉经验，而这正是整体性思维。譬如在《商州》中，贾平凹不再注重对个人性格的刻画，而是在对群体意识的观照中，来表现民族文化心理内涵、民族的集体无意识内容。在他的笔下，几乎所有的人都缺乏自我独立人格，他们服从共同的命运，听从部落统一的意志，个人的行动并不具有任何独立意义，也不影响部落的历史进程。这与传统现实主义以个体性的"人"为中心的思维方式显然不同，从而也带来了不同的审美体验和不同的审美效果。

"河流是天生的悲剧性格，既有志于平衡天下，又为同情于低下的秉性所累，故这十四脉水有的流得有头有尾，有的流得无头无尾，有的流得有头无尾，有的流得无头有尾"，"水给了这里的人极大的方便，幸福，自产自销和自作自受的天伦人伦之乐"，就如同他所有故事的讲法，远古洪荒的普遍性中突然"野旷天低树"般地出现一户人家，这样纵横捭阖的笔法引出了周武寨的故事。他写背寿板的脚夫的危险和艰难，写嘉庆年间周姓汉子落脚清风涧，收留流浪女子传宗接代人丁兴旺，写柴镇上的一个武姓无赖欺行霸市占地为王，从1949年的新中国成立，到1968年的"文革运动"，大大小小无数次明争暗斗，最后写两家的恩怨消泯，直至经营起周武酒家（《商州世事·说话周武寨》）。如此，那一面黄油尿布做成的酒旗似乎才得到了揭秘的时机，类似史诗结构的民间传闻，这样漫不经心却又文有所指的鸿篇大制，让人摸不清叙述者的用意究竟何在。实质上这就必须用传统的绘画观来诠释，"青天一鹤见精神"说的是鹤的精神来自青天，所以对整体的、浑然的、元气淋漓的追求就不再拘泥于小巧精致的田园诗化，而贾平凹将这种国画意识通约到文学创作中，所获取的效果就是乡土的浪漫情结有了更深厚的依附土壤。

民间艺术形式的精髓被贾平凹吸纳之后演变为创作的手法，推陈出新，变幻无穷，长篇小说《商州》似乎就是一个艺术门类的杂糅，叙述者的编织技艺让人叹为观止。作为一篇舒缓乡愁的小说，带着一个为文明注入野蛮力量的愿望，故事的展开似乎就在"文明"和"野蛮"之间经纬交错。全书一共八个单元，每一单元选取后生返乡所经过的一个地方，记叙每一地方的民风民俗，以及发生在当地的故事，叙事节奏和同地点转换的频率齐头并进，同时串联起来符合故事的进展，且又是一幅商州画卷。全文最核心的人物是珍子和刘成，两个单纯而善良的男女为了走到一起，经历了无数挫折，几乎每一个地方就是一道劫难，不禁让人联想到吴承恩创作《西游记》的章法，也是九九八十一难，遍布在大唐通往西天的取经路上，险处丛生。论者记得贾平凹自己曾说过，其实西游记里的师徒四人，不过就是一个人性格的四个侧面，那么《商州》里的人物是不是也是他所理解的乡土世界里的几种不同的人生？

畏罪潜逃的刘成从商州躲到了漫川外祖父董三海的家中，一见钟情爱上县剧团唱皮影戏的珍子。追捕他的公安人员一路跟踪到武关，竟碰巧遇见刘成姨父开办的糠醛厂，获知刘成有可能隐藏漫川的消息。公安中有一麻子是漫川人氏，通过熟人秃子得到刘成的具体下落，原来秃子竟也是珍子的爱慕者之一。从第一到第三单元，感觉如同水陆道场一样热闹，四处都是敲锣打鼓声，却分辨不出鼓手来自何处。行文至此，并未介绍二人坎坷身世，两个主角还不能完全唤起读者的同情心，戴枷之人的冤屈被一层又一层关于武关、山阳、漫川和棣花的人文历史讲述掩埋，"在戏里，静场了就是高潮……"的确，叙事人宛如悬崖勒缰，只听见马蹄踏飞的石块儿一路跌跌撞撞落下断壁，空空回响却让人叹息何处是归程；第四单元忽而揭开了皮影戏的幕布，原来活动的小人儿竟是被几条绳索操纵着，这一对可怜男女竟也是皮影的角色。刘成是遭商县人倚强凌弱压迫的受害者，出于正当防卫反而落入被告的位置；而珍子一心想要摆脱母亲的阴影，活得清静与自由，却反复被流言所伤，几乎到了无家可归的地步。"我恨死了这个家，恨死了这个镇子，里里外外都没遇见一个好人"，这似乎是来自漫川和商州的对话，从表层意义上看，刘成因为城里人的身份而虏获珍子的心，而深层意义却是他符合并赋予了珍子对于单纯世界的向往。其实人并不是中意于城市或者乡村的选择，城市和乡村是可以转化的，因为人的需要始终是固定的，不会分解为双重欲望。比如在丹凤县关于"沙子"的争吵，看似资源的抢夺和利益的战争，但本质上却是人性贪念的结果。回首贾平凹文学创作中所谓的那些恶人行径，又几乎都是以烧杀抢掠为主的描述，那就是他内心深处的道德价值判断。只是他从不张扬这种说教，而是淡淡一笔"两个镇子发了财，两个镇子吵闹不休；一场运动，人人平均穷了，两个镇子却又恢复了安闲……这河滩又是一片白净无泥的细沙了"，这就是他的写作策略，在轻处落笔，重处退场。

偶尔的闲笔也是韵味无比，秃子为了保护珍子，尾随她一起到了商州，在刘成爸妈家竟然意外地认识老乡，刘成母亲硬留秃子在家吃饭，"你还没吃一口饭呀！乡里乡亲的，不吃一口饭怎么行！"这就是纯粹的乡下人，那种纯粹无论在哪里都是不会改变的，在城市里感情依旧。相反，在乡下就有了变更，达坪"这里的传统是封闭型的"，"即使物产再丰富，要买是不卖的，但可以送你，有吃有喝便是神仙"，这古老的镇风，单纯、豪爽、义气的本质使它远远避开着一切，"一切在自耕自收、自产自销、自生自灭"，但是"一条公路的修建，使这里打开了门户"，成为一个走私的集散地；相近的照川坪也是"艳艳桃花、楚楚白杨"的美地，被一部分人弄神弄鬼地控制以后，美色也被看作不祥，认为是妖气所致。贾平凹对城乡的文明见解并非"橘生淮南则为橘，生于淮北则为枳"，而是坚信人性本来的自然面目。在珍子和刘成的爱情路途中几乎所有的人都不同程度地充当了障碍，董三海出于对自己家产的维护，坚持要刘成娶自己找的乡下村姑，对珍子污蔑打击；秃子是文中最具争议的一个人物，他的感情是最真挚的，没有掺入半点杂质，为了救珍子，牺牲了自己唯一的陪伴——黄狗，在城市里捡垃圾攒钱帮助珍子，甚至走乡串户在龟子班打杂照顾珍子……然而他的关心却是最大的阻碍，他不辨是非，一而再，再而三将刘成诬陷为"坏人"，还以人口贩子的罪名纠结顺子、麻子和巩一胜通缉他，最后导致刘成和珍子双双死于他的关心和爱护。那时候他才反省"他们一直在真真正正地相好着，他们是太好了，所以别人都不理解"，文章也以三名公安人员的任务结束、回到原点而终止。

无论在城市或乡村都是善恶并存的世界，而事实的真相却并非邪恶力量取胜，更不是正义一方败北，而是用好人的死平息一切风波，"死，好像是瞌睡,是光荣隐退,是一种生命的最后升华",究竟是怎样的势力造就了这样的悲剧?——隔膜,贾平凹讲过一个笑话,说是一位外地的结巴人到省城里,不知路程,拉住一个人结结巴巴地打听,但被问者却一语不发。过后人问他为什么不回答,那人一张口却也是个结巴:说是他不能回答,因为一回答,问路者还以为是学他。这个世界上,人与人的关系极像这两个结巴生人的相遇,都是一样的隔膜,珍子和刘成互相解除对对方的防线后,明白彼此的心意,所以真爱爆发了空前的力量,然而周围的人和他们没有结成同样的理解,所以隔膜像厚厚的痂遮盖住人性本真的美好。这部作品的悲剧性结局,既是个体的,又是族群的,更是文化的。

贾平凹曾说:"商州是生我养我的地方,那是一片相当偏僻的贫困山地,但异常美丽,其山川走势,流水脉向,历史传说,民间故事,及至天上飞的,地上跑的,构成了极为丰富的独特的神秘天地,在这个天地里,仰视可以无其不大,俯察可以无其不盛。"身为农民之子的贾平凹把自己置身民间,并把它作为构成其作品中生动而丰富的文化因素。这就回答了那个"进入"的问题,只有以民间文化品格为载体,在乡村精神里面去寻找,才能找到表现贾平凹美学原则的最佳方式,并在那个表达的过程中体会作品的艺术内容。贾平凹的民间意识建立在商州的地理概貌、风土民情、历史基因、社会现状之上,那些或今或古,或远或近,或大或小,或俗或雅的民间传说式的故事,集中吟唱着一个既复杂又单纯的旋律:这是一块闭塞的、荒僻的而又是极其单纯、极其神秘的地方。20世纪90年代的文学研究与文学批评中,"民间"成为一个统摄性命题,最早由陈思和在《民间的沉浮》这篇论文中提出,后来王光东在他的《民间与启蒙》一文中对其做出补充和修正,并归纳出学术界公认的"民间"理论。他认为"民间"由"现实的自在的民间文化空间""具有审美意义的民间文化空间"和"知识分子的民间价值立场"三个层次组成,而前两者之间相联系的中间环节则是"知识分子的民间价值立场","有了这种民间的价值立场,才能使知识分子从民间的现实社会中发现民间的美学意义"[①]。

[①] 王光东:《民间与启蒙》,《当代作家评论》2000年第5期。

贾平凹正是在现实的、自在的、具有审美意义的民间文化空间中,逐渐形成了属于知识分子的价值立场。然而与生俱来的农民意识根植在前两个层次里面,所以贾平凹的民间理论是一个矛盾共生的体系,只有他的笔下才会闪现出"长安虽好,不是久留之地","商州虽好,也不是久留之地"的心理焦灼,文化积淀和生命的根相互作用使得他的美学想象遭遇空前的犹豫和徘徊。书写那些逝去的时代,正如某评论家所言"小说里再也没有一处完整的故乡",因为他明白故乡正在消失,所以,除了"进入",无法"留下"。

三 "赶鬼"还是"招魂":民间信仰的当代困境

在"还乡"可能性越来越小的时代,商州肩负起贾平凹"原始故乡"的意义就更为重要。通过"商州",作者用现代生命哲学的理想去重新评价生活,对生命意义进行历史深思和现实沉思。从生存意义上讲,"离乡"意味着一种解放,逃离故乡遁入异乡成为人们的梦想,因为和故乡有关的屈辱记忆和贫寒折磨无法从作家记忆深处抹去。但是,从创作意义上讲,每当远离故乡时,那种地理意义上的惯性使作家对故乡变得异常亲近。所以,这种生命哲学投射到乡土小说创作中,交织成为创作体验与现代启示的合力。1981 年《钟山》发表了贾平凹《故乡、山石、明月与我》,讲述了这种古典精神与现代意识的契合,在充分发掘故乡生活体验之后,他曾长期停驻商州各县各乡,唤起奇妙而亲切的创作记忆。他走遍商州七县和丹凤家乡的许多山村,就是为了更深刻地去理解和表现原始故乡的那份神秘,思索原始故乡的现实与未来。然而,越走越显得力不从心,越寻越发现无路可去,正如他自己所感受到的,创作的主题渐渐湮没在神秘的描写之中,那种"神秘性"[①]涵盖了神秘意识和神秘现象的内容。《黑氏》中,

---

[①] "这些年对于农村的现状,我是极其矛盾的。一方面是社会在前进;另一方面社会的问题在加剧,在积累财富的同时也积累了痛苦。我为这个时代大踏步地前进而欢呼,又为这个时代的一至两代人的茫然和无措的生命而悲哀。树是最能感受四季的,树又那么脆弱和渺小。作家能做些什么呢,他的认知如地震前的老鼠,复杂的矛盾的东西完全罩住了他,他所能写出的东西就只能是暧昧、晦暗和多元混杂,呈现一片混沌。"见程光炜《贾平凹与新时期文学三十年》,《南方文坛》2007 年第 6 期。

木犊远行,老爹念神秘的咒语,祈祷神灵保佑儿子;《远山野情》中的吴三大抱着娘的拐杖到城隍庙,送着娘的魂灵到阎王处报到,他的娘才得以闭目;《天狗》的师娘制作红肚兜、红裤带,为天狗过门槛年的生日,以冲喜避凶邪;《故里》中,赵家的三个坟墓一夜之间自动合为一体;《瘫家沟》里,张家媳妇在瘫神庙祈祷后果然得子,侯七奶奶预言自己第五天进天国,到时天空会出现五个太阳,果然一一应验;炳根爹盗牛过秤爹的墓,看见墓中白绢上精确的预言,吓得死在墓中……当这些神秘气氛从文化心理深层逐一浮现又隐入现实之中后,历史与现实、传统与现代、神圣与世俗、虚无与实在都浑然一体,一方面表明贾平凹对乡村历史文化的记忆中驻扎着中国文化的一脉——神秘主义;另一方面作家以前构筑的纯洁、敦厚、诗意的乡村文化的乌托邦早已荡然无存,无意识地回避着社会现实人生,将深刻的主题消融于扑朔迷离的奇异情节、气氛中。立于民族传统文化基座上的现代作家贾平凹,在社会分娩的巨大阵痛和自身厄运中,对自身身份产生怀疑,甚至无法把握心理平衡的支点,撩开神秘主义的面纱,我们可以发现贾平凹以文本内容上的神秘主义实现了对其前任身份说话立场的传统文学主题的反叛,从文本的形式上来看,中国古老的神秘主义哲学与现代主义和后现代主义宣扬人生无常、世事如烟的某些因素也有共通之处。神秘主义从形而上和形而下使文本的释义走向模糊性和不确定性,这也是《古堡》生成的背景。

《古堡》的故事情节并不复杂,讲述了一个农民为了组织村民开矿致富而遭受各种灾难的故事,以及一些围绕这个农民的社会关系。然而在如此简单的线索背后,叙事者却编织了一个巨大的神话背景,多种力量交错,形成一种潜在的神话结构。农民张老大为什么会失败?其实全文在开篇处就已经给出了答案:"商州东南多峰,××村便在天峰、地峰、人峰之间。三峰鼎立,夹一条白花花的庄河蛇行,庄河转弯抹角,万般作弄,硬使一峰归陕,一峰归豫,一峰归鄂。在归陕的河的这边恰三峰正中处又有了第四峰,人称烛台。说是朝朝暮暮风起,三峰草木仰俯,烛台峰上则安静如室,掌烛光明,烛心活活似鸡心颤动。"故事就发生在第四峰上,烛台峰从取名上看不占天时、地利与人和,且位居三峰之中,为人所忽略,只有峰顶上"九仙树是千年古木,内中早已空朽,一边用石头帮砌,一边以木桩斜撑。上分九枝,枝枝却质类不同,人以为奇,便列为该村风脉神树","奇峰生有奇木,必然招有道教,但从峰下往上看,道观并不见,齐楞楞看着是一周最完整的石墙"。这样的环境中,村民尽管崇尚神明,每月忌日颇多,道观却并不入眼,特别是老道在"文革"中曾经还俗,更被人以"身不洁净"所不齿。道人眼若星辰,气态高古,三十余年披览《丹经》《道德经》等道教典籍,精通经义,亦懂得《易经》玄妙针术,熟知地史艺文,可无人来听,更无人听懂。"村人多不识字,识字的则视若天书,望之愕然。见老道只是吟念,便生恐慌,分散下山",而小孩子却只是对自己的姓氏计较,并无真心明白自己的祖先、宗族及源流。就是在那样一个信神,却不尊神;盲从迷信,却不知迷信为何物的充满矛盾的世界里,人又如何可以选择自己的道路?老道不能谈玄说经,就只能闲时抄录《史记·商君列传》,商鞅变法革新最终遭到车裂酷刑,张老大集体化开矿的结果自然是殊途同归。那个时代"道之不行,已知之矣",而张老大"知其不可为而为之",落下孩子送命、弟弟自杀、村邻误解、家产被抢,最终判刑入狱的悲惨境地,实际上是用形而下的救赎,去换取形而上的哲学认同。

张老大就像是秦汉先民创造精神的化身,在这个农民的身上,演绎了中华民族秦汉之气的悲壮和殉道者忍辱负重,以及自我牺牲的崇高。和他紧密相关的白麝则传递了另一种神秘力量的精神导向:白麝从传说中走到现实生活里,被张家老二和光大先后射杀过三次,每死一次麝,村民就从死亡的虚无中,宣扬出一些"天意",而多次的天意累积起来,却是人亲手挖掘了一个坟墓将自己埋葬。麝本来并不是神的化身,而是被人赋予了神性的力量之后,其自然的孕育、分娩和成长都代表了神祇,人原本是和自然结为一体的,却在自我意志的疏离中将自身从自然中分化出去。贾平凹在《古堡》中构筑了白麝神话的壮丽图景,主人公张老大与白麝形成神秘的互渗关系,白麝映照着张老大的人格魅力形成了作品的隐性结构。但是,张老大的失败也源于这种原始的巫术思维方式,张老大的对手牛磨子散布流言说张老大惹怒上天才出现白麝这样的"凶兆""灾星",民众受此蛊惑才起来反对、阻挠张老大的事业,作者又否定了原始的巫术思维方式。正是在这种双重的否定中,作者展示出人的无所适从和无从选择的"寻根后"困境。

具体地讲,就是作者一方面惊恐地发现了生活中的种种不完美和丑恶,另一方面又缺乏对这些不完美和丑恶的现实症结、历史根源的准确深入了解和把握,向往的理想找不到强有力的现实依托,故而深思中流露出了孤独感,这种忧郁的情绪被分解到这些神秘力量中。张老大和云云的婚事被孙家老大以"换亲"的名义阻挠,作者明白那是因为托生在那么贫困的地方,所以丧心病狂的悲剧肯定会层出不穷。作为反对这一无理要求的张家老二和孙家光小,是作者寄托希望的角色,两人却发现除了去烛台峰问问老道别无他法,待道长合相算了生辰八字告知姻缘大事不会相冲,于是他们也成了那个非人决定的支持者,不知不觉沦为了附庸和帮凶。在那样浑浑噩噩的环境中,当事人小梅最后竟也默认。神秘力量笼罩的古堡,实际上就成了"恶之花儿",在有毒的土壤中自然也绽放出有毒的花来。对这种恶性的循环,正如作者自述的:"我太爱这个世界了,太爱这个民族了;因为爱得太深,我神经质似的敏感,容不得眼里有一粒沙子,见不得生活里有一点污秽,而变态成炽热的冷静,惊喜的惶恐,迫切的嫉恨,眼睛里充满了泪水和忧郁。"① 这种暗无天日、没有尽头的沉闷加深了本土势力的守旧,连域外势力都渐渐被同化,转换到这一阵营。

按说摄影组的到来,一度缓解了村民对张老大的敌对情绪,某种程度上来看,正是以电影为代表的这种"异文化"的介入遏制了文明主体的恶化。然而,摄影组的光环却不是长此以往,当村民发现自己参与买矿车的钱去向不明,个人经济利益陷入危机的时候,一切神性的赋魅都面临剥离,他们不再追捧导演,甚至将导演看作和张老大一样的角色和身份。当市场经济唤醒这个古老山村的同时,也唤醒了他们的利欲熏心。因为他们毫无信仰,所以在接纳新式文明的同时,并没有一个合适的尺度将和他们骨子里同质的腐朽因素排除在外。贾平凹深知"城里人觉得山民有趣,山

---

① 贾平凹:《山石、明月和美中的我——给一位朋友的信的摘录》,《钟山》1983 年第 5 期。

民又觉得城里人新鲜",这是一个对等而非对立的逻辑,他无意于制造一个双重的文明标准,而只是用神秘力量去过渡,证实两者的同一质素。所以,当摄制组歌舞狂欢的那一夜,原始生命力得到再现,然而仅仅是瞬间闪现,就"消失于深沉的巨大无比的黑暗中"。而张家老二也因为原始生命力的再现,焕发出一个山民对爱欲的崇拜,赤裸裸的性情表达反而使城里人畏惧和退缩,最后导致张家老二丢失性命。"古堡"就像一个千年不坏的黑洞,吞吐着一切新生或旧式的文明火种。

变革的现实与古老的传统的矛盾汇聚到故事主人公身上,表现为:深层结构中他们身上都有着几千年形成的民族传统伦常感情、道德规范和行为准则的积淀,如同一个变化缓慢的常数,成为每个人物感情逻辑的深层依据,形成一种必然性;而外层包裹的并不断刺激着这些人物心理急速变动的社会环境,这是偶然性活跃的领域。[①] 在现代文明尚未完全到来的中国,要让广大群众去理解具有现代意识的复杂情感与心绪,无疑是较为困难的。于是,贾平凹步入商州大地,连姓名都没有的村落里,以抽象的古堡为实体,在那块贫瘠的蛮荒之地上去寻找先人的梦,寻找现代人在现代社会中失落的幻想。奶奶的梦就是这一结构的暗示,奶奶总是做一些含有预示性的梦,梦境成为推动情节发展的力量,她知晓死去人的去向,更了解在世人的发展,她说:"老大啥都不信,可这世上是人住的,也是住鬼呀神呀,连麝都住着。"这句话道出了人什么都不信,也没有什么可信的悖论状态,也是必然性和偶然性冲突的根源。当外部环境对内在压力越大,内部世界对外部环境的张力也越强,当现代人面临着多重压抑,面临着被异化的厄运时,神性力量无疑从潜意识深处满足了人们对自由发展个性和宣泄生命冲动的潜在愿望,他试图传达祖祖辈辈拘泥于方寸之地的中国人身上所展现出来的一种神话意识,选取了本身就具有原始神话意识的象征的原色色彩土地,渗入漫长滞重的历史脚步之中,同时,对完满人性与人格理想的追求也达成了贾平凹的主要审美理想。

神话的复归并不是一种偶然现象,从叙述角度而言:"神话乃是对以

[①] 雷达:《模式与活力——贾平凹之谜》,《读书》1986 年第 7 期。

欲望为限度或近乎这个限度的动作和模仿。"① 它表现人类欲望的最高水平,而神话世界又恰恰是人类永远不可能达到却永远在孜孜以求的,因为它们"为现代的畸形化和片面化提供了最好的补偿"②。叙述者借导演的话澄清写作《古堡》目的,"他不想把这部片子拍成一部纯猎奇片","刻画豪杰是他的工作,而豪杰为什么又会失败这才是他思索的目的",张老大顺应了时代的发展,却忘记了自己所依附的载体。结构主义人类学思想者列维·斯特劳斯认为,在世间万物各种对立现象中最根本的对立是自然与文化的对立,原始神话中的信仰和习俗也不过表现了初民的自然——文化观;那么张老大的农民身份所赋予他的内在特征成为他和这个时代格格不入的矛盾点,就像布告判刑的红印章,被村民揭去作为辟邪之物,不禁令人想起鲁迅的《药》,革命者的鲜血成为治疗的药,而在这里,贾平凹更多的不是站在一个"国民性"批判立场,更多的思考在于自然与文化的对立。

烛台峰的天雷和大火是作者对神秘力量绝望的希望,所做的安排,颠扑不破的世界只能寄望于"神性"的存在,突如其来的雷电轰击震惊了整个村子,"天下起了一场大雨,烛台峰和天峰瘦了许多,一片焦炭似的。那古堡除了坍了一个角外,却依然存在,越发显得黝黑,几只鹰鹞飞落在顶上,一点也辨不出颜色了",然而神秘力量却没有取得令人振奋的效果,是否也象征了张老大的改革之举;而燃烧在大火之中的麝,被人问及踪迹时,回答是"是死了或者是活着",这样的语句和沈从文《边城》的结尾如出一辙,后者中"二老"傩送是否能够回来,对于破灭了梦想与希望的作者与翠翠来说,早已变得不重要了,重要的是他们都必须去面对现实,重新选择未来的人生道路。麝对村民而言,就像是原始神话的魅力丧失,无论存在与否都不会再影响到他们的生活,因为内心的神圣感早已逝去。云云寂寞地守望着张老大的回归,与作者孤独地守望着"商州",他们都

---

① [加] N. 弗莱:《原型批评:神话理论》,见《神话——原型批评》,陕西师范大学出版社1987年版,第174页。
② [瑞士] C.G. 荣格:《论分析心理学与诗的关系》,见《神话——原型批评》,陕西师范大学出版社1987年版,第102页。

难以明确自己命运未来的归宿。

这是贾平凹在"寻根神话"破灭之后，对于商州与商州人生活状态的重新描述，从中我们可以发现作者既淡化了以往的激情也失去了纯美的想象，乡土的浪漫书写甚至渐渐变为一种否定性力量和工具。诗性的书写演化为神秘性的特殊化，通过一系列神秘力量的不可复生，昭示了生命力的萎缩，只剩下凄楚苍凉的悲鸣和沉重压抑的叹息。韩少功在《文学的根》中提出："我们的责任是释放现代观念的热能，来重铸和镀亮这种自我。"这里"现代观念"，实际上指的是自"五四"以来的现代科学观念和理性精神；贾平凹在创作实践中将"重铸"和"镀亮"的指向放置于"民族的深层精神和文化物质"，饱含更为深远的含义。首先，从地域上来说，"古堡"已经径直走到最偏远的与世隔绝的山村，甚至是仅仅存在于想象和虚构之中。其次，从所涉及的文化层次来看，"神性力量"所触及的是人类学意义上的古原始文化、原始图腾崇拜以及人们头脑中根深蒂固的宗教情结；从时间上来说，这些文化观念在人类社会演进的历史进程中，比中国主流文化传统中的儒、道都要早，实质上就是积淀在人类心理上的民间因子。在这样的创作理念指导下，故事情节的淡化、象征色彩的加强，有效地形成了审美主体和审美客体之间的间隙，给人留下无穷的回味与思考。从具象到抽象，从经验到超验，出奇地审视和表现了民族传统文化中荒谬的世界和困境，给人的感觉恍如隔世。科学理性的现代观念与原始愚昧的古代观念没有在征战中获得非此即彼的结论，作者拆解了乡土二元对抗的理论主张，在一个隐在对话结构中经历了一次完全不同以往的回归，至此，20世纪80年代的魔幻现实主义在贾平凹这里，获得一种新的引渡。

第四节 另类的乡土：皮绳扣上的告别

"寻根"作为一种文学史的事件，含有明显的"追认"成分，尽管经过追认的寻根运动，并没有贡献出更明确的历史目标以及强大的发展趋势，但其本身的浩荡已经影响到那个时期广大的文艺创作者，形成文学高潮的1985年，有一个身影从模糊中渐渐明晰，他的脚下是一块少有人问津的神奇土地——西藏和扎西达娃就此联系起来,从此以后所有的创作者和阅读者都无法绕过这段书写,对于这些作品的艺术价值来说,"寻根"或许不是最重要的主旨,也许褪去那层所谓的"寻根"文化外衣,可以看到更加本来的文学面目。

扎西达娃的西藏,不是马原的西藏,马原是从修辞的意义上来建立其西藏身份,用他者的眼光加入来自魔幻现实主义和结构主义的叙事学解释世界上最富神秘主义色彩的西藏文明与藏传佛教,二者还仅仅是形式上的相似;只有扎西达娃,依靠内在的雪域血统,才能在写作主体与小说对象之间产生神妙的应和关系。他的母亲名叫章凡,随母姓的音成年以前叫张念生,自小在重庆长大,浸润着博大的长江汉文化,少年时到西藏,在拉萨中学读书,之后在藏南的农村生活,藏南的山川河谷混合着藏东川西康巴的独特民情,流贯在他的内心。从《沉默》《朝佛》《江那边》《归途小夜曲》《闲人》《沉寂的正午》《没有星光的夜》《在河滩》《自由人契米》到《隐秘岁月》《系在皮绳扣上的魂》《巴桑和她的弟妹们》和《去拉萨的路上》,印刻下来的是作者在那块土地上灵魂与肉体的挣扎与分娩。

如果说 1984 年是整个文坛走在现代意识道路上的激流勇进,那么影响最大的是"走向未来"那种西方科学主义理性思维,现代派竭力实现"人的本质力量的对象化"的同期,扎西达娃在潮流之外领悟他个人的思想天地。他并非先天地特立独行,而是客观的环境为他提供了疏离的可能性。在 20 世纪 80 年代激动且闹哄哄的历史现场,扎西达娃对民族历史的深入了解,使他无法顺流于道德理想的抒发。现实在大多数时间里,充满械斗、流血和难以设想的悲剧,也充满了苦闷、躁动与喧嚣。正是这种对现代人处境的思索,促使扎西达娃开始了更漫长的记忆历程。以一种无意识的形式表现出来,在一种"复古的共同记忆"中充满了神秘感和不可知性。这一方面来自西藏本身的自然环境,地处高原、空气稀薄,容易造成人们感官上的时空错觉,从而产生不真实感;另一方面险恶的环境又导致生产力水平的低下,延缓知识进化速度,迫使生活在这样环境中的人们的自然观停留在神学的阶段。两种因素共同促成宗教作为支撑人们生活的精神力量,渗透于人们日常生活的各个细节。扎西达娃面对这样的神秘世界时，不再是用主观愿望去抹掉它，而是在这种平静的反思性语境中去感受、认识、再现它。

《隐秘岁月》中，四个名叫次仁吉姆的女人，如同佛珠串上那108颗珠子一样，不断地轮回和出现，与藏民族生命观念如出一辙。次仁吉姆未尝不是作家信仰的表达：藏族文化不可避免地在一个世纪里经受了外部世界的重大变迁所带来的巨大影响，相继受到了各种强势文化的染指，甚至在可以预见的将来被不可抗拒地加入一个全球化的文化格局之中，但民族精神信仰的思想内核与生存方式永远不会中断和消亡。小说叙述的语境、神奇浪漫的故事情节诠释着藏民族充满神秘色彩的哲学理念，深化了作品的文化内涵。也许在其他寻根作品中是难以见到的历史，是一种荒诞，但"在生存的荒诞感后面，正是对人永存不朽的向往。荒诞图景愈是荒谬绝伦，愈是蕴含着一种理想主义的痛心疾首，一种天真而锐利的失望"。柳鸣九的《荒诞概说》言说了扎西达娃这个特例。

《系在皮绳扣上的魂》更像一个隐喻，一个整体的象征表达，它启示一种对生存和历史的正确理解。空间意识上的化外之地成为疏离整体的原始语境，将笔触伸向了未来相当现代化的藏南某地，经活佛预示而被赋予生命的朝圣者塔贝和琼，跟着手提一串檀香木珠、对前途充满信心的远方旅人出走了。在他们的意象世界中呈现乡土的诗化体系，在有限的经验中显示出超验性的自由，叙述主体情绪的模糊化与多元化，叙述时空的有意伪造，以及回忆的审美策略，构成现代小说独有的一片天地。塔贝是一个宗教化的意念，在琼腰上的皮绳系结记下她一天又一天流浪中的风餐露宿和在寺庙里虔诚的顶礼膜拜。从家乡出发，经历了传统和现代，矢志不渝地往前走，直到生命和信仰同时迷失于喀隆雪山那一面的莲花生掌纹地带，却在那个手表指针逆行的地带，停下了朝圣的脚步。内在的流亡与外在的漂泊成为乡土最主要的情节模式，演绎着"还乡"与"失乡"、"离开"与"返回"，意义的指向最终都是"在路上"，琼在茫然的行进中难以抵御现代生活方式的诱惑，不愿再跟着塔贝走，作者反而给予了回归的路。扎西达娃为人物制造的终生使命是寻找人间净土香巴拉，最后却无奈地否定了这个追求，他让人看到追求的结局不过是空无一物。泄露出他对宿命的认识：进化论的历史观对他并不能作为科学的评判尺度，他坚持的是藏民族自己的时间概念和历史认识方式，在此意识下理解传统与现代文明的冲突；但是这种冲突不是以外来力量的干预为主导的，源于这个民族本来的命运。交织在作家身上的，却同时包含了人与神、人与物以及人与自身的多种矛盾冲突：一方面，依靠顽强的生存意志与文化传统在抵抗宿命；另一方面又时刻流露出迷惘。这才是理解他"含魅"写作的缘由：《西藏，系在皮绳扣上的魂》开创了扎西达娃式的时空交错体例的先河，他的空间设置呈现强烈对比和巨大反差，同时伴以光速穿梭流向和回流的时间。这一风格在被称为"虚幻三部曲"的《风马之耀》《世纪之邀》《悬崖之光》三个短篇中继续构造出一种周而复始、阴差阳错的迷宫。

"宿命感"是扎西达娃"含魅"的直接原因，一旦将神话开启，他就成了"神"的化身，一切经籍、神话、传说、史实、神示、巫语、鬼魂，包括想象、梦兆、幻化、真假、虚实、无中生有、有中之无在他的调动下组成近乎无限的多维时空，甚至无法寻找到唯一的出路。事实上，在他那里，出路也是无路，扎西达娃在这里对人物行为与命运的处理所显示的是藏文化本身的古老逻辑：当扎妥寺的桑杰活佛死后将不再有转世仪式，那么神秘的仪式逐渐退出了人们的生活，神秘本身的依据在哪里？对乡土进行浪漫书写，其本质是一个"居住"的问题。失去了宗教的土壤，祖祖辈辈都靠转经生长的后代，他们的日子如何延续？在20世纪两种文明的冲突里，他们不断被迫经受来自各方面的压抑与挑战："人的生存十分特殊，既无法摆脱有限，又不能达到无限，既处于经验现实之中，又居于理想境界之上，人的精神活动既受生活现实关联的强制，又受一种尚未存在的东西的支配。"[①] 处于这种困境中的人，内心受到找寻生活方向的驱遣，必定左右笔下乡土世界的书写。在海德格尔那里，世界也就是人生在世，而艺术作品的存在就是真理的显现、存在的澄明。扎西达娃浪漫的书写摆脱了生存本来的昏暗庸碌，让世界真正进入存在的光明。而我们，包括写作乡土和阅读乡土的人类，需要那份光明，起码也需要朝着光明的方向。那

---

① 刘小枫：《诗化哲学》，华东师范大学出版社2007年版，第219页。

个方向却是多义的、抽象的，这也是扎西达娃"含魅"书写的形态。当神秘色彩在小说中由对带有神秘色彩的古老风俗习惯和民间古老的神秘文化描写转移到情节的真实与虚幻难以分割，时空的假设清晰而模糊，本土与异域纠结在一起，那就不仅仅是传统文化的一部分，也是"原始人的思维本质上是神秘"① 的反映。之所以表现这样一种思维，跟扎西达娃的感悟分不开，当他洞悉人们惯于读那种主题明确、故事集中、人物形象鲜明、剪裁取舍典型化原则的小说时，内心唤回了执着深沉的民族感情，以另一种方式表达了对本民族古老的原始思维方式的眷恋之情。他对神秘主义的思维模式如此熟悉，甚至这种思维模式已经融化到了他的血液中，恰到好处地表明了扎西达娃对其民族文化的立场与清醒的现代理性。

《智者的沉默》中老者与他的放生羊相依为命。他本是转世活佛之身，他哥哥因为痛打过他，暴死后转生为羊，老者认出了他。《黄房子前面》里刻经人前世是猪，跟随几个朝圣者前往德格印经院。由于此猪啃吃经书，被小喇嘛拿印经版拍打猪身，转世为人后背上便印着仓央嘉措的情诗，当年目击此景的老太婆一眼就认出了刻经人的猪前世。轮回的本质就是一种介体，在人与神灵之间，在看得见与不可见之物之间，在自然的沉默与人的话语之间，不是独立于物质世界之外的另一世界，既是沟通的媒介，又是神灵显现的媒介，是一个弥漫、分散、化身的存在，具有"永恒"的精神品质的命运。《风马之耀》的乌金到处寻找他的杀父仇人的儿子："贡觉的麻子索朗仁增"，却发现索朗仁增无处不在，乌金不能辨别究竟哪个索朗仁增才是他的仇人；作为中介的世界暗示了一种地方性的伦理学，对人们的行为有所规约的伦理学，与神灵的世界和谐相处的伦理学，不打扰它，不带来陌生的事物。只有在这样一个伦理世界中，人们才能占卜并遵从神意。神意却是乌金始终都被谜一般的困惑所缠绕，注定要"承担起将一个远古悲壮的英雄神话在辽阔的西藏高原无限延续下去的神圣使命"。直到行刑手的步枪对准他背后的时刻，他才醒悟：他的责任不是对先人行为的延续，而是繁衍生息重新开始。这就意味着一切物质形式都是

---

① ［法］列维·布留尔：《原始思维》，丁由译，商务印书馆1997年版，第3页。

生与死的中介,是生命的延续形式,才是对真实经验与情感记忆的承诺,灵魂这个中介物也意味着生命的连续性。

《地脂》不断自问究竟是人创造了传说,还是传说包容了人?正是这种神秘感显示了不可知性,仿佛有一个无处不在,而又无处寻迹的神秘力量在操纵着人们的行为和命运。在这些轮回中,尽管也时常流露出哀伤,但面对这个世界无可奈何的变迁,作家只能抓住拯救的希望——回到人的自我本身,具有超验精神的人的自我及其主观性、情感性,被浪漫主义者提高到前所未有的地位。在这个虚幻的世界里,时间是无序的,因果原则被摈弃,荒诞不经就不再是反常的现象,而是一种合理的存在。因而,扎西达娃的小说从这种意义上来说,就是以朴素的人道精神与不可知的命运进行的一场没有绝对把握的较量。这种较量是超现实的。现实中的个体自我虽然是感性、经验的存在,但他可以通过信仰、意志、爱、想象、灵性等途径,取得诗意的生存,上升到超验的层面,从而趋近神性的完美,使有限的生命纳入无限之中,获得了生存的价值与意义。正像他在《悬崖之光》的结尾所说的那样:"亲爱的,带着人世间的不平和苦难走吧,让它们见鬼去吧!"现代工业文明、科技主义,使人与自然、人与人、人与社会日益疏离,人的心灵日渐"狭窄",孤独的暗影压抑着生命的灵性。浪漫主义强调自我,强调主观性,从客体对象中反观自我,在自我生命与自然万物交流、融合之中得到印证,才能超越个体生命的时间有限性。

这种超越在扎西达娃的小说中转换成一种对"抽象"的追求,正如宗白华论析"近代人失去了希腊文化中人与宇宙的谐和,又失去了基督教对超越上帝虔诚的信仰。人类精神上获得了解放,得着了自由,但也同时失去所依。彷徨、摸索、苦闷、追求,欲在生活本身的努力中寻得人生的意义与价值"[①]。当个体人的有限的时间性生存在无限的永恒性的"在"的跟前显出渺小而微弱的时候,那么人的追求本身便带有一种先天的不足和缺陷美,且没有退路。所以作品展现生活,会逐渐地接近真理,却永远不可能到达终极,那种超宗教、超现实生活的艺术形象就带来抽象境界。抽

---

① 刘小枫:《现代性社会理论绪论》,上海三联书店1998年版,第314—317页。

象紧紧地包裹在繁杂生动的具体形象里面，剥开这样的谜团，进而把个体的自由和艺术化的人生融贯起来，"有限个体融入宇宙无限之中……有限个体在无限中，无限在有限个体中"。那么，人的根柢也就找到了，那系在皮绳扣上的魂，便是一种可见的、可知的、可信的和启悟人生的追求。

在扎西达娃的小说中，存在的焦虑成为含魅手段的多义表达，无论是"现代的意象"，还是"幻魅的意象"都成为自我选择的自由追逐。在这个漫长的过程中，对悲剧的重新发现加剧了对现实的彻底否定，呈现生命的孤独感。原始思维的皮绳扣（原始计算方式）与后现代的景观并置，是一种告别，更是一种对原始文明的超越。20世纪80年代和20世纪二三十年代遥相呼应，形成20世纪乡土浪漫书写的两个集大成者，在人类精神世界里发出一致的轰鸣：对前途的失望呼应着对自身的失落，对国家的担忧孕育着对命运的不可把握，双重悲观衍生出毁灭意识、虚无意识；尤其当战争所导致的死亡泛滥，生命被藐视和践踏，使一切存在都变得荒诞。日益清醒的知识者们开始意识到人应当成为具有自身价值和被肯定的特殊存在，进而相信有一个理想的生命居所，或者曾经出现，而现在已经失去，或者一直存在着，却尚未发现；这种信念催生着他们更加强烈的"告别（也是回归）意识"——时间意识上的彼岸信仰质疑理性主义的线性历史观，信任生命的偶然性、模糊性和不可解释性，产生非理性的神秘主义倾向。

结　语

乡土浪漫——距离自由有多远

> 待至英雄们在铁铸的摇篮中长成，
> 勇敢的心灵像从前一样，
> 去造访万能的神祇。
> 而在这之前，我却常感到
> 与其孤身独涉，不如安然沉睡。
> 何苦如此等待，沉默无言，茫然失措。
> 在这贫困的时代，诗人何为？
> 可是，你却说，诗人是酒神的神圣祭司，
> 在神圣的黑夜里，他走遍大地。
>
> ——荷尔德林

一个世纪以来，中国作家无不渴望、追求着"自由"，自由不属于国家、民族、启蒙、救亡、战争、政治等宏大词汇，巨大的时代命题无时无刻不在压抑、阻隔着中国作家通向"自由"的道路。历史从来就标榜着"自由"的旗帜，却不曾给他们提供任何机会，使他们总是背负着"自由"的重荷。从意识形态写作到反抗意识形态写作，从现实主义到浪漫主

义甚至现代主义,从历史主义到新历史主义,从精英主义到民间立场,从西方化到本土化,从共名到无名……文学的每一次解放,似乎都同时伴随着一次新的束缚。中国作家难臻"被缚的普罗米修斯"之境,他们只能够在内心树立起坚贞的价值尺度来回应这个日益异化的世界。新文化运动中输入的"浪漫主义"作为这种坚定信仰的种子播种到中国文化的价值观念土壤中,反正统的"浪漫"文艺思潮,继承了欧洲人本主义、个人主义的思想传统,并且将历史上所有出现过的"浪漫精神"的"自由意志"汇聚在一起,在特殊历史条件下发展出更为明确的"个人自由意识",以自由抵抗一切辖制个人情感的现存制度和道德,以及日盛一日的物质文明和科学理性。

考察20世纪中国小说发展的历史,中国作家在两个历史时期表现出对浪漫书写极大的热情,并大大地改变了中国小说的面貌,从而形成现代小说的新格局。一是"五四"之后的20世纪20年代至30年代,二是20世纪80年代中后期至20世纪90年代末。这两个历史阶段是20世纪最具活力、最开放自由、最具时代包容性的社会历史转型期。先说第一个阶段,实际上,以鲁迅为代表的"五四"作家已开始探索主体渗入小说的形式,开始拓展其无羁的创造力和想象力,这也是中国小说走向现代化的开端,是文学先驱现代文化精神的语体表达。这股强烈的文学精神源于几种移位的合力,"西方文化、西方文学的引入对中国小说构成的强力刺激;中国文学结构中小说由边缘状况向文学中心位置的移动"[①],由小说表现的意识与描写的对象的现代性特征及其内容构成。以鲁迅、沈从文、废名、萧红为代表的现代作家在这种宽松、特殊的文化、文学写作环境中对各种因素的成功整合,使浪漫精神充分地体现出空前的美学价值,在小说中乡土写作的实践则奠定了中国现代小说新的美学范式。

历史常常会出现惊人的相似之处。相隔60年以后的20世纪80年代,中国作家的文学写作再次表现出较此前几十年大为不同的对浪漫质素的张扬、对艺术独创性的渴望。而构成这次中国小说嬗变的内在机制不仅是西

[①] 陈平原:《中国小说叙事模式的转变》,浙江文艺出版社1987年版,第267页。

方现代、后现代小说的刺激和诱导，更在于20世纪八九十年代中国社会转型引起现代中国知识分子对自身生存，对梦想、现实、良知、艺术的心灵表达欲望，而且，和上一时期相比，显示出自身的反叛、消解、解构或重建。在古代文人那里，乡土除了萧索和宁静外，几乎没有歌哭的篇章。《辞源》释"哭"义为"悲痛出声"；哭泣，在"希腊七贤"之一的梭仑那里是因为"无济于事"，圣殿的庄严源于它是人们前往哭诉的地方；而在雍门子周，以琴见孟尝君的记载中，哭有了歌的含义。歌哭，是中国叙事的重要传统，包含了汉语叙事的很多神韵。再次延续这个主情的传统，是主体化了的浪漫乡土，因为有了这种浪漫的光照，关于中国乡村的记忆才不是那么的寂寞。尽管对乡土的批判推进了人类的进步和社会的发展，然而，简单地治愈病痛是不够的，尤其在刮骨疗伤的手术之后，我们必须学会为它哭泣。自从鲁迅创作了鲁镇和未庄，乡土社会的色调才变得混杂起来，哭泣，成为抵达精神彼岸的力量。这新生的调子飞扬着个体的自我意识，对那一代人而言，乡下的景观就是个人化的主观世界。到了汪曾祺及其之后的文人，笔端却被历史的焦虑与困惑缠绕起来，叙述者和对象世界保持着一定的距离，乡土歌哭成为中国叙事雅俗碰撞的接合部，成为文学、民俗、情感、历史、女性、神话、政治、生命表象与文化符码的经典交集。浪漫核心的转移，使他们置身于乡土，却又不属于乡土，依然是客观世界里面的"个体"，却更像是"他人的故事"，而非叙事者本身，具有了更广泛的普世性。民众的激情被作家自我的情感所抑制，乡土叙事历史地、美学地呈现着一个时代生活的丰富性、复杂性和精神性的存在状态，在对世界形而下的表现以及形而上的把握中，不断摆脱和超越以往的文学表达、文学想象的局限与传统艺术模式的束缚和制约，从而不仅使自己的文学表达洞穿具体的社会生活表象，同时直指人类、人性的心灵内蕴，使叙事文学达到理想的境界。

人是一种生命的存在形式，生命首先是物质性的、个体性的，其次才是社会性的，在物质生命的相互联系中产生，所以，个体物质生命的存在和存在状态始终是精神需要存在的基础。以儒家文化为追求目标的中国传统价值系统，居于核心位置的"和谐"是整体社会的标尺，这种"群己"

关系忽视了个人意义，更谈不上在个人立场上对自我的肯定。伴随着资本主义扩张形成的机械工业时代到来，对农业文明的古老国家提出一个严峻的、多向度的问题，即"怎样在广泛的世界性联系中重新处理人与社会、人与国家、人与人以及国与国的关系"①，这样的生存危机不再是儒家文化所能克服的复杂性，因此主导性文化观念的逐步解体，关于人的定位方式也出现了萌生的可能。新文化运动最直接的影响是将"国"与"民"置于社会政治范畴中形成二元立论，并且在很大程度上将新文学理解为国民性、群体性、社会政治性的个人主义的衍生物。

倡导"人的文学"首次将文学看作具有相对独立力量的文化形式，周作人认为文学应该具有相对"属于自己的独特审美场域"，即日常生活中的"个人主义"，也体现"文艺以自己表现为主体，以感染他人为作用，是个人的亦是为人类的，所以文艺的条件是自己表现，其余思想与技术上的派别都是在其次"②。周作人的文学思想反映了现代作家乡土浪漫书写以探索个人价值和人生意义为主旨的核心。"个人主义"（individualism）从古希腊时期开始，延续为西方文明一个源远流长的思想传统，至文艺复兴"个人"表现出明确的政治哲学与社会哲学倾向，由此建立了人与社会的契约关系，在这个价值立场上界定"个人的权利"与"自由的原则"。事实上，在那个庞大的思想集合被引入中国并本土化的开端，"个人"并没有成为主体性目的，也没有得到相应的满足和认可，而被当作一种手段和精神条件，参与对现代社会生活秩序和组织架构的塑造，在一种群体关系中被限制和利用，类似于沈从文谈及的"事功"，而非"有情"。由此，开始浪漫书写为争取"个人自由"的旅途。

新时期文学在一定程度上继承了张扬自我价值的思想。1980年的第四次文代会上"正确处理个人和总体、人的精神和肉体、思想和感情的关

---

① 李怡在《"个人"的理念与"自我"的意识》一文中，对传统文化中的儒、道、释三种文化形态做了比较，阐释其区别和共性，认为"道家文化包含着对个人身体与精神自由的关怀，然而这样的关怀却是以人对于社会现实的退出为前提，因而也完全缺少对个人社会权利与现实意义的思考；佛家文化对于'我执'的破除，对于'无我'的体认更使得现实生存意义的'个人'遭遇到了彻底的否定。"见《江汉论坛》2007年第9期。

② 周作人：《文艺上的宽容》，见《周作人文类编》，湖南文艺出版社1998年版，第67页。

系,给个体价值以充分地位"成为议题之一。1981 年,在文学批评界甚至表达了美学批评的新原则:"不必少数服从多数",只要表达"心灵的觉醒",①在思想解放运动进一步展开时,这样的论调显然起到了重要的推动作用。"伤痕小说"作为拉开新时期创作序幕的类型,从称谓上我们能够看出"故事"其实是一种"治疗的空间",这种治疗超越了"伤痕"本身,应该作为浪漫书写的属性理解。20 世纪 80 年代的乡土创作主体本身在隐退,客观的"个体"在凸显,突出"某一个",即"任一个"。因为精神的疗救是包括自身在内的一个更广大的群体,所以浪漫的情感由自然流露和自发抒张转向了情感的物态化、直觉化和想象化。本质上,这种转变也是对"个人主义"的一种深化和升华,将"自我"作为"个人"的内核,进而探讨现实权利与自由的问题,集中思考"我"与世界、主体与客体的精神关系问题,从根本上确立起"人"的意义——不仅肯定了作为人本体的权利,而且认识到这种权利附加的绝对义务,企图超越关于人的主体价值系列观念,如人与世界、灵与肉、主体与客体……二元分立的思路,探索"自我"与"自我意识"更加丰富和复杂的状态,以"对比"取代"对立",走向一种更为宽容的浪漫精神。以韩少功为代表的新时期浪漫精神的复兴,既完成了确立主体性原则的现代性工程,同时又制造了批判的审美,从而丰富了现代浪漫书写的内涵。它对感性自我和客体世界的沟通与联系、对诗性艺术的乡土扩充、对反讽和隐喻等形式的倚重,所具有的有关感性、艺术、审美等精神原则,更大范围地补充了中国文化品格。

浪漫主义作为一个重要的文学现象,借助于意识形态的提倡而创造过辉煌,也因为意识形态的扭曲、变调、走形,失去应有的内涵,它的游离和错位使其自身发展也呈现一系列变化。当然,笔者所论述的两个阶段中浪漫书写的转型并不仅仅限于意识形态这条绳索,它的嬗变由多方面的合力促成(前文已作阐释),浪漫主义的核心是主体性,从乡土的浪漫书写这个场域来看待主体性趋于隐性而引发的多种样式,便于更深刻地认识浪漫主义的发展轨迹。通过对物化世界的审美超越,包括乡村和城市之间、

---

① 孙绍振:《新的美学原则在崛起》,《诗刊》1981 年第 3 期。

儿童和成人之间、情感和理性之间、艺术和科学之间都以二元对比,而非对立的形态出现,浪漫书写在情感表现上有三种趋向:就情感内容而言,由个体化到普世化;就情感特质而言,从主观化到客观化,也可理解为形式化;就情感性质而言,是从审美化到非审美化的趋向演变。现代时期作家代与代之间的相隔还有一定的时间,并且每个阶段的时代主题存在各自的倾向,因此作品的创作在初期模仿的痕迹比较明显,同时一旦形成个人风格之后,其反差的张力就会加倍,呈现相对鲜明的小说格调。而20世纪80年代走上文坛的那批作家,基本处于相同或类似的生活背景,并且思潮和口号的一致性也使其具备雷同的创作起点,相互之间的时空距离缩短加剧了彼此影响,故而在整体上不如现代作家的个性特征分明。但是也正因为他们集中、定向的协力,产生的感染效果更强烈,情感的表现方法由唯情的抒发化转向物态化、直觉化、想象化,甚至加以抽象,升华为构形化、符号化,共同推动了浪漫主义的流脉进程。

透过20世纪的乡土书写,我们能够看到一股明显的对自由渴慕的迫切,延续在时隐时现的浪漫品质中。中国社会属于包含原始的、传统的和现代的多种因素的复合型结构,自由灵魂相应地蕴含着不同的范畴和层次,因此,乡土浪漫书写所贯彻的美学形态、审美原则也处于交错重叠,并不断演变之中。第一种自由的姿态,归于逃离。"逃离"作为一种情结模式,频繁地出现在身处异乡的作家笔下,无论是鲁迅等"五四"一代作家,还是废名、沈从文等20世纪二三十年代的作家,抑或孙犁等20世纪40年代解放区作家,或者周立波、赵树理等新中国语境中的作家……包括"寻根"的"地之子"们,写作与他们在现实中所做出的选择有着无法隔断的联系。这种文本与历史间的"巧合"时时彰显着逃离者最初的目的:自由。萧红从开始出场便被笼罩在悲剧的阴影下,尽管她以坚韧的意志力行动反抗流亡的吞噬,最终个人的追求还是消融在自身看来具有真理性的意识内容中。真正的自由是诗意的栖居——出走,意味着自由的实践;出走,也意味着无家可归;而生命对自由的渴望要求义无反顾地离开,所以"自由"的命运正是"家"的悖论,寄居在家中则意味着自由的丧失,对家的否定也注定了自由的永无实现。现代作家都委身在一个

"依赖性"的时代背景中,不可避免地选择在个体与群体的冲突中退避,为了某一信念或某一模式忍受痛苦与毁灭,成为自由观念的化身。然而,他们用拥抱乡土的姿势证明了尽管他们感受到不幸与虚无,仍然以强韧的毅力获得了成长的机会,起码在人生的选择上体现了"自由意志",自主性的过程让一切苦难都成为偶然,成为人世循环的某一环节,使人相信自由的永恒。

无论是以死亡、出走,还是以别的方式完成,逃离在整个20世纪就像一则寓言,辐射着为捍守自由个体性的悲剧和民族全体的悲哀。因为在传统文化背景下面,固守自然时间的人,永远不会迸发书写乡土的意愿,居于故土,离故土的本质却最远。没有体会过距离的生命,不懂得自由的可贵,只有在临世的分裂中,才会有栖居的真谛和灵魂的吟唱。作家带着一种希望和绝望兼具的情绪走进乡土世界,究竟是一种什么生命感觉使作者想要构想这个世界?这个世界所构想和所展示的精神过程同作者的浪漫化叙述呈现一种怎样的连带关系?面对纷繁复杂的世界有两种人生态度:一是相信它的简单,并为此守护内心的纯粹;二是正视它的恶,并返回那罪恶的深渊。无论乡土之上怎样审美,都必须面对现世的恶,在现世中经历逐渐丧失自我和找寻自我的荒诞,这就是居住的困境。自由是在这困境中生长出来的涅槃,涅槃的方式就是通过"回忆"去摆脱空虚、返回存在。那种记忆机制在现代作家那里显现于一些实体性力量的关系网络中,个体不管怎样自由地行动,最终都摆脱不了群体性与抽象性的决定性因素——所以回忆,是因为曾经遗忘——这也是人重获故土的途径,这也是人类鉴别真实和虚构的维度。"小说不是现实,它是个人的心灵世界,这个世界有着另一种规律、原则、起源和归宿。"[①] 回忆创造了现实和生命,成为主体对现实和历史的再创造。这种对"非现实世界"的浪漫书写,是作家情感的想象化,延续审美创造过程的审美接受过程,实质指向一种文化,使小说写作从单纯追求意义价值中走出,走向浪漫诗学的审美层面。

与逃离相对的"回家"是另一种姿态,自由大大地激发了乡土的承载

[①] 王安忆:《心灵世界》,复旦大学出版社1997年版,第1页。

内蕴，所深化的回归家园主题形成 20 世纪以来一股声势浩大的精神流向和文化流向——因为人类越来越远离了自己的精神故乡。正如海德格尔的预言：现代人必须重操乡音、寻找家门。于是，世界便开始了人类思乡的精神航程，开启了"回家"的寓言。在这一巨大的哲思背景下，触及存在主义的某些核心问题——如人为什么活着？人生的价值和意义是什么？个体如何达到本真的自我并获得完美而丰富的存在？以及生命、死亡、自由、孤独等对个人来说到底意味着什么？事实上，古老而常新的人本问题便是对人类具有普遍的永恒的意义。普鲁斯特说："真正的天堂是我们失去的天堂。"从故乡出发的生命，经历过童年的成长，行走在异乡的大地上，渴望着最后的精神归宿，这成为这一类现代作家的精神自画像，成为他们不断觉醒、不断超越的心灵史。

可是，诗意的栖居天然地逃脱不掉悖论性张力：一方面是诗意的表达，另一方面又饱受内心的焦灼。"诗意"取决于原生性需求，柏拉图曾断言"诗歌与虚构是人类幼年的自然食粮"，因此，使用诗一样的表述成为人类的母语。维柯认为诗歌只能与儿童和原始人的自然语言同在，当我们的世界日益向诗的对立面飞逝，原有的背景发生定义和语境的置换，势必走向感情矛盾、语义对立。作者想象的无限性世界和人的肉体的有限性，以及时间存在之间的不可解决的紧张，也是造成绝对自由不能存在的原因之一，这一切都导致创作主体不能随心所欲写作——失去自由约束的文字是不负责任和没有重量的语篇——只有带着受难的意识，那样的前提下的自由，才是宽阔的和具有潜力的。回顾 20 世纪二三十年代那些浪漫书写，正是这种沉重的飞翔，才使乡土有了穿越时空的力量，同时，追踪这种浪漫的轨迹，会发现破土而出的艰难，为什么 20 世纪 40 年代之后，尤其是新中国成立之后很长一段时间，乡土再也没有焕发过那样的舒张姿态，源于一种自由的隐忧。外界的政治干预是一个方面，更重要的是来自"自由"内部——弗洛姆认为像是一个孩子在玩耍时要面临的取舍一样：一方面人发现离开自己被指定的位置，并且不会受到被冒犯的周围世界和内心原则的约束和迎头痛击时，自由显示出一种和谐的柔光；另一方面，人又无时无刻不在面临心灵的审视，那种潜在的内视检查必然以内部冲突为代价来换取自由，这种冲突发生在自我放逐的流浪与渴望滞留家园的自我之间,最终外化为对自由的否定。一旦否定性开始施以效力,自我经受的事实性体验就会萎缩,同时浪漫便以一种坚定的想象支持心灵的膨胀,只要浪漫的主体是真实的,自由就能重新推至前沿,从暂时的遗忘升华进艺术作品中。在20世纪的中国,人对自由的需要以及为此展开的斗争从未停止,这就能够解释浪漫主义进入中国,在本土化的过程中虽然大部分时间势单力薄,但因为迟迟没有超越个人情感自由的浪漫主义阶段,故而可持续的时间却相对绵韧与长久。

这样的浪漫主义特点在20世纪80年代中期,整体性地出现在方兴未艾的寻根运动浪潮之中。其根本原因在于直到20世纪末,人的价值和地位才慢慢得到全面深入的认识,情感自由渐渐获得保障,大致实现了与现代浪漫主义思潮密切联系的关于自由的目标。高尔基认为浪漫是一种情绪,复杂而模糊地反映出,笼罩在过渡社会的一切感觉和情绪的色彩。新时期以来伴随各种各样的争斗结束,人的心处在一种彷徨的松弛中,回顾人生里面不断建立起来的信仰一个接一个被颠覆,漂泊感空前突出,"无根的一代"因此而得名。作家们苦苦追逐的家园,与现代时期有所区别,不再是流亡的大背景下的个人寓所,而是具有普遍性的一种人生终极归宿的找寻。乡土成为他们"返乡"的途径和手段,不再是目的地,仅仅是要"返回到本源近旁",意味着在本己家园安居的感性表达之外,更加强调对理性之思的辩驳,从而更好地抚慰感性存在,即"置身于诸神的当前之中,并且受到物之本质切近的震颤"[①]。在乡土浪漫书写里,"乡土"就是"本源"的代名词,在寻根小说里面,乡土被置换为三种呈现方式:家族式的、心灵式的和神话式的。笼统地看,也可作为三种样式的交错集合。蕴藏其间的自由根基来自民间,"民间"在习惯用法上有两层意义:人民中间,或非官方的。这种定义都具有相对性,往往存在一个参照物来作为自己界别的标尺。事实上"人民"和"官方"都不是一个固定不变的范畴,甚至不是一个实体,所以论文使用的"民间"并非这种时间性和空间性都明显的所指,而是包括整个自史前社会、远古文明就开始延伸的一种广泛的本土意识存在。

[①] [德]海德格尔:《荷尔德林诗的阐释》,孙周兴译,商务印书馆2002年版,第24、46页。

乡土书写为什么会成为一门艺术？最本质的原因在于浪漫精神的投射。在此观照之下，乡土被哲学化和抽象化，富于深邃性和直露性，更加接近于人类生存的现状，符合存在的语境。具体的创作中，作者弥补了对形而下生活的缺憾，同时又表达了对形而上生活的期待，本质上来讲，指向一种终极关怀。如何看待作者与文本之间的关系？在艺术作品中，创作主体通过浪漫把自己想象为纯粹的意象行为驱动者，于是，便拥有了意象世界的自由以及用神秘的、非理性的方式给出问题的解决方案。其结果尽管无法直接对世界形成改造力量或根本只是这位预言者制造幻景、自我沉溺于迷狂之中；然而论者认为那是个人自由的要求，更是个人自由的独白。在黑暗的、绝望的世界里，面对生活的被撕裂，灵魂的被出卖，只能走向浪漫的诉求，才能继续拥有前行的动力；人的行走，依靠双腿的不懈迈进和心灵的坚定与执着。正如钱理群先生所讲：脚踏大地，仰望星空。从空间上来讲，"自我"的世界也可以是从城市开始，到乡土为止的旅途，城市作为乡村的演变形式存在着乡村时代之传统。寻根时期作家"返乡"的极端形态便是回到大地，回到心灵与回到原初，于是，空间的返还就转化为内在宇宙的还原，心灵是"家"的终极向度，包含个体对存在意义的终极领悟，因此理解"原初"必须直面时间，言说主体把精神家园构筑于一个想象的时空坐标系里边，浪漫化的"乡土"被赋予了一种哲学意蕴，成为人们在时间向度上指称"家园"的代名词。雷同于人的心理结构，在最上层起引领指向作用的是无比虔诚的信仰，这种信仰——是对生命的激情和热望，尼采曾经说过："肯定生命，哪怕是在最异样最艰难的问题上；生命意志在其最高类型的牺牲中，为自身的不可穷竭而欢欣鼓舞——我称这为酒神精神，我把这看作通往悲剧诗人心理的桥梁，不是为了摆脱恐惧和怜悯，不是为了通过猛烈的宣泄而从一种危险的激情中净化自己；而是为了超越恐惧和怜悯，为了成为生命之永恒喜悦本身——这种喜悦在自身中也包含着毁灭的喜悦。"[①] 尼采这种高蹈的生命意识，显示"这是一个伟大而高贵的生命的憧憬：在朝向真理的运动中忍受暧昧性并使之

[①] ［德］尼采：《偶像的黄昏》，周国平译，光明日报出版社1996年版，第101页。

明白显现出来;在不确定中保持坚毅;证明他能够拥有一无止境的爱心和希望"①。这种把生命看作人生存意义的最高原则的精神正好就是以生存为根本的乡土民间世界的本质表达,由本体写作走向本体存在,由言说信仰到信仰言说,到"含魅"之后的沉默,以此实现中国当代作家的自由精神漫游,也为人类的回家之旅画上一个完满的句号。

雨果断定,浪漫便是文学的自由象征。可是从一开始自由就是历史的、发展的,任何人的自由都同时受到自然规律和社会规律的制约。本体的人不是一个固定不变的实体,而是在自然和社会活动过程中不断生成的存在;因此自由也就不会是先验的、封闭的存在,个人和人类也不是从诞生就拥有自由的终极状态。自由的实现是一种永无休止的建构活动,通过实践活动向前推进,文学的实践就是不断迈向自由境界的阶梯。具体到写作的过程中,自由呈现三段式的样态。马克思曾经把人类最初的社会形态概括为"依赖关系",指称人被束缚于血缘关系、宗族关系、阶级关系诸如此类的共同体中,作为个体的人,无法独立存在,只不过是"一定的狭隘人群附属物"②,体现为一种类崇拜的倾向,对象的描述附有"圣化"情结。往往是以一种群体意志为表征的"国家""民族""人性""纲常"的异化形象,且使这一形象具备超常的魔力,这种力量暗示着时间的永恒存在,引导人类的精神信念趋向无限。可那种超越并不能解除心灵真正的痛苦,因为艺术和自我的价值,并未真正走向精神解放的道路,反而化作个人心理上的双重负担。在第二个阶段,以个性为轴心树立起人自身权利与欲望的合法性,肯定理性主义的价值观,作为批判传统、解除桎梏的武器。思想和感情方面的主体性格,指导自由行动和激发自由意志,这种放大的个人形成"片面性",造就"一种对某一特殊方面的癖性,一种在某些环境下对于朝向这个方向靠近的抵抗完全无能为力,一种使整个存在跟一种兴趣、目标、热情或癖性等同起来的致命的倾向"③,由此成为自由形态的特

---

① [德]雅斯贝尔斯:《悲剧的超越》,亦春译,中国工人出版社1988年版,第115页。
② 《马克思恩格斯全集》第4卷,人民出版社1958年版,第144页。
③ [英]布拉德雷:《莎士比亚悲剧的实质》,见《莎士比亚评论汇编》(下册),中国社会科学出版社1981年版,第51页。

殊性，先天的软弱导致妥协，而且过度的张扬抹杀了平衡规律，加速了个体的痛苦与消亡。最后，伴随此前一系列依附关系的消失，出现孤立的个体，然而在一味追求理性的外部改造途中，价值相对主义的焦虑与虚无逐渐弥漫，导致对人的存在的遗忘以及人生意义的失落。也就是说，"用客观的方法来看主观世界，本来是要通过追求客观世界来达到主体的一个目标；而现在则反过来，把主体自由的可能性限制了，把主体约化为客体的一部分：……这样，就把客观性运用到主体上，这就限制了主体原来的自由"①。尽管每一段进程中，自由都不是彻底呈现，甚至游离在人的掌控之外，越是想获取自由，越是为自由所奴役。然而，在追逐自由的过程中，坚定的信仰和为此信仰付出的无止境努力使人的心灵意义得到安慰与补足。

面对政治、文化劫难后的精神废墟，作家们用浪漫精神在乡土上重新恢复理想主义的根，而那种理想主义不再是恢宏浩大的历史命题，自我消解为世俗的日常生活叙事，直接引发了人们对人文精神与精神家园重建的信念。"新康德主义者"席美尔曾说："每一天，来自物质文化的财富不断增长，然而，个体的心灵却只有通过使自己不断地远离物质文化来丰富自身发展的形式和内容。"② 这句话道出了"含魅"的直接缘由，"魅"是为世俗社会的神圣角色取得合法化的过程，"合法化"允许"含魅"作为缓解内心困境的方式，从本体论的角度也揭示出主体存在与客体存在条件之间的不一致，自由从认识论转向存在论。"含魅"的结果是不再简单地关注"城乡"的二元冲突，进而意识到多种力量的复合作用，而且随着生命不确定感的增强，自由必然以更丰富的艺术手段表现出来。"由心灵性的差异而产生的分裂"将不可避免地引发冲突，尽管冲突双方的出发点都具有合理性，但"由于它所由发生的那些跟它对立矛盾的而且是意识到的关系和情境，它就变成一种引起冲突的行动"③。因此，自由的存在个体

---

① 成中英：《世纪之交的抉择：论中西哲学的会通与融合》，知识出版社1991年版，第13页。
② 周宪：《20世纪西方美学》，南京大学出版社1999年版，第39页。
③ ［德］黑格尔：《美学》第1卷，朱光潜译，商务印书馆1979年版，第273页。

和自由本身都面临选择的不确定性，也注定了"返乡"的结局是居无定所的灵魂的漂泊和理性与感性无可挽回的分裂。以此观之，在寻根作品中，作家最后力图表现的并非优根或者劣根的简单判定，而是常常陷于个体以及民族乃至整个人类的普遍悲剧性困境。"因为没有一种完全发展了的个体意识，没有一种强有力的异变与孤绝，生命是不可能达到其最高境界的。"① 有意味的是，底层历史观、平民意识以及对民族固有传统诗意的追怀、留恋等思想，使感情层面出现独特性与复杂性的并生状态，也就是说，面对现实的民间和真实的自我，作家不免又陷于多重焦虑之中：既不愿摆脱那非理性世界的引诱，时常逾越现实人生的界限，回到古老记忆中承担和化解自身所负载的原罪；同时那种从民间艺术中收获的轻松加速了难得的自由奔突，而自由所需要的时空境界并没有在当下完全复生，所以民间的选择一开始就是张力的悖论。显而易见，自由就是一个无限的过程——从思想自由、情感自由，到回头追问自由本身的意义，相应地制约着从启蒙主义、浪漫主义到现代主义的发展。寻根之后，个人情感自由获得基本保障，人们关于自由的提问方式也发生了变化——自由究竟有没有可能？即"自由"的现代主义意义被凸显出来，于是，与情感宣泄相联系的浪漫主义的方法虽被一些作家继续采用，但当作思潮的浪漫主义，已经完成其历史使命，因此文学的浪漫精神必将选取新的承载方式，才能呈现新的格局。

---

① [德] 倭铿：《审美个体主义之体系》，见《人类困境中的审美精神——哲人、诗人论美文选》，知识出版社1994年版，第190页。

参考文献

一 期刊

1. 阿城：《文化制约着人类》，《文艺报》1985年7月6日。
2. 阿城：《一些话》，《中篇小说选刊》1984年第6期。
3. 《记"笔耕"组贾平凹近作讨论会》，《延河》1982年第4期。
4. 陈思和：《中国新文学发展中的浪漫主义》，《学术月刊》1987年第10期。
5. 陈仲庚：《合一人神：楚文化思维模式与韩少功之演绎》，《福建论坛》（人文社会科学版）2002年第2期。
6. 陈继会：《"五四"乡土小说的历史风貌》，《郑州大学学报》1999年第6期。
7. 陈晓明：《论〈棋王〉》，《文艺争鸣》2007年第4期。
8. 蔡翔：《有关"杭州会议"前后》，《当代作家评论》2000年第6期。
9. 蔡翔：《何谓文学本身》，《当代作家评论》2002年第6期。
10. 程映红：《政治朝圣的背后》，《读书》1998年第9期。
11. 楚卫华：《从情绪记忆到"应感之会"——中国写意乡土小说对题材

的反刍处理》,《山东师范大学学报》1999 年第 6 期。

12. 陈克兰:《中国现代抒情小说的审美特征》,《广西师院学报》(哲学社会科学版) 1995 年第 2 期。

13. 陈国恩:《30 年代的"最后一个浪漫派"——历史与现实交汇点中的沈从文小说》,《武汉大学学报》(哲学社会科学版) 1999 年第 4 期。

14. 陈国恩、张健:《中国现代浪漫小说的怀乡意识》,《广西民族大学学报》(哲学社会科学版) 2007 年第 1 期。

15. 程玖:《20 世纪 20 年代抒情小说的审美流变及历史成因》,《海南大学学报》(人文社会科学版) 2004 年第 3 期。

16. 陈平原:《论"乡土文学"》,《中山大学研究生学刊》1982 年第 4 期。

17. 程光炜:《文学史与八十年代"主流文学"》,《清华大学学报》(哲学社会科学版) 2007 年第 3 期。

18. 程光炜:《二十世纪八十年代的"现代主义"文学》,《文艺研究》2006 年第 7 期。

19. 程光炜:《贾平凹与新时期文学三十年》,《南方文坛》2007 年第 6 期。

20. 杜运通:《三十年代浪漫文学的母题范式和审美特征》,《河南大学学报》(社会科学版) 1991 年第 5 期。

21. 丁帆:《"文学革命"旗帜下的乡土小说创作》,《镇江师专学报》(社会科学版) 1992 年第 1 期。

22. 丁帆:《作为世界性母题的"乡土小说"》,《南京社会科学》1994 年第 2 期。

23. 丁帆:《乡土小说的多元与无序格局》,《文学评论》1994 年第 3 期。

24. 丁帆:《论"社会剖析派"的乡土小说》,《福建论坛》(人文社会科学版) 2007 年第 1 期。

25. 丁帆:《京派乡土小说的浪漫寻梦与田园诗抒写》,《河北学刊》2007 年第 2 期。

26. 戴光中:《侨寓者的怀恋——略论二十年代的乡土文学》,《天津师范大学学报》1986 年第 1 期。

27. 邓嗣明:《弥漫着氛围气的抒情美文》,《文学评论》1992 年第 3 期。

28. 方习文：《"五四"乡土小说：启蒙与审美之间的选择》，《安庆师范学院学报》（社会科学版）2002年第4期。
29. 风子：《〈小鲍庄〉再辨析》，《当代作家评论》1986年第5期。
30. 郭沫若：《论文学的研究与介绍》，《学灯·时事新报》1922年7月27日。
31. 灌英：《桥》，《新月》1932年第4卷第5期。
32. 韩毓海：《"五四"与20世纪中国文化》，《学术月刊》1994年第6期。
33. 贺绍俊：《缠绕着恋乡情结的现代小说》，《当代作家评论》1987年第5期。
34. 韩少功：《文学的"根"》，《作家》1985年第4期。
35. 韩少功：《答美洲〈华侨日报〉记者问》，《钟山》1987年第5期。
36. 韩少功：《冷战后：文学写作新的处境》，《当代作家评论》2003年第3期。
37. 黄献文：《论新感觉派小说的乡土传统情结》，《福建论坛》1999年第5期。
38. 郜元宝：《作为小说家的"本性"——重读王安忆的小说》，《上海文学》1991年第12期。
39. 何向阳：《家族与乡土——20世纪中国文学潜文化景观透视》，《文艺评论》1994年第2期。
40. 季桂起：《略论五四时期的写意小说》，《齐鲁学刊》2001年第5期。
41. 景国劲：《20世纪80年代中国乡土文学的浪漫精神》，《集美大学学报》（哲学社会科学版）2001年第4期。
42. 贾平凹：《山石、明月和美中的我——给一位朋友的信的摘录》，《钟山》1983年第5期。
43. 洁泯：《〈小鲍庄〉散论》，《当代作家评论》1986年第1期。
44. 季红真：《宇宙·自然·生命·人》，《读书》1986年第1期。
45. 季红真：《冥想中的精神跋涉》，《当代作家评论》2007年第2期。
46. 金宏达：《论早期的乡土文学》，《中国现代文学研究丛刊》1982年第1期。
47. 蒋明玳：《论30年代左翼青年作家群的乡土小说创作》，《扬州大学学报》（人文社会科学版）1998 年第 1 期。

48. 旷新年：《"寻根文学"的指向》，《文艺研究》2005 年第 6 期。
49. 孔范今、施战军：《关于人文魅性与现当代小说的对话》，《小说评论》2007 年第 2 期。
50. 李怡：《"个人"的理念与"自我"的意识》，《江汉论坛》2007 年第 9 期。
51. 骆寒超：《论中国新诗的现实主义》，《文学评论》1997 年第 1 期。
52. 李庆西：《寻根：回到事物本身》，《文学评论》1988 年第 4 期。
53. 李庆西：《古老大地的沉默》，《文学评论》1987 年第 6 期。
54. 李庆西：《他在寻找什么》，《小说评论》1987 年第 1 期。
55. 李扬：《传统的回归与延续》，《艺术广角》1999 年第 2 期。
56. 李扬：《重返八十年代——为何重返以及如何重返》，《当代作家评论》2007 年第 1 期。
57. 李陀：《意象的激流》，《文艺研究》1986 年第 3 期。
58. 李洁非：《莫言的意义》，《读书》1986 年第 6 期。
59. 李洁非：《回到寓言——论莫言及其近作》，《当代作家评论》1993 年第 2 期。
60. 李洁非：《寻根文学：更新的开始》，《当代作家评论》1995 年第 4 期。
61. 李国俊：《废名与禅宗》，《江汉论坛》1988 年第 6 期。
62. 雷达：《对文化背景和哲学意识的渴望》，《批评家》1986 年第 1 期。
63. 雷达：《模式与活力——贾平凹之谜》，《读书》1986 年第 7 期。
64. 刘纳：《"五四"小说创作方法的发展》，《文学评论》1982 年第 5 期。
65. 凌宇：《是诗？是画？——读汪曾祺的〈大淖记事〉》，《读书》1981 年第 11 期。
66. 凌宇：《中国现代抒情小说的发展轨迹及其人生内容的审美选择》，《中国现代文学研究丛刊》1983 年第 2 期。
67. 凌宇：《重建楚文学的神话系统》，《上海文学》1986 年第 6 期。
68. 凌宇：《二三十年代乡土小说中的乡土意识》，《文学评论》2000 年第 4 期。

69. 李德：《论京派抒情小说的民族特征》，《中国文学研究》1988年第2期。

70. 刘建中：《人、作品及其他——贾平凹印象记》，《当代作家评论》1986年第4期。

71. 刘建军：《贾平凹论》，《文学评论》1985年第3期。

72. 刘震云：《整体的故乡与故乡的具体》，《文艺争鸣》1992年第1期。

73. 罗成琰：《现代中国浪漫文学思潮的传统渊源》，《文学评论》1991年第4期。

74. 刘明：《"规避"的辉煌和遗憾》，《当代作家评论》2003年第6期。

75. 陆成：《"时态"与叙事——汪曾祺〈异秉〉的两个不同文本》，《文艺理论研究》1999年第1期。

76. 李欧梵：《论中国现代小说》，《中国现代文学研究丛刊》1985年第3期。

77. 柳冬妩：《城中村：拼命抱住最后一些土》，《读书》2005年第2期。

78. 刘忠：《寻根文学、文化保守主义与山野精神》，《海南师范大学学报》2007年第3期。

79. 林幸谦：《萧红小说的女体符号与乡土叙述》，《南开学报》（哲学社会科学版）2004年第2期。

80. 茅盾：《小说新潮栏宣言》，《小说月报》1920年第11卷第1号。

81. 茅盾：《新文学研究者的责任与努力》，《小说月报》1921年第12卷第2号。

82. 莫言：《高密之光》，《人民日报》1987年2月1日。

83. 莫言：《我的故乡与我的小说》，《当代作家评论》1993年第2期。

84. 莫言：《发现故乡与表现自我》，《小说评论》2002年第6期。

85. 莫言：《小说创作与影视表现》，《文史哲》2004年第2期。

86. 莫言：《创作是痛苦的挣扎》，《文学评论家》1989年第2期。

87. 马俊江：《论师陀的"果园城世界"》，《中国现代文学研究丛刊》2003年第1期。

88. 孟悦：《荒野弃儿的归属——重读〈红高粱家族〉》，《当代作家评论》

1990 年第 3 期。

89. ［韩］朴宰雨：《关于中国现代小说的抒情性》，《国外社会科学》1997 年第 4 期。

90. 彭晓勇：《一支礼赞人性的牧歌——评二三十年代田园风光小说》，《贵州大学学报》1986 年第 3 期。

91. 彭在钦：《简论现代"田园抒情小说流"》，《湘潭师范学院学报》1991 年第 1 期。

92. 钱中文：《现实主义与浪漫主义问题》，《文艺理论研究》1999 年第 5 期。

93. 钱理群：《文学本体与本性的召唤》，《涪陵师院学报》2001 年第 4 期。

94. 钱锺书：《还乡隐喻与哲性乡愁》，见《跨文化对话》，上海文化出版社 2004 年版。

95. 邱胜威：《闲中着色 起止自在》，《写作》1983 年第 8 期。

96. 索燕华：《从 20 年代乡土文学到 80 年代寻根文学》，《延边大学学报》（社会科学版）1997 年第 4 期。

97. 孙犁：《关于"乡土文学"》，《北京文学》1981 年第 5 期。

98. 孙绍振：《新的美学原则在崛起》，《诗刊》1981 年第 3 期。

99. 孙郁：《莫言：与鲁迅相逢的歌者》，《当代作家评论》2006 年第 6 期。

100. 陶家俊：《身份认同导论》，《外国文学》2004 年第 2 期。

101. 谭桂林：《论萧红创作中的童年母题》，《中国现代文学研究丛刊》1994 年第 4 期。

102. 谭桂林：《论新时期湖南小说的含魅叙事》，《湘潭大学社会科学学报》2001 年第 2 期。

103. 王德威：《魂兮归来》，《当代作家评论》2004 年第 1 期。

104. 吴晓东：《现代"诗化小说"探索》，《文学评论》1997 年第 1 期。

105. 吴晓东、倪文尖、罗岗：《现代小说研究的诗学视域》，《中国现代文学研究丛刊》1999 年第 1 期。

106. 王瑶：《中国现代文学与古典文学的联系》，《北京大学学报》（哲学社会科学版）1986 年第 5 期。

107. 汪晖：《语言与危机》，《文学评论》1989 年第 4 期。
108. 王富仁：《当前中国现代文学研究中的若干问题》，《中国现代文学研究丛刊》1996 年第 2 期。
109. 王富仁：《关于左翼文学的几个问题》，《中国现代文学研究丛刊》2002 年第 1 期。
110. 王富仁：《三十年代左翼文学·东北作家群》（之一至之四），《文艺争鸣》2003 年第 1 期。
111. 王尧：《1985 年"小说革命"前后的时空——以"先锋"与"寻根"等文学话语的缠绕为线索》，《当代作家评论》2004 年第 1 期。
112. 汪政、晓华：《〈小鲍庄〉的艺术世界》，《当代文坛》1985 年第 12 期。
113. 汪政、晓华：《回忆的功能》，《文艺报》1987 年 3 月 21 日。
114. 王安忆：《你的世界》，《文学自由谈》1988 年第 3 期。
115. 王安忆、斯特凡亚、秦立德：《从现实人生的体验到叙述策略的转型》，《当代作家评论》1991 年第 6 期。
116. 王安忆：《"寻根"二十年忆》，《上海文学》2006 年第 8 期。
117. 王安忆、张新颖：《谈话录〈三〉："看"》，《当代作家评论》2007 年第 3 期。
118. 王安忆、张新颖：《谈话录〈六〉：写作历程》，《西部》2008 年第 1 期。
119. 王光东：《民间与启蒙》，《当代作家评论》2000 年第 5 期。
120. 王光明：《"寻根文学"新论》，《文艺评论》2005 年第 5 期。
121. 魏红珊：《炫耀消费与身份焦虑》，《文化研究》2005 年第 6 期。
122. 吴炫：《论"穿越群体的个体"》，《社会科学战线》2008 年第 2 期。
123. 王扬泽：《〈地之子〉与二十年代的乡土文学》，《中国现代文学研究丛刊》1983 年第 4 期。
124. 汪曾祺：《〈大淖记事〉是怎样写出来的》，《读书》1982 年第 8 期。
125. 王国华、石挺：《莫言与马尔克斯》，《艺谭》1987 年第 3 期。
126. 王尧：《在潮流之内与潮流之外》，《当代作家评论》2004 年第 4 期。
127. 吴非：《莫言小说与"印象派之后"的色彩美学》，《小说评论》1994 年第 5 期。

128. 王蒙：《且说〈棋王〉》，《文艺报》1984 年第 10 期。
129. 吴亮：《〈小鲍庄〉的形式与涵义》，《文艺研究》1985 年第 6 期。
130. 解志熙：《新的审美感知与艺术表现方式》，《文学评论》1987 年第 6 期。
131. 许志英、倪婷婷：《中国农村的面影——二十年代"乡土文学"管窥》，《文学评论》1984 年第 5 期。
132. 席扬：《二十年代"乡土派"与八十年代"寻根派"的历史考察》，《现代文学研究丛刊》1989 年第 4 期。
133. 许子东：《郁达夫风格与现代文学中的浪漫主义》，《文学评论》1983 年第 1 期。
134. 许道明：《"乡"与"市"和中国现代文学》，《南京师范大学文学院学报》2002 年第 3 期。
135. 夏静：《文质原论——礼乐背景下的诠释》，《文学评论》2004 年第 2 期。
136. 杨春时：《现代性与中国知识分子的身份认同》，《社会科学战线》2006 年第 5 期。
137. 杨剑龙：《论汪曾祺小说中的传统文化意识》，《当代作家评论》1989 年第 2 期。
138. 杨剑龙：《中日学者〈故乡〉谈》，《鲁迅研究月刊》1999 年第 1 期。
139. 杨红莉：《"成长"主题及主体精神隐喻》，《河北师范大学学报》2005 年第 2 期。
140. 郁达夫：《Max Stirner 的生涯及其哲学》，《创造周报》1923 年第 6 号。
141. 严家炎：《中国现代小说流派鸟瞰》（一），《文艺报》1986 年 3 月 22 日。
142. 尹雪曼：《师陀和他的〈果园城记〉》，见《师陀研究资料》，北京出版社 1984 年版。
143. 朱晓进：《三十年代乡土小说的审美倾向与文体特征》，《南京师范大学学报》1994 年第 2 期。
144. 张国祯：《郁达夫和我国现代抒情小说》，《中国现代文学研究丛刊》1981 年第 4 期。

145. 赵园：《关于小说结构的散化》，《批评家》1985 年第 5 期。
146. 赵园：《回归与漂泊》，《文艺研究》1989 年第 4 期。
147. 赵园：《"重读"二篇》，《当代作家评论》1991 年第 5 期。
148. 张全之：《诚与真——五四文学的精神特征及其当代意义》，《济南大学学报》2009 年第 3 期。
149. 张全之：《背对故乡——鲁迅的思乡心理与其创作》，《齐鲁学刊》1997 年第 4 期。
150. 郑万隆：《我的根》，《上海文学》1985 年第 5 期。
151. 郑义：《跨越文化断裂带》，《文艺报》1985 年 7 月 13 日。
152. 曾媛：《都市里的田园之歌——论乡土抒情小说》，《中国文学研究》1987 年第 1 期。
153. 朱晓进：《三十年代乡土小说的审美倾向与文体特征》，《南京师范大学学报》（社会科学版）1994 年第 2 期。
154. 朱大可：《半个当代文学和它的另半个》，《文论报》1986 年 4 月 11 日。
155. 张均：《我们怎样进入历史——论现代中国文学的现代品格》，《东南学术》2006 年第 3 期。
156. 张均、韩少功：《用语言挑战语言——韩少功访谈录》，《小说评论》2004 年第 6 期。
157. 曾一果：《过去的"现实主义"》，《文学评论》2006 年第 4 期。

二 专著

1. ［美］艾恺：《世界范围内的反现代化思潮》，贵州人民出版社 1999 年版。
2. ［美］爱德华·赛义德：《东方学》，王宇根译，生活·读书·新知三联书店 1999 年版。
3. ［英］安东尼·吉登斯：《现代性与自我认同》，王宇根译，生活·读书·新知三联书店 1998 年版。
4. ［古罗马］奥古斯丁：《忏悔录》，周士良译，商务印书馆 1963 年版。
5. ［古希腊］柏拉图：《柏拉图文艺对话集》，朱光潜译，人民文学出版社 1980 年版。

6. ［美］本尼迪克特·安德森：《想象的共同体：民族主义的起源与散布》，吴叡人译，上海人民出版社2005年版。
7. ［丹］勃兰兑斯：《十九世纪文学主流》，张道真等译，人民文学出版社1982年版。
8. ［英］查尔斯·查德威克：《象征主义》，周发祥译，昆仑出版社1989年版。
9. 陈鼓应：《悲剧哲学家尼采》，生活·读书·新知三联书店1987年版。
10. 陈国恩：《浪漫主义与20世纪中国文学》，安徽教育出版社2000年版。
11. 陈继会：《中国乡土小说史》，安徽教育出版社1999年版。
12. 陈平原：《北京：城市想象与文化记忆》，北京大学出版社2005年版。
13. 陈平原：《中国小说叙事模式的转变》，浙江文艺出版社1987年版。
14. 陈思和：《中国当代文学史教程》，复旦大学出版社1999年版。
15. 陈晓明：《表意的焦虑：历史祛魅与当代文学变革》，中央编译出版社2002年版。
16. 陈晓明：《仿真的年代》，山西教育出版社1999年版。
17. 陈仲庚：《寻根文学与中国文化之根脉》，中国文联出版社2000年版。
18. 董曼君：《中国20世纪文学理论批评史》，中国文联出版社2002年版。
19. ［美］E.哈奇：《人与文化的理论》，黄应贵、郑美能编译，黑龙江教育出版社1988年版。
20. 方长安：《选择·接受·转化——晚清至20世纪30年代初中国文学流变与日本文学关系》，武汉大学出版社2003年版。
21. 费孝通：《乡土中国》，生活·读书·新知三联书店1985年版。
22. ［美］费正清：《美国与中国》，张理京译，商务印书馆1987年版。
23. 冯友兰：《中国哲学简史》，北京大学出版社1985年版。
24. 逄增玉：《现代性与中国现代文学》，东北师范大学出版社2001年版。
25. ［美］埃里希·弗罗姆：《对自由的恐惧》，许合平译，国际文化出版公司1988年版。
26. 耿占春：《隐喻》，东方出版社1993年版。
27. ［德］海德格尔：《荷尔德林诗的阐释》，孙周兴译，商务印书馆2002

年版。

28. ［德］海德格尔：《在通向语言的途中》，孙周兴译，商务印书馆 1997 年版。
29. ［德］海德格尔：《存在与时间》，陈嘉映、王庆节译，生活·读书·新知三联书店 1999 年版。
30. ［德］海德格尔：《人，诗意地安居》，郜元宝译，广西师范大学出版社 2000 年版。
31. ［德］黑格尔：《美学》，朱光潜译，商务印书馆 1979 年版。
32. ［德］黑格尔：《历史哲学》，王造时译，上海书店出版社 2001 年版。
33. 何言宏、杨霞：《坚持与抵抗：韩少功》，上海人民出版社 2005 年版。
34. 洪子诚：《中国当代文学史》，北京大学出版社 1999 年版。
35. 胡风：《胡风全集》，湖北人民出版社 1999 年版。
36. ［美］华莱士·马丁：《当代叙事学》，伍晓明译，北京大学出版社 1990 年版。
37. 皇甫晓涛：《萧红现象》，天津人民出版社 1991 年版。
38. 黄子平：《"灰阑"中的叙述》，上海文艺出版社 2001 年版。
39. ［英］霍金斯：《结构主义和符号学》，上海人民出版社 1990 年版。
40. 季红真：《萧萧落红》，人民文学出版社 2001 年版。
41. 季红真：《忧郁的灵魂》，时代文艺出版社 1992 年版。
42. ［法］加斯东·巴什拉：《梦想的诗学》，刘自强译，生活·读书·新知三联书店 1996 年版。
43. 贾植芳：《中国现代文学的主潮》，复旦大学出版社 1990 年版。
44. ［日］近藤直子：《有狼的风景——读八十年代中国文学》，廖金球译，人民文学出版社 2001 年版。
45. ［美］J. 希利斯·米勒：《文学死了吗》，秦立彦译，广西师范大学出版社 2007 年版。
46. ［美］考德威尔：《浪漫主义与现实主义》，薛鸿时译，生活·读书·新知三联书店 1998 年版。
47. 孔范今：《20 世纪中国文学史》，山东文艺出版社 1997 年版。

48. 孔志文：《现代人的焦虑和希望》，生活·读书·新知三联书店 1994 年版。

49. 李欧梵：《铁屋中的呐喊》，河北教育出版社 2000 年版。

50. 李欧梵：《中国现代作家的浪漫一代》，新星出版社 2005 年版。

51. [美] 列文森：《儒教中国及其现代命运》，郑大华译，中国社会科学出版社 2000 年版。

52. 林建法、王景涛编：《中国当代作家面面观——撕碎，撕碎，撕碎了是拼接》，时代文艺出版社 1991 年版。

53. 林建法：《中国当代作家面面观：寻找文学的灵魂》，春风文艺出版社 2003 年版。

54. 凌宇：《当代湖南文艺评论家选集》，湖南文艺出版社 1999 年版。

55. 刘禾：《语际书写——现代思想史写作批判纲要》，上海三联书店 1999 年版。

56. 刘小枫：《诗化哲学》，华东师范大学出版社 2007 年版。

57. 刘小枫：《现代性社会理论绪论——现代性与现代中国》，生活·读书·新知三联书店 1998 年版。

58. 刘小枫编：《诺瓦利斯选集》，林克等译，华夏出版社 2008 年版。

59. 刘小枫：《人类困境中的审美精神——哲人、诗人论美文选》，知识出版社 1994 年版。

60. 鲁迅：《两地书》，人民文学出版社 1973 年版。

61. 罗钢：《历史汇流中的抉择》，中国社会科学出版社 1993 年版。

62. [英] 罗素：《西方哲学史》，张作成编译，商务印书馆 1981 年版。

63. 骆宾基：《萧红小传》，北方文艺出版社 1982 年版。

64. [美] 马尔克·考利：《流放者的归来——20 年代的文学流浪生涯》，上海外语教育出版社 1986 年版。

65. 马良春、张大明：《中国现代文学思潮史》，十月文艺出版社 1995 年版。

66. [美] 马泰·卡林内斯库：《现代性的五副面孔》，顾爱彬、李瑞华译，商务印书馆 2002 年版。

67. ［德］马丁·布伯：《我与你》，陈维纲译，生活·读书·新知三联书店1986年版。
68. 毛峰：《神秘主义诗学》，生活·读书·新知三联书店1998年版。
69. 孟庆澍：《无政府主义与五四新文化》，河南大学出版社2006年版。
70. 孟昭兰：《人类情绪》，上海人民出版社1989年版。
71. ［法］米兰·昆德拉：《小说的艺术》，孟湄译，生活·读书·新知三联书店1992年版。
72. 莫言：《小说的气味》，春风文艺出版社2003年版。
73. 南帆：《冲突的文学》，上海社会科学院出版社1999年版。
74. 南帆：《文学的维度》，上海三联书店1998年版。
75. ［德］尼采：《偶像的黄昏》，周国平译，光明日报出版社1996年版。
76. 钱理群、温儒敏、吴福辉：《中国现代文学三十年》（修订本），北京大学出版社1998年版。
77. 钱理群：《二十世纪中国文学史论》，东方出版中心2003年版。
78. 钱理群：《丰富的痛苦》，时代文艺出版社1993年版。
79. ［法］乔治·索雷尔：《进步的幻象》，吕文江译，上海人民出版社2003年版。
80. ［瑞士］荣格：《现代灵魂的自我拯救》，黄奇铭译，工人出版社1987年版。
81. ［英］史蒂文·卢克斯：《个人主义》，阎克文译，江苏人民出版社2001年版。
82. ［美］桑塔耶拿：《美感》，缪灵珠译，中国社会科学出版社1982年版。
83. 申丹：《叙述学与小说文体学研究》，北京大学出版社1998年版。
84. ［德］施莱格尔：《浪漫派风格——施莱格尔批评集》，李伯杰译，华夏出版社2005年版。
85. ［德］叔本华：《作为意志和表象的世界》，石冲白译，商务印书馆1982年版。
86. ［美］斯蒂芬·欧文：《追忆》，郑学勤译，上海古籍出版社1990年版。
87. ［英］斯图尔特·霍尔：《表征》，徐亮、陆兴华译，商务印书馆2003

年版。

88. ［加］查尔斯·泰勒:《自我的根源:现代认同的形成》,韩震等译,译林出版社2001年版。

89. ［德］瓦尔特·本雅明:《发达资本主义时代的抒情诗人》,张旭东译,生活·读书·新知三联书店1989年版。

90. 汪晖:《反抗绝望——鲁迅及其文学世界》,河北教育出版社2000年版。

91. 汪晖:《死火重温》,人民文学出版社2000年版。

92. 汪朗、汪明、汪朝:《老头儿汪曾祺》,中国人民大学出版社2000年版。

93. 汪民安:《现代性基本读本》,河南大学出版社2005年版。

94. 汪树东:《中国现代文学中自然精神的研究》,黑龙江人民出版社2005年版。

95. 汪曾祺:《晚翠文坛新编》,生活·读书·新知三联书店2002年版。

96. 王安忆:《故事和讲故事》,浙江文艺出版社1991年版。

97. 王安忆:《心灵世界》,复旦大学出版社1997年版。

98. 王德威:《想象中国的方法——历史·小说·叙事》,生活·读书·新知三联书店1998年版。

99. 王德威:《原乡神话的追逐者——想象中国的方法》,生活·读书·新知三联书店1998年版。

100. 王晓明:《批评空间的开创》,东方出版中心1998年版。

101. 王晓明:《潜流与漩涡》,中国社会科学出版社1991年版。

102. 王晓明:《人文精神寻思录》,文汇出版社1996年版。

103. 王尧:《彼此的历史》,山东文艺出版社2008年版。

104. ［德］瓦尔特·本雅明:《普鲁斯特的形象》,张旭东译,见《是明灯还是幻象》,云南人民出版社2003年版。

105. ［德］瓦尔特·比梅尔:《当代艺术的哲学分析》,孙周兴等译,商务印书馆1999年版。

106. ［德］沃尔夫冈·伊瑟尔:《虚构与想象:文学人类学疆界》,陈定家、汪正龙等译,吉林人民出版社2003年版。

107. ［美］R.韦勒克:《批评的诸种概念》,丁泓、余徵译,四川文艺出版社 1988 年版。

108. ［美］韦勒克、沃伦：《文学原理》，刘象愚等译，生活·读书·新知三联书店 1984 年版。

109. ［西］乌纳穆诺：《生命的悲剧意识》，段继承译，北方文艺出版社 1987 年版。

110. 吴福辉、陈子善编：《现代作家精选本》，复旦大学出版社 2006 年版。

111. 伍棠棣：《心理学》，人民教育出版社 1980 年版。

112. 夏志清：《中国现代小说史》，传记文学出版社 1979 年版。

113. 萧军：《萧红书简辑存注释录》，黑龙江人民出版社 1981 年版。

114. 徐复观：《中国艺术精神》，春风文艺出版社 1987 年版。

115. 许纪霖：《文化认同的困境》，上海三联书店 1997 年版。

116. 许纪霖：《中国知识分子十论》，复旦大学出版社 2003 年版。

117. ［德］雅斯贝尔斯：《悲剧的超越》，亦春译，工人出版社 1988 年版。

118. ［德］雅斯贝尔斯：《存在与超越》，生活·读书·新知三联书店 1988 年版。

119. ［古希腊］亚里士多德：《诗学》，陈中梅译，商务印书馆 1999 年版。

120. 严家炎：《中国现代小说流派史》，人民文学出版社 1995 年版。

121. 杨义：《文化冲突与审美选择》，人民文学出版社 1988 年版。

122. 杨义：《杨义文存》，人民出版社 1998 年版。

123. 杨义：《中国现代小说史》，人民文学出版社 1998 年版。

124. ［德］汉斯·罗伯特·耀斯：《审美经验与文学解释学》，顾建光等译，上海译文出版社 1997 年版。

125. 叶舒宪：《探索非理性的世界》，四川人民出版社 1988 年版。

126. 叶庭芳：《论卡夫卡》，中国社会科学出版社 1988 年版。

127. 叶维廉：《中国诗学》，生活·读书·新知三联书店 1992 年版。

128. ［美］伊恩·P. 瓦特：《小说的兴起》，高原、董红钧译，生活·读书·新知三联书店 1992 年版。

129. 尹昌龙：《1985：延伸与转折》，山东教育出版社 1998 年版。

130. 俞兆平：《中国现代三大文学思潮新论》，人民文学出版社 2006 年版。

131. 张竞生：《张竞生文集》，广州出版社 1998 年版。
132. 张旭春：《政治的审美化与审美的政治化——现代性视野中的中英浪漫主义思潮》，人民出版社 2004 年版。
133. 张钟、洪子诚：《当代中国文学概观》，北京大学出版社 1986 年版。
134. 章士嵘：《西方思想史》，东方出版社 2002 年版。
135. 赵园：《地之子》，北京大学出版社 2007 年版。
136. 赵园：《艰难的选择》，上海文艺出版社 1986 年版。
137. 钟敬文：《民俗学概论》，上海文艺出版社 1998 年版。
138. 周宪：《20 世纪西方美学》，南京大学出版社 1999 年版。
139. 朱光潜：《悲剧心理学》，人民文学出版社 1983 年版。
140. 朱光潜：《西方美学史》，人民文学出版社 1964 年版。
141. 朱寿桐：《中国现代浪漫主义史论》，文化艺术出版社 2002 年版。
142. 宗白华：《艺境》，北京大学出版社 1987 年版。

后 记

　　从浪漫书写的角度研究中国 20 世纪小说中的乡土创作状况，这对笔者既有的知识结构是一个考验，无论是在浪漫主义理论这方面，还是在近百年的乡土中国文学发展这方面，都如此。经过漫长的阅读以求"触摸历史"和写作初期的煎熬以求"理解当下"，现在大体上告一段落。

　　六年前的秋天，笔者从重庆的一个小城来到长沙。与 20 世纪鲁迅的"走异路，逃异地"虽无一致，却同样地带着人生那朦胧的希冀，在远离故土的城市里体验着"陌生感"。正是这样一份"故乡想象"在情感结构上默默地浸润着笔者论文思想的穿梭与跋涉，使自己更深切地想要去了解作家们为何要那样书写乡土。几易寒暑，当越接近写作者内心的"故乡"，越是发现"故乡"的幻化与虚无，却又更真实地烙在个人的灵魂与肉身上。到现在想来，浪漫书写的答案并不在于"是什么"，而是"会怎样"了，也许答案可以留给后来者思考。

　　关于论题在这里要作说明，是笔者的导师凌宇先生《从边城走向世界》那本书为笔者开启了探索的大门，同时，整个构思及写作也得到他悉心指导。受惠于老师的智慧，更受惠于老师、师母真挚的情怀，这些年的点滴早已融进学生生命，影响此生。

　　又将到离开长沙的时候。整理许久，最想说的话还是感谢。感谢真诚的同门师姐弟，同专业的朋友们，曾经与你们的讨论和相聚是笔者校园时光中不会褪色的记忆；感谢入学以来，师大文学院老师给予的种种帮助，尤其感谢谭桂林老师，他的鼓励和关心是学生为人、为文的信心。

相比入学前，现在愈加坚定自己选择文学研究的道路，像本人这样硕士三年接连博士三年的女学生在周围人群中不是多数，是父母和家人，他们的宽容与支持是笔者能够完成学业的安慰和力量，在这里感谢他们。

2010 年 5 月于湖南师范大学

补 记

  此书是在本人的博士论文修订基础之上完成的。毕业距今五年时间，一直没有出书的勇气，甚至连整理、完善书稿的时间也被日益繁重的工作所占据。但在心里，从未忘记搁置在电脑里这个特殊的文件夹，里面有自己从学为文的种种努力，也有种种的稚嫩与拙拙，尤其是乡土文学的浪漫书写，这个命题是真正感动过自己，笔者也是以体验生命的方式研读了这个命题的。成书是安放一个治学者所有进步和不足的较好选择；一方面，不悔少作给了自己直面成长的理由；另一方面，个人认为关于乡土浪漫的探讨应该进入一个新的阶段，这本小小的书，愿意成为照见自我，也照见文学思考者们的微微烛火。书中的粗陋之处，还望得到方家包涵与指正。借机一并感谢郭晓鸿编辑的无私帮助，是她的辛勤劳作使出版成行。

杨 姿
2015 年 5 月于山城